瑯琊榜

目錄

第二十三章

雲散霧散

蒙摯從宮中當完值回到統領府，一進自己的房間就察覺到了異樣，雖然他仍是不緊不慢地脫去官服改換便裝，但整個身體已警戒起來，如同一隻繃緊肌肉的獵豹，準備隨時應對任何攻擊。

可是他很快就明白，自己之所以能這麼輕易就發現到不速之客的存在，是因為那人根本沒有打算要對他隱瞞。

「好慢！」從梁上飄下的少年滿臉不高興。

「什麼好慢？」蒙摯畢竟不是梅長蘇，摸不準飛流的想法，「我回來得好慢，還是換衣服好慢？」

「都是！」

蒙摯哈哈大笑起來，快速扣好了腰帶，「小飛流，你一個人來的？」

「嗯！」

「來做什麼？找我比武嗎？」

「叫你！」

「叫我？」蒙摯想了想，「你是說，你家蘇哥哥叫我過去？」

「嗯！」

蒙摯突然有點緊張。前幾天他就聽說梅長蘇病了，正準備去探候時，梅長蘇派人傳口訊給他，說沒什麼大病，叫他不要來得太勤，這才忍住了。此時見飛流特意來叫他，生怕是病情有了什麼惡化，忙問道：

「你蘇哥哥的病怎麼樣了？」

「病了！」

「我知道他病了，他病得怎麼樣了？」

「病了！」飛流很不高興地重覆了一遍，覺得這個大叔好遲鈍，都已經答了還問。

蒙摯無奈地搖了搖頭，心知從飛流這裡是問不出什麼來了，趕緊收拾妥當，快步出門，牽過還沒來得及卸鞍的坐騎，打馬向蘇府飛奔而去。

一進了大門，就有人過來牽馬去照料，蒙摯直接奔入後院，急急衝進了梅長蘇的房間，一抬眼，看見房間主人包裹得暖暖的正坐在炕上，手裡捧著還在冒熱氣的湯藥碗，慢慢一小口一小口地喝著，雖然面色蒼白，但精神看起來還好。

「小殊，你沒事嗎？」

梅長蘇欠身起來讓了讓，「蒙大哥坐，我沒事，就是染了點寒氣，大夫讓我蓋著捂捂汗。」

「你真是嚇了我一跳，」蒙摯這才長吁了一口氣，「還以為你這麼急叫我來是身體出了什麼狀況呢！怎麼，有別的事嗎？」

梅長蘇將喝了差不多的藥碗放在旁邊桌上，接過蒙摯遞過來的茶水漱了漱，問道：「聽說皇后病了？」

蒙摯一愣，「你消息真快，昨天才病的，聽說症候來得很急，可是我除非是隨駕，否則不能擅進內苑，所以具體情況不太清楚。只是在太醫出來時曾問過兩句，據說病勢並不兇險。」

梅長蘇皺起雙眉，似乎有些想不通：「宮裡向譽王報信時，他就在我這裡，如果只是小病，應該不至於這麼慌張啊……」

「大概是因為病得太突然，症狀最初乍看之下好像很重，所以引起了一點恐慌吧，」蒙摯也想了想，「聽太醫的說法，確實是無礙性命。」

「為何會發病，大約多久可以痊癒，這些你問了嗎？」

「這個……」蒙摯不好意思地抓了抓頭，「我沒想到你想知道這個，也沒多問……」

梅長蘇沉吟了一下，「這樣吧，蒙大哥，你去請霓凰郡主以請安為名進宮探問一下，再想辦法弄一份太醫的方子出來我看，景寧公主那裡大概也能打聽到一些消息……至於譽王這邊，你就不要管了，我來提醒他留意查看皇后的飲食……」

「你是不是懷疑，皇后這個病是人為的？」

梅長蘇點點頭，「病得太巧了，不查我不放心。」

「如果有人對皇后下手，那最值得懷疑的人就應該是越貴妃和太子啊……」

「話是這麼說沒錯，但還是有幾點不解之處。」梅長蘇微蹙著眉，邊想邊說，「首先，就因為他們是最可能下手的人，所以也就是最不容易下手成功的人。這些年皇后在宮裡，最重要的事就是與越貴妃爭鬥，警覺性一定很高，以前越貴妃如日中天時都沒能對付得了她，不可能現在反而能得手。再說，皇后這場病無礙性命，如果真是太子和越貴妃所為，不可能下手這麼輕，明明能得手，卻又不置她於死地，只是讓她生幾天病，能得到什麼大不了的好處？」

「也許他們的目的，就是想讓皇后參加不了祭禮，而讓越貴妃代替……」

「可就算替了這一回又能怎樣？沒有實質性的名分，不過掙了口氣罷了。既然有能力下手讓皇后生病，還不如直接讓她死了豈不更一勞永逸？再說你別忘了，越貴妃只是晉位為妃，沒有晉回以前的皇貴妃，目前在宮中，排在她前面的還有許淑妃和陳德妃，雖然這兩位娘娘只有公主，在宮中從不敢出頭，但名分上好歹也比現在的越貴妃高一級，憑什麼就一定由她暫代皇后之責呢？」

「那……你的意思是，太子和越貴妃這次是無辜的？」

梅長蘇細細吐了一口氣，嘆道：「現在下任何結論都為之過早，我無法斷言。也許代皇后參加今年的祭禮有什麼我沒有想到的好處……也許皇后真的是碰巧自己病了……可能性太多，必須要有更多資料才行。」

「可是離年尾祭禮，已經沒有幾天了……」

「所以才要抓緊……」梅長蘇神色凝重，用手按了按自己的額角，「我有一種感覺，這件事的背後，一定有很深的隱情……」

蒙摯立即站了起來，「我馬上按你的要求去查……」

「辛苦你了，蒙大哥。」梅長蘇抬起頭朝他一笑，「有什麼消息，第一時間告訴我。」

蒙摯行事一向俐落乾脆，只答了一個「好」字，轉身就離開了。

梅長蘇長長吐一口氣，向後仰在枕上，又沉思了一陣，只覺得心神困倦，暈沉沉的，為免等會兒精神不濟，他強迫自己不再多想，摒去腦中雜念，調息入睡，只是一直未能睡沉，淺淺地迷糊著，時間不知不覺地過去，再睜開眼時，已是午後。

再睡也睡不著，梅長蘇便披衣坐起來，吃了一碗晏大夫指定的桂圓粥後，又拿了本凝神的經書慢慢看。飛流坐在旁邊剝柑橘，周邊一片安靜，只有隱隱風吹過的聲音。

此時還沒有新的消息進來，無論是十三先生那邊，還是蒙摯那邊。其實這很正常，他分派事情下去也不過才幾個時辰而已，有些情況不是那麼容易查清楚的。

但梅長蘇不知為什麼，總是隱隱感覺到，有什麼掌控之外的事情悄悄發生了，只不過想要凝神去抓時，卻又從讓它指間溜過，捕不牢實。

正在神思飄浮之際，外面院門突然一響，接著便傳來黎綱的聲音：「請，請您這邊走。」

梅長蘇眉尖輕輕挑了一挑。雖然有人上門，但絕不會是他正在等待的蒙摯，也不會是童路。因為如果是那兩人，不會由黎綱在前面如此客氣地引導。

「飛流，去把那張椅子，搬到蘇哥哥床旁邊好不好？」

飛流把手裡的幾瓣橘子全部朝嘴裡一塞，很聽話地將椅子挪到指定位置。等他完成這個動作之後，房間的門已被推開，黎綱在門外高聲道：「宗主，靖王殿下前來探病。」

「殿下請進。」梅長蘇揚聲道。

隨著他的語聲，蕭景琰大踏步走了進來，黎綱並沒有跟在身後，大概是又出去了。

「蘇先生放心，沒人看到我到你這裡來，」靖王開口第一句話就是這個，「先生的病怎麼樣了？」

「已是無恙。只是因為在捂汗，不能起身，請殿下恕我失禮。」梅長蘇伸出手掌指向床旁的座椅，「殿下請坐。」

「不必講這些虛禮了，」靖王脫去披風坐了下來，開門見山地問道：「你在查皇后生病的事情嗎？」

梅長蘇淡淡一笑，「殿下怎麼知道？」

「我想以你的算無遺策，應該是不會放過任何一件不尋常的事吧……」

「難道殿下也覺得，皇后的病並不是尋常的病？」

「我不是覺得，我是知道。」靖王線條明晰的唇角抿了一下，「所以才特意來告訴你，皇后中的是軟蕙草之毒。」

梅長蘇微微一驚，「軟蕙草？服之令人四肢無力，食欲減退，但藥性只能持續六到七天的軟蕙草？」

「對。」

「殿下為何如此肯定？」

靖王神色寧靜，口氣平淡地道：「我今天入宮請安，母親告訴我的。皇后發病時，她正隨眾嬪妃一起去正陽宮例行朝拜，就站在皇后前面不遠處，所以看得很清楚。」

梅長蘇眸色一凝，緩緩道：「靜嬪娘娘……是怎麼判斷出那是軟蕙草的？」

「母親入宮之前，經常見這種草藥，熟悉它的味道，也知道它發作時的症狀。」靖王看了看梅長蘇的表情，又道，「你也許不知道，我母親曾是醫女，她是不會看錯的。」

「殿下誤會了，我不是不相信靜嬪娘娘的判斷，我只是在想……到底是誰能在皇后身上下手，卻又只下這種並不烈性的草藥？」梅長蘇凝眉靜靜沉思，額上滲著薄薄的細汗，因為焦慮，他的手指無意識地撚住錦被的一角，慢慢搓弄，不知不覺間，指尖已搓得有些發紅。

「這也不是什麼大事，何必如此操心？」靖王皺眉看著他的臉色，有些不忍，「又不單是你我查，譽王雖不知皇后病因為何，但也已經開始在宮裡大肆追訪，說不定很快就能找到下藥之人了。」

梅長蘇閉了閉眼睛，有些虛弱地笑了一下：「殿下說得不錯，最糟的情況也只是皇后參加不了祭禮，的確不算影響太大的事件，想不通也罷了……」

「蘇先生想事情的時候，手裡也會無意識地搓著什麼東西啊？」

梅長蘇心頭微震，面上仍是不動聲色的放開了被角，笑道：「我常常這樣，就算是不想事情發呆的時候，手指也會亂動的。我想很多人都有這種習慣吧？」

「是啊……」靖王眸中露出一絲懷念之色，「我認識的人中，也有幾個這樣的……」

梅長蘇把雙手籠進暖筒中，扯開話題：「這一向蘇某疏於問候，不知殿下您近況如何呢？」

靖王深深看了他一眼，道：「當然是在忙蘇先生交代下來的事情。府裡營裡都整治了一下，在外面也是按著你的名單在交朋友……蘇先生確是慧眼，選出來的都是治世良臣，與他們交往甚是愉快。對了，我前幾天在鎮山寺碰巧救了中書令柳澄的孫女，這也是你安排的嗎？」

梅長蘇歪著頭瞅了他半晌，突然笑了起來：「殿下真當我是妖怪嗎？」

「呃……」靖王猜錯，有些不自在，「那是我多心了……」

「不過殿下倒提醒了我，也許真的可以好好策劃一下，找幾個重要的人下手，讓殿下多攢點人情。」

靖王冷笑，似有些不太贊同：「人情中若無真情，要之何用？交結良臣，手腕無須太多，與人交往只要以誠相待，何愁他們對我沒好感？先生還是多休養吧，就不必操這個心了。」

「有道是君子可欺之以方，只有誠心，沒有手腕也是不行的，」梅長蘇看著蕭景琰微露寒意的眼睛，語調竟比他更冷，「若奪嫡這種事，只是在比誠心，比善意，何來史書上的血跡斑斑？殿下現在只是小露鋒芒，尚能再隱晦幾日，一旦太子或譽王注意到了你，只怕就再無溫情脈脈。」

靖王面色冷硬地沉默了片刻，緩緩道：「先生的意思我明白。我已走上此路，當不至於如此天真。我剛才所說的，也只是因人而異，這世上有些人，你愈弄機心，反而愈得不到。」

梅長蘇唇邊露出一絲不易被察覺的笑容，靜靜道：「用人之道，本就不能一概而論，我有我的方法，殿下也有殿下的策略，我來量才，殿下品德，有時以才為主，有時以德為先，這要看殿下把人用在什麼地方、什麼時候了。」

靖王濃眉微皺，低下頭默默細品這番話。他本是悟性極高之人，沒有多久就領會到了梅長蘇的話中之意，抬起雙眸，坦然認輸道：「先生的見識確實高於景琰，日後還請繼續指教。」

梅長蘇一笑，正要說兩句舒緩些的話，突然從窗戶的縫隙間看到童路在院子裡徘徊，顯然是有事情要來告知，卻又礙於屋內有人，不敢貿然進來。

「殿下不介意我的一個下屬進來說點事情吧？」梅長蘇原本打算不理會童路，但旋即又改變了主意，微笑著詢問。

靖王也是個很識趣的人，立即起身道：「蘇先生忙吧，我先告辭了。」

「請殿下再稍待片刻，我覺得他所說的事情最好讓殿下也知道。」梅長蘇欠起身子，也不管靖王如何反應，逕自揚聲對外道：「童路，你進來。」

童路突然聽到他的聲音，嚇了一跳，但立刻就鎮定了下來，快步走上臺階，推開房門，還未抱拳施禮，梅長蘇已經以目示意：「見過靖王殿下。」

「童路見過殿下！」年輕人甚是聰明，一聽見客人的身分，立即撩起衣衫下襬，拜倒在地。

「免禮。」靖王微抬了抬手，向梅長蘇道：「是貴盟中的人嗎？果然一派英氣。」

「殿下謬讚了。」梅長蘇隨口客氣了一句，便問童路道：「你來見我，是回報火藥的事嗎？」

「是。」童路起身站著回話。

「殿下不太清楚這件事，你從頭再細說一遍。」

「是。」雖然面對的是皇子，但童路仍是一派落落大方，毫無畏縮之態，「事情的起因是運河青舵和腳行幫的兄弟們，發現有人把數百斤的火藥分批小量的夾帶在各類雜貨中，運送進了京城……」

只這開始的第一句，靖王的表情就有些怔忡，梅長蘇一笑，甚是體貼地解釋道：「殿下少涉江湖，所以不太知道，這運河青舵和腳行幫，都是由跑船或是拉貨的苦力兄弟們結成的江湖幫派，一個走水路，一個走旱路，彼此之間關係極好。雖然位低人卑，卻極講義氣，他們的首領，也都是耿直爽快的好漢。」

靖王一面點著頭，一面看了梅長蘇一眼。雖然早就知道這位書生是天下第一大幫的宗主，但因為他本人一派書卷氣息，外形也生得清秀文弱，常常讓人忘記他的江湖身分，此時談到了這些事情，心中方才有了一點點覺悟，意識到了他在三教九流中的影響力。

「因為是大批量的火藥，如果用起來殺傷力會很大，為了確保宗主的安全，我們追查了一下火藥的去處，」童路在梅長蘇的示意下繼續道，「沒想到幾經轉折之後，居然毫無所獲。之後我們又奉宗主之命，特意去查了最近漕運直達的官船，發現果然也有曾夾運過火藥的痕跡。這批官船載的都是鮮果、香料、南絹之類貴宦之家新年用的物品，去向極雜，很多府第都有預定，所以一時也看不出哪家嫌疑最大。」

「但能上官船，普通江湖人做不到，一定與朝中貴官有關。」靖王皺著眉插言道，「你們確認不是兩家官運的嗎？」

靖王口中的兩家官運，在場的人都聽得懂。按大梁法度，朝廷對火藥監管極嚴，只有兵部直屬的江南霹靂堂官製火器、戶部下屬的製炮坊製作煙花爆竹以外，其他人一律不得染指火藥，所謂兩家官運，就是掛著霹靂堂或製炮坊牌子的火藥運輸與交易，除此以外，均是違禁。

「絕對不是，官運名錄裡，根本沒有這批火藥的存在。」童路肯定地道，「官船貨品的去向幾乎滿布全城，本是漫無頭緒，一時間還真的讓人拘手無策，沒想到無巧不成書，居然遇到……」

「童路，你直接說結果好了，」梅長蘇溫和地道，「殿下哪有功夫聽你說書。」

「是，」童路紅著臉抓抓頭，「我們查到，這批火藥最終運到了北門邊上一個被圈起來的大院子裡，那裡有一家私炮坊……」

「私炮？」

「殿下可能不知道，年關將近時，炮竹的價錢猛漲，製炮售賣可獲暴利。但官屬製炮坊賣炮竹的收入都要入庫，戶部留不下來，所以原來的尚書樓之敬悄悄開了這個私炮坊，偷運火藥進來製炮，所有的收入……他自已私藏了一點兒，大頭都是太子的……」

「你是說，太子與戶部串通，開私炮坊來牟取暴利？」靖王氣得站了起來，「這都是些什麼東西！」

「殿下何必動怒呢？」梅長蘇淡淡道，「樓之敬已經倒臺，沈追代職之後必會嚴查，這個私炮坊，也留不了多久了。」

靖王默然了片刻，道：「我也知道沒必要動氣，對太子原本我也沒抱什麼期望，只是一時有些忍耐不住罷了。蘇先生叫我留下來聽，就是想讓我更明白太子是什麼樣的人吧？」

「這倒不是，」梅長蘇稍稍愣了一下，失笑道，「童路進來之前我也不知道他們竟然查到了這個。我只是想讓殿下知道有批下落不明的火藥在京城，外出到任何地方時都要多注意一下自己的安全，還打算順便把小靈給你……」

「小靈？」

「一隻靈貂，嗅到火藥味會亂動示警，我原想在火藥的去處沒查明之前，讓小靈跟著殿下……沒想到他們動作這麼快，還真出乎我意料之外呢！」梅長蘇說著，從懷裡捉出一個小小圓圓胖嘟嘟的小貂，遞到了童路手上，「拿去還給舊主吧，沒必要讓牠跟著了，我又沒時間照管。」

靖王神色微動，問道：「這小貂不是你的？」

「不是，是我們盟裡一位姑娘的。」

靖王嘴唇動了動，卻沒說什麼。梅長蘇做了個手勢讓童路退下，轉頭看了靖王一眼，低聲道：「殿下是不是覺得我此舉有些涼薄？」

靖王目光閃動了一下，道：「那位姑娘送來靈貂，自然是擔心你會被火藥誤傷，但你卻隨意決定把這小貂轉送給我，豈不辜負別人的一番關愛？不過你對我的好意我還是心領了，這原本也不是我該評論的事。只是你問，我才坦白說出來罷了。」

梅長蘇默默垂首，沒有答言。其實這些待人接物的道理他何嘗不明白，只是心裡有了一個拚死也要達到的目標，那麼其他一切都因為這個目標的存在而分了主次。既然已選了靖王做主君，自然事事以他為優先，宮羽的感覺如何，現在已無餘力多想。

「殿下，」梅長蘇將臉微微側開，換了話題，「你是不是跟靜嬪娘娘說了什麼？」

靖王一怔，隨即點頭道：「我決定選擇的路，必須要告訴母親，讓她做個準備。不過你放心，她是絕對不會勸阻我的。」

「我知道……」梅長蘇用低不可聞的聲音自言了一句，又抬起頭來，「請殿下轉告娘娘，她在宮裡的力量實在太過薄弱，所以請她千萬不要試圖幫助殿下。有些事，她看在眼裡即可，不要去查，不要去問，我在宮裡大約還可以啟動些力量，過一陣子，會想辦法調到靜嬪娘娘身邊去保護她，請殿下放心。」

「你在宮裡也有人？」靖王絲毫不掩飾自己驚詫的表情，「蘇先生的實力我還真是小瞧了。」

「殿下不必驚奇，」梅長蘇靜靜地回視著他，「天下的苦命人到處都是，要想以恩惠收買幾個，實在是再容易不過的事了。比如剛才你見到的童路，就是被逼到走投無路時被江左收留的，從此便忠心赤膽，只為我用。」

「所以你才如此信任他，居然讓他直接見我嗎？」

「我信任他，倒也不單是信任他的人品，」梅長蘇的眸中漸漸浮上冰寒之色，「童路的母親和妹妹，現在都在廊州居住，由江左盟照管。」

靖王看了他片刻，突然明白過來，不由眉睫一跳。

「對童路坦然相待，用人不疑，這就是我的誠心；留他母妹在手，以防萬一，這就是我的手腕，」梅長蘇冷冷道，「並非人人都要這樣麻煩，但對會接觸緊要機密的心腹之人，誠心與手腕，缺一不可，我剛才跟殿下討論的，也就是這樣的一個觀點。」

靖王搖頭嘆息道：「你一定要把自己做的事，都說得如此狠絕嗎？」

「我原本就是這樣的人，」梅長蘇面無表情地道，「人只會被朋友背叛，敵人是永遠都沒有『出賣』和『背叛』的機會。哪怕是恩同骨肉，哪怕是親如兄弟，也無法把握那薄薄一層皮囊之下，藏的是怎樣的一個心腸。」

靖王目光一凝，浮光往事瞬間掠過腦海，勾起心中一陣疼痛，咬牙道：「我承認你說得對，但你若如此待人，人必如此待你，這道理先生不明白嗎？」

「我明白，但我不在乎，」梅長蘇看著火盆裡竄動的紅焰，讓那光影在自己臉上乍明乍暗，「殿下盡可以用任何手腕來考驗我，試探我，我都無所謂，因為我知道自己想要忠於的是什麼，我從來都沒有想過要背叛。」

他這句話語調清淡，語意卻甚是狠絕，靖王聽在耳中，一時胸中五味雜陳，竟不知該如何反應。室內頓時一片靜默，兩人相對而坐，都似心思百轉，又似什麼也沒想，只是在發呆。

就這樣枯坐了一盞茶的工夫，靖王站了起來，緩緩道：「先生好生休養，我告辭了。」

梅長蘇淡淡點頭，將身子稍稍坐起來了一些，扶著床沿道：「殿下慢走，恕不遠送。」

靖王的身影剛剛消失，飛流就出現在床邊，手裡仍然拿著個柑橘，歪著頭仔細察看梅長蘇的神情，看了半晌，又低頭剝開手中柑橘的皮，掰下一瓣遞到梅長蘇的嘴邊。

「太涼了，蘇哥哥不吃，飛流自己吃吧。」梅長蘇微笑，「去開兩扇窗戶透透氣。」

飛流依言跑到窗邊，很聰明地打開了目前有陽光可以射進來的西窗，室內的空氣也隨之流動了起來。

「宗主，這樣會冷的。」守在院中的黎綱跑了進來，有些擔心。

「沒事，只開一會兒，」梅長蘇側耳聽了聽，「外院誰在吵？」

「吉伯和吉嬸啦，」黎綱忍不住笑，「吉嬸又把吉伯的酒葫蘆藏起來了，吉伯偷偷找沒找著，結果還被吉嬸罵，說她藏了這麼些年的東西，怎麼可能輕易被他找到……」

梅長蘇的手一軟，剛剛從飛流手裡接過的一杯茶跌到青磚地上，摔得粉碎。

「宗主，您怎麼了？」黎綱大驚失色，「飛流你快扶著，我去找晏大夫……」

「不用……」梅長蘇抬起一隻手止住他，躺回到軟枕之上，仰著頭一條條細想，額前很快就滲出了一層虛汗。

同樣的道理啊，私炮坊又不是今年才開始走私火藥的，怎麼以前沒有察覺，偏偏今年就這樣輕易地讓青舵和腳行幫的人查出異樣？難道是因為樓之敬倒臺，有些管束鬆懈了下來不成？

不，不是這樣……私炮坊走私火藥已久，一定有自己獨立的管道，不會通過青舵或腳行幫這樣常規的混運方式，倒是夾帶在官船中還更妥當……戶部每年都有大量的物資調動，使用官船，神不知鬼不覺，又在自己掌控之下，怎麼看都不可能會另外冒險走民船民運，所以……

通過青舵和腳行幫運送火藥的人，和戶部的私炮坊一定不是同一家的！

假如……那個人原本就知道戶部私炮坊的祕密，他自然可以善加利用。私運火藥入京的事不被人察覺也罷，一旦被人察覺，他就可以巧妙地將線索引向私炮坊，從而混淆視聽，因為私炮坊確實有走私火藥入京，一般人查到這裡，都會以為已經查到了真相，不會想到居然還有另一批不同目的、不同去向的火藥，悄悄地留在了京城……

這個人究竟是誰？他有什麼目的？火藥的用處，如果不是用來製作炮竹，那就是想要炸毀什麼。費了如此手腳，連戶部都被他借力打力地拖起來做擋箭牌施放煙霧，他一定不是普通的江湖人……如若不是江湖恩怨，那麼必與朝事有關，是想殺人，還是想破壞什麼？京城裡最近有什麼重大的場合，會成為此人的攻擊目標？

想到這裡，有四個字閃電般地掠過了梅長蘇的腦海。

年尾祭禮……大梁朝廷每年最重要的一個祭典……

梅長蘇的臉色此時已蒼白如雪，但一雙眼眸卻變得更亮、更清，帶著一種灼灼的熱度。

他想起了曾聽過的一句話。當時聽在耳中，已有些淡淡的違和感，只是沒有注意，也沒有留心，可此時突然想起，卻彷彿是一把開啟謎門的鑰匙。

茫茫迷霧間，梅長蘇跳過所有假象，一下子捉住了最深處的那抹寒光。

晏大夫趕過來的時候，梅長蘇已經服過了寒醫荀珍特製的丸藥，穿戴得整整齊齊站在屋子中間，等著飛流給小手爐換炭。見到老大夫吹鬍子瞪眼的臉，這位宗主大人抱歉地笑道：「晏大夫，我必須親自出去一趟，你放心，我穿得很暖，飛流和黎綱都會跟著我，外面的風雪也已經停了，應該已無大礙……」

「有沒有大礙我說了才算！」晏大夫守在門邊，大有一夫當關之勢，「你怎麼想的我都知道，別以為荀小子的護心丸是靈丹仙藥，那東西救急不救命的，你雖然只是風寒之症，但身體底子跟普通人就不一樣，不好好養著，東跑西跑幹什麼？要是橫著回來，不明擺著拆我招牌嗎？」

「晏大夫，你今天放我出去，我保證好好的回來，以後什麼都聽你的……」梅長蘇一面溫言陪笑，一面向飛流做了個手勢，「飛流，開門。」

「喂……」晏大夫氣急敗壞，滿口白鬚直噴，但畢竟不是什麼武林高手，很快就被飛流像扛人偶一樣扛到了一邊，梅長蘇趁機從屋內逃了出來，快速鑽進黎綱早已備好停在階前的暖轎中，低聲吩咐了轎夫一句話，便匆匆起轎，將老大夫的咆哮聲甩在了後面。

也許是有藥力的作用，也許是暖轎中還算舒適，梅長蘇覺得現在的身體狀況還算不錯，腦子很清楚，手足也不似昨天那般無力，對於將要面對的狀況，他已經做好了充足的準備。

轎子的速度很快，但畢竟是步行，要到達目的地還需要一些時間。梅長蘇閉上眼睛，一面養神，一面再一次梳理自己的思緒。

如果單單只是為了阻止，事情並不難辦，如何能鎮住底下的暗流又不擊碎表面平靜的冰層，才是最耗費精力的地方。

大約兩刻鐘後，轎子停在了一處雍容疏雅的府第門前。黎綱叩開大門把名帖遞進去不久，主人便急匆匆地迎了出來。

「蘇兄，你怎麼會突然來？快，快請進來。」

梅長蘇由飛流扶著從轎中走出，打量了一下對面的年輕人，「這麼冷的天，怎麼如此短打扮？」

「我們在練馬球呢，打得熱了，大衣服全穿不住，一身臭汗，蘇兄不要見笑喔！」言豫津笑著陪同梅長蘇向裡走，進了二門，便是一片寬闊的平場，還有幾個年輕人正縱馬在練習擊球。「蘇兄，你怎麼會突然來？」蕭景睿滿面驚訝之色地跑過來，問的話跟言豫津所說的一模一樣。

「閒來無事，想出門走走，」梅長蘇看著面前兩個焦不離孟的好朋友，微微一笑，「到了京城這麼久，還從來沒有到豫津府上來拜會過，實在失禮。豫津，令尊在嗎？」

「還沒回來。」言豫津聳聳肩，語調輕鬆地道，「我爹現在的心思都被那些道士給纏住了，早出晚歸的，不過我想應該快回來了。」

「你們去玩吧，不用招呼我了。我就在旁邊看看，也算開開眼界啊。」

「蘇兄說什麼笑話呢，不如一起玩吧。」言豫津興致勃勃地提議。

「你說的這才是笑話呢，看我的樣子，上場是我打球還是球打我啊？」梅長蘇笑著搖頭。

「那讓飛流來玩，飛流一定喜歡，」言豫津想到這個主意，眼睛頓時亮了，「來吧，小飛流喜歡什麼顏色的馬，告訴言哥哥。」

「紅色！」

言豫津興沖沖地跑去幫飛流挑馬，找馬具，忙成一團。蕭景睿卻留在梅長蘇身邊，關切地問道：「蘇兄身體好些了嗎？那邊有座椅，還是過去坐著好。」

梅長蘇一面點頭，一面笑著問他：「謝弼呢？沒一起來嗎？」

「二弟一向不喜歡玩這個，而且府裡過年的一應事務都是他打理，這幾天正是最忙的時候。」梅長蘇見蕭景睿邊說邊穿好了皮毛外衣，忙道：「你不用陪我，跟他們一起繼續練吧。」

「練得也差不多了。」蕭景睿臉上帶著柔和的笑意，「我想在一邊看看飛流打球，一定很有趣。」

「你不要小看我們飛流，」梅長蘇坐了下來，面向場內朝他的小護衛搖了搖手，「他的騎術很好，一旦記住了規矩，你們不見得是他的對手。」

兩人談話期間，飛流已經跨上了一匹棗紅色的駿馬，言豫津在旁邊教他怎麼揮杆，少年試了幾下，力道總是把握不好，不是一下子把草皮鏟飛一塊，就是碰不到球，其他人都停止了玩球，好奇地圍過來看，看得飛流十分冒火，一杆子把球打飛得老高，居然飛出了高高的圍牆，緊接著牆外便有人大喊大叫：「誰，誰拿球砸我們？」

「好像砸到人了，我去看看。」蕭景睿站起身來，和言豫津一起繞出門外，不知怎麼處理的，好半天才回來。飛流卻毫不在意，仍是在場內追著球玩，不多時就把球杆給打得變成兩截。

這時其他來玩球的子弟們看天色不早，都已紛紛告辭，整個球場裡只剩下飛流一個人駕著馬跑來跑去，言豫津要換一個新球杆給他，他又不要，只是操縱著坐騎去踢那個球，以此取樂。

「我還第一次見人玩馬球這樣玩的，」言豫津哈哈笑著走過來，邊走還邊打了旁邊的蕭景睿一拳，「不過小飛流的騎術不比你差喔，改天我要好好訓練訓練他，免得你以為自己打得最好，得意得鼻子翻天。」

「我哪有得意過，」蕭景睿哭笑不得，「都是你單方面在妒忌。」

梅長蘇插言問道：「牆外砸著什麼人了？要不要緊？」

「沒有直接砸著，那是夜秦派來進年貢的使者團，馬球剛好打在貢禮的木箱上。我剛看了一下，這次夜秦來的人還真多，不過那個正使看起來獐頭鼠目的，一點使者氣度都沒有。雖說夜秦只是我們大梁的一個屬國，但好歹也是一方之主，怎麼就不挑一個看得上眼的人來啊！」

梅長蘇被他一番話勾起了一段久遠的記憶，目光有些迷離，「那麼言大少爺覺得，什麼樣的人才配勝任一國使臣？」

「我心目中最有使臣氣度的，應該是藺相如那樣的，」言豫津慷慨激昂地道，「出使虎狼之國而無懼色，辯可壓眾臣，膽可鎮暴君，既能保完璧而歸，又不辱君信國威，所謂慧心鐵膽，不外如是。」

「你也不必羨讚古人，」梅長蘇唇邊露出似有似無的淺笑，「我們大梁國中，就曾經出過這樣的使臣。」

兩個年輕人都露出了好奇的表情：「真的，是誰？什麼樣的？」

「當年大渝、北燕、北周三國聯盟，意圖共犯大梁，裂土而分。其時兵力懸殊，敵五我一，綿綿軍營，直壓入我國境之內。這名使臣年方二十，手執王杖櫛節，只帶了一百隨從，縞衣素冠穿營而過，刀斧脅身而不退，大渝皇帝感其勇氣，令人接入王庭。他在宮階之上辯戰大渝群臣，舌利如刀。這種利益聯盟本就鬆散不穩，被他一番活動，漸成分崩離析之態。我王師將士乘機反攻，方才一解危局。如此使臣，當不比藺相如失色吧？」

「哇，我們大梁還有這麼露臉的人啊？怎麼我一點都不知道呢？」言豫津滿面驚嘆之色。

「這是三十多年前的舊事了，漸漸的不再會有人提起，你們這點點年紀，不知道也不奇怪啊。」

「那你是怎麼知道的？」

「我畢竟還是要長你們好幾歲的，聽長輩們提過。」

「那這個使臣現在還在世嗎？如果在的話，還真想去一睹風采呢！」

梅長蘇深深地凝視著言豫津的眼睛，面色甚是肅然，字字清晰地道：「他當然還在……豫津，那就是你的父親。」

言豫津臉上的笑容瞬間凝結，嘴唇輕輕顫動了起來，「你……你說什麼？」

「言侯言侯，」梅長蘇冷冷道，「你以為他這個侯爵之位，是因為他是言太師的兒子，國舅爺的身分才賞給他的嗎？」

「可、可是……」言豫津吃驚得幾乎坐也坐不穩，全靠抓牢座椅的扶手才穩住了身體，「我爹他現在……他現在明明……」

梅長蘇幽幽嘆息，垂目搖頭，口中漫聲吟道：「想烏衣年少，芝蘭秀髮，戈戟雲橫。坐看驕兵南渡，沸浪駭奔鯨。轉盼東流水，一顧功成……」吟到此處，聲音漸低漸悄，眸中更是一片惻然。

豪氣青春，英雄熱血，勒馬封侯之人，誰不曾是笑看風雲，叱吒一時？

只是世事無常，年華似水，彷彿僅僅流光一瞬，便已不復當日少年朱顏。

然而梅長蘇的感慨無論如何深切，也比不上言豫津此時的震驚。因為這些年，和那個暮氣沉沉，每日只跟香符砂丹打交道的老人最接近的就是他了，那漠然的臉，那花白的髮，那不關心世間萬物的永遠低垂的眼睛……根本從來都沒有想像過，他也曾經擁有如許風華正茂的歲月。

蕭景睿把手掌貼在言豫津僵硬的背心，輕輕拍了拍，張開嘴想要說幾句調節氣氛的話，又不知該說什麼才好。

梅長蘇卻沒有再看這兩名年輕人，他站了起來，視線朝向大門的方向，低低說了一句：「他回來了。」

果然如他所言，一頂朱蓋青纓的四人轎被抬進了二門，轎夫停轎後打開轎簾，一個身著褐金棉袍，身形高大卻又有些微微佝僂的老者扶著男僕的手走了下來，雖然鬢生華髮、面有皺紋，不過整個人的感覺倒也不是特別龍鍾蒼老，與他五十出頭的年齡還算符合。

梅長蘇只遙遙凝目看了他一眼，便快步走了過去，反而是言豫津站在原處發呆，一步也沒有邁出。

「言侯爺這麼晚才回府，真是辛苦。」梅長蘇走到近前，直接打了個招呼。

言闕先是國舅，後來才封侯，雖然侯位更尊，但大家因為稱呼習慣了，大多仍是叫他國舅爺，只有當面交談時才會稱他言侯，而他本人，顯然更喜歡後面那個稱呼。

「請問先生是……」

「在下蘇哲。」

「哦……」這個名字近來在京城甚紅，就算言闕真的不問世事，只怕也是聽過的，所以面上露出客套的笑容，「久仰。常聽小兒誇獎先生是人中龍鳳，果然風采不凡。」

梅長蘇淡淡一笑，並沒有跟著他客套，直奔主題地道：「請言侯撥出點時間，在下有件極重要的事，想要跟侯爺單獨談談。」

「跟老夫談？」言侯失笑道，「先生在這京城風光正盛，老夫卻是垂垂而暮，不理紅塵，怎麼會有什麼重要的事需要跟老夫談的？」

「請言侯爺不用再浪費時間了，」梅長蘇神色一冷，語氣如霜，「如果沒有靜室，我們就在這裡談好了。只是戶外太冷，可否向侯爺借點火藥來烤烤？」

第二十四章

除夕血案

梅長蘇音調很低，適度地傳入言闕的耳中，視線一直牢牢地鎖在他的臉上，不放過他每一分的表情變化。

可是令人稍感意外的是，言闕面容沉靜，彷彿這突如其來的一語沒有給他帶來一絲悸動，那種安然和坦蕩，幾乎要讓梅長蘇以為自己所有的推測和判斷，都完全是錯誤的。

不過這種感覺只有短短一瞬，他很快就確認了自己沒有錯，因為言闕抬起頭看了他一眼。

那雙常年隱蔽低垂的眼眸並不像他的表情那樣平靜，雖然年老卻並未混濁的瞳仁中，翻動著的是異常複雜的強烈情緒。有震驚，有絕望，有怨恨，有哀傷，唯獨沒有的，只是恐懼。

可言闕明明應該感到恐懼的。因為他所籌謀的事，無論從哪一個角度來看，都是大逆不道，足以誅滅九族的，而這樣一樁滔天罪行，顯然已被面前這清雅的書生握在了手中。

然而他卻偏偏沒有恐懼，他只是定定看著梅長蘇，面無表情，只有那雙眼睛，疲憊，悲哀，同時又夾雜著深切的、難以平復的憤懣。

那種眼神，使他看起來就如同一個在山路上艱險跋涉，受盡千辛萬苦眼看就要登頂的旅人，突然發現前方有一道無法逾越的鴻溝，正冷酷地對他說：「回頭吧，你過不去。」

梅長蘇現在就擋在前面，向他通知他的失敗。此時的他無暇去考慮失敗會帶來的血腥後果，腦中暫時只有一個念頭。

殺不了他了。連這次不行，只怕以後就再也殺不成那個男人了。

這時言豫津與蕭景睿已經緩過神跑了過來，奇怪地看著他們兩人。

「豫津，你們有沒有什麼安靜的地方，我跟令尊有些事情要談，不想被任何人所打擾。」梅長蘇側過頭，平靜地問道。

「有……後面畫樓……」言豫津極是聰明，單看兩人的表情，已隱隱察覺出不對，「請蘇兄跟我來……」

梅長蘇點點頭，轉向言闕：「侯爺請。」

言闕慘然一笑，仰起頭深吸一口氣，低聲道：「先生請。」

一行人默默走著，連蕭景睿也很知趣地沒有開口說一個字。到了畫樓，梅長蘇與言闕進去，以目示意兩個年輕人留在樓外。畫樓最裡面是一間潔淨的畫室，家具簡單，除了牆邊滿滿的書架外，僅有一桌、一几、兩椅，和靠窗一張長長的靠榻而已。

「侯爺，」等兩人都在椅上坐定，梅長蘇開門見山地道，「你把火藥都埋在祭臺之下了嗎？」

言闕兩頰的肌肉繃緊了一下，沒有說話。

「侯爺當然可以不認，但這並不難查，只要我通知蒙摯，他會把整個祭臺從裡到外翻看一遍的。」梅長蘇詞氣森森，毫不放鬆地追問著，「我想，你求仙訪道，只是為了不惹人注意地跟負責祭典的法師來往吧？這些法師當然都是你的同黨，或者說，是你把自己的同黨，全部都推成了法師。是不是這樣？」

言闕看了他一眼，冷冷道：「過慧易夭，蘇先生這麼聰明，真的不怕折壽？」

「壽數由天定，何必自己過於操心。」梅長蘇毫不在意地回視著他的目光，「倒是侯爺……真的以為自己可以成功嗎？」

「至少在你出現之前，一切都非常順利。我的法師們以演練為名，已經神不知鬼不覺地把火藥全都埋好了，引信就在祭爐之中。只要當天皇帝焚香拜天，點燃錫紙扔進祭爐後，整個祭臺就會引爆。」

「果然是這樣，」梅長蘇嘆道，「皇帝焚香之時，雖然諸皇子與大臣們都在臺下九尺外跪候，可以倖免，但皇后卻必須要在祭臺上相伴……儘管你們失和多年，可到底還顧念一點兄妹之情，所以你想辦法讓她參加不了祭禮，對嗎？」

「沒錯，」言闕坦然道，「雖然她一身罪孽，但終究是我妹妹，我也不想讓她粉身碎骨……蘇先生就是因為她病得奇怪，所以才查到我的嗎？」

「也不盡然。除了皇后病得蹊蹺以外，豫津說的一句話，也曾讓我心生疑竇。」

「豫津？」

「那晚他送了幾筐嶺南柑橘給我，說是官船運來的，很搶手，因為你去預定過，所以言府才分得到。」梅長蘇瞟了一眼過來，眼鋒如刀，「像你這樣一個求仙訪道，不問家事，連除夕之夜都不陪家人同度的人，會為了準備年貨鮮果而特意去預定幾筐橘子嗎？你只是以此為藉口，前去確定官船到港的日期罷了，這樣才能讓你的火藥配合戶部的火藥同時入京，一旦有人察覺到異樣，你便可以順勢把線索引向私炮坊，只要時間上吻合，自然很難被人識破。」

「可惜還是被你識破了。」言闕語帶譏嘲，「蘇先生如此大才，難怪誰都想把你搶到手。」

梅長蘇並沒有理會他的諷刺，仍是靜靜問道：「侯爺甘冒滅族之險，謀刺皇帝，到底想幹什麼？」

言闕定定看了他片刻，突然放聲大笑：「我別的什麼都不想幹，我就是想讓他死而已。刺殺皇帝，就是我的終極目的。因為他實在是該死，什麼逆天而行，什麼大逆不道，我都不在乎，只要能殺掉他，我什麼事都肯做。」

梅長蘇的目光看向前方，低聲道：「為了宸妃娘娘嗎？」

言闕全身一震，霍然停住笑聲，轉頭看他：「你……居然知道宸妃？」

「又不是特別久遠，知道有什麼奇怪。當年皇長子祁王獲罪賜死，生母宸妃也在宮中自殺，雖然現在沒什麼人提到他們了，但畢竟事情也只過去十二年而已……」

「十二年……」言闕的笑容極其悲愴，微含淚光的雙眸灼熱似火，「已經夠長了，現在除了我，還有誰記得她……」

梅長蘇靜默了片刻，淡淡道：「侯爺既然對她如此情深意重，當初為什麼又會眼睜睜看著她入宮？」

「為什麼？」言闕咬緊了牙根，「就因為那個人是皇帝。是我們當初拼死相保，助他登上皇位的皇帝。當我們從小一起讀書，一起練武習文，一起共平大梁危局時，大家還算是朋友，可是一旦他成為皇帝，世上就只有君臣二字了。我們三個人……曾經在一起發過多少次誓言，要同患難共富貴，要生死扶持永不相負，他最終一條也沒有兌現過。登基第二年，他就奪走了樂瑤，雖然明知我們已心心相許，他下手還是毫不遲疑。林大哥勸我忍，我似乎也只能忍，當景禹出世，樂瑤被封宸妃時，我甚至還覺得自己可以完全放手，只要他對她好就行……可是結果呢？景禹死了，樂瑤死了，連林大哥……他也能狠心連根給拔了，如果我不是心灰意冷遠遁紅塵，他也不會在乎多添我一條命……這樣涼薄的皇帝，你覺得他不該死嗎？」

「所以你籌謀多年，就只是想殺了他，」梅長蘇凝視著言闕有些蒼老的眼眸，「可是殺了之後呢？祭臺上皇帝灰飛煙滅，留下一片亂局，太子和譽王兩相內鬥，必致朝政不穩，邊境難安，最後遭殃的是誰，得利的又是誰？你所看重的那些人身上的汙名，依然烙在他們的身上，毫無昭雪的可能，祁王仍是逆子，林家仍是叛臣，宸妃依然孤魂在外，無牌無位無陵！你鬧得天翻地覆舉國難寧，最終也不過只是殺了一個人！」

梅長蘇攜病而來，一是因為時間確實太緊急，二來也是為了保全言侯，此時厲聲責備，心中漸漸動了真氣，聲音愈轉激昂，臉上也湧起了淺淺潮紅，「言侯爺，你以為你是在報仇嗎？不是，真正的復仇不是你這樣的，你只是在洩私憤而已，為了出一口氣你還會把更多的人搭進去。懸鏡司是設來吃素的嗎？皇帝被刺他們豈有不全力追查之理？既然我能在事先查到你，他們就能在事後查到你！你也許覺得生而無趣死也無妨，可是豫津何其無辜要受你連累？就算他不是你心愛之人所生，他也依然是你的親生兒子，從小沒有你的呵寵關愛倒也罷了，這麼年輕就要因為你身負大逆之罪被誅連殺頭，你又怎麼忍得下這份心腸？你口口聲聲說皇帝心性涼薄，試問你如此作為又比他多情幾分？」

他句句嚴詞如刺肌膚，言闕的嘴唇不禁劇烈地顫抖起來，伸手蓋住了自己的雙眼，喃喃道：「我知道對不起豫津……他今生不幸當了我的兒子……也許就是他的命吧……」

梅長蘇冷笑一聲：「你現在已無成功指望，若還對豫津有半分愧疚之心，何不早日回頭？」

「回頭？」言闕慘然而笑，「箭已上弦，如何回頭？」

「祭禮還沒有開始，皇帝的火紙也沒有丟入祭爐，為何不能回頭？」梅長蘇目光沉穩，面色肅然地道，「你怎麼把火藥埋進去的，就怎麼取出來，之後運到私炮坊附近，我會派人接手。」

言闕抬頭看他，目光驚詫萬分，「你這話什麼意思？你為什麼要蹚這淌渾水？」

「因為我在為譽王效力，你犯了謀逆之罪皇后也難免受牽連。大事化小小事化了是最好的選擇。」梅長蘇淡淡道，「如果我不是為了要給你善後，何苦跑這一趟跟你靜室密談，直接到懸鏡司告發不就行了？」

「你……」言闕目光閃動，狐疑地看了這個文弱書生半晌，腦中不知想到了什麼，神色漸漸由激動變成陰冷，「你要放過我當然好，不過我醜話說在前面，就算你這次網開一面，就算你手裡握住我這個把柄，我還是絕對不會為你的主上效力的。」

梅長蘇一笑道：「我也沒打算讓你為譽王效力，侯爺只要安安生生地繼續求仙訪道就好了。朝廷的事，請你靜觀其變。」

言闕用難以置信的眼神看著他，搖頭道：「世上沒有無緣無故的善意，你放過我卻又不圖回報，到底有何用心？」

梅長蘇目光幽幽，面上浮起有些蒼涼的笑容：「侯爺不忘宸妃，是為有情；不忘林帥，是為有義，這世上還在心中留有情義的人實在太少了，能救一個是一個吧……只望侯爺記得我今日良言相勸，不要再輕舉妄動了。」

言闕深深凝視了他半晌，長吸一口氣，朗聲笑道：「好！既然蘇先生年紀輕輕就有這般氣魄，我也不再妄加揣測。祭臺下的火藥我會想辦法移走，不過祭禮日近，防衛也日嚴，若我不幸失手露了行跡，還望先生念在與小兒一番交往的分上，救他性命。」

梅長蘇羽眉輕展，莞爾道：「言侯爺與蒙大統領也不是沒有舊交，這年關好日子，只怕他也沒什麼心思認真抓人，所以侯爺只要小心謹慎，當無大礙。」

「那就承先生吉言了。」言闕拱手為禮，微微一笑，竟已然完全恢復了鎮定。經過如此一場驚心動魄生死相關的談話，陡然終止了他籌謀多年的計畫，他卻能如此快地調適好自己的心緒，短短時間內便安穩如常，可見確實膽色過人，梅長蘇不由得心下暗讚。

話已至此，再多說便是贅言。兩人甚有默契地一同起身，走出了畫樓。門剛一開，言豫津便衝了過來，叫道：「爹，蘇兄，你們……」問到這裡，他又突然覺得不知該如何問下去，中途梗住。

「我已經跟令尊大人說好了，今年除夕祭完祖，你們父子一同守歲。」梅長蘇微笑道，「至於飛流，只好麻煩你另外找時間帶他去玩了。」

言豫津看看這個，再看看那個，心知畫樓密談的內容當然不會是這麼可笑，不過他是心思聰敏，嬉笑之下有大智的人，只愣了片刻，便按捺住了滿腹疑團，露出明亮的笑容，點頭應道：「好啊！」

梅長蘇也隨之一笑，左右看看，「景睿呢？」

「他卓家爹娘今晚會到，必須要去迎候，所以我叫他回去了。」

「卓鼎風到了啊……」梅長蘇眉睫輕動，「他們年年都來嗎？」

「兩年一次吧。有時也會連續幾年都來，因為謝伯父身居要職，不能擅離王都，所以只好卓家來勤一點了。」

「哦。」梅長蘇微微頷首，感覺到言闕的目光在探究著他，卻不加理會，逕自遙遙看向天際。

日晚，暮雲四合，餘輝已盡。這漫長的一天終於要接近尾聲，不知明日，還會不會再有意外的波瀾？

「豫津，去把蘇先生的轎子叫進二門來，入夜起風，少走幾步路也好。」言闕平靜地吩咐兒子，待他領命轉身去後，方把視線又轉回到梅長蘇的身上，沉聲問道：「我剛才又想了一下，先生這次為我瞞罪，只怕不是譽王的意思吧？」

「譽王根本不知道。」梅長蘇坦白回答，「其實來見侯爺之前，我自己也沒有十分的把握。」

言闕緊緊閉了一下眼睛，嘆道：「譽王何德何能，竟得了先生這般人物。只怕將來的天下，已經是他的了……」

梅長蘇看了他一眼，「侯爺與皇后畢竟是兄妹，譽王得了江山，又有何不好？」

「有何不好？」言闕斑白的雙鬢在夜色幽光下閃動著，清削的臉頰如同抹上了一層寒霜，「都是一般刻薄狠毒，一般寒石心腸，是此是彼，根本毫無區別。我如今已失了紅顏，亡了知己，苟延殘喘至今，卻無力還他們清名公道。此生既已頹然至此，還會在意誰得天下嗎？」

梅長蘇眸中亮光微閃，問道：「侯爺既知我是譽王的人，說這些話不怕有什麼關礙嗎？」

「我的這些想法譽王早就知道，只是見我不涉朝政，皇后又命他不要理會我，才有如今兩不相關的局面。」言闕冷冷一笑，「以先生珠玉之才，要毀我容易，要想為譽王控制我駕馭我，還請勿生此想。」

「侯爺多心了，蘇某不過隨口問問罷了。」梅長蘇容色淡淡，神情寧靜，「只要侯爺今後沒有異動，蘇某就絕不會再以此事相脅驚擾。至於譽王那邊，更是早就沒存著能得侯爺相助的奢望了。」

言闕負手而立，眸色深遠，也不知梅長蘇的這個保證，他是信了還是沒信。但是一直到言豫津叫來了蘇哲的暖轎，他都沒有再開口說一句話，只是仰首立於寒露霜階之上，靜默無言。

唯有在轎身輕晃起步的那一剎那間，梅長蘇才聽到了這位昔日英傑的一聲長長嘆息。嘆息聲幽幽遠遠，彷彿已將滿腔懷念，嘆到了時光的那一邊。

回到自己的宅院時，梅長蘇已覺得全身發寒，氣力不支，勉強撐著，又安排了人隨時關注言闕的行動，這才放鬆下來，昏沉沉躺回到床上，向晏大夫說對不起。

對於他的道歉，老大夫是理也不理，為病人施針時也仍然沉著一張鍋底似的面孔，頗讓一旁的黎綱擔心他會不會把手中銀針紮到其他不該紮的地方出出氣。

就這樣臥床休養了三天，梅長蘇的精神方漸漸恢復了一些。也許是下屬們刻意不敢驚擾，也許是真的沒發生什麼大事，這三天京中局勢甚是平靜，只有皇帝下了一道詔書，稱皇后患病，年尾祭典由許淑妃代執禮儀。

據宮中傳說，皇帝原本還是屬意越妃代禮的，不過越妃本人卻親自上書，稱位份在後，代之不恭，並提議按品級和入宮年限為準，推許淑妃執禮。

這份上書實在寫得理情兼備，彰顯氣度，令梁帝大為讚賞，親賜新裳珠釵，以為嘉獎。消息傳出，委實讓譽王氣悶。

不過氣悶歸氣悶，這也是奪嫡之爭來回攻防時常會有的事情，一方並非大勝，另一方也沒什麼實質損失，年關當前，事務繁多，雙方都沒有再深入糾纏，更多撕咬。

蘇宅中當然也要準備過年，這個不是梅長蘇要操心的事情，且不說黎綱是內務好手，十三先生那邊也有宮羽周周全全打點了幾車年貨過來，大部分時下流行的新巧玩意兒都是全的，使得飛流要每天從早忙到晚，忙著玩個不停。

其他諸如穆王府、譽王府、言府、謝府、統領府等等有來往的府第也有年禮送上門，連靖王也派了府中長史登門問安，送來些例禮。

所有的禮物梅長蘇大多只是看看禮單，便讓黎綱自己處理，連回禮都由黎綱一手安排，他根本不聞不問。

不過這其中卻有讓飛流特別喜愛的一樣物事，便是穆王府所送的七箱煙花，個個筒身都有小兒臂粗，放出來絢麗異常，飛流每晚必放上半個時辰，結果還沒到除夕當天，就放了個乾乾淨淨，黎綱派人出去重新買，才發現人家穆王府送的是宮製煙花，市面上一概買不到。

為了安撫飛流，大病初癒的麒麟才子離開床榻後提筆寫的第一封信，竟然是給霓凰讓她再代為多買十箱煙花。

信送出後只有一天，拉運煙花的馬車就來到了蘇宅後門。飛流大為歡喜，梅長蘇心中也甚是欣悅。因為他寫信給霓凰，就真的只有穆王府再次送來煙花，並沒有譽王等其他府第聞訊跟著順勢討好，這說明霓凰確是治府嚴謹，不相干的消息不會到處亂飛。

除夕很快就到了。那場萬眾矚目的祭典，在事前明裡暗裡、朝上宮中引發了那麼多的爭鬥與風波，但在舉行的當天卻順順利利、平平安安，沒有發生任何意外的變奏，除了皇后缺席，越貴妃降位外，跟往年祭典沒什麼大的區別。

祭禮之後，皇帝回宮，開始賜禮分燭，皇子宗室、親貴重臣都在引安門外跪領了恩賞。按照往年慣例，御賜的級別當以太子為尊，譽王次之，其餘諸皇子再次，其他宗室大臣們則按品級不一而同。今年這個大規矩也沒怎麼變動，只是靖王在領受到與其他皇子同樣的年賜後，多得了一領圓羅銀鎧。不過他最近的表現確實非常好，多出的這一點恩賞比起譽王所得的豐厚來說有珠米之別，因此並沒有引起任何人的特別關注。

當晚咸安殿排開年宴，皇帝先去慈安宮向太皇太后請安後，再回殿中與后妃、皇子、宗親們一起飲樂守歲，並將宴席上的部分菜品指送到重要的大臣府中。能在除夕之夜得到皇帝指賜的菜品，對朝臣們而言一向是無上恩寵，不是聖眷正隆的人，一般都無此殊榮。

只是沒有人能夠想到，「賜菜」這項每年例行的恩澤，竟然也會引發不小的事件。

新年的京城之夜，炮竹喧天，花紙滿地，家家守歲，滿城歡慶。熱鬧雖然熱鬧，但畢竟與元宵燈節不同，人人都待在家裡與親人團聚，街面上除了小巷內有孩童們在自家門口點放小炮竹外，基本沒有行人蹤跡。

宮城內「賜菜」的內監，身著黃衫，五人一隊疾馳而出，在無人的街面上打馬飛奔，奔向散座在皇城四面八方的那些備受榮寵的目的地。

除了中間一名拿有食盒的內監外，前後圍繞著他的另四名同伴都手執明亮絢目的宮製琉璃燈，環繞宮城的主道兩邊也都挑著明晃晃的大紅燈籠。不過比起白晝那無孔不入的光線來說，這些夜間的微光無論如何也不能把每個陰暗的角落都照得清楚，高高的宮城城牆沉沉壓下來的，仍然是大片大片幽黑的陰影。

驚變就來自於這些黑暗，快得猶如無影旋風，甚至連受害人自己也沒有看清楚那奪命寒光是何時閃起，又悄然地收歸何處。

人體重重落下，坐騎仍然疾奔向前，血液在冬日的夜裡轉瞬即涼，微弱的慘叫聲也被連綿不斷的「劈啪」炮竹聲所掩蓋，無人得聞。

絢爛的煙花騰空而起，其時，已近午夜，新、舊年之交的時刻，連巡夜的官兵也停下了腳步，仰望夜空中那盛開的朵朵豔麗，全城的炮竹鼎沸，即將達到最高點。

梅長蘇拿著一支長香，親自點燃一個飛流特意為他留下來的最大的煙花，沖天而起的光彈在黑幕中劃過一道焰痕，直竄入夜色深處，倏地爆裂開來，化為一幅幾乎可以炫亮半個天空的流雲飛瀑。

「過年了！過年了！」蘇府上下齊聲喧鬧，連一向沉穩的黎綱都不知從哪裡拿出一個嗩吶，嗚啦啦地吹起了喜調。幾名年輕護衛則開始敲鑼打鼓，滿院亂跑。

「還是你們應景，這時候就該吹這個敲這個，要是撫起琴來，反而煞了風景。」梅長蘇一面笑著，一面回身到廊下軟椅上坐了，拈了幾顆栗子慢慢剝著，繼續觀賞滿天的煙花。

午夜的鐘漏終於嘀噠翻轉，全院上上下下已經集齊，連吉嬸也丟開廚房的大勺走了出來，大家由黎綱帶著挨個兒到自家宗主面前磕頭拜年，領了重重的一個紅包，這其中大部分人都是跟隨梅長蘇多年的貼身護衛，但也有那麼兩三個是一直待在京城內從未在宗主手裡直接拿過東西的，激動得說不出話來，被前輩們揉著頭好一陣嘲笑，大家鬧成一團，歡快無比。

飛流按照在廊州時養成的習慣，排在了最後面走過來（因為他最小），踢開拜毯，直接在青磚地上一跪，大聲道：「拜年！」

「今年也要乖喔！」梅長蘇笑著說了一句，也拿了個紅包放在他手裡。雖然飛流不知道這個包得紅通通的東西有什麼好的，但知道每年大家拿了它都那麼開心，於是也很應景地露出一個笑臉。

這邊拜完年，梅長蘇起身到晏大夫面前，也向他行禮恭賀，老大夫好像還在生他的氣，繃了繃臉，但怎麼也繃不過這個新春的氣氛，最終還是吹著鬍子笑了笑，朝梅長蘇肩上拍了拍，道：「別光說別人，你今年也要乖喔！」

「是。」梅長蘇忍著笑，轉頭看向院子裡，大家早就你跟我拜我跟你拜亂得一塌糊塗。

「吃餃子了！小夥子們都過來端！」吉嬸在院門口一聲召喚，人流立即向她湧去。梅長蘇拉了晏大夫的手臂，帶著飛流三人一起先進了室內，這裡早就拼好了幾張大桌，上面果饌酒菜齊備，熱騰騰的餃子流水般一盤盤被端上桌，冒著氤氳的白氣，香味四溢。

吉嬸準備好了細蔥薑醋的小碟給大家蘸餃子吃，但小夥子們全都把小碟拋開，一人手裡拿著個大碗，飛流睜大眼睛看了，也跟著換成一個大碗。

「看來只有我們兩個老人家斯文，」梅長蘇悄悄跟晏大夫說了一句玩笑，被一指點在腰間，笑喘了一陣，提起筷子先在盤上蘸了蘸，眾人這才呼地一下撲上前，很快就把第一輪餃子搶得乾乾淨淨。

「搶什麼搶？投胎呢？」吉嬸雖然罵著，但眼看自己做的餃子這麼受歡迎，眼睛早笑成了一條縫兒，直接就把剛剛煮好的第二輪餃子連鍋端了進來，朝空盤子裡補。一口直徑兩尺的大鐵鍋，滿盛著滾燙的開水和白生生的餃子，她空手端來端去毫不費力，要換一個場合早讓人驚詫得合不攏嘴了，可此時這間屋子裡都沒人多看她一眼，大家眼睛裡都裝滿了餃子，搶的時候有人拿著筷子連劍法都使上了。

「幸好他們還知道照顧老人家。」晏大夫看著這一群如狼似虎，笑著搖頭。他和梅長蘇面前都單獨放了一盤水餃，不必加入戰團。可是這樣看著，怎麼都覺得好像桌子上那其他幾盆似乎更香一點。

「來，飛流吃這個。」梅長蘇從自己盤中隨手挾了一個放進飛流的碗中，少年雖然搶起來天下無敵，可惜怕燙，吃得很慢，兩輪餃子下來，他還沒吃上十個，現在正是二、三輪的空檔期，他只能瞪著空盤子發呆，讓人看了都忍俊不禁。

「宗主盤裡的已經不燙了，飛流，一口吞下去！」吉伯瞇著眼睛慫恿著。

飛流果然聽話地端起碗，輕輕一撥，把整顆餃子撥進了嘴裡，剛嚼了一口，眼睛突然撐大了一圈兒，嚅動了幾下嘴，吐出一個油晃晃的銅錢來，在桌上砸得清脆一響。

室內頓時爆發出一陣歡笑，好多隻手一齊向飛流伸過去要摸他，亂嘈嘈嚷著：「沾福氣！沾福氣！」

少年不知道是怎麼回事，本能反應一閃，人就上了房樑，立即引發了一場混亂的追逐，連吉嬸的第三鍋餃子上桌都沒能平息。不過在並不寬闊的屋子，這麼多人拳來腳去擠著，竟沒有人打碎任何一件器皿，也沒人能成功抓住飛流的一片衣角，最後還是梅長蘇伸手把少年召回到身旁，握著他的手讓每個人過來摸了摸才算休戰。

「要摸喔？」飛流像是學會了一項新規矩一樣，滿面驚訝。

「是啊，我們飛流吃到這個銅錢，就是今年最有福氣的人，所以大家才都想摸你一下。」

飛流歪著頭想了想，突然道：「都沒有！」

滿屋子裡，只有梅長蘇知道他在說什麼，笑了兩聲道：「去年是藺晨哥哥吐銅錢，你都沒有摸是不是？」

「是啊！」

「那就是藺晨哥哥不對了，下次見到他，我們飛流去摸回來！」梅長蘇一本正經地建議著，屋子裡有認識藺晨的人，已經捧著肚子笑倒在地上滾。

飛流認真思考了一下，不由自主打了個寒顫，搖著頭道：「不要了！」

「快吃餃子吧，都快涼了！」吉嬸打了身旁幾個年輕人一下，把大家都又趕回桌上，給梅長蘇的盤子裡換了新的熱餃子，勸道：「宗主，再吃兩個吧。」

「差不多了，」晏大夫攔阻道，「吉嬸，去把參粥端來，蘇公子喝完粥就去睡吧，雖是新年，也不要熬得太晚。」

梅長蘇也確實有些疲累，微笑著應了，慢慢喝完一碗熱熱的參粥，便回房洗漱安歇。此時已進入後半夜，但京城中依然是喧囂不減，一片浮華熱鬧之下，沒有人注意到天空又開始飄起零星的雪粒。

第二十五章

以靜制動

初一的早晨，喜氣仍濃，梅長蘇起身後親自挑了一件藕荷色的新衣給飛流穿，再配上淺黃色的髮帶、白狐毛的圍領，黃崗玉的腰帶，把少年打扮得甚是漂亮。

「飛流，蘇哥哥帶你出去拜年，好不好？」

「好！」

黎綱從外面走進來：「宗主，轎子已經備好了。我們這就出發嗎？」

梅長蘇看了他一眼，「黎大哥，你今天留在府裡，不用跟我出去。」

「宗主……」黎綱登時一愣。

「我留你是有事要做的。因為我一向不愛出門，大概很多人都會以為我今天在家，所以來登門拜年的人也不會少。別的不說，像譽王這樣的人，也只有留你來接待我才放心。拜託你了。」

「屬下遵命。」黎綱忙躬身道，「宗主刻意出去讓譽王見不到人，是不是有什麼用意？先吩咐屬下，也好早做準備。」

「沒什麼用意，」梅長蘇淡淡道，「我只是在今天這樣的日子裡不想見他罷了。人總是喝毒藥怎麼會舒服，畢竟是新年，想有個好心情而已。」

「是……」黎綱的眸色中閃過一抹黯然，「屬下明白了。請宗主放心，府裡屬下會照管好的。」梅長蘇伸手在他壯實的肩上輕輕一拍，轉過身，唇邊已是一抹輕笑，「飛流，出門了喔。」

「好！」

初一上午，街上到處都是火紙的碎片，來往的行人不少，商販卻幾乎沒有，街市兩邊的鋪子幾乎都是關門閉戶，只有兩三家賣火燭的還開著。梅長蘇所乘坐的是一頂兩人的青布小轎，在人群中毫不顯眼，晃晃悠悠穿過數條街市，來到半個城區以外的一座府第。

比起雲南藩領裡那座王府，京都穆王府要小一些，但因是先朝時奉旨敕造的，依然十分氣派。府門前侍立的皆是身著鐵騎軍軍服的官兵，個個腰身紮得緊緊的，站得像木樁一樣的筆直，目不斜視，十分精神。梅長蘇的拜帖遞進去，雖沒有因為服色樸素而受到冷遇，但畢竟在初一流水般來拜年的高官貴族中很不起眼，被夾在一大疊差不多樣子的拜帖中，擱在穆小王爺手邊排著隊，穆青翻著這些拜帖一個一個請進來見面，喝口茶說幾句話再打發了。這樣排了小半個時辰，終於排到了這張署名為「蘇哲」的拜帖。

穆青最初看到這個名字的時候，還歪著頭愣了一下，翻來翻去確認了半天，最後終於確認，全天下沒有標注其他任何身分，只寫著「蘇哲」二字，並且會送到他桌前的人，當然只有那一位而已。

「小王爺？」管事在旁邊忐忑不安地看著主子臉上變幻不定的表情，「這位是不是不想見？」

穆青呆呆地抬起頭看了他一眼，嘴唇動了動，突然跳起來，大叫一聲「姐姐」便朝後院跑去。

片刻，穆府洗馬魏靜庵便出來，將其他所有客人都帶到了偏廳進行招待，霓凰郡主和穆青一起親自來到門外，迎接在轎中等到都快睡著了的梅長蘇。

「蘇先生，實在抱歉，我不知道……」霓凰歉然地想解釋一句，被蘇哲微微一笑止住。

「不過小等了一會兒，有什麼關係，反正我今天很清閒。」梅長蘇一面寬慰著，一面與霓凰並肩進了小花廳，在客位上落座。穆青看見飛流站在蘇哲的身後，急忙命人搬個凳子給他，可飛流卻不願意坐，站了一小會兒，人影便不知消失到哪裡去了。

「飛流他覺得這裡新鮮，所以到處玩玩看看，」梅長蘇見穆青驚詫地左顧右盼，知道他心中所想，解釋了一句後，又問道：「不要緊吧？」

「沒關係沒關係，隨便他看好了。」穆青因為跟飛流年紀相仿，所以一直對這位影子護衛很有興趣，「他輕功真好，我都看不清楚他是怎麼出去的。」

「現在知道羨慕人家了？我叫你練功的時候幹什麼去了？就知道偷懶。」霓凰板著臉教訓了他一句。

「姐姐，」穆青撒著嬌，「我沒有偷懶啊，我只是學得比較慢……」

「有道是勤能補拙，知道自己資質不好，就更應該比別人努力才行。」

穆青苦著臉道：「姐姐，大過年的，有客人在嘛，不要教訓我了……」

梅長蘇看著小霓凰現在一派長姐風範調教幼弟，心中又是酸楚，又是好笑，插言道：「現在南境局勢平穩，穆王爺不需要上陣殺敵，武學擱一擱也不妨，不過兵法戰策和藩領的治理之法卻要勤加修習才是。」

「聽見沒有，蘇先生的良言你要謹記，總是這樣長不大的樣子，以後讓我怎麼放心把雲南交給你？」

「郡主也不必多慮，」梅長蘇又勸道，「穆王爺只是少了歷練，將門之風還是有的。趁著現在安穩，漸漸把一些藩務交接過去，假以時日，一定是一代英王。」

「姐姐現在已經把好多事交給我來做了。像今天的客人全都是我在接見，所以才會怠慢了先生啊！」穆青笑嘻嘻的，又轉頭面向霓凰，「姐姐，你在後邊忙了那麼久，做好了沒有？」

梅長蘇一時好奇，不由問：「做什麼？」

「姐姐親手做糖酥年糕給我們吃啊。」穆青搶先道，「她以前從來不沾廚房的，大概這兩年看我長大了吧，姐姐也開始學著做菜了。」

梅長蘇淡淡地笑了笑。神威凜凜的南境女帥為什麼開始學著洗手作羹湯，他心中當然明白，雖然此刻兩人都有些微妙尷尬，但為她欣慰的心情，卻極為真摯。

「這麼說我是來得早不如來得巧了，郡主的手藝一定要嘗一嘗，」說著他又壓低了聲音悄然對霓凰道，「你放心，我知道他的口味，還是可以給你一些意見的。」

霓凰低垂下眼簾，眸中神情有些複雜，但她知道現在不是分辯爭論事情的時候，只笑了笑，便起身道：「那我就獻醜了，還有最後一步，我去做完。小青，你好好招待蘇先生。」

「是。」穆青等姐姐走後，便揮手命其他人都退出，移到了離蘇哲更近的位置上，小聲問道，「我一直以為那個人是你啊？真的不是你嗎？」

梅長蘇微微一怔，「怎麼？王爺沒見過那個人？」

「沒見過啊，他們出去打仗，說我小，叫我待在後面守家，後來是聽長孫說了，才知道姐姐當時好危險，又冒了那樣一個人出來。雖說他也算對我們南境有恩，但我姐姐如此神仙般的人物，他居然敢跑，一定不是個好東西。」

「王爺此言偏激了。人都有自己的疑難之處，旁人怎能盡知？他是我的至交好友，我很了解他……王爺不必擔心，此人心地純良，忠肝義膽，是難得的水軍奇才，性情爽朗，外貌也生得儀表堂堂，確實值得郡主傾心。」

「可是他為什麼要跑啊？」穆青仍然嘟著嘴，「他是你的手下對不對？你叫來京城嘛……」

「穆王爺，這件事是你姐姐自己的事，她會知道怎麼處理的，你只要支持她的決定就行了，其他的……不要插手太多。」

穆青抓了抓頭，「這個我也知道啦，可是忍不住要關心嘛……其實我覺得我們府裡也有很不錯的人啊，姐姐為什麼都不喜歡，比如長孫……」

「別說了，」梅長蘇輕聲提醒道，「郡主來了。」

穆青嚇得一激靈，頓時跳了起來：「姐……姐、姐姐！」

「是不是在說我壞話？緊張成這個樣子？」霓凰引著兩個手端食盒的丫頭款款而來，瞟了小弟一眼。

「沒……我怎麼敢……」

「去叫將軍們都進來，大家一起嘗嘗。」霓凰卻似不想追究，吩咐道。

梅長蘇不由暗暗稱許霓凰現在行事確實周到。若是郡主親手製糕單單請蘇哲一個人品嘗，容易惹人多心疑慮，現在把穆王府其他將軍們也叫上，便算是大家新年同樂了。

只一會兒功夫，隨從一同入京的南境軍共五名將軍、兩名參史都跟在穆青身後進來見禮，小小的花廳登時便感覺有些擁擠。不過人數雖多，好在霓凰做的酥糕有滿滿兩大盒，倒也不用擔心有人分不到。

「蘇先生請。」

梅長蘇微笑著拈了一塊，回頭叫道：「飛流，你也來嘗嘗。」

「飛流在這裡？」穆青趕緊抬起頭，眼珠正骨碌碌到處轉著找人，突然眼前一晃，少年挺秀的身姿已出現在梅長蘇的身邊，從盤子裡拿了一塊酥糕放進嘴裡。

「大家不要客氣，」霓凰笑著道，「覺得味道怎麼樣？」

這時每個人都已吃了一塊，紛紛讚道：「郡主的手藝真是好……」

「好吃……」

「風味尚佳啊……」

「確實甜而不膩……」

「酥脆爽口……」

一片讚揚聲中，飛流突然冷冷冒出了一句：「不好吃！」

場面頓時僵住，連穆青都滴下冷汗，不知該說什麼話來緩解氣氛，其他人當然更加無措，根本不敢抬頭去看郡主此時的臉色。

不過這尷尬的局面持續了並沒有多久，梅長蘇便「噗哧」一聲笑出聲來，邊笑手邊捂著嘴，笑得微微有些咳。緊跟著他忍俊不禁的是霓凰郡主本人，也是笑得彎下了腰，眾人面面相覷一下，全都跟著一起笑了起來，一時滿堂笑聲，最初那點僵硬早就化解到了九霄雲外。

「終於有人肯說實話了，」霓凰拭著眼角笑出的淚花，「出來時我自己也嘗過了，剛剛還在想，要是你們再這樣言不由衷地誇下去，我就天天做給你們吃！」

「也沒有這麼糟，只是糖稍稍放多了些，樣子倒還好。」梅長蘇鼓勵道，「多做幾次，分量就會拿捏得準了。」

穆青正想跟著說兩句恭維姐姐的話討好，突然看見魏靜庵快步走了進來，面色十分凝重，不由一愣，問道：「老魏，怎麼了？」

「郡主，小王爺，」魏靜庵拱手行了禮，沉聲道，「我剛剛得知，昨夜宮城邊上出事了。」

「昨夜？昨夜可是除夕之夜啊，會出什麼事？」穆青跳起來問道。

「陛下昨晚按慣例賜出年菜十二道，分賞各個重臣府第，這個事情小王爺是知道的吧？」

「知道，我們收到一碗鴿子蛋……皇上也是，都不賜點好的……」

「小青！」霓凰斥道，「你總是這樣不認真沒正經的樣子，讓魏洗馬好好說。」

穆青縮了縮脖子，不敢再開口。

「這賜出的每道年菜，都由五名內監組成一隊送出，」魏靜庵繼續道，「昨夜自然也就派出了十二隊。可是一直到黎明，也只有十一隊回來。禁軍和巡衛營得報後一起出動，最後在宮城邊上找到了這五人的屍體。」

「屍體？被殺了？」霓凰柳眉一挑。

「是，殺人手法十分俐落，都是一劍封喉，死者面色安然，衣物完好潔淨，毫無掙扎之象，就像是憑空被人索去了性命一樣。」

「這樣的手法，定是江湖高手所為，」霓凰凝神想了想，又問道，「有沒有什麼追查的方向？現場難道沒有什麼遺留下來的線索嗎？」

她這兩個問題剛剛問出口，就看見梅長蘇神情肅然地向她做了個暫停的手勢。

「蘇先生……」

「兇手的問題稍後再談也不遲，」梅長蘇的目光凝在魏靜庵的臉上，「你先說說蒙大統領怎麼樣了？」

魏靜庵見這位蘇哲一下子就看到了自己匆匆來報的最主要原因，臉上不由浮起讚嘆之色，「蒙大統領現在處境不好。除夕之夜，天子腳下，宮城牆邊，誅殺御使內監，實在是對皇威的嚴重挑釁，陛下聞報後十分震怒。因為案發地是還沒有離開宮城護城河的內岸，應屬於禁軍的戒護範圍，故而蒙大統領要負事件的主要責任。陛下責罵他怠忽職守，護衛不力，以至於在大年之夜發生如此不吉的血案，當場就命人廷杖二十……」

「廷杖？」梅長蘇的眉尖跳動了一下，「還是這樣翻臉無情……然後呢？」

「責令蒙大統領三十日內破解此案，緝拿兇手，否則……會再從重懲處。」

「皇上在想什麼啊？」穆青忍不住又跳了起來，「蒙大統領忠心耿耿，護衛宮城這些年功不可沒，就算這樁案子他有責任，皇上也不能把火全都發在他身上啊，哪有這樣昏……」

「小青！」霓凰厲聲喝道，「妄議君非，你說話過不過腦子？」

「這裡又沒有外人……」穆青小聲咕噥了一句，又縮了回去。

霓凰定神想了想，回身看向梅長蘇，見他默默坐著，以手撫額沉思不語，不敢驚擾，便轉過身來，降低了音調吩咐道：「魏洗馬，麻煩你繼續追蹤打探一下後續消息，有什麼情況立即來報。」

「是。」

「各位將軍先請退下吧，這件事很快就會傳開，但我不希望聽到穆王府的人在任何場合肆意多言，討論此事。這要靠各位約束部下了。」

「遵命！」

「小青，你馬上給我回你自己的房間，面壁靜思兩個時辰。這個毛躁性子，要說多少遍才會改？」

「姐姐……」

「快去！」

「是……」

轉瞬之間，廳上眾人已如潮水般退了個乾乾淨淨，霓凰這才緩步走到梅長蘇身邊，慢慢蹲在他膝前，低聲問道：「林殊哥哥，蒙大統領和你交情很好是不是？」

梅長蘇輕輕抬了抬眼，點點頭：「是。」

「你可要霓凰進宮去為他求情？」

梅長蘇微微嘆息一聲，搖了搖頭，「暫時不用。我現在憂慮的，不是他目前的處境，而是日後整個事件的發展……」

「日後？」

「雖然天威難測，但皇上也不是笨人，絕不會單單以這麼一樁案子就否認蒙摯掌管禁軍、護衛宮城的能力。斥罵也好，廷杖也罷，不過是一個皇帝震怒之下的發洩，蒙大統領是可以承受過去的。可惜這頓打並不是結束，如果三十天內破不了案，更有甚者，如果以後不斷有類似的新案發生，皇上對蒙摯的評價就會愈來愈低，那才是真正的危險……」

「新案？」霓凰有些吃驚，「你是說還會有……」

「這只是我的感覺。」梅長蘇伸手將霓凰拉起來，讓她坐到身旁，解釋道，「你想，殺人都是有動機的，為什麼會挑這五名內監下手呢？情殺當然最不可能，仇殺？宮中的普通內官會結下什麼深仇大恨要挑大年夜在宮城外殺他們？劫財嗎？他們身上不會有什麼貴重銀錢，衣物也是完好的……拋開這些常見的殺人動機，江湖上倒還有一個殺人理由，那就是高手相爭，要奪個名頭，可這五個內監默默無聞，都沒什麼拿得出手的武功，來練手都嫌弱……所以想來想去，殺他們的原因應該與他們本人無關，只是衝著他們的身分去的。」

霓凰邊聽邊頷首道：「也就是說，兇手想殺的就只是皇帝欽派出宮的內監，至於是哪幾個內監，他不在乎。」

「應該是這樣。」梅長蘇一面說著，一面修正著自己的思路，「可為什麼要殺欽使呢？為了惹惱皇帝，向他示威？為了試探禁軍的防衛，準備更進一步的行動？或者……根本就是衝著蒙大哥去的，想要動搖他在皇上面前受到的信任……無論是什麼目的，都不是殺了五個內監就可以停手的。」

「可是……單憑現有資料，我們根本無法判斷兇手的目的到底是什麼啊？」

「霓凰，你要記住，當你不知道敵人的箭究竟會射向何方時，一定要先護住自己最要害的部位。只要不被一招將死，其他的都可以徐而圖之，慢慢修正。」梅長蘇淡淡一笑，「就這個事件而言，我們應該先護住蒙大哥，有了更多的資料後，再考慮調整相應對策。反正只要蒙大哥還掌管著禁軍，宮城裡就不會發生多大的意外。」

霓凰想了想，眼睛也漸漸亮了起來：「我明白了。先假設他們的目標就是蒙大統領，以此來確認我們下一步應該怎麼應對。」

「不錯，」梅長蘇讚許的笑了笑，「從目前的情況來看，殺這五個內監對宮城的安全其實根本沒有什麼影響，所以他們最可能的目的，就是想以此來減弱皇帝對禁軍的信任。而削弱禁軍的目的，當然是為了控制宮城，那麼進一步推測，想要控制宮城的人，自然是離權力中心最近的人。」

「太子和譽王……」霓凰喃喃道。

「對，兩者其一。不過譽王手裡沒什麼軍方的心腹人，就算拉下了蒙摯，他也找不到可信賴的繼任者去補位，而太子……」梅長蘇深深看了霓凰一眼，「他手裡是有人的……」

「寧國侯謝玉！」霓凰將雙掌一合，面色恍然，「謝玉是一品軍侯，深得皇上寵信，手裡的巡防營勢力不容小瞧，也有些部下可以調派，禁軍一旦被打壓，或者蒙大統領被免職，只有他可以順利上手……」

「這樣推測，順理成章。不過……皇上又不糊塗，他對蒙摯還是極為信任的，無論怎樣發雷霆之怒，免職還遠不至於……」梅長蘇蹙起雙眉，「所以我覺得，如果此事確是謝玉的手筆，他一定還有什麼後手……」

「會不會像你剛才所說的那樣，不停製造新案出來，日日殺人，使得皇上愈來愈不相信禁軍的防衛能力？」

「蒙摯自今日起一定會大力整頓，殺人就不容易了……」

「但偌大一個宮城，總有百密一疏的時候，如果有謝玉這樣的敵人惡意為之，只怕防不勝防。」

「你說得也有道理……」梅長蘇閉上雙眼，將後腦仰放在椅背上，喃喃自語道，「但若我是謝玉，當不只是殺人這一個簡單的手法……想要皇上不再信任蒙摯，就必須要針對皇上的弱點……」

說到這裡，梅長蘇的眼睛突然睜開，黑水晶般的瞳仁一凝，頓時從座椅上站了起來。

「林殊哥哥？」

「陛下的弱點，就是多疑！」梅長蘇深吸一口氣，快速道，「他之所以信任蒙摯，是因為確認蒙摯一心只忠於他，與這兩位小主子根本沒有私下交往。但如果現在這種關鍵時候，謝玉略施手腕，引逗譽王前去皇上面前為蒙摯求情的話，事態就會惡化了。」

「譽王會這麼容易被引逗入甕？」

「譽王現在太需要一柄劍了。慶國公倒臺後，他手下完全沒有一絲軍方兵力。就算大家認為靖王現在與他交好，那也只不過是象徵性的支待，如果能得到禁軍大統領的偏向，他一定會做夢都笑醒。」梅長蘇的眉頭愈擰愈緊，「要引逗他，其實一點都不難，只要想辦法傳個風聲給他，說是蒙大統領僅僅因為護城河內側發生命案就被皇上斥罵廷杖，而太子殿下已經私下趕過去為大統領講情鳴不平去了，你想譽王怎麼肯落於人後，把這個人情讓給太子一個人領了去？他一定會立即進宮見駕，在皇上面前盡其所能替蒙摯說話，就算不能讓大統領感恩投入己方，至少也不能讓他被太子拉攏了去……」

霓凰聽著，臉色漸漸發白，「陛下生性多疑，現在又在氣頭上，一旦見到譽王如此賣力地護衛蒙大統領，一定會懷疑他們之間交情非淺。護衛宮城的禁軍大統領，如果跟可能爭得嫡位的皇子親王有聯繫，那絕對是皇上不能容忍的一件事。」

「這是一步狠棋，棋子將的是帝王之心，」梅長蘇微微咬了咬牙，「謝玉是下得出這種棋的……霓凰，你關注一下情勢，我必須馬上去一趟譽王府。」

「是。」霓凰知道以梅長蘇的口才，事先不著痕跡地讓譽王免於上當並不是難事，便也不再多問，起身陪他到了二門，目送他匆匆上轎而去，這才回身到小書房，召來魏靜庵細細商議如何進行下一步的探查。

可是此時的霓凰和梅長蘇都沒有想到，儘管他們得到的消息已經算是非常得快，分析局勢和制定的行動策略也非常正確，卻終究在速度上慢了一步。

譽王在梅長蘇到來前一刻鐘，剛剛離開王府，入宮去了。

按梅長蘇原本的打算，是先勸服譽王不要插手去為蒙摯講情，然後再到懸鏡司府走一趟，問問夏冬，皇帝是否有意讓懸鏡使協查此案。可現在來遲一步，譽王多半已經上當，到宮裡火上澆油去了。此時自己再有任何舉動，只怕都會被視為按譽王的意思在替蒙摯活動，所以只能先按兵不動，靜觀事態發展才是上策。

在回蘇宅的途中，梅長蘇坐在轎裡閉目重新思考了一下整個事件目前的局勢。譽王入宮維護蒙摯，必然會引起梁帝對這位禁軍大統領的疑心，雖然現階段這份疑心還不會在行動上表露出來，但最起碼，梁帝不會再放心讓蒙摯單獨調查內監被殺案，而一定會派出懸鏡使同時查辦。

謝玉在明知懸鏡使遲早會介入的情況下，仍然走出了這步棋，想來很自信沒有在現場留下任何證據。他身為一品軍侯，皇帝的寵臣，夏冬就算是再懷疑他，也不能無憑無據就向皇帝彙報。更何況現在微妙的奪嫡局面中，任何沒有證據支援的指控，都會被對方辯稱為「有意構陷」，不僅達不到目的，反而會適得其反。

所以現在最關鍵的一步，就是必須找到證據，可要做到這一點實在是太難了。殺人手法乾淨，沒有任何指向性的線索，自然拿不到物證；而案發時是除夕，宮牆邊的大道上根本沒有行人，因此也找不到目擊人證。除了在假定謝玉為幕後真凶的前提下，可以深入調查調查卓鼎風以外，整個案件幾乎寸步難行。

梅長蘇深吸一口氣，覺得胸口有些發悶，這時小轎已抬進蘇宅內院，黎綱一面迎上來攙扶，一面問道：「宗主怎麼回來得這麼早？譽王還沒有來過……」

「我知道，他今天不會來了。」梅長蘇匆匆走進室內，邊走邊解下披風。雖然剛才屋內無人，但爐火一直燒得很旺，暖意融融，以備主人隨時回來。梅長蘇剛在軟椅上坐下，黎綱已命人擰來了熱毛巾，端來熬好的參湯。

「今天童路來過了嗎？」

「來過了。本來他想等宗主的，可我不知道您會這麼早回來，就讓他走了……宗主要見他嗎？」

「沒關係。你通知盟內天機堂，盡快查清卓鼎風近來跟哪些高手來往過，這些高手有誰已經到了京城，另外再通知十三先生，目前留在京城的劍術好手，無論是何門派，都必須嚴密監察他們的行蹤。謝府周邊要重點布控，卓鼎風和他的長子卓青遙的所有行動，必須即時報到我這裡來。明白嗎？」

「屬下明白。」黎綱記性甚好，流暢地複述了一遍後，立即起身出去傳令。

梅長蘇仰靠在椅背上，順手拿起手邊小茶几上壓著的幾張拜帖來翻了翻，大約都是譽王派系裡一些交往不深的貴族或官員，派人來盡禮節應景的。大約黎綱也覺得沒必要彙報，所以只是壓在一旁，隨梅長蘇什麼時候愛看就看看。

飛流無聲無息地走進房內，手臂上托著一隻雪白雪白的信鴿，俊秀的小臉板得緊緊的，來到梅長蘇面前把白鴿遞給他，隨後便朝地毯上一坐，將整張臉都埋在了蘇哥哥的腿上。

梅長蘇笑著揉了揉他的後頸，從白鴿腿上的信筒裡抽出一個紙卷展開來看了，眸中閃過一抹光亮，但只是轉瞬之間，又恢復了幽深和寧靜，隨手將紙卷丟進火盆中燒了。

小白鴿被竄起的火苗驚嚇了一下，偏著頭「咕咕」叫了兩聲。梅長蘇用指尖拍著牠的小腦袋低聲道：「別叫，飛流一看見你們就不高興，再叫他會拔你的毛喔！」

「沒有啦！」飛流一下子抬起了頭，抗議道。

「可是我們飛流很想拔啊，只是不敢而已，」梅長蘇擰了擰他的臉頰，「上次你被關黑屋子，不就是因為藏了藺晨哥哥一隻信鴿嗎？」

「不會啦！」飛流氣得腮幫子都鼓了起來。

「我知道你以後不會了，」梅長蘇笑著誇獎他，「你今天就很乖啊，雖然很不高興，但還是帶牠來見我了，沒有像上次一樣藏起來……」

「很乖！」

「對，很乖。去給蘇哥哥拿張紙，再把最小那枝筆蘸點墨過來好不好？」

「好！」

飛流跳起身，很快就拿來了紙筆。梅長蘇懸腕在紙角上寫下幾個蠅頭小字，裁成小條，捲了捲放入信筒中，再重新把白鴿交回給飛流。

「飛流去把牠放飛好不好？」

飛流有些不樂意地慢慢移動著身子，但看了看梅長蘇微微含笑的臉，還是乖乖拖著白鴿到了院子中，向空中一甩，看牠振翅繞了幾圈後，向遠處飛去了。

當雪白的鴿影愈飛愈遠，漸成黑點後，飛流還仰著頭一直在看。黎綱手裡拿著張燙金拜帖從外面走進來，一看他這個姿勢，忍不住一笑：「飛流，在等天上掉仙女下來嗎？」

「不是！」飛流聞言有些惱怒。

「好好好，你慢慢等。」

「不是！」大怒。

黎綱笑著閃開飛流拍來的一掌，但一進屋門，神色立即便恭整了起來。

「宗主，言公子來拜。」

梅長蘇凝目看了那拜帖一眼，不禁失笑道：「他哪次不是嘻嘻哈哈直接進來，什麼時候這麼講究起禮儀來了。怕是有話要跟我說，請進來吧。」

「是。」黎綱退出後沒多久，言豫津便快步走了進來，穿著一身嶄新的醬紅色皮袍，整個人仍然是風流瀟灑、神采奕奕的，如果不細看，看不出他神情有什麼異樣。

「豫津來了，快請坐。」梅長蘇的視線隨意地在國舅公子有些淡淡粉紅的眼皮上掠過，吩咐黎綱派人端上茶點。

「蘇兄不用客氣了。」言豫津欠身接茶，等黎綱和僕從們都退下去後，便把茶盅一放，立起身來，向梅長蘇深深一揖。

「不敢當、不敢當，」梅長蘇笑著起來扶住他，「你我同輩相稱，不是這個拜法的。」

「蘇兄明知豫津此禮不是為了拜年，」言豫津難得正色道，「是拜謝蘇兄救了言氏滿門的性命。」

梅長蘇拍拍他的手臂，示意他坐下，慢慢問道：「言侯爺已經……」

「昨夜父親把什麼都告訴我了，」言豫津低下頭，臉色有幾分蒼白，「如果說父親一向的確有忽視我的話，那麼我身為人子，從沒想過他內心有那麼多苦楚，只怕也稱不上一個孝字……」

「你們父子能坦誠互諒，實在是可喜可賀，」梅長蘇溫和笑道，「至於我放過令尊的事，你不必太記在心上。近來朝局多變，動盪得過分了，我只是不想讓令尊的行為再多添變數，引發不可控的局面罷了。」

言豫津深深看著他，眸中一片坦蕩，「蘇兄為何作此決定我並不想深究，但我相信這裡面還是有情義的存在。說實話，家父直到現在，都不後悔他所謀劃的這個行動，可是他仍然感激你阻止了他。也許這聽起來很矛盾，但人的感情就是這麼複雜，並非簡簡單單的黑白是非，可以一刀切成兩半。但無論如何，言府的平靜是保了下來，我只要記得蘇兄的心意就行了，至於其他更深層次的原因，與我何干？」

梅長蘇看了他半晌，突然失笑，「你果然比我想像的還要聰明。雖然人看起來有些輕狂，但對你的家人朋友而言，卻是可以依靠的支撐。」

「蘇兄過獎了。」言豫津仰首一笑，「我們大家未來的命運如何，將會遭遇到什麼，現在誰也難以預料，所能把握的，唯此心而已。」

「說得好，值得敬酒一杯。」梅長蘇點著頭，眸中笑意微微，「可惜我還在服藥，不能陪你。」

「我代蘇兄喝好了。」言豫津爽快地說著，起身到院外找黎綱要來一壺酒，兩個杯子，左手一杯，右手一杯，輕輕碰了碰杯緣，兩口便乾了。

「你與景睿交情這麼好，可是性情脾氣卻是兩樣。」梅長蘇不禁感慨道，「不過他也辛苦，現在只怕還在家裡陪四位父母呢！」

「他年年初一都不得出門，要膝下承歡嘛！」言豫津笑道，「就算是我要找他消遣，也要等初二才行。」

梅長蘇看了他一眼，似是隨口道：「那明天煩你也帶他到我這裡來坐坐。你看這院中冷清，我也沒多少別的朋友。」

「這是自然的，謝弼只怕也要跟來。對了，謝緒從書院回來過年，你還沒見過他吧？」

「謝家三公子嗎？」

「是啊，他年紀雖小，經史文章讀得卻最好，謝伯伯指望他考狀元呢，所以送到松山書院住學，只有逢年過節才回來，每次都是青遙大哥去接他的。」

「我聽京中傳說，卓青遙娶了謝大小姐後，謝弼也要娶卓家的女兒了？」

「嗯，好像聽景睿說過有這樣的約定。」

「謝卓兩家這樣互為兒女親家，又有景睿，實在就跟一家人一樣了。」

「這倒是。雖說當年有爭過景睿，可是現在卻親如一家，典型的壞事變好事啊！」

梅長蘇淡淡一哂，沒有再繼續這個話題，隨口聊到了其他瑣事上面。沒聊多久，晏大夫捧著滿滿一碗藥進來，言豫津擔心妨礙到他休息，再加上要說的話已經說完，便起身告辭。

喝過藥，梅長蘇靠在軟榻上昏昏睡了兩個時辰，醒來後接待了幾個無關緊要的客人，之後便一直在看書。

入夜掌燈，飛流又在院子裡放起了煙花，梅長蘇坐在廊下含笑看他放完，輕輕招手叫他過來。

「要放？」

「不，蘇哥哥不想放，」梅長蘇笑著湊近他耳邊，「飛流啊，我們悄悄去看蒙大叔好不好？」

第二十六章

朔風漸緊

身為禁軍大統領，蒙摯日常值宿宮掖，不當班的時候，大部分時間也都會留在統領司處理公務，只有在休兩天以上的假期時，才會回到他自己的私宅中。

雖然主人是聲名赫赫，跺一跺腳便震動京城的人物，但蒙府看起來卻甚是樸素，丫環僕役不過一、二十人，府禁也並不森嚴。不過蒙摯本身就是大梁國中第一高手，又不是江湖人，會想要到他家裡去找麻煩的人基本沒有，故而府中一向太平，從未曾鬧出過什麼大的動靜來。

蒙摯的元配妻子是自幼由父母擇定的，出身雖然貧寒，卻極是賢良，當年蒙摯從軍離鄉，全靠她在家奉養公婆雙親，因為曾小產過一次，之後就再也沒有懷上孩子，不過蒙摯卻並未因此納妾，只是收養了隔房的一個侄子承祧，夫婦二人互敬互愛，感情一直很好。

這次蒙摯受罰回府，全家上下慌作一團，只有蒙夫人依然鎮定自若，在內請醫敷藥，羹湯養息，對外管束僕從，閉門謝客，把場面穩了下來。而對於這場禍事的原因，蒙摯沒有說，她也就不多問，只是噓寒問暖，殷勤侍侯，入晚等丈夫睡去之後，她才和衣側臥一旁。

朦朦朧朧間還未睡熟，就聽得窗上有剝啄之聲，一驚而起，還未開言，丈夫的手突然按住了她的肩膀。

「是誰？」蒙摯沉聲問道。

「我們！」一個清亮的聲音答道。

蒙摯的臉上不由露出笑容，低聲對妻子道：「是我的客人，你去開門。」

蒙夫人急忙披衣起身，點亮了桌上的紗燈，打開房門一看，一個青年書生烏衣輕裘站在外面，後面還跟了個面色陰寒的俊秀少年。

「驚擾嫂夫人了。」書生柔聲致歉。

「既是拙夫的朋友，就不要客氣，快請進。」蒙夫人閃身讓兩人進門，自己到暖爐旁拿了一直煨著的茶壺，斟茶待客，又裝了兩碟果糖端過來，然後方低聲道：「官人，我到隔壁去了。」

「你今天也累了，就在隔壁睡吧。」蒙摯忙道。

蒙夫人一笑未答，退出門外，還很細心地把門扇關好。

「得妻如此，是蒙大哥的福份。」梅長蘇讚了一句，又關切地問道，「你的傷不要緊吧？」

「我練的是硬功，怕那幾下板子嗎？不過是為了平息陛下之怒，讓他見一點血罷了。」

梅長蘇知他忠君之心，也不評論，只是問了一句：「你夙夜辛勞，不過出了一樁案子，皇上就這樣翻臉，可有心寒？」

蒙摯揮了揮手，道：「皇上素日就是這樣，我身為臣子，難道還指望君上為了我改脾氣不成？再說這案子確實是發生在禁軍戒護範圍中，本就該我來承擔責任，皇上也並沒有冤枉我。」

梅長蘇唇角扯起一抹冷笑，凝視著燈蕊，眸色幽幽搖曳，又問道：「譽王可有進宮給你求情？」

「說起這個我也奇怪，素日與他又沒什麼來往，這次竟好心來求情了，可惜不知是不是話沒說對，我看他走後，陛下的臉色倒沉得更厲害了。」

「……那你可知，陛下為何更加生氣？真的是因為譽王不會說話嗎？」

蒙摯一怔，「我沒想過，難道……譽王此舉有什麼不妥嗎？」

「你是手掌十萬禁軍的大統領，說句不好聽的話，皇上的命是捏在你手裡的。現在剛剛出一點事，就有位皇子第一時間急匆匆地來為你說情，而這個皇子又不是別人，恰巧是對皇位有些企圖心的譽王，依你素日對皇上的了解，他會首先反應到哪裡去？」

被他一提醒，蒙摯頓時脊冒冷汗，背心寒慄直滾，「可是……可是……我……皇上如果朝那方面疑我，也實在太冤枉了……」

「冤枉？」梅長蘇更加忍不住冷笑，「你在這位主子面前喊冤枉，你才認識他嗎？」

蒙摯的雙手慢慢緊握成拳，眉頭深鎖，「皇上命我一月內破案，這並非我所長，本就漫無頭緒……譽王偏偏又來這一齣……」

「譽王倒不是想要害你，他不過是打算借機拉攏你罷了，」梅長蘇笑了笑道，「不過這案子，也確實破不了。」

蒙摯呆了呆，看著他說不出話來。他知道自己查案本事不強，恐怕理不清這一團亂麻，不過從一開始，他就理所當然地認為梅長蘇會代他徹查此事，所以倒也沒怎麼著急，結果現在聽到這樣一句論斷，一時竟反應不過來。

「等一月期限到了，你就到皇帝面前請罪，說自己無能，不能捕獲真凶，請求皇帝免去你大統領之職，以儆效尤。」梅長蘇笑著靠近了他一點，「怎麼樣啊大統領，捨得下這個地位嗎？」

蒙摯大笑了兩聲道：「戀棧權位，非我所好。可一旦我解甲而歸，又從何幫你？」

「你人沒有事，就是幫我了。」梅長蘇拿起桌上的銀剪，剪斷已經開始爆頭的燈芯，緩緩道，「我現在差不多已經可以肯定，內監被殺一案，幕後之人一定是謝玉……京裡其他人沒這個動機，也沒這個能耐。」

「那這案子豈不是……」

「知道是謝玉，並不代表破案。」梅長蘇容色寧靜，「尤其是你，剛剛被皇上疑心與譽王有聯繫，要是再無憑無據指控謝玉，豈不更像是在參與黨爭？」

「那就找證據啊！」

「暗殺欽使是什麼罪？謝玉又是什麼人？他犯下這種罪的時候，會留下一絲一毫的罪證嗎？」梅長蘇的唇邊浮著其寒如冰的笑意，「別說你找不到證據，就算你找到了，這案子也不能由你來破。」

蒙摯有些糊塗，脫口問道：「為什麼？」

「當今皇上登基這麼些年，別的我不予置評，但無論如何不是一個平庸之人。內監一案，關乎皇家體面，就算他對你仍是絕對的信任，也斷不會把這樁案子只交給一個沒多少查案經驗的禁軍統領來獨辦。所以……懸鏡司一定會奉命同時查這件案子，只不過他們查他們的，不會跟你一起協查罷了。」

「這倒是，」蒙摯不由點了點頭，「這原本就是應該懸鏡司出手的事情。」

「不錯，既然這原本就是最該懸鏡司來查的那類案子，所以謝玉在犯案之前，首先考慮要對付的查案人，必然不是你這個外行而是懸鏡司。也就是說，就算他不能保證自己一定不會被懸鏡司列為疑犯，但最起碼，他有自信不會被抓住任何證據。而沒有證據的話，懸鏡司也是不敢向皇上稟報說他們已經破案的。」

梅長蘇微笑著用指節敲了敲桌面，「蒙大哥，連懸鏡司都破不了的案子，要真被你破了，皇上就不會只是吃驚，而是忌憚了。」

「啊……」蒙摯足足呆了好半天才回過神來，「小殊，你怎麼想得清楚這麼多關節，我根本沒朝那邊想過。」

「你侍奉這種君上，如果不想周全一點，吃虧的就是你。」梅長蘇稍稍垂下頭，面上掠過一抹隱痛，「他現在已對你起了猜疑之心，要是你見招拆招什麼難關都難不倒的話，他就會愈發覺得以前沒有看透你，會覺得尚未完全駕馭住你，反而為你惹來不測之禍。所以唯今之計，只有示弱，要讓他看到你處境危殆、艱險難支，頭上的罪名一件都推不掉，全靠他對你開恩。這樣他才會認為自己拿捏得住你，不用擔心你對他造成危害。」

蒙摯面上肌肉緊繃，憤懣的表情中還夾雜著一絲悲哀，咬著牙根道：「你說的雖然有道理，但君臣之間何至於此？只要我一腔忠腸不懷二心，再大的猜疑又能奈我何？」

「你是沒見過一腔忠腸不懷二心的下場嗎？」梅長蘇沒料到蒙摯此時竟會說出這樣的話來，不禁微微動了氣，「你不惜自己的命，難道也不惜嫂嫂的淚？這樣天真的話，你也只能說說罷了，真要做，那就不是忠烈，是愚蠢了！」

「我……」蒙摯恨恨地低下頭，「我知道你是為我好，可不知怎麼的，心裡實在難受……」

梅長蘇凝目看著他，面色如雪，只覺胸口一陣絞痛，又接一陣發悶，氣息瘀滯之下，不由以袖掩口，劇烈地咳嗽起來，蒙摯慌忙過來為他拍撫背部，輸入真氣，想想自己方才那句話，確實說得不妥，只覺得愧疚難言，欲待要分解，又怕措辭失當，更惹他傷心，正在焦急為難之際，飛流閃身進屋，抓住了梅長蘇的手，狠狠瞪過來一眼。

咳了好一陣，梅長蘇方漸漸平了氣喘，先安撫地拍拍飛流的手，然後再露出一抹微笑，輕聲道：「不好意思，這油燈煙重，嗆著了……」

「小殊……」

「好了蒙大哥，我知道你心裡委屈，但事到如今，只怕你還是要聽我的……」

「我明白，」蒙摯心頭滾燙，握緊了他的手，「小殊，你怎麼說我就怎麼辦。這一個月我什麼都不查，等期限滿了，就去向陛下請罪。」

「也不是這樣，」梅長蘇淡淡地笑著，「這一個月你該怎麼查就怎麼查，查不出來該怎麼著急，就要有怎麼著急的樣子，只不過結果一定是徒勞罷了。至於你的請辭，皇上是不會准的，他雖對你動疑心，但信任的基礎總是有的。雖說是滿朝文武，但一時又怎麼找得出比你還信得過的人來接替禁軍統領之職？可惜的是有人要遭受池魚之災了。」

「誰？」

「你的副統領。」

「朱壽春？他跟了我有七、八年了……」

「就是這樣才要撤。我想皇上最可能的做法，不是撤你的職，而是另選幾個與你素無瓜葛的生人來當你的副手，以此制衡分權。」

蒙摯冷冷一笑，「我問心無愧，隨便派誰來都行。不過被撤下來的兄弟們，我卻一定要為他們謀個好去處。」

「如果要調城防營，只怕謝玉不肯收。趁此機會塞到靖王那裡去吧，他是不會委屈你的兄弟的。」

「唉，」蒙摯長嘆一聲，「雖然有些氣悶，但有你來為我出主意，還是心定了不少。這個事情，大約可以這樣揭過去吧。」

「現在還不能就此放心。」梅長蘇搖頭道，「這一個月你不閒，謝玉當然更不會閒著。他鬧出這個動靜，應該不會想一招收手。所以你的禁軍要更周密地護衛宮防，絕不能再出任何亂子，讓事態更加惡化。」

「要說周密佈防，把宮城守得如鐵桶一般，我有這個自信。可謝玉身邊有卓鼎風，武林高手的行動，普通士兵總是難以盡防的。」

「這個交給我好了。卓鼎風在明處，並不難對付。不管是他也好，他兒子也好，他所結交的其他高手也好，我都有辦法監控住。如果他們機靈，察覺得到被人監視，必然不敢在沒把握脫身的情況下犯事，如果他們遲鈍一點，沒有察覺到我的布控，那就剛好撞在我手裡，只要一有異動，我就能抓住罪證，到時朝夏冬手裡一送，看她這次還會不會再放過謝玉。」梅長蘇清眉一揚，面上突然現如霜傲氣，「除夕這個案子，謝玉不過是先發制人，否則要論起江湖手段來，江左盟還會輸給天泉山莊嗎？」

「可不是，」蒙摯不由笑道，「如果卓鼎風真的以為你的實力越不過江左十四州的範圍，那就實在太輕忽了。」

梅長蘇有些感慨地嘆息了一聲，道：「不知是為名還是為利，為情還是為義，卓鼎風算是已經被謝玉拖上了同一條船。他到底也是一代江湖英豪，不可小瞧。只不過這京城亂局，畢竟不是他所熟悉的戰場。如今兒女聯姻，不是一家也是一家，他今後再想全身而退，只怕不容易了。」

蒙摯口氣微微冷洌道：「說到底，這也是他自己的選擇，有什麼結果，也只有他自己吞下去。倒是蕭景睿這年輕人……我素來欣賞他的溫厚，可惜以後難免要受父親所累。」

聽了他這句話，梅長蘇的眉頭微微蹙了一下，怔怔地看著燈花出神，喃喃道：「景睿嘛……那就已不僅是可惜二字了……」

次日譽王一早便來到蘇宅，詢問梅長蘇昨天過府何事。由於事過境遷，梅長蘇只答說是去賀拜新年，其他的話並沒有多講，一直等到譽王主動提起內監被殺案後，方輕描淡寫地提醒他不要再去為蒙摯求情。

因為昨夜從蒙府回來時已經很晚，上床後又久久未曾入眠，今天早起待客，讓梅長蘇感覺十分困倦難耐。譽王看出他精神不濟，說話有氣無力，也不好久坐，只聊了一刻來鐘便起身告辭了。

梅長蘇看看時間還早，雖說昨天讓言豫津約請謝家幾兄弟過府做客，但想來也是下午才會登門，所以吩咐了黎綱幾句，就回房補眠去了。

他一早就精神不好，這一睡，立即被黎綱當成了頭等大事，不僅臥房周圍嚴禁喧譁，連飛流也被又哄又騙地帶到了院外玩耍。

所以梅長蘇並不知道，那一天的上午，有個輕紗遮面的女子，悄悄從側門進來想要求見他。

「抱歉，宮姑娘，宗主已經睡著了，現在不能驚擾。」黎綱為難地攔阻著，「你是不是有什麼重要的事？」

「我……想來給宗主當面行禮拜年……」

「如果只是這個的話，恐怕不行……你也知道宗主這一向身體不好，大夫說要多休息的。他睡的時候吩咐過，下午還有事，讓我們午後叫他起來。你看，本來就只能睡這幾個時辰，為了自家人拜年什麼的去攪擾他，實在不妥……要不姑娘在外院等等，等午後宗主起身了再進去如何？」

薄薄的面紗下，只看得見女子雪白的皮膚與明亮的雙眼，看不清她臉上的表情。片刻靜默後，一聲輕嘆逸出：「算了，我瞞著十三先生出來的，等不了那麼久。麻煩黎大哥，不要跟宗主說我來過……」

「啊？」黎綱有些糊塗，「姑娘不就是來見宗主的嗎？」

「我原本想，只要能見宗主一面，就算被他責備也無所謂，可是現在既然見不著，又何必白白讓他生氣呢？宗主原本吩咐過的，我們未經許可，不得擅自到這裡來……」

黎綱還是有些霧罩罩的，聽不太明白，但他至少知道女人的心思一向善變難懂，沒有必要追根究柢，便只是笑了笑，送她出去。

這邊宮羽剛剛離去，前面又有一些府第打發人來賀年，黎綱急忙趕過去接待，很快就把宮羽來過的事情拋到了一邊。

午後梅長蘇不等人叫，自己就醒了，起身重新淨面挽髻，再換上一件顏色稍亮的衣服，整個人的氣色一下子顯得好了許多，晏大夫過來看了看，好像還算滿意的樣子。當然，他根本不知道梅長蘇昨晚偷偷出去的事情，否則絕對要再多嘮叨半個時辰。

約請好的幾位年輕朋友果然是下午過來的，除了見熟的那三位外，還帶了一個十八、九歲的少年郎，想必就是謝家三少，謝緒。

也許是因為么子多嬌寵，也許是因為年少更驕狂，也許是因為他既不像大哥那樣遊歷過江湖，又不像二哥那般了解仕途經濟，謝三公子看起來更像是那種典型的門閥清貴子弟，恃才傲物、目無下塵，對於被哥哥們拉來見一個無職無爵，又病懨懨未覺得有何過人之處的平民，他的眼睛裡表露出明顯的不耐煩，好像是在說著：「喂，你有什麼了不起的本事趕緊亮出來給我看看，否則我就當你是徒有虛名、招搖撞騙……」

不過梅長蘇似乎對馴服這個貴族少年不感興趣，除了最開初的客套以外，他就沒怎麼搭理過謝緒，大部分時間都在跟蕭景睿說話，對他甚是溫柔關懷。

「你們謝卓兩家那麼多人，除夕一定過得相當熱鬧吧？」

「熱鬧是熱鬧啊，可是繁文縟節也不少，依輩分年齒拜一圈年，就快半夜了。」蕭景睿見梅長蘇興致這麼好，也跟著高興起來，順著他提的問題描述起家裡過年的情形來。他雖不是像言豫津那般愛說話，但口才其實相當好，樁樁件件講得既有趣又生動，頗讓人有身臨其境之感。

「這有什麼好講的，哪個世家高門不是按這種規矩過年？」謝緒因為受了冷落，心氣本就不順，忍不住插言諷刺道，「蘇先生以前沒這麼過過年嗎？」

「三弟！」蕭景睿與謝弼一起斥喝了一聲。

「哦，對不起，」謝緒立即作失言狀，「我忘了，蘇先生出身不一樣，過年都是自由自在的，哪像我們這麼拘束，什麼規矩都錯不得……」

蕭景睿臉色一變，登時便要發作，梅長蘇輕輕抬手止住他，口中淡然地道：「鐘鳴鼎食之家，過年規矩確實多，難為謝三公子小小年紀，學得周全。」說著便把這話題揭過，隨口問言豫津什麼時候來帶飛流出去玩。

既然他大度不計較，蕭景睿也不好非要在人家家裡管教自己弟弟，見謝弼已經用力把謝緒拉到他身邊去坐了，便不再多言。

「蘇兄真的放心讓我把飛流帶出去？」言豫津笑道，「不怕我帶出去的是飛流，帶回來的就是『風流』了？」

謝弼接著他的話嘲笑道：「你還能帶『風流』回來？不帶『下流』回來就不錯了。」

「又開始嫉妒我了，不服氣的話跟我到妙音坊去，你看宮羽姑娘是理我還是理你？」言豫津眉飛色舞地道，「只不過你是就要有媳婦兒的人了，恐怕要收斂收斂。」

「怎麼，謝弼近期有文定之喜嗎？」梅長蘇與言豫津對視一笑，故意追問道。

「別聽豫津胡說八道……還有半年才……」謝弼一面答著，一面忍不住紅了臉。

「是哪家的千金小姐？」

蕭景睿以為他真不知道，忙道：「是我卓爹爹的女兒，大家常來常往的，所以早被二弟給瞧上了。」

「大哥！」

梅長蘇莞爾一笑，「大家彼此有情，成婚後才會更恩愛啊。不過景睿，你可是大哥，怎麼讓謝弼搶了先？」

「我……」蕭景睿低了低頭，臉色不紅反白，「我不急……」

「別理他，這人眼光太高。」言豫津輕飄飄地擠進來岔開話題，「蘇兄現在病已經好了，何不約個日子，大家一起去螺市街逛逛？別的不說，妙音坊的樂曲實是一絕，蘇兄是音律大家，當可品鑒一二。」

梅長蘇笑了笑，正要作答，黎綱捧了一疊帖子出現在門外：「宗主，這是剛剛驛寄到的賀帖，您要看嗎？」

「先擱在這兒吧。」梅長蘇用目光指了指旁邊的書桌，「我晚上再回。」

黎綱恭恭敬敬地進來，將賀帖整齊擺放好，方躬身退出。

言豫津的座位離書桌最近，所以順便瞄了一下，剛看清最上面那封淺色書帖的落款，眼睛登時便睜大了：「那……那……那是墨山先生的親筆賀帖……」

「是嗎？」梅長蘇只輕輕轉過去一眼，「這麼快就寄到了？我還以為今年人到了京城，這帖子起碼要初五後才能到呢。」

「墨山先生每年都要寄賀帖來嗎？」言豫津湊過去更仔細地看了看，「他落款愚兄墨山呢，居然是跟蘇兄你同輩相稱……」

「墨山兄青眼相看，我卻之不恭，其實也只是每年書信往來，君子之交罷了。」

「能與墨山先生有君子之交的，世上能有幾人？」言豫津嘖嘖稱嘆，故意看了旁邊呆若木雞的謝緒一眼，「墨山先生的松山書院，也是非少年英才不收入門下的……對了，謝緒，你不就是在松山書院念書嗎？這樣算起來你比蘇兄要矮一輩嘛……」

梅長蘇見謝緒的臉已漲得通紅，想到他畢竟年少，不願太難為他，只用輕鬆的口氣說了一句「非親非故的，排什麼輩分」，之後就不再看他，轉過頭去對蕭景睿溫和地笑了笑，道：「好久沒見景睿舞劍了，今日難得閒暇，讓為兄看看你的進益如何？」

蕭景睿雖然方才惱怒謝緒無禮，但此刻見小弟尷尬，心中又不忍，聽了梅長蘇此言，知他有意輕鬆氣氛，忙趁勢起身，抱拳笑道：「確實好久沒得蘇兄的指點了，大家到院中去可好？」

梅長蘇所居的主院，朝南是粉壁院門，東西門三側均為寬敞結實的高大房屋，圍合著中間青磚鋪設的方正場地。這種簡樸平實，無半點園林設計的屋院建築，確實與梅長蘇本人清雅書卷的文士氣質不符，他也一直表示要改建，只是目前還是冬季正月，暫沒有開工，仍保持著當初買來時的原樣，雖無景致，但若要舞劍，卻是一處天然最佳的演武場。

說是舞劍，自然要有劍才行。可是蕭大公子畢竟不是純粹的江湖人，沒道理來人家府上拜年還隨身攜劍同行，所以梅長蘇吩咐黎綱隨便在府裡找一把給他。

未及片刻，這把隨便找來的劍遞到了舞劍人的手中。鯊皮劍鞘，青雲吞口，劍鋒稍稍出鞘，寒氣已直透眼睫，撥劍而出握在掌中，只覺微沉稱手，但震動劍身試著劈刺時，卻又輕巧隨意，再細觀劍身，秋水青澤，幽透寒鋒，分明是一柄上佳的神兵利器，可惜無主。

「景睿，你覺得自己橫持劍身盯著看的姿勢很帥是不是？」言豫津笑鬧道，「擺那麼久還不動，我們都等僵了。」

蕭景睿一笑，還劍入鞘，左手一扯襟帶，旋身之際衣袂翻飛，已將外面的皮質長袍脫下，甩給了一旁的黎綱，露出朱底銀紋的簇新箭衣。他本是長身玉立英俊年少，這種窄袖長襟、腰身緊束的勁裝打扮自然最能襯出那悅目的身段，劍勢尚未起手，言豫津已鼓起掌來：「好！好！漂亮！漂亮！」

「看，有人開始嫉妒了……」謝弼滿臉正經地涼涼刺了一句，梅長蘇忍不住抿住嘴角蕩起的笑意。此時場中寒光輕閃，劍已凌空。

蕭景睿所使的劍法，自然是傳自天泉山莊的天泉劍法。當年玢佐卓氏最鼎盛的時期，不僅領袖南方武林，還出過兩個一品大將軍，威揚天下。後來雖退出朝廷，但在江湖上的地位卻一直保持了下來，本代莊主卓鼎風的名頭也是人盡皆知，近十年從沒有跌下過瑯琊高手榜，目前在榜中排第四位，在大梁國中，僅居於蒙摯之下。

雖說蕭景睿一來因為身世原因，二來不是長子，所以篤定不會繼承天泉山莊，但平心而論卓鼎風在傳授他劍法時，並沒有因而有所保留。有名師精心指點，再加上景睿本人資質又好，目前已盡得此套劍法真意，儘管應敵時還少些機變，平時演練已挑不出什麼毛病了。

現下是年節喜日，梅長蘇讓蕭景睿舞劍只為舒緩氣氛，並不想真的與他研討劍招，當下只是讚譽了兩句，誇他沒有荒廢練習，大有進步。其他觀者中言豫津的武功本就稍遜一籌，謝弼更是不諳武技，謝緒雖然算是文武雙修，但也不過是跟其他豪門子弟一樣，以弓馬騎射為主，因此大家都只能欣賞欣賞，說不出什麼褒貶來，反倒是飛流坐在屋頂的簷角上認認真真地從頭看到尾，手指不停地動來動去，似在分解劍招。

一套劍法舞完，吉嬸恰好端上新出鍋的芝麻湯圓，大家重新回到暖融融的室內，邊吃點心邊隨意談笑，謝緒覺得無趣，只隨口吃了幾個，便找藉口要先走。大家看他實在融不進來，倒也沒有強留，但蕭景睿還是起身到門外，仔細叮囑隨從們要小心護送後才放心讓他離去。

「景睿倒真是個當哥哥的樣子呢，我想你卓家那位兄長，應該也很持重。不知他的劍法如何？」梅長蘇用長勺輕輕撥劃著碗中玉丸般雪白軟糯的湯圓，一面嗅著那甜香的氣息，一面隨口問道。

「青遙大哥的功力比我強多了。」蕭景睿大力贊道，「比如那招飛鳥投林，我一招只擊得出七劍，他可以出九劍呢！」

「你年紀小些，自然差了火候。不過你卓家大哥的名頭，如今在江湖上也是叫得響的，我在廊州時常有所耳聞。」梅長蘇像是突然想起一般，又問道：「你平時在他面前怎麼稱呼？是叫大哥，還是叫妹夫？」

「我聽他是叫大哥的，」言豫津噗哧一笑，「可是這既是大哥又是妹夫，外人不知道的只怕搞不懂是怎麼回事呢！」

「景睿的事如今已是朝野佳話，哪還有不知道的。」梅長蘇吹著湯圓的熱氣，慢慢咬了一口，白氣縈繞間，面上的表情有些模糊，「……他們過完正月就回玢佐嗎？」

「沒有那麼急了，玢佐到京城，也不過是十天內的路程，所以一般會待到四月中再走。不過今年只有卓爹爹回去，娘和青遙大哥都會陪著綺妹留下來……」蕭景睿說著說著臉上已露出歡喜的笑容，「我綺妹懷了身孕，差不多五月就會生產，我就要當叔叔……嗯……還有當舅舅了……」

「恭喜恭喜。」梅長蘇朝謝家兩兄弟同時一笑，「想來是長公主殿下不放心，才會讓大小姐在娘家生產的吧？」

「沒錯。我卓爹爹是江湖人，謝爹爹是武門，都不在乎什麼生產不能在娘家的世俗規矩。再說女兒在親娘身邊受照顧是最妥當的，卓家娘親也會留下來，綺妹一定安心不少。」

「景睿，」言豫津擠了擠眼睛，「你怎麼不跟蘇兄說說為什麼你卓家爹娘要過了四月中再走？」

「大、大家想要多、多聚一聚嘛，」蕭景睿臉上有些發紅，不好意思地瞪了言豫津一眼，「我還想著兩家要是能住在一起就好了。」

梅長蘇是何等聰明之人，目光輕閃間含笑道：「難不成四月中有什麼重要的日子不成？」

「蘇兄猜猜。」謝弼也湊熱鬧地插了一句。

「景睿的生日嗎？」梅長蘇眉尖微挑，「四月中的哪一天呢？」

「四月十二。」言豫津嘴快搶先答道，「不過這也太好猜了，你看景睿的表情，明顯是在跟蘇兄說，『那日子跟我有關！跟我有關！』」

「去你的！」蕭景睿笑著踢了一腳過去，「你見過表情會說話的？」

「我不在乎，你慢慢等吧。」言豫津故意作出一個輕浮的表情，「到時候不知道誰看誰的笑話呢。」

梅長蘇靜靜看著兩人拌嘴，雖是見慣的場景，此時卻莫名的有些心酸，那碗熱騰騰的湯圓捧在手中已變得溫涼，卻只吃了兩個下去。

「蘇兄不舒服嗎？」謝弼細心地欠身靠近，「還是勞累了？」

「沒什麼，我一到冬天就是這樣。」梅長蘇隨即一笑，將手中湯碗放到桌上，目光柔和地看著蕭景睿，問道：「你過生日一般都怎麼慶祝？」

「我是小輩啦，哪裡值得慶祝什麼……」蕭景睿剛說了這一句，就被謝弼打斷了，「你少來了，要是你的生日都不算慶祝，我和謝緒每年豈不要哭著過生日？」

「那倒是，景睿的生日排場，是要比謝老二老三強些。沒辦法啊，人家有兩對父母嘛，當然要過雙份的。」言豫津顯然非常了解情況，「禮物成堆不說，年年都少不了有場晚宴，讓他把想請的朋友全都請來熱鬧熱鬧，吃過晚飯、長輩退場後，那更是想怎麼瘋都可以，你一年大概也就只有這一天這麼隨心所欲吧？」

「這麼說，景睿年年過生日時，都是最開心的了。」梅長蘇一看蕭景睿的神情，就知道言豫津所言不虛，「今年是滿二十五歲吧，這是半整數，只怕更熱鬧。」

「能和朋友們自由自在聚會，我當然很高興，」蕭景睿看著梅長蘇，面色微微沉鬱了一下，「今年要是蘇兄也能來就好了……」

「你昏頭了？」言豫津打了他一下，「蘇兄四月肯定還在京城，當然是要來的。你除夕夜都貿然請人家去，難不成自己過生日反而不請了？」

蕭景睿的目光閃動了一下，欲言又止。言豫津再聰明，有些事情他還是不知道。自己邀請梅長蘇除夕過府的不妥之處，除了在時間場合上有些欠考慮以外，當時自己一時興起，疏忽了還有個很重要的方面——那就是蘇哲與謝府在黨爭上的對立地位。一想到梅長蘇在雪廬最後一夜所遇到的事，他就拿不準這位深得自己敬重的蘇兄還肯不肯再邁進謝家大門了。

相對於蕭景睿的複雜心緒，梅長蘇卻表現得神態自若，仍是一臉笑意，「我也覺得景睿這話說得奇怪……景睿，你當真不請我？」

蕭景睿呆怔了片刻，遲疑問道：「蘇兄肯來嗎？」

「你我既是朋友，又同處一城，哪有不去的道理？只是我虛長幾歲，鬧是鬧不動了，到時候別嫌我沉悶就是了。」

蕭景睿甚是欣喜，忙道：「一言為定，屆時一定早早恭候蘇兄。」

「哼，你還真是賺到了，蘇兄要來，定然不是空手，多半要送你好東西，」言豫津用腳尖踢了朋友一下，又轉過身來，「蘇兄，我的生日是七月七，你別忘了。」

梅長蘇忍不住笑出聲來，忙又咳著掩飾，「是……我會記著……」

「難得有乞巧日生的男孩子，蘇兄想忘也忘不了，」謝弼嘲笑道，「你要再晚生幾天，生在七月半就更好了。」

「七夕生的男孩子無論外表如何，一定都是極重情義的的人，」梅長蘇有意迴護，「我想豫津應該也是這樣的。」

「嗯，」謝弼點著頭，正色道，「對漂亮姑娘，他還算重情義……」

「懶得理你，」言豫津朝他撇了撇嘴，又湊到梅長蘇耳邊低聲道：「等蘇兄想好了送景睿什麼東西，一定要先告訴我，免得咱們兩個送重樣兒了。」

這聲音說低雖低，但也不至於坐在旁邊都聽不到，蕭景睿推了他一把，笑罵道：「你當蘇兄和你一樣，總想些古裡古怪的東西出來？禮物只是心意罷了，隨便一字一畫我更喜歡呢。」

「禮物什麼的確是小事……我倒是覺得景睿今年，一定會有一個永生難忘的生日……」

梅長蘇這句話語意甚善，說的時候臉上又一直掛著淺淡的笑容，三個年輕人嬉笑之下，沒有注意到在他濃密眼睫的遮掩下，那雙幽黑眼眸中所閃動的混雜著同情、慨嘆與冷酷的光芒。

「宗主，」黎綱再次出現在房間門口，「譽王派人過府，送來初五年宴的請柬，來使立等回話，所以屬下冒昧驚擾……」

紅色的請帖緩緩地遞到了桌面上，室內方才輕鬆歡快的氣氛也隨之凝滯。言豫津抿了抿嘴唇，蕭景睿垂下眼簾，而謝弼則是臉色發白。

在脆弱的友情上，現實的陰影似乎總是揮之不去。

「你回告譽王，就說初五王府貴客雲集，我又有其他事情，就不去打擾了。」梅長蘇的目光輕飄飄地掃過三人，淡淡地道。

第二十七章

歌舞昇平

金陵城外的地勢，西南北面均以平地為主，間或起伏些舒緩的丘陵，唯有東郊方向隆起山脈，雖都不甚高，卻也連綿成片。

孤山便是東郊山區中距京城最近的一座山峰。從帝京東門出，快馬疾馳小半個時辰即可到達孤山山腳。若是秋季登山，觸目所及必是一片紅楓灼灼，但此時尚是隆冬，光禿禿的枝幹林立於殘雪之中，山路兩邊彌漫著濃濃的肅殺蕭瑟之氣。

拾階而上，在孤峰頂端幽僻的一側，有亭翼然，藤欄茅簷，古樸中帶著拙趣。距此亭西南百步之遙，另有一處緩坡，斜斜地伸向崖外，坡上堆著花岩砌成的墳塋，墳前設著兩盤鮮果，點了三炷清香，微亮的火星處，細煙嫋嫋而上。

今年的新春來的晚，四九已過，不是滴水成冰的那幾日。但在孤嶺之上，山風盤旋之處，寒意依然刺骨。

夏冬身著一件連身的純黑色絲棉長袍，靜靜立於墳前，同色的裙裾在袍邊的分叉處隨著山風翻飛。她平常總披在肩上的滿頭長髮此時高高盤起，那縷蒼白依然醒目，襯著眼角淡淡的細紋，述說著青春的流逝。紙灰紛飛，香已漸盡，祭灑於地的酒漿也已滲入泥土，慢慢消了痕跡。只有墓碑上的名字，明明已被蒼白的手指描了不下千萬次，可依然那麼殷紅，那麼刺人眼眸。

從天濛濛亮時便站在這裡，焚紙輕語，如今日影已穿透枝幹的間隙，直射前額，晃得人雙眼眩暈。前面深谷的霧嵐已消散，可以想見身後的京華輪廓，只怕也已漸漸自白茫茫的霧色中浸出，朦朦顯現它的身影。

「聶鋒，又是一年了……」

自他別後，一日便是三秋，但這真正的一年，竟也能這樣慢慢地過去。站在他的墓前，讓他看著自己一年一年年華老去，不知墳裡墳外，誰的淚更燙些，誰的心更痛些？也許淚到盡時，便是鮮血，痛到極致，便是麻木。悠悠一口氣，若是斷了，相見便成為世上最奢侈的願望。

夏冬的手指，再一次輕輕地描向碑前那熟悉的一筆一劃，粗糙的石質表面蹭著冰冷的指尖，每畫一下，心臟便抽痛一次。

山風依然在耳邊嘯叫，幽咽淒厲的間隙，竟夾雜了隱隱的人語聲，模模糊糊地從山道的那一頭傳來。夏冬的兩條長眉緊緊鎖起，面上浮現出陰魅的煞氣。

冬日孤山，本就少有人蹤，更何況此處幽僻，更何況現在還是大年初五。年年的祭掃，這尚屬頭一遭被人打擾。

「宗主，那邊是小路，主峰在這邊，您看，已經可以看到了……」

「沒關係，我就想走走小路，這裡林密枝深，光影躍躍，不是更有意趣嗎？」

輕輕的語聲中，積雪吱吱作響。夏冬深吸了一口氣，緩緩回身，面無表情。

「夏大人……」來者似乎有些意外，「真是巧啊……」

「嚴冬登山，蘇先生好興致。」夏冬語氣平靜地道，「不過今天，我記得似有一場盛會……」

「就是不耐那般喧鬧，才躲出城來，若是留在寒宅裡受人力邀，倒也不好推託。」梅長蘇毫不避諱，坦然道，「何況蘇某新病方起，大夫讓我緩步登山，慢慢回健體力，也算一種療法。恰好這孤山離城最近，一時興起也就來了。可有攪擾大人之處？」

「這孤山又不是我的，自然人人都來得。」夏冬冷冷道，「這是拙夫的墳塋，一向少有人來，故而有些意外。」

「這就是聶將軍的埋骨之所嗎？」梅長蘇踏前一步，語調平穩無波，只有那長長雙睫垂下，遮住眸色幽深，「一代名將，蘇某素仰威名。今日既有緣來此，可容我一祭，略表敬仰之情？」

夏冬怔了怔，但想想他既已來此，兩人也算是有雪下傾談的交情，如果明知是自己亡夫墳塋卻無表示，那也不是應有的禮數。至於敬仰之類的話，真真假假也不值得深究，當下便點了點頭，道：「承蒙先生厚愛，請吧。」

梅長蘇輕輕頷首一禮，緩步走到墓碑正前方，蹲下身去，撮土為香，深深揖拜了三下，側過臉來，低聲問道：「黎綱，我記得你總是隨身帶酒？」

「是。」

「借我一用。」

「是。」黎綱恭恭敬敬地從腰間解下一個銀瓶，躬身遞上。

梅長蘇接過銀瓶，彈指拔開瓶塞，以雙手交握，朗聲吟道：「將軍百戰聲名裂。向河梁、回頭萬里，故人長絕。易水蕭蕭西風冷，滿座衣冠似雪。正壯士、悲歌未徹。啼鳥還知如許恨，料不啼清淚長啼血。誰共我，醉明月？將軍英靈在此，若願神魂相交，請飲我此酒！」

言罷畝酒於地，回手仰頭又飲一大口，微咳一聲，生生忍住，用手背擦去唇角酒漬，眸色凜凜，衣衫獵獵，只覺胸中悲憤難抑，不由清嘯一聲。

夏冬立於他的身後，雖看不到祭墓人的神情，卻被他詞意所感，幾難自持，回身扶住旁邊樹幹，落淚成冰。

「聶夫人，死者已矣，請多節哀。」片刻後，溫和的聲音在耳邊響起，聽他改了稱呼，更覺酸楚。但夏冬到底不是閨閣孀婦，驕傲堅韌的性情不容她在不相熟的人面前示弱失態。快速調整了自己不穩的氣息後，她抬手拭去頰上的淚水，恢復了堅定平穩的神情。

「先生盛情，未亡人感同身受。夏冬在此回拜了。」

梅長蘇一面回禮，一面又勸道：「祭禮只是心意，我看聶夫人衣衫單薄，未著皮裳，還是由蘇某陪你下山吧。聶將軍天上有靈，定也不願見夫人如此自苦。」

夏冬原本就已祭拜完畢，正準備下山，當下也不多言，兩人默默轉身，沿著山道石階，並肩緩步。一路上只聞風吹落雪、簌簌之聲，並無片言交談。

一直快到山腳，遙遙已能看見草棚茶寮和拴在茶寮外的坐騎時，夏冬方淡淡問了一句：「先生要回城嗎？」

梅長蘇微笑道：「此時還未過午，回城尚早。聽聞鄰近古鎮有絕美的石雕，我想趁此閒暇走上一走。」

「赤霞鎮的石雕嗎？確實值得一看。」夏冬停了停腳步，「恕我京中還有事務，不能相陪了。」

「夏大人請便。」情境轉換，梅長蘇自然而然又換回了稱呼，「內監被殺這個案子確實難查，大人辛苦之餘，還是要多保重身體。」

夏冬的目光掃了過來，利如刀鋒，「蘇先生此話何意？」

「怎麼？這個案子沒有交給懸鏡司嗎？」

夏冬臉色更冷了一些。此案明面上是由禁軍統領府在查，她奉的是密旨參與。不過既然已經開始調查了，被人知道也是遲早的事。只不過這個蘇哲，他也知道得太早了一點。

「這的確算是一件奇詭的案子，也許懸鏡司以後會有興趣吧。」夏冬虛虛應對著，既不明言，話也沒有說死，接著又套問了一句，「不過兇手殺人如此乾淨，定是江湖高手，蘇先生可有什麼高見？」

「江湖能人異士甚多，連瑯琊閣每年都要不停更新榜單，我怎敢妄言？再說論起對江湖人物的了解，懸鏡司又何嘗遜於江左盟？目前有什麼高手停留在京城，只怕夏大人比我還要更加清楚吧？」

夏冬冰霜般的眼波微微流轉，眸色甚是戒備。懸鏡使身為皇帝心腹，自然必須不涉黨爭，不顯偏倚。這蘇哲目前差不多已算是譽王陣營裡的人了，再與他交談時，實在不能不更加小心謹慎。

梅長蘇唇角含笑，將目光慢慢移開。夏冬此時的想法，他當然知道。放眼整個京城，除了那些明白他真實目的的人以外，其他人在知道他已捲入黨爭之後，態度上或多或少都有變化，哪怕是言豫津和謝弼也不例外。若論始終如一赤誠待他的，竟只有一個蕭景睿而已。

在別人眼裡，他首先是麒麟才子蘇哲。而在蕭景睿的眼中，他卻自始至終都只是梅長蘇。

無論他露出多少崢嶸，無論他翻弄出多少風雲，那年輕人與他相交為友的初衷，竟是從未曾有絲毫改變。

蕭景睿一直在用平和憂傷卻又絕不超然的目光注視著這場黨爭。他並不認為父親的選擇錯了，也不認為蘇兄的立場不對，他只是對這兩人不能站在一起的現實感到難過，卻又並不因此就放棄自己與梅長蘇之間的友情。他堅持著一貫坦誠不疑的態度，梅長蘇問他什麼，他都據實而答，從來沒有去深思「蘇兄這麼問的用意和目的」。此非不能也，實不為也。

包括這次生日賀宴的預邀，梅長蘇可以清清楚楚地看見那年輕人亮堂堂的心思：你是我的朋友，只要你願意來，我定能護你周全。

蕭景睿並不想反抗父親，也不想改變梅長蘇，他只想用他自己的方式，交他自己的朋友。霽月清風，不外如是。可惜可憐這樣的人，竟生長到了謝府。

梅長蘇搖頭輕嘆，止住了自己的思緒。命運的車輪已轆轆駛近，再怎麼多想已是無益，因為沒有一個人，可以重新扭轉時間的因果。

對於他的感慨和沉默，此時的夏冬並沒有注意到，她的目光遠遠落到了環繞山腳的土道另一端，口中輕輕地「咦」了一聲。

梅長蘇順著她的視線看了過去，也不禁挑高了雙眉。只見臨近山底的密林深處，陸陸續續跳出了大約近百名的官兵，有的手執長刀，有的握著帶尖刺的鈎槍，還有人背著整捲的繩索。從他們沾滿雪水和泥漿的長靴與髒汙的下裳可以看出，這群人大概已在密林中穿梭了有一陣子了。

「找到沒有？」一個身形高壯魁偉，從服飾上看應是百夫長的士官隨後也跳了出來，聲音洪亮，吼出來似有回音。

「沒有……」

「什麼都沒看見……」

下屬們紛紛答著，大家的神情都很失望。

「不是有山民報說在這裡看見過嗎？媽的！又撲空了！」百夫長氣呼呼地罵了一句，抬起頭，視線無意中轉到梅、夏兩人的方向，不由愣住。

梅長蘇露出一抹明亮的笑容，向他點頭示意。

真是人生何處不相逢，有意無意都能遇到熟人呢……

「怎麼，是蘇先生認識的人嗎？」夏冬看了看梅長蘇的表情，問道。

「不算認識吧，只是見過。那是靖王府的人，雖然我只登門拜訪過靖王爺一次，卻對這位仁兄有些印象。」

夏冬略略感到有些訝異，「一個百夫長，居然會給蘇先生留下印象，想來應該有些過人之處吧？」

梅長蘇點點頭，「不知他的過人之處，現在改好一點沒有……」

這話聽著奇怪，夏冬挑了挑眉正想再問，那百夫長已經大踏步走了過來，沒有理會梅長蘇，只是向夏冬抱拳施了一禮，道：「在下靖王麾下百夫長戚猛，請問夏大人可是從山上下來的？」

夏冬打量了他一眼，微微頷首：「不錯。」

「兩位在山上時，可曾見過什麼怪獸？」

「怪獸？」夏冬皺了皺眉，「這裡可是京都轄區，怎麼會有怪獸？」

「有，是隻長著褐毛的怪獸，攪擾得山民不寧，我們才奉命來圍捕。」

梅長蘇插言問道：「我記得你們也行動有一陣子了吧，怎麼還沒有捉到？」

戚猛本是四品參將，可血戰得來的軍銜卻因為梅長蘇幾句冷言便被降成了百夫長，要說心裡對他沒有疙瘩那是假的。不過靖王府中也頗有慧眼明達之士，那日他挨了軍棍後，至少有三個人過來解勸，將道理講得絲絲分明，讓他甚覺理虧汗顏。此時再見到梅長蘇，儘管心裡仍有些不舒服，不願意主動理他，但他既然開口相問，也沒有甩臉子不答的道理。

「東郊山多林密，那怪獸又極是狡猾，我們總不能日日守在這裡，只是山民有報才來一趟，但每次來卻連影子都看不到，也不知那些山民是不是看錯了……。」

梅長蘇展目看了看四野，想到這東郊山勢連綿，範圍極廣，想要有針對性地捉一隻獸類，只怕確如大海撈針，難怪總是勞而無功。

「這裡的山民報案，不是該京兆尹衙門管的嗎？」夏冬又問道。

「那怪獸厲害著呢，京兆衙門的捕快們圍過一次，五十個人傷了一半，最終也沒捉住。高府尹沒了辦法，才求到我們王爺面前。這種幹了也沒什麼大功勞的閒事，也只有我們王爺肯管。」

夏冬心裡明白這個百夫長所言不虛，但她與靖王素有心結，不願多加評論，哼了一聲，轉向梅長蘇：「我這就回城了。改日再會。」

「夏大人慢走。」梅長蘇欠身為禮，一直目送夏冬去茶寮旁取了寄放的坐騎，揚鞭催馬去後，方徐徐回身，看了戚猛一眼。

「幹什麼？」戚猛被他這一眼看得有些心虛，腦子飛快轉著，回憶自己剛才有沒有哪句話說錯。

見他一副緊張的樣子，梅長蘇不禁破頤一笑，「不錯不錯，幾日不見你，學會自我反省了。看來靖王殿下確實有調教部屬。你剛才那番話在夏冬面前說沒什麼不妥，只是以後能不說就不說罷。靖王殿下現在要多做事少說話，這個道理他都明白，你們當手下的就更應該明白。」

梅長蘇只不過是一介平民，並非靖王身邊的謀臣，與戚猛又多少有些梁子，按道理講是沒有半點資格來教訓人的，但不知為什麼，他素淡文弱地立在那裡，卻別有一種服人的氣勢，令戚猛不知不覺間竟點了點頭，說了一聲「我知道了」。

這時黎綱已命人將馬車趕了過來，放下腳凳，攙扶梅長蘇登車。就在馬車即將啟動之時，梅長蘇突然掀起車簾，像是想起什麼似的探出半個身子，對戚猛：「你向山民打聽一下那怪獸喜歡吃什麼，設個陷阱引牠好了。」

戚猛一怔之下還未反應，車簾又再次放下，馬車夫鞭稍脆響，晃悠悠地去了。

當晚梅長蘇回府，得知譽王果然曾親自上門相邀，因為不相信他真的不在，還堅持進了後院四處看過，後來大概由於家中已是賓客盈門，終究不能多等，方才怏怏地走了。

過了初十，京城各處便開始陸續掛起花燈，為元宵大年做準備。宮中也不例外，上至皇后，下至彩嬪，各宮各院都各出奇思，爭相趕製新巧的花燈，以備十五那天皇帝賞玩，博得歡心讚譽。

不過對於某些人而言，這一派歡樂祥和的氣氛只是表面。禁軍大統領蒙摯在加緊調查內監被殺案的同時，大力改進宮防設置，密集排班加重巡視力道，很快就取得成效，一連阻止住兩起太監蓄意在宮中縱火的事件。可惜被捕的疑犯當場自盡而死，沒有問出口供，但根據屍體調查出的身分，這些疑犯確是在冊的內務太監，並非從外面混入。言皇后因此被梁帝當眾斥責，被迫脫簪請罪。她明白宮中出任何的亂子，負責任的都是自己這個東宮之主而非其他妃嬪，越妃更是不擔一點兒罪責，因此只能加倍小心在意，嚴管各宮的人員走動。皇后是先朝太傅之女，十六歲嫁給當時還是郡王的梁帝為正妃，因梁帝登基而受封皇后，執掌六宮至今。雖然早已恩淡愛馳，也沒有生子，但這些年的正宮娘娘畢竟不是白當的，管束後宮自有她的獨到之處，以越氏當年皇貴妃之寵，也未能翻出什麼大浪，如今下了狠心整飭，還算能控住局面。

與宮中的陰霾密佈相比，梅長蘇在宮外的行動似乎清閒許多。查出了目前在京中與卓鼎風有聯繫的幾名江湖高手後，這位江左盟宗主不聲不響地急調了一個無名劍客進京，按江湖規矩挨個兒挑戰，全都打得半個月下不了床，解決得乾淨俐落。而這位無名劍客在迅速引起一片風潮後，又悄然而去不知所蹤，惹得一時傳言四起，大家都在紛紛猜測此人到底是何來頭，明年的瑯琊高手榜上會不會有他……

沒了幫手，卓鼎風又敏感地察覺到周圍總似有眼線跟隨，而且探看方法極是老辣，雖然感覺不對，但又抓拿不出。在這種情況下，他也只好按兵不動，與對手這樣耗著。謝玉是謹慎小心的人，行事務求不留證據，因為擔心是懸鏡使已有所行動，故而也未敢催卓鼎風貿然動手，這樣僵持多日，京內自然是一片平靜。

除夕的傳統是守歲，元宵節的傳統則是呼朋喚友、挈婦將雛出門看花燈。雖然暗中宮裡宮外都加強了戒備，但對隱於幕後的梅長蘇而言，該有的娛樂一樣也不能少，尤其是在飛流天沒黑便自己換好漂亮衣服，綁好新髮帶準備跟著出門看燈的時候。

由於此夜不宵禁，街市上人流滾滾，黎綱做足了十分的緊張功夫，不僅安排護衛前後左右圍著，還特意叮囑飛流一定要牽牢蘇哥哥的手，不要走丟了。

「不會丟！」對於黎大叔的這個吩咐，飛流頗感受辱。

「你出了門就知道了，元宵節的街市是擠死過人的，一不小心就會走丟，飛流，你可不能大意喔！」

「不會丟！」飛流依然憤怒地堅持。

梅長蘇忍著笑拍拍少年的腦袋，柔聲道：「你弄錯了，黎大叔的意思是說蘇哥哥會走丟，不是說我們飛流會走丟啦。」

飛流愣了愣，認真地思考了半天，突然緊緊拉住了梅長蘇的手，大聲道：「不丟！」

黎綱這才鬆了一口氣，擦擦額上的微汗。

初更鼓起後，一行人出了府門，剛進入繁華的燈街主道，立時便感受到了摩肩接踵的氣氛。魚龍華燦、流光溢彩之間，人潮如織，笑語喧天。這是大梁國都中階級地位最不分明的一天，貴族高官也好，平民走卒也好，在觀燈的人群中並沒有特別明顯區別，許多名門高第甚至把元宵節穿白服、戴面具、擠成一堆賞燈嬉玩當成了一種時尚，只有身分貴重的貴婦與閨秀們才會扯起布幛稍加隔阻，但仍有很多人刻意改扮成平民女子，帶著頂兜罩住半面便隨意走動。上元節會成為情侶密約最好的日子也是因此而起。

和所有孩子一樣，飛流最喜歡這種亮閃閃耀眼眩目的東西，那些兔子燈、金魚燈、走馬燈、仙子燈、南瓜燈、蝴蝶燈……盞盞都讓他目不轉睛，每次梅長蘇問他「買不買？」的時候，他都肯定答道：「要！」以至於還沒逛完半條街，每個人的手裡都提了兩三盞。

「宗主，寵孩子不是這樣的……」黎綱忍不住抱怨道，「飛流一定巴不得把整條街都搬回家裡去……」

「好！」少年大樂，立即贊成。

「沒關係啦，等會兒跟他們會合之後，你雇兩個人把這些燈都送回去，反正我們院子大，順著屋簷全掛上，讓飛流好好玩幾天吧。」梅長蘇笑著安撫完黎綱，又回頭哄飛流，「飛流啊，這些燈按規矩只能正月才掛的，正月過了就要全部收起來，知不知道？」

「知道！」

黎綱苦笑了一下，只好不再念叨，伸長了脖子向前看：「這麼多人，可怎麼找呢？」

「找桃花燈吧，說好了他們在桃花燈下面……」

梅長蘇話音剛落，一名護衛已大叫起來：「看那裡！」

眾人順著他所指的方向一看，前方大約五十步的地方，徐徐挑起了一盞碩大無朋的桃花燈，粉紗黃蕊，紮製得極是精緻，縱然是在萬燈叢中，也依然十分惹眼。

「紮這麼大，想不看見都難啊。」梅長蘇一面笑了笑，一面帶著隨從人等朝燈下進發，短短五十來步，進進退退走了差不多有一刻鐘，總算匯集到了一起。

「小飛流，這桃花燈送你的，喜不喜歡？」言豫津笑著搖動長長的燈竿。

「嗯！」

「要謝謝言哥哥。」梅長蘇提醒道。

「謝謝！」

「這麼多人，要走到你說的妙音坊，只怕要擠到天亮呢……」梅長蘇看著潮水般的人流，嘆了口氣，「後悔答應你們出來了……」

「不要緊，」蕭景睿道，「也只是主街人多點而已，我們走小巷，可以直接到妙音坊的後門。那條路豫津最熟了，他差不多隔幾天就走一回……」

言豫津白了他一眼，「熟就熟，又不丟人，唯大英雄能本色，是真名士始風流……」

「行了，你先別風流了，大家還是快走吧，再晚一會兒你訂的位子只怕要被取消……難得宮羽姑娘今天出大廳，說要演奏新曲呢。」謝弼岔進來打了圓場，一行人擠啊擠，擠到小巷入口，方才鬆了口氣。

不走主街走小巷，雖然路程繞得遠了一些，但速度卻快了好幾倍。踏著青石板上清冷的月光，耳邊卻響著不遠處主街的人聲鼎沸，頗讓人有冰火兩重天的感覺。及至螺市街，則更是一片繁華浮豔，紙醉金迷的景象。

言豫津好樂，是妙音坊的常客，與他同來的人又皆是身分不凡，故而一行人剛進門便得到極為周到的接待，由兩位嬌俏可愛的紅衣姑娘一路陪同，引領他們到預定好的位置上去。

妙音坊的演樂大廳寬敞疏闊，高窗穹頂，保音效果極好。此時廳內各桌差不多已到齊，因為有限制人數，所以並不顯得嘈雜擁擠。雖然有很多豪門貴戚遲了一步不得入內，卻沒有出現鬧場的局面。這一來是因為妙音坊在其他樓廳也有安排精彩的節目，二來世家子弟總是好面子，像何文新那麼沒品的畢竟不多，再不高興也不至於在青樓鬧事，徒惹笑談。

一早就搶定下座位進得場內的多半都是樂友，大家都趁著宮羽沒出場時走來走去相互拜年，連靜靜坐著的梅長蘇都一連遇到好幾個人過來招呼說「蘇先生好」，雖然他好像並不認識誰是誰。

這樣忙亂了一陣子，蕭景睿與謝弼先後完成社交禮儀回到了位置，只有言豫津還不知所蹤，想來這裡每一個人都跟他有點交情，不忙到最後一刻是回不來的。

「怎麼，蘇兄又開始後悔跟我們一起出來了？」謝弼提起紫砂壺，添茶笑問。

梅長蘇遊目四周，嘆道：「這般零亂浮躁，還有何音可賞，何樂可鑒？」

「也不能這麼說，」蕭景睿難得一次反駁蘇兄的話，「宮羽姑娘的仙樂是壓得住場子的，等她一出來，修羅場也成清靜地，蘇兄不必擔心。」

他話音方落，突然兩聲雲板輕響，不輕不重，卻咻然穿透了滿堂譁語，彷彿敲在人心跳的兩拍之間，令人的心緒隨之沉甸甸地一穩。

梅長蘇眉睫微動，再轉眼間言豫津已閃回座位上坐好，其神出鬼沒的速度直追飛流。這時大廳南向的雲臺之上，走出兩名垂髫小童，將朱紅絲絨所製的垂幕緩緩拉向兩邊，幕後所設，不過一琴一几一凳而已。

眾人的目光紛紛向雲臺左側的出口望去，因為以前宮羽姑娘少有的幾次大廳演樂時，都是從那裡走出來的。果然，片刻之後，粉色裙裾出現在幕邊，繡鞋尖角上一團黃絨球顫顫巍巍，停頓了片刻方向前邁出，整個身影也隨之映入大家的眼簾中。

「嗚……」演樂廳內頓時一片失望之聲。

「各位都是時常光顧妙音坊的熟朋友了，拜託給媽媽我一個面子吧，」妙音坊的當家媽媽莘三姨手帕一飛，嬌笑道，「宮姑娘馬上就出來，各位爺用不著擺這樣的臉色給我看啊！」

莘三姨雖是徐娘半老，但仍風韻猶存，游走於各座之間，插科打諢，所到之處無不帶來陣陣歡笑。眾人被引著看她打趣了半日，一回神，才發現宮羽姑娘已端坐於琴臺之前，誰也沒注意到她到底是什麼時候出來的。

身為妙音坊的當家紅牌，賣藝不賣身的宮羽絕對是整個螺市街最難求一見的姑娘。儘管她並不以美貌著稱，但那只是因為她的樂技實在過於耀眼。實際上宮羽的容顏也生得十分出色，柳眉鳳眼，玉肌雪膚，眉宇間氣質端凝，毫無嬌弱之態，即使是素衣荊釵，望之也恍如神仙妃子。

雖然從未曾登上過瑯琊榜，但無人可以否認，宮羽確是美人。

看到大家都注意到宮羽已經出場，莘三姨便悄然退到了一邊，坐到側廊上的一把交椅上，無言地關注著廳上的情況。

與莘三姨方才的笑語晏晏不同，宮羽出場後並無一言客套串場，調好琴徵後，只盈盈一笑，便素手輕抬，開始演樂。

最初三首，是大家都熟知的古曲《陽關三疊》、《平沙落雁》與《漁樵問答》，正因為是熟曲，更能顯示出人的技藝是否達到爐火純青、樂以載情的程度。如宮羽這樣的樂藝大家，根本沒有曲誤的可能，洋洋流暢，引人入境，使聞者莫不聽音而忘音，只覺心神如洗，明滅間似真似幻。

三首琴曲後，侍兒又抱來琵琶。悵然幽怨的《漢宮秋月》之後，便是清麗澄明的《春江花月夜》，一曲既終，餘音嫋嫋，人人都彷彿浸入明月春江的意境之中，悠然回味，神思不歸。

言豫津心神飄搖之下，手執玉簪，擊節吟道：「春江潮水連海平，海上明月共潮生。瀲灩隨波千萬里，何處春江無月明？江流宛轉繞芳甸，月照花林皆似霰。空裡流霜不覺飛，汀上白沙看不見。江天一色無纖塵，皎皎空中孤月輪。江畔何人初見月？江月何年初照人？人生代代無窮已，江月年年只相似；不知江月待何人？但見長江送流水……」

清吟未罷，宮羽秋波輕閃，如蔥玉指重拔絲弦，以曲映詩，以詩襯曲，兩相融合，仿若早已多次演練過一般，竟無一絲不諧。曲終吟絕後，滿堂寂寂，宮羽柳眉輕揚，道聲「酒來」，侍兒執金壺玉杯奉上，她滿飲一盅，還杯於盤，回手執素琵琶當心一劃，突現風雷之聲。

「十三先生新曲《載酒行》，敬請諸位品鑒。」

只此一句，再無贅言。樂音一起，竟是金戈冰河之聲。狂放悲愴、激昂鏗鏘，雜而糅之，卻又不顯突兀，時如醉後狂吟，時如酒壯雄心，起轉承合，一派粗疏，在樂符細膩的古曲後演奏，更令人一掃癡迷，只覺豪氣上湧，禁不住便執杯仰首，浮一大白。

一曲終了，宮羽緩緩起身，斂衽為禮，廳上凝滯片刻後，頓時彩聲大作。

「今夜便只聞這最後一曲，也已心足。」蕭景睿不自禁地連飲兩杯，嘆道，「十三先生此曲狂放不羈，便是男兒擊鼓，也難盡展其雄烈，誰知宮姑娘一介弱質，指下竟有如此風雷之色，實在令我等汗顏。」

「你能有此悟，亦可謂知音。」梅長蘇舉杯就唇，淺淺啄了一口，目光轉向臺上的宮羽，眸色微微一凝。

只是短暫的視線接觸，宮羽的面上便微現紅暈，薄薄一層春色，更添情韻。在起身連回數禮，答謝廳上一片掌聲後，她步履盈盈踏前一步，朱唇含笑，輕聲道：「請諸位稍靜。」

這嬌嬌柔柔的聲音隱於堂下的沸然聲中，本應毫無效果，但與此同時，雲板聲再次敲響，如同直擊在眾人胸口一般，一下子便安定了整個場面。

「今日上元佳節，承蒙諸位捧場，光臨我妙音坊，小女子甚感榮幸，」宮羽眉帶笑意，聲如銀磬，大家不自禁地便開始凝神細聽，「為讓各位盡歡，宮羽特設一遊戲，不知諸君可願同樂？」

一聽說還有餘興節目，客人們都喜出望外，立即七嘴八舌應道：「願意！願意！」

「此遊戲名為『聽音辨器』，因為客人們眾多，難免嘈雜，故而以現有的座位，每一桌為一隊，我在簾幕之後奏音，大家分辨此音為何種器樂所出，答對最多的一隊，宮羽有大禮奉上。」

在座的都是通曉樂律之人，皆不畏難，頓時一片贊同之聲。宮羽一笑後退，先前那兩名垂髫小童再上，將簾幕合攏。廳上慢慢安靜下來，每一個人都凝神細聽。

少頃，簾內傳來第一聲樂響。因為面對的都是賞樂之人，如奏出整節樂章便會太簡單，所以只發出了單音。

場面微凝之後，靠東窗有一桌站起一人大聲道：「胡琴！」

一個才束髮的小丫頭跑了過去，贈絹製牡丹一朵，那人甚是得意地坐下。

第二聲響過。蕭景睿立即揚了揚手笑道：「胡笳！」

小丫頭又忙著過來送牡丹，言豫津氣呼呼抱怨好友「嘴怎麼這麼快」，謝弼忍不住推了他一掌，笑道：「我們都是一隊的！」

第三聲響過。言豫津騰地站了起來，大叫道：「蘆管！」於是再得牡丹一朵。

第四聲響過。國舅公子與另一桌有一人幾乎是同時喊出「箜篌」二字，小丫頭困擾地看看這個，再看看那個，大概是覺得這座已經有兩朵了，於是本著偏向弱者的原則進行了分發。

第五聲響過。略有片刻冷場，梅長蘇輕輕在謝弼耳邊低語了一聲，謝弼立即舉起手道：「銅角！」

「銅角是什麼？」言豫津看著新到手的牡丹，愣愣地問了一句。

「常用於邊塞軍中的一種儀樂和軍樂，多以動物角製成，你們京城子弟很少見過。」梅長蘇剛解釋完畢，第六聲又響起，這桌人正在聽他說話，一閃神間，隔壁桌已大叫道：「古塤！」

接下來，橫笛、梆鼓、奚琴、桐瑟、石磬、方響、排簫等樂器相繼奏過，這超強一隊中既有梅長蘇的鑒音力，又有言豫津跳得高搶得快的行動力，當然是戰果頗豐。

最後，幕布輕輕飄動了一下，傳出鏘然一聲脆響。

大廳內沉寂了片刻，相繼有人站起來，最後張張嘴又拿不準地坐下。言豫津擰眉咬唇地想了半天，最後還是放低姿態詢問道：「蘇兄，你聽出那是什麼了嗎？」

梅長蘇忍了忍笑，低低就耳說了兩個字，言豫津一聽就睜大了雙眼，脫口失聲道：「木魚？」

話音剛落，小丫頭便跑了過來，與此同時簾幕再次拉開，宮羽輕轉秋水環視了一下整個大廳，見到這邊牡丹成堆，不由嫣然一笑。

「大禮！大禮！」言豫津大為歡喜地向宮羽招著手，「宮姑娘給我們什麼大禮？」

宮羽眼波流動，粉面上笑靨如花，不疾不徐地道：「宮羽雖是藝伎，但素來演樂不出妙音坊，不過為答謝勝者，你們誰家府第近期有飲宴聚會，宮羽願攜琴前去，助興整日。」

此言一出，滿廳大譁。宮羽不是官伎，又兼性情高傲，確實從來沒有奉過任何府第召陪，哪怕王公貴族，也休想她挪動蓮步離開螺市街，外出侍宴這可是破天荒頭一遭，眾人皆是又驚又羨，言豫津更是笑得眼睛都成了一條縫兒，道：「宮羽姑娘肯來，沒有宴會我也要開它一個！」

梅長蘇卻微微側了側頭，壓低了聲音問道：「宮姑娘這個承諾可有時限？是必須最近幾天辦呢，還是可以延後些時日，比如到四月份……」

他這輕輕一句，頓時提醒了言豫津，忙跟著問道：「對啊對啊，四月中可以嗎？」

宮羽一笑道：「今年之內，隨時奉召。」

「太棒了！」言豫津一拍蕭景睿的背，「你的生日夜宴，這份禮夠厚啊！」

蕭景睿知他好意，並沒有出言反對。因為他的生日宴會一向隨意，以前曾有損友用輕紗裹了一個美人裝盤帶上時被父親撞見，最後也只是搖頭一笑置之，更何況宮羽這樣名滿京華的樂藝大家，自然更沒什麼問題。另外蒞陽長公主也喜好樂律，只是不方便親至妙音坊，如今有機會請宮羽過府為母親奏樂，也是一件令人欣喜的事。

「那就定了，四月十二，煩請宮姑娘移駕寧國侯府。」言豫津一擊掌，錘落定音。

謝弼佯裝嫉妒地笑稱大哥太佔便宜，旁邊有人過來湊趣祝賀，言豫津神采飛揚地左右答禮，宮羽撫弄著鬢邊的髮絲淡淡淺笑，一片熱鬧中，只有梅長蘇眼簾低垂，凝望住桌上玉杯中微碧的酒色，端起來一飲而盡，和酒咽下了喉間無聲的嘆息。

第二十八章

驚天一震

經過一個新春，年前那風波頻頻緊張局面至少在表面上稍稍鬆緩下來。在宮中，越妃做足了示弱的姿態，皇后的主要精力又要放在安穩六宮上面，兩人好一陣子沒有起過大衝突。朝堂上，太子和譽王雖然仍是政見不和，但由於暫時沒有新的引線燃起，針尖對麥芒的情況畢竟有所減少，自十六皇帝復朝開印後，兩人還沒有一次當面正式交鋒，讓人感覺很是和平，甚至有些和平得過了分。

果然，清閒的日子總是延續不了幾天。正月二十一，一聲巨響震動了半個京城。

當時正在窗前曬著暖暖冬陽的梅長蘇感到了一絲輕微的幾乎難以察覺的顫動，大約半個時辰後，他得知了這絲顫動並不是錯覺。

「私炮坊所存的火藥意外爆炸？」聽完黎綱第一時間來報的消息，梅長蘇閉上了眼睛，喃喃自語了一句：「譽王果然比我狠……他竟然能將事情鬧大到如此程度……」

「據說是由於最近無雪天乾，火星崩落引起的，整個私炮坊爆炸後被夷為平地，四周受牽連的人家初計也有九十多戶，這其中大部分是毀於後續引發的大火，燒了大半個街坊，死傷慘重。現在因為屍體不全，具體死了多少人暫時難定，但單私炮坊內就有數十人，加上遭受無妄之災的平民，少說也有一百多了……」

「傷者呢？」

「近一百五十人，重傷的有三十人左右。」

「現在火情如何？」

「好在今天無風，沒有延到下一個街坊，現在勉強已算被撲滅下去了。不過當時火勢實在太大，最先趕到的京兆衙門只有那麼點人，即使加上了周邊自發來救火的居民，也根本控制不住。鄰近人家忙著轉運財物，有些奸邪之徒便開始趁機哄搶，巡防營這時才趕到，一面鎮壓，一面自己趁亂摸取，場面十分混亂，最後還是靖王殿下率親兵到現場才鎮住的。後來靖王殿下支出了一部分軍中帳篷，暫且安置災民和傷者。太醫院的醫士和藥品都是官冊的，一時調撥不出來，殿下出資徵用民間的，屬下已經啟動京城裡的藥堂兄弟們前去支援了。」

「做得好。」梅長蘇讚了一句，又補充道，「燒傷不好治，潯陽雲家有種不錯的膏藥，你派人快馬兼程去取一些來交給靖王。」

「是。」

梅長蘇的目光幽幽地閃動了一下，又道：「現在正月都快過完了，已不是最危險的時候，反而發生了這種慘烈的意外，時機未免太巧……傳我的話，一定要針對譽王詳細徹查，盡量找到他有意引發此案的證據。這麼多條人命啊，豈能無聲無息地死去……一旦有任何進展，立即密報給我。」

「是。」

黎綱躬身退下後，梅長蘇緩緩起身，走到書桌邊展開一幅雪白的宣紙，開始濡墨作畫，想以此穩定心神。飛流也進來拿了枝筆不聲不響地趴在旁邊畫著，默默地陪伴他。窗外的日腳慢慢移動，梅長蘇的心緒也漸漸沉澱。一幅完就，停筆起身時只覺腰部有些微痠，旁邊的少年也隨之抬起了頭，漂亮的大眼睛裡全是關切。

「飛流出去玩吧？」

「不！」少年搖著頭。

「那……跟蘇哥哥一起出去走走？」

「好！」

梅長蘇從旁邊衣架上拿起一件貂皮翻領的大毛衣服穿了，走出房門。守在院中的護衛見他是外出打扮，忙備好小轎。一行人出了大門後，按梅長蘇指示，穿街過巷，來到一處餘煙未盡的街口。

雖未明設關卡，但京兆衙門的捕快們三三兩兩地成隊，還是在阻止閒人們隨意進出，遙遙看去，半個街坊都是斷壁殘垣，彌漫著一股焦臭的味道，偶爾還有殘留的明火竄出，被巡視的官兵們潑水澆滅。梅長蘇下了轎，沿著狼籍一片的街道向裡走著，負責警戒的捕快見他衣著不俗，不知是何來頭，雖然還是要遵照職責過來詢問，但態度還算和藹。

「我是……」梅長蘇正想著該怎麼說比較合適，突然看見靖王府的中郎將列戰英從一個拐角處出來，便抬起頭，向他打了個招呼。

列戰英其實根本沒怎麼跟梅長蘇說過話，但是對於這位直接影響了靖王府內部整飭活動的蘇先生還是印象深刻，見人家主動招呼，立即予以禮貌的回覆。

捕快們呆呆地看著兩人相互招手，以為都是靖王府的人，忙退到一邊讓出道路。梅長蘇快步走過去，問道：「靖王殿下呢？」

「在裡面……」列戰英以手勢指明方向，突然又覺得不是特別妥當，補問了一句，「是殿下約先生來的嗎？」

梅長蘇回頭看了他一眼，故意道：「不是，殿下一直躲著不想見我，今天聽說他在這裡，所以找了過來。」

「啊？」列戰英剛呆了呆，梅長蘇已揚長而去，等他反應過來急急從後追上時，靖王恰好帶著親兵從裡面巡視而來，三人碰了個照面。

「蘇先生？」靖王雖然也有些意外，但隨即了然，「京中的任何大事，果然都逃不過先生的法眼啊！」

梅長蘇遊目四周，雖然耳邊仍是一片哀哀哭聲，但並無流離街頭之人。沿著道路兩邊搭著一座座挨著的帳篷，有官兵捧著一盆盆熱氣騰騰的食物，一個帳篷一個帳篷地分發著。草藥的味道從街道的另一頭飄過來，同時也有蒙著白布的擔架被抬出。

「若是戰場，這不算什麼，但這是大梁國的繁華帝都，景象未免有些慘烈，」梅長蘇嘆息一聲，「殿下真是辛苦了。」

「都是勤勤懇懇的小百姓，沒有人知道自己家隔壁是個火藥庫。」靖王也隨之嘆了口氣，示意一旁的列戰英退下，「也許真是時也命也，能多過一天就好了……」

梅長蘇挑了挑眉，「殿下此言何意？」

「沈追昨日很高興地對我說，他終於查明了太子與戶部那個樓之敬設立私炮坊牟取暴利的一應事實，只是無權立即查封，所以已具折上報聖聽，請求陛下恩准京兆尹府協助封收這座私炮坊，抄沒贓款，緝拿疑犯。他當時很有自信地說，一兩天內就會有朱批下來。沒想到啊……摺子才遞上去一天，就發生如此慘烈的意外，上百條人命眨眼灰飛煙滅……而且對其中大多數人來說，這簡直是場無妄之災。」

梅長蘇深深地看了他一眼，「殿下覺得，這是個意外？」

靖王的視線瞬間凝結，緩緩回頭直視著梅長蘇的臉，語氣冰冷：「蘇先生在暗示什麼？」

「沈追身為繼任者，具表彈劾前任，就算有再多的人證物證，鬧到天也不過是一樁貪瀆案。太子畢竟是太子，陛下無論如何斥責他，懲罰都必然是不疼不癢的。可如今一聲炮響，事情頓時被鬧得眾人皆知，這到底也是上百條人命，民情民怨，很快就會形成鼎沸之態。太子將要受到的懲罰，只怕會比以前重得多。

殿下請細想，這案子鬧大了，太子必然吃虧，那誰有好處呢？」

「只是為了加重打擊太子的籌碼，譽王就如此視人命為無物？」靖王面色緊繃，皮膚下怒氣漸漸充盈，唇邊抿出如鐵的線條。恨恨的一句自語後，他突然又將帶有疑慮的視線轉向了梅長蘇，「這是蘇先生為譽王出的奇謀嗎？」

梅長蘇一開始以為自己聽錯，轉頭看了靖王一眼，才慢慢領會到他說的確實是自己所聽到的意思。雖然是被誤會，而且就情勢而言這也不是太值得生氣的事情，可不知為什麼，梅長蘇就是覺得心頭一陣怒意翻騰，強自忍耐了半晌，方冷冷地道：「不是。這都是事情發生後，我調查推測而知的。」

靖王見他沉下了臉，語氣甚是冷冽，心知說錯了話，心中歉然，忙道：「是我誤會了，先生不必多心。」

梅長蘇淡淡地將頭轉向一邊，看著被濃煙燻得發黑的倒塌民房，沒有說話。靖王的性子一向孤傲，道了一句歉後人家不理，便不肯再說第二句，場面頓時冷了下來。

這時靖王府中一名內使跑了過來，稟道：「王爺，屬下已奉命查清完畢，除了府裡內院支出的物資外，軍帳上共計支出帳篷兩百頂，棉被四百五十床。這些都是軍資，要不要上報兵部？」

「多虧你提醒，不然我還忘了。這雖不是什麼大事，但還是報兵部一聲比較好。」

「是。」內使剛要行禮離開，梅長蘇突然低聲說了兩個什麼字，因為聲音小，連與他只相隔一步的靖王最初都有些拿不準自己有沒有聽對，轉頭看了他一眼，見對方雙眼低垂，神色安靜，並沒有再重說一遍的意思，心中不由微微一動，對那內使道：「你手裡事情也多，就當是本王忘了，你也忘了，暫時不必報知兵部。」

對於這樣奇怪的吩咐，內使實在想不出是為什麼，訝異地張著嘴愣了半天，直到靖王皺了皺眉，才趕緊應諾了一聲「是」，快步離去。

等他走遠，靖王方緩緩問道：「先生可知，這批軍資雖然已經撥付給了我，但用於安置這些災民，已算是挪為他用了。按規矩確實應該通知一下兵部，為什麼先生說不報？」

「現在是戰時嗎？」

「不是。」

「這算是很大一批軍資嗎？」

「從數量上來看幾乎不算什麼。」

「帳篷和棉被用過了不能回收再用嗎？」

「最後當然是要收回的？」

「非戰時，借幾頂帳篷幾床棉被出去，算什麼芝麻大的事？」

「事情雖小，但按制度還是應該告知……」

「不告知又怎麼樣？」

靖王目光微凝，「先生應該知道兵部是太子的勢力範圍，這過錯雖然小，但一旦被兵部抓住，只怕還是會具本參我。」

「就是要讓他們參你。」梅長蘇側轉身子，與靖王正面相對，「殿下對災民廣施仁慈，這是壞事嗎？」

「當然不是……」

「殿下做的是好事，犯的錯也只是小小一樁、不值一提，兵部明明可以體諒殿下的一時疏忽，卻非要抓著不放。這一狀告到內閣，朝臣們會認為是殿下你罪不可恕，還是太子借兵部之手打壓你？」梅長蘇的唇邊掛著一絲冷笑，「朝堂之上遠不是太子能一手遮天的，兵部要參你，你只需要認錯承認事急事雜，一時疏忽就行了，到時就算譽王不出面，也自然會有耿介的朝臣打抱不平，出來為你講話，有什麼好擔心的？」

靖王傲然道：「我倒不是怕兵部會把我怎麼樣，就算父皇再怎麼嚴厲，這點小罪名我還不放在眼裡，只是明明可以免此疏漏，為什麼非要鬧這一齣？」

梅長蘇的笑容更冷，「不鬧怎麼行？現在濟濟朝臣，大部分的目光都盯在太子和譽王的身上，殿下做的事有幾個人會真正注意到？雖然是多做事少說話，但自己不說，讓別人說總可以吧。兵部這一狀告上去，皇上和朝臣們才會注意到，當太子和譽王互咬互撕的時候，是誰在控制場面？是誰在安穩民心？是誰明明默默無爭，卻反而要被攻擊？人人心中都有一桿秤，孰是孰非，自然會有公論。反之，如果殿下你現在報了兵部，事情雖然做得天衣無縫了，可效果卻適得其反，白白埋沒了殿下的善行，如衣錦夜行，無人得知。」

靖王兩道英挺的濃眉皺在了一起，道：「本王做這些事，不是做給別人看的。」

梅長蘇一連冷笑了幾聲，道：「如果做之前就想著是要給別人看，那是殿下的德行問題，但如果做完了善行卻最終無人得知，那就是我這個謀士無用了……就算是為了蘇某，請殿下您委屈一下吧！」

靖王聽他語有譏嘲，詞意甚是尖銳，知道他方才氣性未平，倒也不惱，淡淡道：「先生皆是為我，何談委屈。這是先生思慮周密，我自愧不如，一切都照你說的辦吧。」

此時若有知情者旁觀，當覺得這兩人之間情形古怪。為主君者無意出言籠絡，為下屬者也不願曲意和柔，時不時還相互冷刺一句，說出的話極是尖刻。但如果說他們之間有敵意吧，卻又都坦坦蕩蕩，有什麼話全都說了出來，彼此並不暗藏猜疑。

不過令人慶幸的是，兩人對目前這樣的相處模式，都還覺得不錯，並無反感之意。

「請問殿下，庭生近來如何？」梅長蘇負手在後，淡淡問道。

「很好，文才武功都有進益，心性也愈來愈穩，府裡的人都很喜歡他。」靖王的目光閃動了幾下，終於還是忍不住問道，「我一直都想問你，你這麼關愛庭生，以前是不是認識我大皇兄？」

「我關愛庭生，當然是因為要討好殿下你啊。」

靖王被梅長蘇這不鹹不淡的語氣弄得有些惱火，加重了語氣道：「我是認真地在問你！」

「祁王殿下嗎……」梅長蘇的視線飄飄浮浮地望著旁邊輕嫋直上的黑煙，「素來仰慕，也曾想過要在他的麾下伸展宏圖抱負，只可惜……」話到此處，他突然停住，向靖王遞了個眼色，一轉身快速地離開了。

靖王愣了愣，轉頭順著梅長蘇剛才所看的方向一瞧，只見頂頂帳篷間，一名三十七、八歲的官員費力地穿行而來，一邊走一邊向靖王抬手打著招呼。

「見、見過殿下……」因為身形微胖，走到近前時官員已有些微氣喘，拱著手道，「如此慘劇，多虧殿下及時出面，我今天恰好外出，所以這時候才過來，接下來的善後工作戶部會盡快接手，請殿下放心。」

「都是百姓的事，分什麼彼此。」靖王一面微笑了一下，一面暗暗朝梅長蘇消失的方向瞟了一眼……他是看見沈追過來才走的嗎？不願意讓自己正在結交的這些忠直官員們發現兩人之間的來往嗎？

「剛才好像看見殿下在跟人談事情，怎麼走了？是誰啊？」沈追因為本身與宗室有親，再加上與靖王相交投契，兩人之間相處比較輕鬆，故而隨口問著，也沒想過該不該問。

靖王稍稍遲疑了一下，最終還是坦然道：「那人就是蘇哲，他的名字你一定聽過，近來在京城也算聲名赫赫了。」

「哦？」沈追踮著腳尖張望一回，當然什麼也看不到了，「那就是大名鼎鼎的麒麟才子啊？可惜剛才沒看清模樣。聽說他最近在為譽王殿下獻策效力呢，怎麼殿下你也認識他？」

「何止認識，他還曾到我府上來過呢！」靖王淡淡道，「此人果不負才子之名，行為見識，都在常人之上。你一向愛才，以後若有機會與他相交，也一定會為之心折。」

「只是不知道他除了有才之外，心田如何？」沈追真心勸說道，「據說此人的才氣多半都在權謀機變上，殿下與這樣的人來往。還是應該多加防備才是。」

「嗯，我會小心的。」靖王點了點頭，也不多言。

「不過這樣的場合，他來做什麼？」沈追環顧左右一遍，「莫非是為譽王殿下來察看情況的？」

「你是不知道，這位蘇先生對京城情況一向瞭若指掌，出了這麼大的動靜，他會來看看也不奇怪。」

靖王神情凝重了下來，「你先別好奇他了，這件事明天便會驚動聖聽，你想好怎麼辦了嗎？」

沈追的神色也隨之肅然了下來，道：「沒什麼好想的，具實上報就是了。樓之敬的歷年帳目，我已經清算好了，他與太子殿下之間分利的暗帳我也追查到手，不瞞你說，我府裡昨天還鬧了刺客呢！」

靖王微驚，一把抓住他的肩頭：「那你受傷沒有？」

沈追心中感動，忙笑道：「我生來福相，一向逢凶化吉。不過那刺客倒極是厲害，我府中那些三腳貓護衛根本不是對手，幸好不知從何處來了一位高手相救，只是他打跑刺客就走了，名字也沒留下一個，到現在我也不知是何方高人救了我呢！」

「你可看清相貌？」

「他蒙著臉，不過眼睛很大很亮，應該十分年輕。」

「那你手上的這本暗帳……」

「我一早就交到懸鏡司請他們直接面呈皇上了。只要證據沒事，現在殺了我也沒用。」沈追樂觀地呵呵一笑，「所以我才敢這樣到處亂走。」

「你別大意了，縱然不為滅口，報復也是很可怕的兩個字。」靖王正色道，「戶部被樓之敬折騰成這個樣子，全靠你撥亂反正，這是關係國計民生的大事，如此重的擔子，要是你出了什麼意外，等閒誰能挑得起？」

「殿下厚愛，我真是感激不盡。」沈追嘆道，「身為社稷之臣，自當不畏艱難，我是不會輕捨其身的。只可惜朝堂大勢，都是權謀鑽營，實心為國的人難以出頭，就是殿下你……」

「好了，」靖王截住了他的話頭，「我們說過不談這些的。查清此案對你來說，既是大功一件，也是大禍的起端，你府中護衛那樣我實在不放心，只不過直接調我府裡的人也不太妥當，你可介意我從外面薦幾個人來？你放心，一定都是信得過的好漢。」

「殿下說哪裡話，我是分不出好歹的人嗎？」沈追感激地謝過了，兩人又大略聊了幾句閒話，因為都有很多事要忙，便分了手，靖王先回府去，沈追則帶著幾個幹吏在現場處理後續事務。

私炮坊這一聲巨響，餘波驚人。雖然與太子有關的部分略略被隱晦了一些，但事實就是事實。梁帝震怒之下，令太子遷居圭甲宮自省，一應朝事，不許豫聞。由於此案被掛落的官員近三十名，沈追正式被任命為戶部尚書，除日常事務外，還奉旨修訂錢糧制度，以堵疏漏。

此次事件從爆發到結束，不過五天時間，由於證據確鑿，連太子本人都難以辯駁，其他朝臣們自然也找不到理由為他分解。除了越妃在後宮啼哭了一場以外，無人敢出面為太子講情。不過在整個處理過程中，有一個人的態度令人回味，那便是太子的死對頭譽王。按道理說他明明是最高興太子跌這麼大一個跟斗的人，不追過來補咬兩句簡直與他素日的性情不符。但令人驚訝的是，這次他不知是受了什麼指點，一反常態，不僅自始至終沒有落井下石地說過一句話，甚至還拘束了自己派別的官員，導致朝廷上沒有出現趁機瘋狂攻擊太子黨的局面。這一手的明智之處在於此案至少表面完全與黨爭無關，全是太子自己德政不修幹下的汙糟事，而梁帝也因此沒有疑心譽王是否從中做了什麼手腳，把一腔怒意全都發在了太子身上。

這樣高明的一招到底是誰教給他的，大家只能暗暗猜疑，只有極少數的人知道，太子遷居的當日，譽王曾歡歡喜喜地親自挑選了許多新巧的禮物，命人送到了蘇哲府上，雖然人家最終也沒有收。

這樁醜惡的私炮案令梁帝的心情極端惡劣，但同時，也讓這位畢竟已過花甲之年的老人甚是疲累，以至於蒙摯在月底向他覆命請罪，稱自己未能在期限前查明內監被殺案時，他在情緒上已經沒有了多大波動，只是罰俸三月，又撤換了禁軍的兩名副統領後，便將此事揭過不提了。

靖王果然受到了來自兵部對於他挪用軍資未及時通報的指控，在他上表請罪的第二天，戶部新貴沈追在朝堂之上發表了激情洋溢的演講，為靖王進行了憤怒的辯護。蕭景琰雖然性子執拗，但一向為人低調，近來表現又非常好，朝廷中對他有好感的人與日俱增，連梁帝也因為父子倆有多年未再提當初舊事，漸漸不似以前那般反感他。在這件事情上，梁帝認為靖王沒什麼大錯，不僅沒有降罪，還誇了他一句「遇事決斷，實為朝廷分憂」，命他補報一份文書了事。兵部沒把握好風向，吃了啞虧不說，還白白讓對方露了一個大臉，太子陣營因此更是雪上加霜。

第二十九章

兩敗俱傷

春分過後，天氣一日暖似一日，融融春意漸上枝頭，郊外桃杏吐芳，芳草茵茵，有些等不及的人已開始脫去厚重冬衣，跑去城外踏青。蕭景睿與言豫津也上門來約了好幾次，但梅長蘇依然畏寒，不太願意出門，兩人也只好自己遊玩去了。

若說金陵盛景，自然繁多，適合春季觀賞的，有撫仙湖的垂柳曲岸、萬渝山的梨花坡和海什鎮的桃源溝。這三處景致都在京南，因此南越門出來的官道上十分熱鬧，兩邊甚至形成了臨時集市，售賣些小吃點心、茶水，或者手工玩物什麼的，居然也客如雲來，生意極好。

踏青回城途中，蕭景睿看中一組釉泥捏製的胖娃娃，覺得它們神態各異，嬌憨可愛，打算買回去送給因待產而氣悶的妹妹。攤主忙著用草紙一個個分別包好，放進小盒子中，言豫津覺得口渴，不耐等候，自己先一個人到一處茶攤喝茶去了。

片刻後，蕭景睿拎著裝好的小盒子過來，小心地放在桌上，這才坐下，也要了碗茶慢慢喝著。言豫津瞧著那盒子，撐著下巴笑道：「綺姐會喜歡嗎？」

「這娃娃這麼可愛，連我都喜歡，小綺一定喜歡。」

「你還真是個好哥哥，出來踏青都記掛著妹妹。謝緒明天要回書院去了，你不買點東西送他？」

「他喜歡玉器，我已經在琦靈齋挑好了一件，讓人直接送到家裡，現在多半已經到他手上了。」

言豫津嘖嘖有聲地道：「還真是挑不出你的毛病來呢。其實你比較想讓謝緒留下來過完你的生日再走吧？」

「三弟看重學業是應該的，何況也就這麼幾年。」蕭景睿笑著斜了他一眼，「是你想讓他留下來，好欺負著玩吧？」

「他讀書都快讀呆了，一股看不起這個看不起那個的酸儒氣，我再不欺負欺負會變傻的，他要有你一半溫厚就好了。」

「我們三兄弟性情各異，都是一樣才奇怪呢！」蕭景睿提起茶壺為他添了水，「不是渴了嗎？快喝吧，又不是你兄弟，你著什麼急？」

言豫津用力拍了拍好友的肩膀，「他不是我兄弟，你是啊！他如果將來沒出息，要操心的人一定是你這個大哥。」

「謝緒會沒出息？」蕭景睿失笑道，「他只怕是最有前途的了。若說我們三兄弟，最沒出息的人應該是我，文不成武不就，也無心仕途，這一生多半平淡而過，不能為謝家門楣增輝。」

「公子榜榜眼啊，突然說得這麼謙虛，想勾我誇你嗎？」言豫津撇了撇嘴。

「以前江湖爭浮名，實在是存了刻意心腸。現在只想安靜寧和，少了許多風發意氣，明年的公子榜，一定不會再有我了。」

「有沒有你無所謂啦，只要有我就行，我還是比較喜歡這個浮名，多帥啊……」

蕭景睿忍不住一笑，正要刺他兩句，旁邊桌的客人起身，背著的大包袱一甩，差點把裝泥娃娃的小盒子掃落在地，幸而他眼疾手快，一把抓住了，連念兩聲：「幸好，幸好。」

「不就一泥娃娃嘛，攤子還在那兒呢，碎了再買唄，也值得你這般緊張？」

「只剩這最後一套了，碎了哪裡還有？」蕭景睿小心地將盒子改放了一個地方，「小綺最近心情一直不好，我還想她看著這些娃娃開心點兒呢！」

「心情一直不好？」言豫津的雙眸微微變深了一些，「是因為……青遙兄的病吧？」

「是啊，」蕭景睿嘆一口氣，「青遙大哥上個月突發急病後，一直養到現在才略有起色，雖然我們都勸她寬心，說不會有事的，但小綺還是難免擔憂。」

「青遙兄……到底得的是什麼病啊？我記得頭天還看到他好好的，第二天就聽說病得很重。」

「大夫說是氣血凝滯之症，小心調理就好了。」

言豫津深深地看著他，吐出兩個字：「你信？」

蕭景睿一呆：「什麼意思？」

「氣血凝滯之症……」言豫津的笑容有些讓人看不懂，「我探望過青遙兄幾次，說實在的，也就你不知道疑心……」

「自家兄弟，疑心什麼？疑心青遙大哥裝病嗎？」

言豫津沒好氣地看著他，不再繞圈子，乾乾脆脆地說，「景睿，那不是病，那是傷！」

「傷？」蕭景睿驚跳了一下，「青遙大哥怎麼會受傷的？」

「這我怎麼會知道。」言豫津白了他一眼。

「那你憑什麼說青遙大哥身上的是傷？他是江湖人，受傷也不是什麼見不得人的事，何必要裝成病瞞著大家？」

「那可不一定……如果受傷的時候，剛好是在做什麼見不得人的事呢？」

「豫津！」蕭景睿頓時臉色一沉，「你這話什麼意思？我青遙大哥素有俠名，會去做什麼見不得人的事？」

「你惱什麼惱？」言豫津理直氣壯地回瞪著他，「我小時候不過逗弄一下小姑娘，你就說我做的事見不得人，從小一路說到大，我惱過你沒有？」

「你……我……」蕭景睿哭笑不得，「我那是在開你的玩笑啊！」

「那你怎麼知道我不是在開玩笑？」

蕭景睿簡直拿這個人沒有辦法，只能垮下肩膀，無奈地放緩了語氣道：「豫津，以後不要拿我大哥開這種玩笑……」

「知道了知道了，」言豫津擺了擺手，一把抄起桌上的杯子，正要朝嘴邊遞，官道上突然傳來一個聲音。

「老闆，麻煩遞兩碗茶過來。」

「好勒！」茶攤主應了一聲，用托盤裝了兩碗茶水，送到攤旁靠路邊停著的一輛樣式簡樸的半舊馬車上。一隻手從車內伸出，將車簾掀開小半邊，接了茶進去，半晌後，遞出空碗和茶錢，隨即便快速離開，向城裡方向駛去。言豫津捧著茶碗，呆呆地望著馬車離開的方向，忘了要喝。

「怎麼了？」蕭景睿趕緊將茶碗從他手裡拿下來，以免他濺濕衣襟，「那馬車有什麼古怪嗎？」

「剛才……剛才那車簾掀起的時候，我看到要茶的那個人後面……還坐著一個人……」

「什麼人啊，讓你那麼吃驚？」

「我不知道是不是自己看錯了……」言豫津抓住好友的胳膊，「那是何文新！」

「怎麼會？」蕭景睿一怔，「何文新馬上就要被春決了，現在應該是在牢裡，怎麼會從城外進來？」

「所以我才覺得自己看錯了啊……難道只是長得像？」

「可能，這世上芸芸眾生，容貌相像的人太多了。」

「算了，也許真是我發昏……」言豫津站了起來，抖一抖衣襟，「也歇夠了，咱們走吧。」

蕭景睿付了茶錢，提起小盒子，兩人隨著進城的人流一晃一晃地走著。剛走進城門，突見有一隊騎士快馬奔來，忙將好友拉到路邊，皺了皺眉，「刑部的人跑這麼快做什麼？」

「後天就是春決，行刑現場已經在東城菜市口搭好了刑臺和看樓，昨天就戒防了，這隊人大概是趕去換防的。」言豫津凝望著遠去的煙塵，「我想……文遠伯應該會來觀刑吧……」

「殺子之仇，他自然刻骨。」蕭景睿搖頭嘆道，「那何文新若非平時就跋扈慣了，也不至於會犯下這樁殺人之罪……但不管怎麼說，他這也是罪有應得。」

言豫津瞇著眼睛，不知在想什麼，但出了一陣神後，並沒有多言。兩人在言府門前分手，蕭景睿直接回到家中，只換了一件衣服，便先去卓家所住的西院探視。

此時卓鼎風不在，院子裡櫻桃樹下，卓夫人與大腹便便的謝綺正坐在一處針線，見蕭景睿進來，卓夫人立即丟開手中的刺繡，將兒子招到身邊。

「娘，這一天可好？」蕭景睿請了安，立起身來，將手裡的小盒遞給妹妹。

謝綺拆開包裝，將那一組十二個小泥娃娃擺放在旁邊矮桌上，臉上甚是歡喜，「真的好可愛，多謝睿哥了。」

「綺妹將來，也會有這麼多可愛的小娃娃的……」

「拜託你睿哥，這有十二個呢，我要生得了這麼多，不成那個什麼……」謝綺雖然是個疏朗女兒，說到這裡也不免紅著臉笑起來。

「對了，青怡妹子呢？」

「出門了。」

「啊？」

「怎麼，只許你出門踏青，不許人家去啊？弼哥陪著她，你放心好了。」

「我今早約二弟的時候，他不是說有事情不去嗎？」

謝綺嗔笑道：「人家只是不跟你去而已，你知點趣好不好？」

「睿兒老實嘛，你笑他做什麼？」卓夫人忙來回護，撫著蕭景睿的額髮道，「你什麼時候也給娘帶一個水靈靈的小媳婦回來啊？」

「娘……」蕭景睿趕緊將話題扯開，「青遙大哥的病今天怎麼樣了？看綺妹這麼輕鬆的樣子，多半又好了些？」

「是好多了。午後吃了藥一直睡著，現在也該醒了，你去看看吧。」

蕭景睿如蒙大赦，趁機抽開身，逃一般地閃到屋內，身後頓時響起謝綺銀鈴似的笑聲。

卓青遙夫婦所住的東廂，有一廳一臥，一進去就聞到淡淡的藥香。由於窗戶都關著，光線略有些暗淡，不過這對視力極好的蕭景睿來說沒什麼障礙，他一眼就看見床上的病人已坐了起來，眼睛睜著。

「大哥，你醒了？」蕭景睿趕緊快步趕上扶住，拿過一個靠枕來墊在他身後。

「你們在外面這樣笑鬧，我早就醒了。」卓青遙的笑容還有些虛弱，不過氣色顯然好了許多，蕭景睿去推開了幾扇窗子，讓室內空氣流通，這才回身坐在床邊，關切地問道：「大哥，可覺得好些？」

「已經可以起來走動了，都是娘和小綺，還非要我躺在床上。」

「她們也是為了你好。」蕭景睿看著卓青遙還有些使不上力的腰部，腦中不由自主地閃過言豫津所說的話，臉色微微一黯。

「怎麼了？」卓青遙扶住他的肩頭，低聲問道，「外面遇到了什麼不快活的事情了嗎？」

「沒有……」蕭景睿勉強笑了笑，默然了片刻，終究還是忍不住問道，「大哥，你到京城來之後，沒有和人交過手吧？」

「沒有啊。」卓青遙雖然答得很快，但目光卻暗中閃動了一下，「怎麼這樣問？」

「那……」蕭景睿遲疑了一下，突然一咬牙，道，「那你怎麼會受傷的呢？」

他問得如此坦白，卓青遙反而怔住，好半天後才嘆一口氣，道，「你看出來了？不要跟娘和小綺說，我養養也就好了。」

「是不是我爹叫你去做什麼的？」蕭景睿緊緊抓住卓青遙的手，追問道。

「景睿，你別管這麼多，岳父他也是為國為民……」

蕭景睿呆呆地看著自己的大哥，突然覺得心中一陣陣發寒。奪嫡、爭位，這到底是怎樣一件讓人瘋狂的事，為什麼自己看重的家人和朋友一個個全都捲了進去？父親、謝弼、蘇兄、大哥……這樣爭到最後，到底能得到什麼？

綺妹馬上就要臨產，父親卻把女婿派了出去做危險的事情，回來受了傷，卻連家裡的人都不敢明言，怎麼可能會是光明正大的行為？為國為民，如此沉重的幾個字，可以用在這樣的事情上面嗎？

「景睿，你是不是又在胡思亂想了？」卓青遙輕柔地用手指拍打著弟弟的臉頰，「就是因為你從小性子太溫厚，娘和岳母又都偏愛你，所以岳父所謀的大事才沒有想過要和你商量。如今譽王為亂，覬覦大位，岳父身為朝廷柱石，豈能置身事外，不為儲君分憂？你也長大了，文才武功，都算是人中翹楚，有時你也要主動幫岳父一點忙了。」

蕭景睿抿緊了嘴唇，眸色變得異常深邃。他溫厚不假，但對父親的心思、朝中的情勢卻也不是一概不知。聽卓青遙這樣一講，便知他，甚至卓爹爹，都已完全被自己的謝家爹爹所收服，再多勸無益了。只是不知道，青遙大哥冒險去做的，到底是一樁什麼樣的事情呢……

「大哥，你的天泉劍法早已遠勝於我，江湖上少有對手，到底是什麼人，可以把你傷得如此之重？」

卓青遙嘆了一口氣，「說來慚愧，我雖然慘敗於他手，卻連他的相貌也沒有看清楚……」

「那大哥是在什麼地方受的傷呢？」

卓青遙鎖住兩道劍眉，搖了搖頭，「岳父叮囑我，有些事情不能告訴你……聽說你和那位江左的梅宗主走得很近？」

蕭景睿微微沉吟，點頭道：「是。」

「這位梅宗主確是奇才，岳父原本還指望他能成為太子的強助，沒想到此人正邪不分，竟然倒向了譽王那邊……景睿，我知道你是念恩的人，他以前照顧過你，你自然與他親厚，但是朝廷大義，你還是要記在心裡。」

蕭景睿忍不住道：「大哥，太子做的事，難道你全盤贊同……」

「臣不議君非，你不要胡說。岳父已經跟我說過了，這樁私炮案，太子是被人構陷的。」

蕭景睿知道自己這位大哥素來崇尚正統俠義，認了的事情極難改變。現在他傷勢未癒，不能惹他氣惱，當下只也得低下頭，輕聲答了個「是」。

兩兄弟正談著，外廂門響，謝綺慢慢走了進來，大家立即轉了話題，閒聊起來。未幾到了晚膳時候，卓夫人來領了蕭景睿去飯廳，卓青遙夫婦因行動不便，一起在自己房內吃飯。

謝弼與卓青怡此時已經回來，但謝玉和卓鼎風卻不知為了何事不歸，只打發了人來報說不必等他們，因此堂上長輩只有兩位母親，氣氛反而更加輕鬆。

蕭景睿在兩位娘親眼裡是最受寵的孩子，這一點在飯桌上體現得猶為明顯，尤其是卓夫人，有什麼景睿愛吃的菜，一律是先挾到他的碗中。謝弼在一旁玩笑抱怨道：「我和謝緒也在啊，沒有人看得見我們嗎？」

蒞陽長公主冷淡自持，只看了他一眼，微笑不語，卓夫人卻快速挾起一個雞腿塞進他碗中，笑道：「好了，有你們的，都快吃吧。大小夥子，吃飯要像狼似的才像話。」

蕭景睿一面體貼地給默默低頭吃飯的三弟挾菜，一面笑著打趣謝弼道：「你現在是我娘的女婿，早就比我金貴了，丈母娘看女婿，總是比兒子順眼，就像在母親眼裡，青遙大哥也比我重要一樣。」

為了區別，當大家同時在場時，蕭景睿一向稱呼卓夫人為娘，稱呼蒞陽公主為母親，被他這樣一說，長公主也不禁笑了笑，道：「青遙本就比你懂事，自然要看重他些。」

謝弼還要再說，被卓青怡紅著臉暗暗踢了一腳，只得改了話題，聊起今天出城踏青的趣事，大家時不時都接上一兩句，甚是一片和樂融融。

席面上最安靜的人一向是謝緒，他那清傲冷淡的性子倒是像足了母親蒞陽公主，為人處事一應禮節一絲不苟，用餐時也講究食不語。飯後他默默陪坐了片刻，便向長輩們行禮，跟兄姐打過招呼，又回房念書去了。以至於連蕭景睿這般沉穩的人，都忍不住想要把言豫津叫來，到書房裡一起去鬧鬧他。

「緒兒小小年紀，行事便如此有章法，」卓夫人笑著向蒞陽公主讚道，「將來一定能成大器。」

長公主唇邊掛著微笑，眸中卻有一絲憂色，輕聲道：「緒兒是愛做學問的人，只是一向自視太高，不知道天外有天、人外有人的道理，日後難免要吃虧。」

蕭景睿與謝弼同時想起謝緒在蘇宅已經吃過的那個小虧，兩人不禁相互對視了一眼，但卻很有默契地誰也沒有提起。大家一起閒話家常到二更時，謝玉與卓鼎風仍然沒有回府，蕭景睿心中略有些不安，送母親們回後院歇息後，立即命人備馬，叫謝弼在家中等候，自己準備出門尋找。誰知剛走到大門口，兩位父親剛巧就回來了。

「怎麼穿著披風？這麼晚了還要出門？」謝玉皺眉責問著，語氣有些嚴厲。

相送蕭景睿出來的謝弼忙解釋道：「大哥是擔心父親和卓伯伯至晚未歸，想要出去找找……」

「有什麼好找的？就算我們兩個真遇到什麼事，你一個小孩子來了能做什麼？」

「景睿也是有孝心，謝兄不必過苛了，」比起謝玉的嚴厲，卓鼎風一向對孩子們甚是慈愛，拍拍蕭景睿的肩膀，溫言道，「難為你想著，時候不早了，去休息吧。」

謝玉今天看起來心情不錯，竟然笑了起來，道：「卓兄，你實在太嬌慣孩子們了。」

自從太子最近諸事不順以來，謝玉在家中基本上就沒露過笑臉，所以這一笑，蕭景睿和謝弼心中都甚是訝異，不知發生了什麼令他高興的事，卻又不敢多言多問，只是暗暗猜測著，一起行了禮，默默退了下去。

次日一早謝三少爺謝緒便啟程回了松山書院，下午莅陽長公主又決定要回公主府去侍弄她的花房，除了謝綺外的女眷們都跟著一起去了，謝弼被府裡一些事絆住了腳，因此只有蕭景睿隨行護送。春季開的花品種甚多，迎春、瑞香、白玉蘭、瓊花、海棠、丁香、杜鵑、含笑、紫荊、棣棠、錦帶、石斛……栽於溫室之中，催開於一處，滿滿的花團錦簇，豔麗吐芳，大家賞了一日還不足興，當晚便留宿在公主府，第二天又賞玩到近晚時分，方才起輦回府。

因為遊玩了兩日，女眷們都有些疲累，蕭景睿只送到後院門外，便很快退了出來。他先到西院探望了卓青遙，之後才回到自己所居的小院，準備靜下心來看看書。

誰知剛翻了兩頁，院外便傳來了一個熟悉的聲音，一路叫著他的名字，語氣聽起來十分興奮。

蕭景睿苦笑著丟下書，到門邊將好友迎進來，問道：「又出什麼熱鬧了？來坐著慢慢說。」

言豫津來不及坐下，便抓著蕭景睿的手臂沒頭沒腦地道：「我沒有看錯！」

「沒有看錯什麼？」

「前天我們在城外碰到的馬車，裡面坐的就是何文新，我沒有看錯！」

「啊？」蕭景睿一怔，「這麼說他逃獄了？不對吧，逃獄怎麼會朝城裡走？」

「他是逃了，不過年前就逃了，那天我們看見他的時候，他是被抓回來的！」

「年前就逃了？可是怎麼沒有聽說過這個消息，刑部也沒有出海捕文書啊……」

「就是刑部自己放的，當然沒有海捕文書了！」言豫津順手端起桌上蕭景睿的一杯茶潤了潤嗓子，「我跟你說，何文新那老爹何敬中跟刑部的齊敏勾結起來，找了個模樣跟何文新差不多的替死鬼關在牢裡，把真正的何文新給替換出來，藏得遠遠的。直等春決之後，砍了人，下了葬，從此死無對證，那小子就可以逍遙自外，換個身分重新活了！」

「不可能吧？」蕭景睿驚的目瞪口呆，「這也……太無法無天了……」

「聽起來是挺膽大包天，可人家刑部還真幹出來了，你別說，這齊敏還挺有主意的，不知道這招兒是不是他一個人想出來的……」

蕭景睿感覺有些不對，雙手抱胸問道：「豫津……這怎麼說都應該是極為隱密之事，你怎麼知道的？」

「現在何止我知道，只怕全京城的人都知道了！」言豫津斜了他一眼，「今天春決，可算是一場大戲，你躲在家裡足不出戶的，當然什麼都不知道。」

「你到菜市口看春決去了？」

「我……我倒也沒去……殺人有什麼好看的……」言豫津不好意思地抓抓頭，「不過我有朋友去了，他從頭看到尾，看得那是清清楚楚的，回來就全講給我聽了……你到底要不要聽？」

「聽啊，這麼大的事，當然要聽。」

言津豫頓時興致更佳，眉飛色舞、繪聲繪色地道：「據說當時在菜市口，觀刑的是人山人海，刑部的全班人馬都出動了，監斬官當然是齊敏，他就坐在刑臺正對面的看樓上，朱紅血籤一根根地從樓上扔下來，每一根籤落地後，就有一顆人犯的頭掉下來。就這樣砍啊砍啊，後來就輪到了何文新，驗明正身之後，齊敏正要發血籤，說時遲那時快，你爹突然大喝一聲：『且慢！』」

「你說誰？」蕭景睿嚇了一跳，「我爹？」

「對啊，你爹，謝侯爺。他當時也在看樓上，叫停了劊子手後，他問齊敏：『齊大人，人命關天，你確認這人犯正身無誤？』」言豫津學著謝玉的口氣，倒有七八分相像，「這句話一問，齊敏的臉色立時就變了，只是箭已離弦，斷無回弓之理，齊敏也只能硬著頭皮說絕無差錯，喝令劊子手趕緊開刀。你爹剛叫了一句『刀下留人』，一輛馬車恰在此時由巡防營護衛著闖到了刑臺旁，好幾名營兵從馬車裡拖啊拖，拖出一個人來，你猜是誰？」

蕭景睿沒好氣地道：「何文新。」

「猜對了！這個是真正的何文新。可是他老爹和齊敏卻咬口不認啊，非說這個才是假的。你爹這時冷笑兩聲，又帶出三個人來，是牢頭、替死鬼的中間人，還有一個女的，那女的只哭喊了兩句，臺上那假何文新就撐不住了，突然嘶聲大叫，說他不是死囚，他不想死……你想想看，周圍擠得滿滿騰騰都是圍觀的百姓，一時譁然，場面那個亂啊，齊敏當時都快暈死過去了。文遠伯也來觀刑，一看刑部來這一手，氣得直跳，揪著何敬中和齊敏不放，鬧著要面聖。最後還是你爹有魄力，派巡防營的大隊兵馬接管了現場，倒也沒失控。後來他們幾個大人就連拖帶扯地一起進宮去了，估計這陣子正在太和殿外等著皇上召見呢！」

這簡直是以前聽也沒有聽說過的奇聞，蕭景睿呆呆思忖了片刻，問道：「你覺得真的是何大人和刑部同謀幹了這件替換死囚的事嗎？」

「我覺得是真的。」言豫津壓低了一點聲音，「你爹是多謹慎的一個人啊，沒有鐵證，他最多密奏，不會當眾整這麼一齣。吏部倒也罷了，大約只有何敬中一個人涉罪，但刑部……這次恐怕會被煮成一碗粥呢！」

「這倒是，如果現在追查出以前還有同類型的案子，齊尚書的罪便會更重。」蕭景睿喃喃應著，突然想起父親前天晚上那高興的樣子，現在看來，是因為抓到了何文新。吏部和刑部都是支持譽王的，這位最近順風順水的王爺，只為了這一個案子就折傷了兩隻臂膀，也夠他疼上一陣子了……

「說起來都是六部首腦，還真夠齷齪的，」言豫津自顧自地搖頭感慨道，「從什麼時候起，朝臣都變成了這個樣子，這樣的人來協助君上治理天下，天下能治好嗎？」

蕭景睿低著頭沉默了半晌，突然道：「能都怪朝臣嗎？君者，源也，源清則流清，源濁則流濁，如今在朝中為官，坦誠待人被譏為天真，不謀機心被視為幼稚，風氣若此，何人之過？」

他此言一出，倒把言豫津驚得閉不攏嘴，好半天方道：「你還真是一鳴驚人，我當你素日根本不關心朝局呢！能說出這樣的話來，請受我一拜。」

「少打趣我了，」蕭景睿瞪了他一眼，「再說這話也不是我說的，我只是愈來愈覺得……他說得對……」

「誰？」言豫津想了想，遲疑地問道，「蘇兄？」

「嗯。我們千里同行，一路上什麼話題都聊過，這是有天晚上謝弼睡了，他跟我秉燭夜談時所發的感慨……我真是想不通，蘇兄既有這樣的理念，為何會選擇譽王？」

「大概他也沒得選吧？」言豫津聳了聳肩，「太子和譽王，有多大區別？」

蕭景睿點著頭，神色也有些無奈：「蘇兄曾說過立君立德，所謂君明臣直，方為社稷之幸。待民以仁，待臣以禮，非威德無以致遠，非慈厚無以懷人。時時猜忌、刻薄寡恩的君上，有幾個成得了流芳百世的名君賢君？我想蘇兄的痛苦，莫過於不能扶持一個能在德行上令他信服的主君吧……」

言豫津的眸光微微閃動，想要說什麼，最終又沒說，手指撥動著桌上的茶壺蓋，翻來翻去地玩了一陣，突然起身，將剛才的話題一下子扯開老遠：「景睿，外面好月色，陪我去妙音坊吧？」

皇帝對於「換死囚」諸案的處理詔書在十天後正式廷發。吏部尚書何敬中免職，念其謀事為親子，降謫至嶽州為內吏，何文新依律正法；刑部尚書齊敏草菅人命，瀆職枉法，奪職下獄，判流刑。刑部左丞、郎中、外郎等涉案官員一律同罪。譽王雖然沒受什麼牽連，但他在朝廷六部中能捏在掌中得心應手的也就是這兩部了，一個案子丟了兩個尚書，懊悔心疼之餘，更是對謝玉恨之入骨。

有心人給奪嫡雙方這大半年來的得失做了一下盤點，發現雖然看起來太子最近屢遭打擊，譽王意氣風發，但一加上此案，雙方損失也差不了太多。

太子這邊，母妃被降職，輸了朝堂論辯，折了禮部尚書和戶部尚書，自己又被左遷入圭甲宮；譽王這邊，侵地案倒了一個慶國公，皇后在宮中更受冷遇，如今又沒了刑部尚書和吏部尚書。人家都說此消彼長，可奇怪的是，這兩人鬥得如火如荼，不停地在消，卻誰也沒看見他們什麼地方長了，最多也就是譽王可以勉強算是拉近了一點和穆王府及靖王之間的關係罷了。

不過此時的太子和譽王都沒有這個閒心靜下來算帳，他們現在的全副精力都放在一件事上，那就是如何把自己的人補入刑部和吏部的空缺，退一萬步講，誰上也不能讓對方的人上了。

太子目前正在圭甲宮思過，不敢直接插手此事，只能假手他人力爭，未免十分力氣只使得上七分，而譽王則因為倒下的兩個前任尚書都是由他力薦才上位的，梁帝目前對他的識人能力正處於評價較低的時期，自然也不能像以前那樣說風得風、要雨得雨，所以兩人爭了半天，總也爭不出結果來。

吏部倒也好說，只是走了一位尚書，機構運行暫時沒有問題，但刑部一下子被煮掉了半鍋，再不定個主事的人只怕難以為繼。梁帝心中煩躁，暮年人不免有些頭暈腦脹，諸皇子、公主一個接一個入宮來問病請安，靖王是和景寧公主一起來的，聊到梁帝最近這樁煩心事時，靖王隨口提起了上次三司協理侵地案時，刑部派出的官員蔡荃。梁帝被他這一提醒，頓時想起此人當時執筆案文，給自己留下尚佳的印象，急忙一查，確認他這次並未涉案，於是立召入宮，面談了半個時辰，只覺得他思路清晰，熟悉刑名，對答應奏頗有見地，竟是個難得的人才，不過資歷略淺些，又沒有背景，才會一直得不到升遷，心中頓時有了主意。

第二日，蔡荃被任命為三品刑部左丞，暫代尚書之職，要求其在一月內，恢復刑部重新運作，並清理積務。鷸蚌相爭的太子與譽王誰也不知道這個蔡荃是從哪裡掉下來的，本來都以為是對方的伏兵，查到最後才不得不相信，此人竟然真的就是個不屬於任何陣營的中間派。

刑部先穩住之後，梁帝定下心來細細審察吏部尚書的人選，考慮了數天之久，他最終接納中書令柳澄的推薦，調任半年前丁憂期滿，卻一直未能復職的原監察院御史臺大夫史元清為吏部尚書。史元清素以敏察剛正聞名，與太子和譽王都有過磨擦，梁帝也因受過他的頂撞而不甚喜他，這次不知中書令柳澄是如何勸說，竟能讓梁帝忍了個人喜好，委其重職。

不過朝堂上的熱火朝天，並沒有影響到梅長蘇在府中愈來愈清閒的日子。雖然他現在是公認的譽王謀士，可譽王在「換死囚」一案上吃的虧純屬自己大意輕敵，事前從沒跟人家麒麟才子提過，事後人家當然更沒有責任。至於如何爭搶兩個尚書位的事情，譽王倒是來徵求過梅長蘇的意見，但他畢竟是江湖出身，在朝堂上又沒有可用的人脈，最多分析推薦幾個適用的人選，實施方面是指望不上的，幸好譽王也沒在他身上放太多希望，只聽了聽他看法，就自己一個人先忙活去了。

因此，在這段春暖花開的日子裡，梅長蘇只專心做了一件事，那就是招來工匠，開始改建蘇宅的園林。新園子的圖稿是梅長蘇親自動手設計，以高矮搭配的植被景觀為主，水景山石為輔，新開挖了一個大大的荷塘，建了九曲橋和小景涼亭，移植進數十棵雙人合圍的大型古樹，又按四季不同補栽了許多花卉。難得的是工程進展極是快速，從開工到結束，不過一個月的時間而已。

蘇宅改建好的第二天，梅長蘇甚有興致地請了在京城有過來往的許多人前來作客賞園，在他的特別邀約下，謝家兩兄弟帶來了卓青遙和卓青怡，穆王府兩姐弟帶來了幾名高級將領，蒙摯帶來了夫人，夏冬甚至把剛剛回京沒多久的夏春也帶來了，言豫津雖然誰都沒帶，卻帶來了一隻精巧的獨木舟，惹得飛流一整天都在荷塘水面上飄著。

在主人的熱情招待下，這場聚會過得非常歡快熱鬧。登門的客人們不僅個個身分不凡，關鍵是大家的立場非常雜亂，跟哪方沾關係的人都有，這樣一來，反而不會談論起朝事，盡挑些天南海北的輕鬆話題來聊，竟是難得清爽自在。這裡面言豫津是頭一個會玩會鬧的，穆青跟他十分對脾氣，兩個人就抵得上一堆鴨子。其他人中，卓青遙通曉江湖逸事，懸鏡使們見多識廣，霓凰郡主是傳奇人物，東道主梅長蘇更是個有情趣的妙人……來此之前誰都沒有想到，這個看起來組成如此古怪的聚會，居然會令人這般愉快。

遊罷園景，午宴就設在半開敞式的一處平臺之上，菜式看起來簡單清淡，最妙的是每種菜都陪佐一種不同的酒，同食同飲，別有風味，與座人中，只有愛品酒的謝弼說得出大部分的酒名，餘者不過略識一二罷了。

宴後，梅長蘇命人設了茶桌，親手暖杯烹茶，等大家品過一杯，方徐徐笑道：「如此枯坐無趣，我昨夜倒想了個玩法，不知大家有沒有興致？」

江左梅郎想出來的玩法，就算不想玩至少也要聽聽是什麼，言豫津先就搶著道：「好啊，蘇兄說說看。」

「我曾有緣得了一本竹簡琴譜，解了甚久，粗粗斷定是失傳已久的《廣陵散》。昨晚我將此譜藏在了園中某一處，大家室內室外隨便翻，誰最先將它尋到，我便以此譜相贈。」梅長蘇一面解說著，一面搖杯散著茶香，「若是對尋寶沒有興趣的客人，就由我陪著在此處飲茶談笑，看看今天誰能得此彩頭。」

一聽得「廣陵散」三個字，言豫津的雙眼刷地一下就亮了，穆小王爺穆青年輕愛玩，也是神情興奮，謝弼雖然對琴譜不感興趣，但覺得去尋寶應該會比坐著喝茶更有趣，因此這三人是最先站起來。蕭景睿本來覺得可去可不去，但剛一猶豫，言豫津的眼睛便瞪了過來，他知道好友是多拉一個人多一分勝算，笑著放下茶杯，拉了卓青遙一起起身。卓青怡從表情上看也甚感興趣，但因為女孩兒家矜持，不好意思去湊熱鬧，紅著臉坐在原地未動，悄悄看了霓凰郡主一眼。

郡主何等冰雪聰明的人，一看就知道她在期盼什麼，微微一笑站了起來，道：「卓姑娘，可願跟我一路？」

卓青怡忍住面上喜色，忙立起身來斂衽一禮，道：「郡主相召，是青怡的榮幸。」見郡主和小王爺都去了，原本就躍躍欲試的穆王府諸將哪裡還坐得住，立即也跟了過去。只這一會兒功夫，整個平臺就空空蕩蕩了。

梅長蘇用指尖輕輕轉動著薄瓷茶杯，笑道：「看來願意跟我一起坐著喝茶的人，只有蒙大哥、蒙大嫂和夏冬大人了……」

「怎麼會，還有夏春大人……」蒙摯一面隨口接著話茬兒，一面向東席上看去，頓時一愣，「夏春大人呢？」

「早就走了，」夏冬滿面的忍俊不禁，「春兄也是個樂癡，一聽見有古琴譜，哪裡還坐得住，蘇先生的話還沒說完，他就一陣風似的……飄了……」

「對對對，」蒙摯用手拍著腦門，「是我健忘，夏春大人上次為了份古譜，還跟陛下爭上了呢！」

「夏春大人最擅奇門遁甲、機巧之術，我藏譜的小小偽裝，自然會被一眼看破，看來今天豫津要氣悶了。」梅長蘇微笑道。

「這也難料，蘇先生的園子可也不小，是不是一開始就找對了方向，還是要看運氣的。」夏冬柳眉一揚，狹長的鳳眼中波光流溢，邪邪笑道，「豫津這臭小子拖了那麼多幫手去，我看除了春兄，其他任何人找到了這古譜，最終都會被他死磨硬纏地給搶過去。這樣算起來他的勝率也不低啊！」

梅長蘇但笑不語，低頭照管茶爐，又給大家換了熱茶，閒聊些各地風物。大約兩三刻鐘後，夏春人如其名，滿面春風的回來了，手裡抱著個小小的紅木盒子，大踏步上前，朝著梅長蘇一拱手，道：「蘇先生，如此厚贈，愧不敢當。」

梅長蘇朗聲一笑，道：「夏春大人自己尋得了，與蘇某何干。其他人呢？不會還在找吧？」

「是啊，」夏春笑得有些狡黠，「我悄悄回來的。」

「想不到夏春大人還如此有戲耍的童心，」梅長蘇不禁失笑，搖著頭將目光轉向平臺左側。

黎綱不知何時已侍立在那裡，見到宗主的目光掃來，他不動聲色地挑起了右邊的眉毛，躬身一禮。

梅長蘇心中頓時安定，開口道：「你去請郡主他們回來吧，就是再找，也沒有第二本了。」

「是。」黎綱領命退下後不久，其他尋寶人便陸陸續續回來了。言豫津一見琴譜在夏春手裡，雖然鬱悶，但也知道此人樂癡的程度比自己尤甚，只惋嘆了兩聲，很快也就丟開了。

日影西斜，賓主盡歡。申時之後，客人們相繼起身告辭。蒙摯是最後一個走的，一向騎馬的他大約是陪夫人的緣故，居然也上了馬車，轆轆而去。

第三十章

密室初啟

梅長蘇在宅門口送完客，方緩步回到後園自己的寢院之中，一進屋門就笑道：「蒙大哥，你回來得好快。」

「我又沒有走遠，」蒙摯過來幫他將門關上，回身皺著眉道，「你今天玩這個遊戲是不是忘了夏春在這裡？剛才真是驚出我一身冷汗來，他可是出了名的機關高手，你居然敢讓他滿園子隨意亂翻……」

「這遊戲就是為了夏春而設的，」梅長蘇的唇邊浮起一抹傲然的笑意，「連夏春都發現不了的暗道，那才是真正的暗道……再說那暗道口我特意改建過，就算萬一被夏春翻出來了，他也只看得出來是間密室而已。再說了，我要是沒有七分贏他的把握，也不會冒這個險。」

「說得也是，」蒙摯長長吐一口氣，「你辦的事，什麼時候不周全過了？」

梅長蘇笑著扶住他的手臂，低聲道：「今天是第一次，蒙大哥，可願陪小弟去靖王府一遊？」

「好。」蒙摯回答得毫不遲疑，轉身從衣架上取了狐裘斗篷，為梅長蘇披在肩上，「地道裡陰濕，你多穿些。」

「你真的要陪我去？」梅長蘇眸中的亮光閃動了一下，「那要是靖王問你怎麼會跟我在一起，你怎麼回答？」

蒙摯確實未曾想到此節，怔了怔道：「我以為他知道……」

「他知道你我有交往，他也知道你很賞識我、偏向我……」梅長蘇定定地看著這位禁軍大統領的眼睛，「但是他卻不知道你我之間真正的淵源。如果你陪著我一起從這條全京城最隱密的地道中走出來，那就代表著你和我之間的關係，遠比他想像中還要親近十倍，他怎麼可能不驚詫？怎麼可能不想要問個清楚明白？」

「那……」蒙摯擰眉想了一陣，「就說你曾經救過我的命，我要報恩，或者說我有把柄落在你手裡，所以不得不……」

梅長蘇失笑著搖了搖頭，「景琰不是那麼好騙的。你蒙大統領是什麼人物，如果你我之間只是為了報恩，或只是因為被威脅，那麼我最多能利用你一下就不錯了。若非推心置腹，若非信任無間如同手足，我怎麼可能會把這條關係到我生死成敗的秘道都告訴你呢？」

「小殊，」蒙摯突然緊緊攥住他的手，「乾脆什麼都跟他說了吧，我們之間真正的關係，還有你真正的……」

梅長蘇的神色突然冷冽了起來，方才目光柔柔的眸子瞬間凝結如冰面，掩住了冰層下所有情感的流動，連說話的語調都散發出了幽幽寒氣。

「蒙大哥，我最怕的，就是你忍不住這個……」梅長蘇用力反握住蒙摯的手，指尖幾乎陷進了他手背的肉中，「以後，景琰和你之間的來往會愈來愈多，你千萬要記著，任何情況下，你都要咬緊牙關，不能告訴他我是誰，一個字也不能說！」

「可是為什麼？你為什麼一定要一個人撐著？如果靖王知道了所有的真相，他一定會更加……」

「那樣反而會壞事的。」梅長蘇冷冷截斷了他的話，「靖王現在奪嫡的決心還算堅定，我向他進言，無論他感受如何，至少他全都聽了，我的計畫和行動他也一一配合，從來沒有抗拒過，你知道這是為什麼嗎？」

「因為……」蒙摯喃喃囁嚅了半天，也說不出下半句。

「因為他現在心無雜念，奪位目前來對他而言是最重要的一件事。我為他所做的一切，他只需要判斷是否對奪位有利就行了。至於這些事對梅長蘇本人會造成什麼樣的後果，他根本不必在意。」梅長蘇語意冷絕，但眸中卻不由自主地露出一絲傷感的笑意，「可一旦他知道我就是林殊，優先順序便會調換過來，他會忍不住想要保全我，要為我留後路，這樣做起事來，難免縛手縛腳，反而相互成為拖累……」

蒙摯也深知靖王的為人和心性，明白他說得不假，無從反駁，只覺得心中慘然，一陣疼痛難忍。

「其實從另一方面來說，不告訴他，對我也輕鬆些。」梅長蘇深深吸一口氣，勉強露出一個笑容，「我和景琰，畢竟是太熟的朋友了，如果是以梅長蘇的身分在他面前，無論謀劃什麼，我心裡也不覺得怎樣，可一旦變回了林殊，難免會覺得傷心、難過，會莫名其妙地心緒煩躁。要是屈從於這樣的情緒，別說奪位了，多少人的命也要跟著搭進去……」

「你別說了……」蒙摯是鐵打的漢子，此刻卻不禁眼圈發紅，「我答應你，任何情況下，絕不吐露半字……靖王不知道也沒什麼，還有我呢，小殊，以後蒙大哥照看你，死也不會讓你受委屈……」

梅長蘇忍著胸中激盪，輕輕拍著他的上臂，安慰道：「你放心，景琰不是那種兔死狗烹、可共患難不可共富貴的涼薄之人，我將來也委屈不到哪裡去。」

「這倒也是，」蒙摯嘆道，「不擅權謀、不懂機變、過於看重情義，這都是靖王的缺點，要扶他上位，實在是辛苦你了。」

梅長蘇微微將臉側向窗外，面上清韻似雪，唇邊淺笑如冰，冷冷道：「我們大梁國，難道還缺那種刻薄多疑、只知玩弄帝王心術駕馭臣下的皇帝嗎？扶景琰上位是難了些，可一旦成功了，就憑他堅毅不可奪的心志、憑他敏察忠奸的眼力、憑他清明公允的行事風格，難道他不是好皇帝嗎？只有少了內耗，方可君臣齊心，共修德政。這些年你也看見了，朝中文不思政，武不思戰，都在揣摸上意、固守權位，虧得大梁還算國力雄厚，制度健全，勉強才撐得住這個虛架子，如果下一朝還是這樣，只怕國力會繼續頹危，再不力圖振作，將來何以震攝虎狼四鄰，何以保土安民？」

他的聲音低沉醇厚，語調也並不慷慨激昂，但蒙摯聽在耳中，卻覺得全身的血液彷彿突然加速流動，胸口熱辣辣一片滾燙。整肅朝綱，激濁揚清，一直是皇長子祁王心中的夙願。蒙摯當年在赤焰軍中時，也曾聽這位賢王描述過他心中理想的朝局。可自他死後，當年聚集在祁王府中的濟濟英才們也隨之四散凋零，或被株連而死，或消沉隱去，或識了時務改換心志，或一直被打壓難以出頭，朝中只餘一片唯唯諾諾，暮氣沉沉，皇帝的喜惡成了衡量一切的標準，人人想的都是如何爭權、如何固寵、如何為自己的將來選擇正確的立場。太子和譽王更是樂此不疲，幾乎已經把玩弄人心當成了治國寶典。若說整個大梁皇族中誰還能夠承續祁王當初的治國理念，確實只有從小就在蕭景禹身邊受教的靖王而已。

「蒙大哥，」梅長蘇彷彿已從他的眼睛中讀出他心中所思，面上浮起安然的微笑，輕聲道，「你現在明白了吧？很多事，我不能讓景琰和我一起去承擔。如果要墜入地獄，成為心中充滿毒汁的魔鬼，那麼我一個人就可以了，景琰的那份赤子之心一定要保住。雖然有些事情他必須要明白，有些天真的念頭他也必須要改變，但他的底線和原則，我會盡量讓他保留，不能讓他在奪位的過程中被染得太黑。如果將來扶上位的，是一個與太子、譽王同樣心性的皇帝，那景禹哥哥和赤焰軍，才算是真正的白死了……」

蒙摯心中百感交集，只能重重點頭，好半天也說不出話來。雖然他答應過梅長蘇很多次不吐露真相，但直到此刻，他才是真正的心悅誠服，將這個承諾刻在了心上。

梅長蘇的目光已恢復寧靜柔和，扶著旁邊的書案道：「蒙大哥，我說要請你今天跟我一道去靖王府，那是玩笑的。要讓景琰不起疑心，恐怕要你從他那一邊走到我這裡才行。」

蒙摯一時沒有聽明白他的意思，脫口問道：「從他那邊走？怎麼走？」

梅長蘇覺得有些疲累，就近坐在身旁的木椅上，又示意蒙摯入座，方緩緩道：「你近來因為內監被殺一案，平白無故被皇上猜疑，兩個副統領都被調走，這一切人人都看在眼裡，靖王自然也知道你受了委屈。我會找機會向靖王進言，讓他抓住這個時機多與你來往，把你的手下接收入他的府中關照。你也盡量不著痕跡地讓他明白你對太子和譽王的反感，以及對祁王的懷念。你們原本關係就很不錯，等再親近一點，你就假裝無意中發現了他臥房之中的地道入口，逼他不得不向你道出實情。此時你再推心置腹，向他表明自己雖然絕不會背叛皇上，但在儲位之爭中，是可以支援他的。靖王素日了解你的忠心，也明白你的偏向，所以一定會深信不疑。這地道既然已經被你發現了，他瞞也瞞不住，到時候，就該是你陪著他，走到我這邊來讓我吃一驚了……」

「你還真是……」蒙摯不禁笑道，「我看看這腦子是怎麼長的，這樣一來，我的確是順理成章就變成你們的心腹了，只是靖王不免要先嚇上一跳……」

「若不是一定要讓靖王知道你是我們這方的，以便日後行事，我又何必唱這一齣？將來我們就是同一位主君的同僚了，一文一武，也沒什麼衝突，就算交情再厚幾分，靖王也不會奇怪，豈不比找什麼報恩的藉口更好？」

「你說得是，就依你的法子好了。只是今晚，不能陪你走這第一次了。」

「今天陪了一天的客，我也乏了，又沒什麼火燒眉毛的急事，原本就沒打算過去。時辰不早，你也該回府了，免得嫂夫人在家為你擔心。」

蒙摯細細覷了覷他的臉色，皺眉道：「眼瞼下都是青的，看來你確是過於勞累。地道在這裡，今日不走也不會飛掉，好生歇息休養要緊。我不吵你了，你快點去睡吧！」

梅長蘇確實覺得倦意濃濃，對蒙摯也不多加客套，只點了點頭，便徑直回到內室，展被上床安睡去了。原本就在內室一張小床上睡著的飛流抬頭看看是他，只眨了兩下眼睛，便又閉目倒下，也不知剛才那會兒算是醒了還是沒有。

被他這可愛的樣子一逗，蒙摯的臉上忍不住綻開笑紋，但又忍著沒有發出聲音，只細心地為他們又關好門窗，吹滅了桌上燈燭，這才悄然離開。

這似乎應該是平靜的一夜。無風、無雨，清潤的月色柔柔淡淡，蒙著一層薄如輕紗的浮雲，不會白花花照著窗櫺晃人眼目。梅長蘇睡得非常安穩，沒有咳嗽，也沒有胸悶到一定要半夜起來坐一會兒。這樣的陽春季節，是適合安眠的，室內的炭火昨天剛剛撤下，空氣異常舒爽，室外也沒有夏秋的草蟲之聲，恬然寧謐，若是一夜無夢到天明，當是一樁清酣美事。

然而金星漸淡，東方還尚未見白，飛流卻突然睜開了雙眼，翻身而起。少年沒有披上外氅，只穿著雪白的中衣便走到了臥房西北角的一面書架旁，歪著頭聽了聽，這才回身來到梅長蘇的床前，輕輕搖著他的肩膀。

「蘇哥哥！」

除非是昏睡，否則梅長蘇一向是淺眠，只搖了兩下，他便醒了過來，迷迷濛濛間半睜開雙眼，伸手按著額頭，聲音還有些發澀：「什麼事啊，飛流？」

「敲門！」

縱然是梅長蘇一向都能毫無誤差地理解到飛流簡便話語中的所有意思，但此刻也不由怔了怔，坐起來清醒了片刻才突然反應過來他說的是什麼意思。

急忙起身穿好衣衫，隨意將散髮束起，披了件貂絨的斗篷，接過飛流遞來的溫茶潤了潤嗓子，順手又拿棉質布巾擦了擦臉，這才快步走到書架前，用足尖在光滑無痕的地面上穿花般連點數下，朝西的牆面上現出了僅供一人進出的狹窄通道。飛流正準備當先進去，梅長蘇卻一把拉住了他，低聲道：「今天你不來，在外面等蘇哥哥好不好？」

少年露出不情願的表情，但依然很乖順地服從了指令，讓到一邊，梅長蘇閃身進了通道，在裡面不知怎麼觸動機關，整個牆面很快又恢復了原樣。飛流拖來椅子坐下，兩隻黑亮的眸子專注地盯著牆角，非常認真嚴肅地等待著。

梅長蘇進了牆道，從懷中取了夜明珠照明，催動機關下沉數尺，來到一條通道入口，轉折又走了一段，開啟了一道石門，裡面是一間裝飾簡樸的石室，陳設有常用的桌椅器具，安置在石壁上的油燈已被點燃，發黃的燈光下，靖王穿著青色便服，轉向緩步走進來的梅長蘇，向他點頭為禮。

「蘇先生，驚擾你了。」

梅長蘇微微躬身施禮，道：「殿下有召即來，是蘇某的本分，何談驚擾。只是倉促起身，形容不整，還請殿下見諒。」

靖王顯然心事重重，但還是勉強露出了一絲笑容，抬手示意梅長蘇坐下。

他凌晨來訪，肯定是有疑難之事，但見面出語客套，顯然又不算什麼火燒眉毛的急事，故而梅長蘇也依他的指示，緩緩落坐後，方徐徐問道：「殿下來見蘇某，請問要商議何事？」

靖王擰著兩道濃眉，沉吟了一下，道：「說來……這原不該蘇先生煩心，其實與我們現在所謀之事無關。只是……我實在無人商量，只好借助一下先生的智珠。」

「蘇某既然以主君事殿下，那麼殿下的事就是蘇某的事，不必說什麼有關無關的。請殿下明言，蘇某或有可效力之處，一定盡力。」

對他的反應，靖王顯然是預料到了，所以立即回了一笑，順著他的口風道：「那我就直說好了。今天下午我入宮給母親請安，景寧妹妹過來找我，一見面就哭了一場，求我救她，說是……大楚下月有求親使團入京，如果父皇同意，適齡的公主似乎只有她了……」

「與大楚聯姻嗎？」梅長蘇凝神想了想，「有霓凰郡主坐鎮南境，梁楚之間互相僵持，確實經年未戰。此時聯姻修好，大楚固然為的是騰手去平定緬夷，但我們大梁也可趁機休整一下近兩年來的銀荒，倒也不失為一個好方法。不過既是聯姻，自然應該是互通，我們有公主嫁過去，他們也該有公主嫁過來，否則就變成我們送主和親了。大楚若是單為求娶而來，陛下未必會同意，可如果他們提出公主互嫁，陛下只怕八成會答應。」

靖王有些哭笑不得地看著這個立即進入謀士狀態的人，嘆著氣道：「蘇先生，我不是想知道父皇有幾分會同意的可能性，我是想請教，如果父皇同意聯姻，有沒有辦法不讓景寧嫁過去。你知道的，她有自己的心上人……」

梅長蘇凝目看著自己足尖前方的一小塊陰影，看了好久，視線慢慢才轉移到靖王臉上：「請問殿下，目前在婚齡的公主有幾位？」

靖王怔了怔，咬了咬牙道：「只有景寧……」

「親王郡主，可有未婚適齡，能加封公主者？」

「……父皇一輩的兄弟，當年繼位時零落了些，餘下只有紀王、錢王、栗王三位王叔，他們的郡主成年未嫁的，大約還有三、四位吧……」

「明珠郡主，有咳血弱疾；明琛郡主，左足傷跛；明瑞郡主，已剃度出家半年；明瓔郡主，似有狂迷之症。既是為了聯姻修好，你覺得陛下能加封這幾位郡主中的誰呢？」

靖王對宗室女的情況不太了解，但梅長蘇既然這樣說，自然不會錯，心情不由更加沉重，想了半天，突然想起一人，忙道：「我約莫記得，栗王叔家有位明玨郡主，與景寧同年……」

梅長蘇冷冷一笑，「己所不欲，勿施於人。明玨郡主與先朝太宰南宮家有位年輕人有情，只因臨訂婚前對方母喪，暫時推後了。這件事京城知者甚眾，殿下你當時出兵在外，所以才不清楚。」

靖王呆呆聽了，臉頰上肌肉微跳：「照先生的意思，父皇一旦允親，景寧當無任何迴旋餘地了？」

梅長蘇表情漠然，只是在眸底深處藏著些憐惜，語調甚是清冷：「景寧是公主，縱然不外嫁，婚姻也註定不能由己，難道她還沒有面對這個事實嗎？」

「話雖如此，斬情實難。關震在我那裡也待了些日子，確是一位不錯的青年，見他們硬生生被拆散，我也不忍心。」

「關震再好，畢竟出身寒微，又沒有赫赫之功可達天聽，這『尚主』二字，怎麼也輪不到他。景寧公主身在皇家，當知這宮牆之內，能盼得什麼情愛？心有所屬這個理由，不僅說服不了陛下，還會損了公主清白名聲，給關震全族招禍。所以這個忙，殿下你幫不了她，請靜嬪娘娘多勸慰些吧，且莫說公主了，民間女子又有幾個是可以由著自己的歡喜來擇婿的？」

靖王長嘆一聲，「你所說的，我何嘗不知？不過景寧哭成那般模樣，我實在憐她癡心，想著先生也許會有什麼奇詭之計，所以才前來相商。」

梅長蘇瞟了他一眼，突然道：「既然說起這個，殿下你只想到景寧公主嗎？」

靖王一愣，顯然不明他此話何意。

「大楚若有公主嫁來，定是嫁給皇子，定不能當側妃，殿下細想，會是何人迎娶？」

「啊！」靖王立即聽出他言下之意，不由按了按桌面，「先生是說……」

梅長蘇面色凝重地道：「大楚畢竟是敵國，楚國公主中又尚未聞有什麼賢名才名高絕如霓凰般的人物。陛下疑心一向深重，既然殿下有心奪嫡，娶個敵國公主為正妃，終究不是好事，蘇某要設法為殿下擋開這個桃花運了。」

靖王神色一振，「既然先生有辦法為我拒親，怎麼景寧那邊……」

「情況不一樣吧？公主中只有景寧適嫁，但皇子中殿下你又不是唯一人選。太子與譽王已有正妃，陛下本也不會讓他們兩位來娶敵國公主，故且除開他兩人。餘下的人中，三殿下雖有些微殘疾，五殿下雖閉門讀書不聞政事，但他們都是實打實的皇子，也都尚未續弦。愈是像這樣看著與皇位繼承根本無關的皇子，才愈適合去迎娶。所以陛下一旦允親，定會在你們三個人中間挑。定親之前，必須要先合八字，景寧公主的八字會送到大楚去合，我們無能為力，但大楚公主的八字會送到這邊來讓禮天監的人測合，我倒可以想想辦法，讓測合的結果按我們的心意走。誰娶她都無所謂，只要殿下你的八字與大楚公主不合就行了。」

「怎麼，禮天監裡也有聽命於先生的人？」

「不能說聽命，只不過……有些手段可以使罷了。」

靖王眸色深深，定定直視著梅長蘇，「蘇先生最初入京時，給人的感覺仿若是受了『麒麟才子』盛名之累，被太子、譽王兩邊交逼而來。但如今看來，先生你未雨綢繆，倒是一副有備而來的樣子啊……」

梅長蘇毫不在意地一笑，坦然道：「蘇某自負有才，本就不甘心屈身江湖、寂寂無為。有道是匡扶江山、名標凌煙，素來都是男兒之志。如果不是狠下了一番功夫，有幾分自信，蘇某又怎麼敢貿然捨棄太子和譽王這樣的輕鬆捷徑不走，而決定一心一意奉殿下為君上呢？」

靖王將這番話在心裡繞了繞，既品不出他的真假，也並不想真的細品。梅長蘇確是一心一意要輔佐他身登大寶，這一點蕭景琰從來沒有懷疑過，但對於梅長蘇最終選擇了他的真正原因，他心中仍然存有困惑，不過在這個時候靖王尚沒有多深的執念要尋查真相，畢竟現在正是前途多艱之時，有太多更重要的事情需要優先考慮。對他來說，這位高深莫測的謀士是他手中最利的一把劍，只要好使就行了，至於這把劍是怎麼被鍛造出來？為何會雪刃出鞘？他此時並不特別在意。

密室不是茶坊，話到此處，已是盡時，當沒有繼續坐下來閒聊的道理。雖然來此的目的沒有達到，但靖王本身也明白景寧脫身的希望不大，所以儘管有些失望，卻也不沮喪。兩人淡淡告別，各自順著密道回到自己的房間。

蕭景琰雖建府開牙，有自己的親兵，在軍中威望極高，但畢竟是僅有郡王封號的庶出皇子，又不似譽王那般享有諸多特權，故而除非是在朔望日、節氣日、誕日、母誕日、祭日等特殊日子，否則不請旨便不能隨意進出後宮。蕭景寧那日求了他後，一連有好多天都望不到這位七哥的影子，不免心中憂急，竟不顧宮規禁嚴，派宮女攜自己親筆寫的書信喬裝出宮去靖王府找關震，結果還沒走出定安門，便被禁軍發現截住。蒙摯聞訊趕來後，只收繳了書信，將宮女放回內苑，之後嚴令手下不得對外吐露此事，悄悄掩住。當晚，他連夜暗訪靖王府，向蕭景琰出示了書信，並勸他讓關震早離京師。

靖王知道自內監被殺案後，蒙摯對禁軍的控制已不似以前那般鐵板，這件事若真能徹底瞞過去當然好，可凡有蛛絲馬跡被梁帝或皇后知曉，關震都是性命難保，所以只得將他遠遣邊境，隱匿保身。果然，大約只過了兩三天，梁帝便聽聞了公主私遣宮女外通的風聲，他一向寵愛這個幼女，自然更是怒不可遏，當即命人喚來蒙摯，劈頭蓋臉一通雷霆責問。

蒙摯倒是早有準備，等梁帝發完了怒火，方叩拜徐徐回道：「陛下見責，臣自當罪該萬死。但自古宮閨清譽最是要緊，臣雖蒙陛下恩寵，又身為禁軍統領，可畢竟只是個外臣。那宮女是公主貼身隨侍，書信又是密封。臣一無權審問內宮人等，二不能拆看書信窺密，不審不看，便不知真偽。不知真偽，又豈敢將這種事擅報陛下？故而臣只能將宮女逐回，令手下噤口，將書信焚燒。如此方能將此事化為弭有，不傷公主聖德。臣見識粗陋，此舉若有不妥之處，請陛下責罰。」

梁帝聽了他的分辯，細想竟大是有理。這種宮閨私事，自然是能消就消，能免就免，大肆查證出來，也不過是丟自己的臉面。這樣一想，一團火氣也漸漸消了，命蒙摯平身，安撫了兩句，又將剛才派往公主宮中代天訊問的內使召回，只下了暗令給皇后，命她加倍嚴管景寧，便匆匆掩了此事。

蒙摯與靖王以前關係一直不錯，此次他刻意回護，沒有讓任何人察覺到公主這位心上人是被靖王收留在府裡，更明顯表示出極大的善意。靖王原本就曾被梅長蘇暗中勸告要結交蒙摯，加上此次又受了這個人情，一來二去交往漸漸增多，雖沒有頻繁到讓人注意的程度，但推心置腹的程度已遠比以前更深了幾倍。

與此同時，蒙摯這方也依照梅長蘇的安排，表現得很積極和主動。一日趁著到靖王府參加他舉辦的騎射賽會時機，挑起話題，藉口要看他從北狄王處繳獲的雙弦劍，如願到了靖王懸劍的臥房內，並且很湊巧地發現了那個隱密的地道入口。

就這樣，蒙摯順理成章地成為第一個知曉梅長蘇與靖王臣屬關係的朝臣，並且趁機向靖王表明了自己在不違皇命的情況下，一定會支援他奪嫡的態度。

這個時候，已是草長鶯飛，芳菲漸盡的四月。

大楚求親的使團帶著可觀的禮物已來到了金陵帝都之外，由於楚帝這次派了自己嫡親的皇侄陵王宇文暄擔任正使，故而梁帝按照相應的王族規格禮敬，譽王奉旨前去城門迎接，並安排他們住進了皇家外館保成宮。

從大楚方面的鄭重其事與大梁這邊的禮遇態度來看，這次聯姻之事，似乎已成了七八分，見面只在於協商細節了。

兩國聯姻，是一件大事。雖然還未有明旨允婚，但朝廷上下已先忙碌起來。大梁正使宇文暄入宮陛見後的第五天，內廷連下了兩道旨意，一是加封景寧公主為九錫雙國公主，二是賜賞五皇子淮王敕造新府第一座。這似乎表明聯姻的人選已初步確定了下來。

哭鬧過、抗爭過，也絕食過的蕭景寧最終還是屈服了。身為大梁公主，她其實一開始就明白自己身上不容掙脫的桎梏和責任，對父皇的違逆，只是不甘心就這樣放棄自己想要選擇的幸福，而結果，自然是早已預料到的冷酷。皇后派出了最心腹的宮女晝夜看管公主，各宮妃嬪也都輪番出面百般相勸。在這個一切以上位者意志為主宰的後宮，景寧得不到任何公開的支持。因為對於大多數冷眼旁觀的人而言，她所經受的，不過是歷代公主同樣的命運而已，雖然沒有因受寵愛而更幸運，但也說不上更不幸。

靖王每次進宮都會去探望這個妹妹，見她慢慢接受了現實，心中稍稍放心。蕭景寧求他日後一定要提攜保護關震，他想都沒想就答應了下來。

近來太子受責不預政事，譽王在朝堂之上異常活躍，每次廷論時無論議的是何事，他都會積極參與。要說現在群臣都已甘心向他效忠，那當然遠遠不是，只不過以他如今紅得發紫的身分，只要不是錯得太離譜，諸臣等閒也不會駁逆他的詞鋒。而且不知為何，最近一個月來連太子派別的人都表現得異常恭順，不再熱衷於與譽王作對，再加上這位賢名在外的皇子又不是庸才，府中也是人才濟濟，在大事上錯得離譜的情況少之又少，所以漸漸便給人一種群臣附和的感覺。梁帝心裡怎麼想的沒人知道，至少表面上他愈發地愛重譽王，遇到難決之事，首先便會與他商議，聽取他的意見。一時間謠諑四起，人人都傳言譽王殿下很快就會成為太子殿下了。

這種風聲自然不可避免地最終傳到了梁帝耳中，他詢問隨侍在旁的蒙摯，蒙摯卻說從未聽過此類傳言，雖然梁帝很讚賞他這種完全置身事外的態度，但心裡仍不免有些鬱鬱。起駕回後宮時，因為煩悶，便棄了車輦不用，只帶著貼身幾位隨侍，信步閒走。

「陛下，您今晚是去……」六宮都總管高湛小心翼翼地打聽著，以便早通知早準備。

梁帝凝了凝腳步。皇后一向端肅不討喜，越妃近來為太子事常有哀泣，他都不想見。年輕美人們固然嬌豔柔媚，但今夜他似乎沒有這個興致。所以最終，他也只是沉了沉臉，沒有理會高湛。

察言觀色已快成精的高公公當然不敢再問，躬身跟在皇帝身後。

第三十一章

大楚來客

宮燈八盞，穩穩地在前引路。各宮都已點起蠟燭，明晃晃一片。可梁帝卻偏要朝最昏暗的地方走去，似乎刻意要尋找一種清冷和安靜。

走著走著，一股藥香突然撲鼻而來，怔怔地抬頭，看見前面小小一所宮院，彷彿游離於這榮華奢腴的宮院之外，未植富麗花樹，反而闢出一片小小藥圃，寧樸雅致。

「這是哪裡？」

高湛忙道：「回陛下，這是靜嬪娘娘的居所。」

「靜嬪……」梁帝瞇了瞇眼睛，似在回憶。是啊，靜嬪，景琰的母親……倒也常見，年節等場合，後宮拜賀，她總是低眉順眼站在很靠後的位置，從來不主動說話，就如同她初進宮時一般。

「高湛，靜嬪入宮，有快三十年了吧？」

高湛背脊上冒出些冷汗來，不敢多答，只低低回了個「是」。

「樂瑤生了景禹後，總是生病，拖了好多年都不見大好，林府擔心，所以才送了醫女進宮貼身調理……朕記得，樂瑤待她，一向親如姊妹……」

宸妃林樂瑤，故皇長子蕭景禹，這些都是不能陪著一時心血來潮的皇帝隨便回憶的禁忌話題，高湛只覺得內衣都快被浸濕了大半，努力不讓自己的呼吸太急促，腰身彎得更低。

梁帝冷冷瞟了他一眼，「你也不必嚇成這樣……去傳旨，讓靜嬪接駕吧。」

「是。」

不多時，藥香縈繞的芷蘿院添了燈燭，靜嬪率宮婢們正裝出迎，跪接於院門之外。

梁帝並沒有細細看她，只丟下「平身」二字，便大步跨入室內。靜嬪忙起身跟上，過來服侍他寬下外衣，暗暗覷了覷臉色，柔婉地問道：「陛下看來疲累，可願浸浴藥湯解乏？」

梁帝想到她是醫女出身，自然精於藥療，加之確實覺得頭痛力衰，當下點頭許可。靜嬪命人抬來浴桶香湯，自己親配藥材，不多時便準備妥當，伺侯梁帝入浴，又為他點藥油薰蒸，按摩頭部穴位止痛。靜嬪雖然年紀已長，容色未見驚豔，但醫者心靜，保養得甚好，鬢邊未見華髮，一雙手更是滑膩修韌，推拿按壓之間，令人十分舒服。

梁帝已經很久沒有這般安靜閒適過了。

「陛下，蒸浴易口乾，喝口藥茶吧？」靜嬪低低問道，將細瓷碗遞至他口邊。梁帝眼也不睜，就著她的手喝了幾口，甘爽沁香，毫無藥味，恍然間，激起了一些久遠模糊的影像。

「靜嬪……這些年，是朕冷落了你……」握了她的手，梁帝抬頭嘆道。

聽了這句話，靜嬪既沒有乘機傾訴委屈，也沒有謙辭遜謝說些漂亮話，只是淡淡一笑，彷彿根本不縈於心一般，仍然認真地揉拿著梁帝發痠的脖頸肩胛之處。

「一晃這麼多年，朕也老了……」梁帝倒是清楚她這種恬淡的性子，並不以為意，「要說什麼補償也給不了你，不過景琰孝順，你還是有後福的。」

「陛下說得是，有景琰在，臣妾就知足了。這孩子孝心重，有情義，只要他在京城，必會常來請安。能看見他，臣妾怎麼都是開心的。」

梁帝瞟了她一眼，可見那雙柔潤清澈的眼中滿漾著的都是母性慈愛，心中也不由一軟，「景琰是重情義的好孩子，朕何嘗不知道？只是性子拗了些……有些才氣被抑住了，朕也沒給他太多機會。不過你放心，朕還是要關照他的，戰場兇險，以後也會盡量不遣他出去……」

「若是朝廷需要，該去還是得去，」靜嬪淡然地道，「宮外的事臣妾不清楚，但身為皇子，衛護江山也是應盡之責。這孩子雖然不愛張揚，但心裡是裝著陛下，裝著大梁的。如果陛下為了愛護他，一直讓他賦閒在京享清福，他反而會覺得更委屈呢！」

梁帝不由一笑，「說得也是。景琰就是心實，再委屈也不跟朕廝鬧，雖說君臣先於父子，但他也未免太生分了些。這性子，倒有幾分像你。」

「龍生九子，各有不同。陛下的皇子們自然也不都是同樣的性情了。」

梁帝眉尖一跳，又想起太子與譽王之爭，心口略悶。

對於歷代帝王而言，身邊要是有一個眾望所歸，德才兼備的儲君，那可真不是什麼好玩的事，所以他雖立了太子，卻又一向愛重譽王，以此削弱東宮之勢，使其不至於有礙帝位之穩。不過太子景宣序齒較長，生母又是寵妃，本人也素無大錯，要說梁帝早有易儲之心，那卻又不盡然。直到近半年來，多次醜聞迭發，梁帝這才真正動了怒，有了廢立之意，放太子於圭甲宮，不許他再參與政事。本來譽王就是東宮的有力爭奪者，太子下位由他補上應是順理成章的事，只不過……

「靜嬪，你覺得譽王如何？」後宮也早有派系，無人可以商議，沒想到竟是這與世無爭三十年的低位嬪妃，才讓他可以毫無疑慮地開口詢問。

「臣妾覺得譽王容姿不凡，氣度華貴，是個很氣派的皇子。」

「朕不是問他的樣貌……」

「請陛下見諒，除了樣貌禮數，臣妾對譽王知之甚少。只是偶而聽起後宮談論，說他是個賢王。」

「哼，」梁帝冷笑一聲，「後宮婦人，知道什麼賢不賢？這些話還不是外面傳進來的！現在朝堂議事，大臣們都以他馬首是瞻，倒還真是賢啊！」

「這也都是陛下愛重的緣故。」靜嬪隨口淡淡道，「以前太子在朝時，難道不是這樣的嗎？」

她彷若無心地一句話，卻勾得梁帝心中一跳。

太子以東宮之尊，奉旨輔政，在朝堂上都沒有這樣順風順水的局面，譽王現在還只是一個親王，便已有了如此的震攝力，一旦立他為儲，只怕……

「陛下，水已經溫了，請起身吧。」靜嬪似沒有注意到梁帝的沉思般，一面扶他起來，一面命侍女拿來絲巾為他拭去水滴，換上柔軟的中衣，扶到床榻之上安睡，自己跪在一邊，力道適中地為他捏腳。

「你也累了，」梁帝坐起半身，緊緊握住了靜嬪正在忙碌的手，「……睡吧。」

靜嬪安詳地側過臉來，燈光掩去歲月的許多痕跡，將她的膚色染得格外柔潤。在露出一個異常溫婉的笑容後，她輕輕答了一聲：「是，陛下……」

三天後，內廷同時下了三道旨意。

赦太子遷回東宮，仍閉門思過。

越妃恪禮悔過，復位為貴妃。

晉靜嬪為靜貴妃。

一時間朝野困惑，不知道這位聖心難測的皇帝陛下，這葫蘆裡到底賣的是什麼藥。

在越貴妃重得貴妃封號的巨大光環下，靜嬪的晉位不是那麼引人注意。她入宮三十多年，未嘗有過失，生有皇子成年開府，得個妃位本是理所應當，只是多年被冷落忽視罷了。所以後宮人等，在敷衍般前來祝賀後，依然大群大群湧向了越貴妃的昭仁宮。只有極少數敏銳的人，將年前恩賞中靖王多得的賜禮與靜嬪此次晉位聯繫了起來，預先察覺到似有新貴即將崛起，從而前來極力交好。

但無論是靜貴妃也好，靖王也罷，母子們都表現出有些寵辱不驚的味道，有禮卻又疏遠，靜貴妃更是只有禮節性的接待，連賀儀都不收。除了朝見皇后時她站的位置有變以外，簡直讓人感覺不到這次升遷對她有什麼實際的意義。甚至有人認為，她的晉位只是皇帝陛下為了不讓越貴妃復位顯得突兀而順手拉來陪襯的。

靖王的表現與她稍有不同，他深知自己對朝臣們的了解不夠，也完全信任梅長蘇的判斷和決策，所以一直很認真地結交梅長蘇所舉薦的人，所有與他有來往的人他都待以同樣禮節，但正是在這同樣禮節下，卻隱藏著微妙的親疏差別。

梅長蘇心裡明白，靖王這樣取得人心的方式，需要更長久的時間，但同時，也會有更穩固的效果。

月餘前清明節氣後，霓凰郡主和穆青就已上表請求回雲南封地，梁帝一直不允，挽留至今。但大楚使團入京後沒有幾天，他就准了這道奏章，同意霓凰回南境鎮守，卻將穆青留了下來，理由是他襲爵未久，太皇太后不捨，要他多陪伴些時日。

這樣明顯留人質的行為幾乎在穆王府中掀起大波，隨兩人赴京的南境軍將領們無一不憤怒心寒，反而是霓凰更冷靜持重，先鎮撫住部下，不讓不當的言論傳出府外，又精挑了信得過的心腹同留，對幼弟更是再三小心叮嚀，諸事都佈置妥貼了，這才安排自己的回滇事宜。

臨行前，她依次向京城好友拜別，最後，才來到蘇宅。

整修一新的蘇宅花園內，一派晚春韶光。海棠謝盡，桃李成蔭，繁華中又透著一股傷春的氣息。下屬們退出後，並肩立於荼靡花架下的兩人當不再是梅長蘇與郡主，而是林殊與他的小霓凰。

只是淡淡的一個眼神，淺淺的一個微笑，便能激起生死莫逆的信任之感，和溫暖心腑的濃濃親情。霓凰今日未著勁裝，穿一襲廣袖長裙，鬢邊一朵素色山茶，一枝白玉步搖，更顯女兒娉婷，只是那姣姣紅顏上的風露清愁，依然鮮明表露出她肩上的千斤之擔與心中的沉沉重負。

「林殊哥哥，霓凰此去，短時不能再見。我雲南穆府在京中也算略有人脈，這面黃崗玉牌是祖父傳下的，持牌人的號令，就連青兒也必須要從。今日託付給大哥，萬望勿辭。」

隨著這懇切的話語，霓凰盈盈拜倒，雙手托出的，是一面凝脂般光潤的古玉牌，刻著篆體的一個穆字，底下繞著水波印紋。

梅長蘇神色清肅，目光慢慢落在了這面權杖之上。他心中明白，眼前這位獨力支撐雲南穆氏的女子向他鄭重託付的，不僅僅是面玉牌，更是心愛弟弟在京中的安危，一旦接手，便是十分沉重的責任。然而此時此刻，不容他猶豫，也根本沒有想過猶豫，唯一的反應，便是毫無謙辭地接過，將霓凰從地上攙起。

「你放心，皇上只是制衡，不是動了什麼心思。青兒雖少歷練，卻是機敏聰慧的孩子，有我在京城一日，他就不會有任何危險。」

霓凰的頰邊漾著淺淺梨渦，但一雙如明月般清亮的眼睛中，卻蒙著一層淚光，「林殊哥哥，你……也要保重……」

梅長蘇向她溫和的一笑。多餘的話，不必再說，甚至連聶鐸也不必再多談起。只要知道彼此的牽掛，知道彼此心中最純潔最柔軟的那個部分，就已經足夠。

霓凰郡主於四月十日的清晨啟程離開金陵，皇帝派內閣中書親送於城門以示恩寵。除了來盡禮的朝臣外，蕭景睿、言豫津、夏冬等人自然也都來了，不過在送行的人群中，卻沒有梅長蘇的身影，反而出現了一個讓人覺得有點意外，卻又似乎應在意料之中的人。

從外貌上看，大楚正使宇文暄是個典型的南方楚人，疏眉鳳眼，身形高挑，肩膀有些窄，顯得人很清瘦，然而舉止行動，卻又透著一股不容忽視的力道。

大楚王族不領兵，因此宇文暄並沒有跟霓凰郡主直接交過手，但無論如何天下人都知道，歷代鎮守南境的穆氏與大楚之間百年難化的仇結，更不用說上代穆王便是在與楚軍交戰時陣亡的，而霓凰郡主本人也曾多次經歷生死一瞬的沙場險境。

所以這位大楚的陵王敢跑到大梁的京都城門外，來給敵對多年的南境女帥送行，確實還是有幾分膽色。

看到這一隊來者的楚服與車馬楚飾之後，穆青的臉早已沉得像鍋底一般。與他相反，霓凰郡主的臉上卻浮起傲然的笑意。

「見過霓凰郡主。」宇文暄下了馬車，快步走上前來施了一禮。

「陵王殿下。」霓凰回了一禮，「這是要出城嗎？」

「哪裡，我是專程來為郡主送行，並向郡主表示謝意。」宇文暄眼角堆起笑紋。

「那你現在也送過了，請回吧，我們還有話要跟姐姐說呢！」因為他的使者身分，穆青雖不至於無禮，但也擺不出什麼好臉色。

「這位是……」宇文暄凝目看了他兩眼，一副不認識的模樣，只待手下湊過來小聲說了兩句什麼，才露出一副恍然的表情，「啊，原來是穆小王爺。請恕我眼拙，我們楚人嘛，一向只知有霓凰郡主，不知道有什麼穆王爺。仗都讓姐姐打了，小王爺真是有福，平時愛做什麼？繡花嗎？可惜我妹妹沒有來，她最愛繡花了……」

即便是有些城府的人，也受不住他這刻意一激，更何況年少氣盛的穆青，當即漲紅了臉跳了起來，卻又被姐姐一把按住。

「陵王殿下也很眼生，」霓凰郡主冷冷道，「霓凰在沙場之上從未見過殿下的蹤影，可見同樣是不打仗的，莫非平日裡也以繡花自娛？」

宇文暄嘻嘻一笑，竟是毫不在意，「我本就是遊手好閒的王爺，不打仗也沒什麼，可穆小王爺身為邊境守土藩主，卻從未出現在戰場王旗之下，這不是有福是什麼？我可真是羨慕他呢……」

穆青怒氣上撞，猛地掙脫了姐姐的手，身體前衝的同時抽出隨身利劍，直指宇文暄的咽喉，大聲道：「你給我聽著，我襲爵之後，自然不會再讓姐姐辛勞，你若是男人，就不要只動口舌之利，你我戰場上見！」

「嘖嘖嘖，」宇文暄咂著嘴笑道，「這就生氣了？現在貴我兩國聯姻在即，哪裡還會有戰事？就算不幸日後開戰，我也說了自己不會上戰場，所以這狠話嘛，當然是由著穆王爺放了。至於我是不是男人……呵呵，穆王爺這樣的小男孩，只怕是判斷不出的……」

霓凰郡主皺了皺眉。這宇文暄一張好嘴，擺明是挑弄青弟生氣，但說的話除了比較氣人以外，卻又沒有別的錯處，要應付他這種人，其實只要漠然處之，根本不予理睬就行了，可惜青兒少年心性，被人如此嘲諷焉能穩得住？這樣發展下去，倒讓自己為難，若是攔著，長了楚人氣勢，滅了青弟的銳氣；若是護著，只怕那人更要說青弟受姐姐翼佑毫無出息；若是冷眼旁觀，只怕青弟口舌上遠非那人的對手……

正在她眉睫微動，心中猶疑之際，蕭景睿踏前一步，冷笑一聲道：「陵王殿下，既然你明知兩人並無機會決勝於沙場，還說那麼多廢話做什麼？穆小王爺剛剛成年襲爵，日後王旗下也少不了他的影子，你要真是羨慕他將來可以統率鐵騎大軍，而你卻只能一直閒著繡花的話，只管明說好了。我想穆小王爺也不會吝於給你個當面交手的機會，只是不知陵王殿下敢不敢接呢？」

穆青咬緊了牙根道：「沒錯，廢話少說，陰陽怪氣地挑釁，算什麼本事？你我現在就可以交交手，若是你沒有膽子與我一戰，叫你的手下來，幾個人上都行！」

言津豫看那宇文暄雖身形勁瘦，但腳步虛浮，武學造詣顯然遠遠遜於武門世家的穆青，心裡明白蕭景睿的意思是要結束掉處於弱勢的口舌之爭，乾乾脆脆地當面對決，當下也幫腔道：「我們大梁風俗與貴國不一樣，喜歡實力說話，不喜歡清談，尤其是男人更不喜歡。陵王殿下，您還是入鄉隨俗，嘴裡少吐幾朵蓮花，省口氣切磋一下如何？」

宇文暄的視線輪番在兩個年輕人的臉上繞了一圈，突然仰天一笑，道：「都說大梁人物風流，看兩位也算是俊雅公子，怎麼學了燕人脾氣，一言不合就要動手的？何開，這兩位是……」

隨侍在他身旁的部下立即湊到他耳邊說了一陣。

「哦，原來是蕭公子和言公子，久仰久仰。」

蕭景睿和言豫津都是瑯琊公子榜上的人，宇文暄識得他們姓名本是應當的，但不知為什麼，這「久仰」二字從他嘴裡說出來，再搭配著他的表情，卻是怎麼看怎麼有些欠揍的感覺。

「你到底敢不敢打？不敢趁早說，誰愛聽你磕牙？」穆青怒道。

「敢，怎麼不敢？」宇文暄眸色突然一冷，伸手輕撫著頂冠上垂下的翎尾，「不過今日大家都是來為郡主送行的，兀自爭起勝來，實是對郡主不恭。敝國上下都知道，我這人雖然什麼都敢做，卻就是不敢冒犯佳人。所以今天嘛……諸位就是把我卸成了八大塊，我也是不會動手的。」

「不敢就是不敢，囉嗦那麼多幹什麼？」穆青撇著嘴回身一拉姐姐，「咱們到長亭上去吧，不用理會這個有嘴沒膽的人。」

「我話還沒說完，穆小王爺急著走做什麼？是不是怕一不小心，逼我真的答應了？」難得宇文暄此時面上還蕩著大大的笑容，更難得的是他的眼睛裡竟半點笑意也無。

「哼，」穆青用眼尾斜了斜他，「你也不過只有點激將的本事，我多聽幾句就習慣了，要是沒什麼新招，小爺我還不奉陪了。」

見他能這麼快就按捺住自己的情緒，不再隨著宇文暄的牽引走，霓凰郡主的唇角已輕輕上挑，一旁自始至終袖手旁觀的夏冬也不禁點了點頭，意甚讚許。蕭言二人都不是意氣用事之人，方才出面，不過替穆青解圍而已，此時見當事人已冷靜了下來，也都不再屑於這無謂紛爭，轉過頭去。宇文暄看看這個，再看看那個，突然放聲大笑，道：「有趣有趣，各位真的只當我說說罷了嗎？今日我雖然是絕不會出手的，不過……」說著他的目光直直轉到蕭景睿身上，笑道：「我有個朋友一向久慕蕭公子大名，意圖討教，不知肯賞臉否？」

他的目標突然轉移，倒讓人有些出乎意料之外。身為被挑戰者，蕭景睿當然不能有片刻遲疑，立即踏前一步，正色道：「在下隨時候教。」

宇文暄定定凝視了他半晌，滿臉的笑容突然一收，語調也隨之變得嚴肅起來，「多謝蕭公子。念念，蕭公子已經應允，你來吧！」

跟隨這位大楚陵王來到現場的，一眼掃過去共有八人，看服飾有兩人是馬夫，五人是侍衛，最後一個，穿著一身雪青色的箭衣，身形略薄，金環束髮，周身上下無所裝飾，只有腰間垂著一條極精緻的刺繡流蘇，單看裝束，判斷不出此人究竟是何身分。

乍看這人第一眼時，只覺得他容貌平平，表情木然，但等他緩步走近了些後，江湖歷練較多的霓凰、夏冬已看出他戴了隱藏真容的人皮面具，蕭景睿也瞇了瞇眼，大約同樣察覺到了異樣。

要說人皮面具這種東西，無論做得多麼精巧，畢竟是死皮一張，無法契合活人臉上微妙的肌膚變化，因此很難瞞過真正觀察細微的人。所以自它問世以來，江湖人戴的情況是愈來愈少，頂多就是拿來當一個不容易被揭開的蒙面巾，意思就是「你看出我戴了面具也無所謂，反正你看不到我真正的樣子就行了」。

「蕭公子，請。」

「請。」

兩人相向而立，抖劍出鞘，以起手之式向對方微施一禮。言豫津忍不住笑了起來：「景睿一向懂禮貌，想不到這個念念也這麼講禮。」

可夏冬和霓凰卻暗暗交換了一下眼神，目光都凝重了起來。

雖然只是一個簡單的起手式，但兩位女中高手已隱隱猜到了這位挑戰者是何人。

片刻寂然後，龍吟聲沖天而起，在兩道劍光的炫目華彩下，持劍人的身影彷彿都已經變淡。劍勢融為劍招，劍招滲出劍氣，劍氣化做劍意，劍意最後幻凝為一縷劍魂，魂魂相接，並無絲毫的激烈，卻又讓人背心發涼，劍風剛一迫近，竟連髮根都被狂風吹起般，根根直立。

這是一場真正的比試，不是決鬥，不是拼殺，就只是兩派劍法的比試。對戰雙方似乎有默契一般，全都沒有下任何殺手，卻又都是全力以赴。以招應招，以招拆招，以招迫招，以招改招，一時間竟不分上下，愈戰愈酣，連圍觀者的神情都不由自主地愈來愈認真，愈來愈投入。

然而這場比試進高潮進得快，結束得卻也不慢。兩人正纏鬥至難分難解處，蕭景睿劍勢突緩，回臂旋身，眉宇一凝，扣指捏起劍決，天字訣如天馬南來，空闊含容，泉字訣如水勢奇詭，流沖蕩捲，其高遠如天，其噴突如泉，俯仰折衝間，似漫天水霧撲面而至。對手也不甘示弱，正面迎擊，左右手交握，竟成雙手握劍之勢，掄捎之間凌厲加倍，其靈透卻又不減，幻出一片奪目光網。眼看著劍霧與光網即將相接，兩道身影就令人驚詫地凝住了，好似一首曲子正嘈嘈切切響成一片時，突地戛然而止。塵埃初定後，那念念一揚首，額髮飛落少許，蕭景睿隨即抱拳道：「承讓。」

念念半晌沒有出聲，面具掩蓋之下，不知他表情如何，只看得出他目光凝結，似在發呆。宇文暄目露關切之色，上前撫住他背心，低聲問道：「念念，你可有受傷？」

念念輕輕搖頭，挺直腰身看了蕭景睿片刻，一開口，嗓音依然平靜悅耳：「蕭公子深諳天泉劍意，而我對遏雲劍法卻領悟不足，今日一戰，是我敗於蕭公子，而非遏雲劍敗於天泉劍。請轉告令尊勿忘舊約，家師已至金陵，擇日當登門拜訪。」言畢轉身就走，倒是乾乾脆脆的。

「郡主一路順風，我也不耽擱各位了，告辭！」宇文暄揚袖撫胸，行了個楚禮後，帶了手下，也匆匆跟著離開。

蕭景睿凝視著那一行楚人遠去的背影，劍眉微鎖，面色有些沉重。言豫津抓了抓頭，若有所思地道：「遏雲劍？莫非這個念念的師父就是……」

「岳秀澤，楚帝殿前指揮使，瑯琊高手榜排名第六，或者說，現在已經是第五了……」夏冬甩了甩散於頰邊的一綹長髮，眸色幽沉。

「第五不是大渝的金雕柴明嗎？」言豫津問道。

「我前幾天才得到的消息，岳秀澤大約一個月前約戰柴明，在第七十九招時將他擊敗……看來這短短一年，他進益不小呢！」

「已經擊敗了柴明啊，難怪他接下來就要找卓伯父了呢！」言豫津看了好友一眼，「景睿，聽那人說的話，好像卓伯父跟岳秀澤有什麼舊約？」

蕭景睿點了點頭，「卓家爹爹以前曾與岳秀澤交手兩次皆勝出，若是那時訂了什麼再戰的約定，也是很有可能的。」

霓凰郡主沉吟著道：「岳秀澤也算大楚貴官，這次跟使團一起入京，竟沒有亮出他的身分，可見他此行的目的無關公務，只是為了挑戰排名比他高的高手罷了。」

言豫津見蕭景睿的神色有些沉重，便敲了敲他的手背，微笑道：「卓伯伯縱橫江湖這些年，哪年不要接十幾份挑戰書，此地又是我們大梁的地盤，岳秀澤還能有什麼花招不成？只要是公平一戰，勝負只憑實力，勝固可喜，敗也非恥，你有什麼好擔心的？」

蕭景睿溫和地回了他一笑，道：「我倒不是擔心，遏雲劍與天泉劍並不相剋，岳秀澤有進步，卓家爹爹這一年也沒閒著，哪裡輪得到我擔心了？我不過是在想，明明是岳秀澤準備挑戰我卓爹爹，怎麼那位念公子會先跑來跟我比試一番？」

「這有什麼奇怪的？」言豫津一哂道，「他是遏雲劍傳人，你是天泉劍傳人，他師父正卯足了勁兒要跟你爹比武，他會一時好奇，想要先試試天泉劍的深淺也是情理之中的啊。」

「這個我明白，可他要試天泉劍法，怎麼會找到我？按道理應該找青遙大哥才對吧？」

言豫津聽他這樣說，也有些不明所以，夏冬卻在旁笑了起來，搖頭道：「他找你才是對的，我剛才看得仔細，那個念念雖掩蓋了真容，但是骨骼尚未終定，劍力稚嫩了些，年紀最多二十歲，想來他自己也知道自己的斤量不足以挑戰卓青遙，而我們景睿公子出了名的溫厚，天泉劍法的造詣也是有口皆碑的，不找你找誰？」

霓凰徐徐嘆道：「不過這位念念姑娘雖年輕，修為已是不凡，可見岳秀澤用心調教了她。可惜我今日啟程，不能親眼目睹天泉遏雲之戰，戰果如何，只能請各位寫信相告了。」

夏冬莞爾一笑，「一定一定。」接著斜飛的眼角一挑，瞟向身邊：「喂，小夥子們，發什麼呆啊？沒聽見郡主的吩咐嗎？」

言豫津連喘幾口氣，瞪著眼睛道：「郡主剛說什麼？念念……姑娘？」

「對啊，」夏冬歪了歪頭，「你沒看出來？」

言豫津呆呆地將目光轉到蕭景睿臉上，「景睿，你看出來了沒？」

蕭景睿雖沒有瞠目結舌的表情，但吃驚程度其實也不下於言豫津，見他問，脖子僵硬地搖搖頭：「我……我沒注意……」

「沒什麼啦，」穆青安慰道，「我也沒看出來。」

言豫津看了這位小王爺一眼，心想你沒看出來那是正常的，但因為大家不算很熟，這句的話最終也沒說出來。

「好了，時辰不早，郡主也該啟程了。有道是送君千里，終須一別，大家就在此處分手吧。」夏冬習慣性地順手擰了擰言豫津的臉，最後才回頭看著霓凰，低聲道，「郡主，一路保重。」

蕭景睿聞言也感到歉然：「我們本來是為郡主送行的，卻無端爭鬥起來，誤了郡主的行程，實在抱歉。」

霓凰郡主爽朗笑道：「我又不趕這一會兒的時間，有什麼好愧疚的？再說方才那場比試著實精彩，反而壯了我的行色呢！」

「姐姐，」穆青有些戀戀不捨地道，「你既然想看天泉遏雲之戰，就再多留兩天看了再走嘛！」

「又胡說了，」霓凰郡主雖蹙眉斥責，但眸中卻是一派溫婉，撫著弟弟的頭道，「行程已報陛下，豈能隨意更換？我看不到，你替我看也是一樣的。」

言豫津笑呵呵地把穆青扯過來，刻意舒緩氣氛，「那我們就得要串通景睿了，岳秀澤約戰卓伯伯一定是私下的，如果沒有景睿通風報信誰會知道他們定在何時何地啊。」

蕭景睿一本正經地道：「這個要卓爹爹同意才行。」

言豫津偏著頭道：「算了吧，你的情況我還不知道，雖然謝伯父待你一向嚴厲，可是卓伯伯卻一直把你寵得像個寶，只要你幫我們撒個嬌，他什麼都會同意的。」

被他一打岔，穆青總算穩住了情緒。為了不讓姐姐傷感擔心，他努力振作起精神，露出甜甜的笑容：「說得也是。我想用不了多久，皇上就會准我回藩，姐姐不用牽掛。」

霓凰微笑頷首，拍拍弟弟的手背，又輕撫了一下他頰邊被風吹亂的頭髮，女將軍的如鐵心志掩住了為人姐的柔腸百轉，後退幾步後，她決然轉身上馬，唇邊一直含著笑意。

「雲南不是天涯，再會之日可期，請大家留步吧。」

隨著一聲清脆的鞭響，回滇的輕便馬隊正式出發。霓凰郡主向帝京投去最後一眼，撥轉馬頭，只輕輕一夾馬腹，胯下坐騎便微微一嘶，揚首奮蹄，沿著黃土煙塵的官道，飛奔而去。

第三十二章

嘉賓雲集

梅長蘇坐在自家花園一株枝葉繁茂的榕樹下，一面跟飛流玩著猜左右手的遊戲，一面聽童路向他彙報今天送行郡主時所發生的事件。除了講到宇文暄意外出現時梅長蘇認真聽了一下之外，其他事情他似乎都沒太放在心上，至於蕭景睿與遏雲傳人念念的比試，他更是只「嗯」了一下，連眉毛也沒有動上一根。

其實仔細想想，他的這種態度也並不奇怪。無論是蕭景睿也好，岳秀澤的徒弟也好，單就武林地位而言都不算什麼，對於執掌天下第一大幫，見慣了江湖最頂尖對決的江左梅郎來說，這種級別的比試確實勾不起他任何興趣。如果不是因為蕭景睿算是一個朋友的話，恐怕他連結果都不太想知道。

「左邊！」飛流大叫一聲，放開蒙著眼睛的手。梅長蘇微笑著攤開左掌，空蕩蕩什麼也沒有，少年的臉立即皺成一團，連站在一旁的童路也忍不住笑了起來。

「好了，你輸了三次，要受罰，去幫吉嬸切甜瓜，蘇哥哥現在想吃一塊。」

「甜瓜！」飛流是最愛水果的，柑橘的最佳季節過了，他就開始每天啃甜瓜，梅長蘇常笑他一天可以啃完一畝三分地，為了怕他吃壞肚子，不得不予以數量上的限制。

少年的身影縱躍而去，梅長蘇隨即收淡了唇邊的笑意，語氣帶出絲絲陰冷：「通知十三先生，可以開始對紅袖招行動了。先走第一步，必須斷得乾淨。」

「是。」童路忙躬身應了，「宗主還有其他吩咐嗎？」

梅長蘇半躺著將頭仰靠在腦枕上，閉上眼睛，「你明天可以不用過來了……」

童路大驚失色，撲通跪倒在地，顫聲道：「童路有什麼事情……做得不合宗主的意嗎？」

梅長蘇被他的激烈反應嚇了一跳，偏過頭看了他一眼道：「讓你休息一天而已，你想到哪裡去了？」

「啊？」童路這才鬆了一口氣，抓了抓頭道，「我以為宗主是讓我以後都不用過來了……好不容易有直接為宗主效力的機會，童路捨不得……」

「傻孩子，」梅長蘇失笑拍拍他的頭，「其實是我想要徹徹底底休息一天，什麼都不想，什麼都不管……摒去雜念安詳地過一日，也算為後天積養精神吧……」

童路不是太明白後天有多重要，但他並非是好奇心過剩、多嘴多舌的人，不知道也不問，只是用尊敬的目光看著自己的宗主，靜靜等待他的吩咐。

「跟宮羽說，讓她明天也好好休息……」

「是。」

「沒別的事了，你走吧。」

童路深深地施了一禮，卻步退出。黎綱隨即進來，手裡托著個用紅布蒙蓋著的大盤子。

「宗主，東西送來了，請您過目。」

梅長蘇坐了起來，掀開紅布。盤面上立著一個純碧綠玉雕成的小瓶，乍看似乎不起眼，但細細觀看，可見玉質瓶面上竟繞著一整幅奔馬浮雕，順著玉石本身的紋理呈現出矯健飛揚、栩栩如生的意態，其構圖嚴謹，刀工精美，卻又如同天然般毫無斧鑿之感，令人嘆為觀止。

可是儘管這玉瓶本身已是令人瘋狂追逐的珍品，但它最有價值的部分，卻還在裡面。

「多少顆？」

「回宗主，一共十顆。」

梅長蘇伸手拿過玉瓶，拔開檀木軟塞，放在鼻下輕輕嗅了嗅，又重新蓋好，將玉瓶拿在手裡細細把玩了一會兒。

黎綱的目光閃動了一下，似乎欲言又止。

「黎大哥，你有什麼話，只管說好了。」梅長蘇根本未曾抬過頭，也不知道他是怎麼察覺到黎綱的神情變化。

「宗主，這個禮會不會太重了些？」黎綱低聲道，「霍大師親雕的玉瓶，可救生死的護心丹，任何一樣拿出去都夠驚世駭俗，何況兩樣放在一起？」

梅長蘇靜默了一會兒，眸中慢慢浮起一絲悲憫之色：「等過了這個生日後，只怕再貴重的禮物，對景睿來說都已經沒有多大的意義了……」

黎綱垂下頭，抿了抿嘴唇。

「不過你說得也對，這樣送出去，確實過於招人耳目，是我考慮不周了。」梅長蘇的指尖拂過瓶面，輕嘆一聲，「拿個普通點的瓶子，換了吧。」

「是。」

玉瓶被重新放回到托盤中，梅長蘇的視線也緩緩從那幅奔馬浮雕上劃過，最後移到一旁，隱入合起的眼簾之內。其實最初選中這個玉瓶，就是因為這幅奔馬圖，想著景睿從小愛馬，見了這圖一定喜歡，所以一直疏忽了它驚人的身價。

看來自以為寧靜如水的心境，到底還是隨著那個日子的臨近，起了些微難以抑制的波瀾。

「黎大哥，取我的琴來……」

「是。」

一直關切凝望著梅長蘇每一絲表情的黎綱忙應了一聲，帶著托盤退下，很快就捧來了一架焦桐古琴，安放在窗下的長几上。

幾桌低矮，桌前無椅，只設了一個蒲團，梅長蘇盤腿而坐，抬手調理了絲弦，指尖輕撥間，如水般樂韻流出，是一曲音調舒緩的《清平樂》。

琴音靜人，亦可自靜。樂音中流水野林，空谷閒花，一派不關風月的幽幽意境，洗了胸中沉鬱，斷了眉間悲涼。一曲撫罷，他的面色已寧靜得不見一絲波動，羽眉下的眼眸，更是平靜得如同無風的湖面，澄澈安然。

早已決定，又何必動搖。既然對蕭景睿的同情和惋惜，不足以改變任何既定計畫，那麼無謂的感慨就是廉價而虛偽的，不管是對自己，還是對那個年輕人，都沒有任何實際的意義。

梅長蘇仰起臉，深深吸了一口氣。春日和煦的陽光照在他的臉上，卻映不出一絲暖意，反而有些清肅和冷漠的感覺。

抬起手，迎著陽光細看。有些蒼白，有些透明，虛弱，而且無力。

那是曾經躍馬橫刀的手，那是曾經彎弓射大雕的手。如今，棄了馬韁，棄了良弓，卻在這陰詭地獄間，攪動風雲。

「黎大哥，」梅長蘇轉過頭，看向靜靜立於門邊的黎綱，「抱歉，讓你擔心了……」

黎綱頓覺心頭一陣潮熱，鼻間酸軟，幾乎控制不住發顫的聲音：「宗主……」

梅長蘇閉上了眼，胸口仍有一些淡淡的悶，隱隱的痛，只不過在呼吸吐納間，這些感覺被堅定地忽視了過去。

再過一天，便是蕭景睿二十五歲的生日。

梅長蘇清楚知道，對於這位烏衣名門的貴公子而言，這一天將是他此生最難忘懷的一天……

酉時初刻，對於大多數人而言，已是將近黃昏，準備結束辛苦一天之時。然而對於迎來送往、燈紅酒綠的螺市街來說，這卻是一個沉慵方起，還未開始打掃庭院待客的清閒時刻。整整一條長街，都是關門閉戶，冷冷清清的，安靜得幾乎讓人想像不出這裡入夜後那種車水馬龍、繁華如錦的盛況。

然而正是在這一片沉寂、人蹤杳杳之時，有一輛寶瓔朱蓋的輕便馬車靜悄悄地自街市入口駛進，以不快不慢的速度搖搖前行著。馬車的側後方，跟著一匹眼神溫順、周身雪白的駿馬，上面穩穩坐著位容貌英俊，服飾華貴，眉梢眼角還帶著些喜色的年輕公子。看他騎在馬上那瀟瀟灑灑的意態，一點都不像是走在無人的街頭，反而如同在滿樓紅袖中穿行。

隨著輕微的吱呀之聲和清脆的馬蹄足音，輕便馬車與那公子一前一後地走過一扇扇緊閉的紅漆大門，最後停在妙音坊的側門外。馬車夫跳了下來，跑到門邊叩了三下，少時便有個小丫鬟來應門，不過她只探頭看了看來客是誰，話也不說，便又縮了回去。車夫與那公子都不著急，悠閒地在外面等著。大約一炷香的工夫後，側門再度打開，一位從頭到腳都罩在輕紗冪離間的女子扶著個小丫頭緩步而出，雖然容顏模糊，但從那隱隱顯露的婀娜體態與優雅輕靈的步姿來看，當是一位動人心魄的佳人。

華服公子早已下馬迎了過去，一面欠身為禮，一面朗聲笑道：「宮羽姑娘果然是信人，景睿的生日晚宴能有姑娘為客，一定會羨煞半城的人呢！」

「言公子過譽了。」宮羽柔聲謙辭了一句，又斂衣謝道，「有勞公子親自來接，宮羽實在是受之有愧。」

「有這種護花的機會，我當然要搶著來了。」言豫津眉飛色舞地道，「景睿是壽星，根本走不開，謝弼眼看就要有家室的人了，心裡想來嘴上也不敢說，其他人跟宮羽姑娘又不熟，誰還搶得過我？」

宮羽薄紗下秋波一閃，掩口笑道：「言公子總是這般風趣……」

言豫津也不禁笑了起來，側身一讓路，抬手躬身：「馬車已備好，姑娘這就啟程吧？」

宮羽低聲吩咐了那小丫頭一句什麼，方才踩著步蹬上馬車，蹲身坐了進去。車夫揚鞭甩了一個脆響，在鮮衣白馬的青年公子的陪伴下，車輪開始平穩地轉動，轆轆壓過青石的路面，帶起一點微塵。

與此同時，寧國侯謝府的上上下下，也正在為他們大公子的生日晚宴穿梭忙碌著。

由於蕭景睿是兩家之子，那麼慶祝他的生日無疑有著一些與他本人沒什麼大關係的深層意義。姑且不說十分疼愛他的卓鼎風夫婦，連一向教子嚴苛的謝玉，也從來沒有對蕭景睿所享有的這項特殊待遇表示過異議。

客人名單是早就確定好了的，當初報給謝玉的時候，他瞧著蘇哲兩個字，神情也曾閃動了一下，不過卻沒說什麼。雖然已是各為其主，但謝玉並不打算阻攔兒子與這位譽王謀士之間的來往。因為他很清楚蕭景睿所知道的事情非常有限，就算全被蘇哲給套了出來也沒多大意思，而從另一方面來說，蕭景睿與蘇哲的良好關係也許某一天是可以利用的，就算利用不上，那至少也不會有太大壞處。

所以對於這份既有敵方謀士，又有樂坊女子的客人名錄，他最後也只淡淡說了一句話：「給你母親看看吧。」

既然謝玉沒有表示反對，深居簡出舉止低調的蒞陽長公主當然更不會有什麼意見，於是請柬就這樣平平順順地正式發了出去。

蕭景睿平時也有些玩玩鬧鬧的酒肉朋友，往年過生日時都請過的，等長輩們一退席就一大群擠在一起胡天胡地，不過是藉此玩樂罷了。可是今年梅長蘇要來，從不出坊獻藝的宮羽也要來，蕭景睿對這個晚宴的重視程度一下子就翻了幾倍，不想讓它再度成為跟以前一樣的俗鬧聚會。可如果往年都請，今年突然不請人家，似乎又有些失禮，所以免不了左右為難。言豫津看出了他的心思，替他想了個主意，推說父母有命，要求晚宴必須清雅，要以吟詩論畫、賞琴清談為主，怕攪了大家的興致，故而提前一天在京城最大最好的酒家包了個場子，當紅的姑娘們叫來十幾個作陪，把這群朋友邀來玩鬧了一天。這群貴家公子樂夠了，對於第二天那個據說會十分「雅致素淡」的晚宴更是敬而遠之，紛紛主動表示不想去添亂，就這樣順利解決蕭景睿的這個難題。

因此四月十二日的晚上，前來參加蕭景睿生日晚宴的人並不算多，除了家人以外，原本只有梅長蘇、夏冬、言豫津、宮羽四個外人，後來碰巧請柬送到蘇宅的時候蒙摯也在，大統領順口說了一句：「景睿，你怎麼不請我？」蕭大公子當然只好趕緊補了一份帖子送過來，添了這位貴客。

雖然人數不多，但酒宴的籌備仍有不少事情要做。女眷們只張羅廳堂佈置、僕從調動，其餘一應的物品採購都得謝弼去安排，所以謝二公子一得了空閒就咬牙切齒地捉著大哥抱怨：「憑什麼你過生日自己閒來逛去的，我卻為你累死累活？不行，收禮要分我一半！」

「你我骨肉兄弟，還分什麼分，我的東西你喜歡什麼，儘管拿走好了。」蕭公子四兩撥千斤，一句軟綿綿的話就讓謝弼再也跳不起來，順便還捎了口信過來，「娘和母親叫你進去，說是要議定酒席菜單的事。你慢慢忙，我不耽擱你了……」

看著壽星施施然躲出門去，謝弼也只能在後面恨恨地跺跺腳，便認命地接著忙活去了。

正日子當天晚上，來得最早的人當然是言豫津和宮羽。一看見蕭景睿從裡面走出來迎接，國舅公子便悄悄俯在佳人耳邊笑道：「我今天是沾了姑娘的光，平時我來謝府，景睿可從沒有出來接過，都是我自己孤孤單單走進去找他……」

果然，蕭景睿一拱手，開口便是：「宮姑娘芳駕降臨，景睿有失遠迎了。快請進。」

「喂，」言豫津冷著臉道，「你看見我沒有？」

「是是是，」蕭景睿好脾氣地哄他，「言公子也請進。」

「你還沒說有失遠迎……」

「是，對言公子也有失遠迎了，要在下背您進去嗎？」

「不用。攙著就行了。」

宮羽忍不住噗哧一笑，搖頭道：「你們兩位……真是一對好朋友……」

「那是我讓著他。否則還好朋友呢，早就一天打八架了。」言豫津一本正經地道，「要是有人想知道什麼叫容人之量，叫他向我學就行……」

「你還不快滾進來？」蕭景睿笑罵道，「要讓宮姑娘陪著你在這風口上站多久？」

言豫津慌忙向佳人拱了拱手，用唱詞的念白道：「哎呀，是小生之過，此地風大，小姐快點進來……」

「你收斂些吧，戲還沒開鑼呢，你倒先唱上了。」蕭景睿白了他一眼，引領宮羽進了花廳。待客人喝了兩口茶，少歇片刻，便提出要帶她進去與女眷們見面。

宮羽這時已除去外罩的冪離，露出一身鵝黃色的雅致衣衫。未曾敷粉塗朱的素顏並沒有減損她的美貌，反而更增添了一種楚楚的風韻。對於蕭景睿的盛情相邀，她很認真地起身施禮，低聲婉拒道：「宮羽雖蒙下帖，但畢竟只是藝伎，來尊府為公子助興而已。長公主殿下何等尊貴的人，宮羽怎敢進見？」。

言豫津眉頭一皺，正待開口說話，蕭景睿已搶先一步，溫言道：「這是私交場合，姑娘何必顧慮太多？再說內院中我娘和青怡妹子都是江湖人，並不在意俗禮，謝綺妹妹也一向性情豪闊。我母親雖為人冷淡些，但素來不是傲下的人，加之她愛好音律，對於姑娘的樂名更是仰聞已久，早就吩咐過我，等姑娘來了，一定要先引來讓她見見呢。」

他這番話說得懇切，宮羽也不好再推托，謝了兩句，便隨他進去了。言豫津沒道理跟著，只能在花廳前遊來蕩去，好在不多時蕭景睿便匆匆回來陪他，宮羽並沒隨行，可見是被內院給留住了。

聊了兩句，言豫津覺得時辰大概差不多了，正想問問，突見謝弼疾步過來，隔著一段距離便開始叫道：「大哥快來，蒙統領到了。」

蕭、言二人忙起身，匆匆迎出二門外。由於蒙摯是謝玉的朝中同僚，身分貴重，所以門房下僕先去通報老爺，故而蕭景睿趕到的時候，謝玉和卓鼎風已經雙雙迎出，正與蒙摯在門廳處站著寒暄。

蕭景睿不敢打斷長輩們交談，便靜靜站在一邊，候到一個談話空隙，正要過去見禮，門外又傳來語調高高地揚聲通報：「蘇哲蘇先生到……」

門廳諸人一齊轉過身來，蕭景睿更是準備迎出門去，腳步剛動，梅長蘇含著淺淺笑意的面容已出現在眼前。他今晚著了件月白外袍，內襯天藍色的夾衣，看起來氣色甚好，那溫文清雅的樣子，實在令人無法想像這近一年來京城的連綿風波，能有多少是出自於他的手筆？

淡淡一瞥，梅長蘇已將門廳的情況應收眼底。按照禮節，他首先向謝玉欠身致意，道：「蘇某見過侯爺。」

「小兒區區一宴，竟能請動先生大駕光臨，敝府實在是蓬蓽生輝。」謝玉客套地應答著，抬手介紹身邊的人，「這位是卓鼎風卓莊主。」

梅長蘇微微一笑道：「卓莊主與我是見過幾面的，只是無緣，未曾交談過。想不到今天能在此幸會。」

「梅宗主客氣了。卓某久慕宗主風采，今日也甚覺榮幸。」卓鼎風抱拳過胸，長揖下去，回的是平輩之禮，旁邊的兩個年輕人怔忡之間，這才突然發現自己因為跟蘇兄交往頻頻，竟漸漸有些忽略了他在江湖上的傲然地位。

接下來梅長蘇又與蒙摯相互見禮，幾個人贅贅客套了半天。言豫津早就不耐煩，無奈都是年長者，他又不敢造次，只能陪在一旁站著，心中後悔不該跟著蕭景睿一起出來，看，人家謝弼就比較聰明……好在客套話總有說盡的時候。盡完禮數，身為主人的謝玉和半個主人的卓鼎風便陪著兩位貴客上正廳奉茶，蕭景睿自然從頭到尾跟著，但言豫津卻趁著後行的機會，跟只閃現了一下的飛流一樣，不知消失到哪裡去了。

謝府是一品侯府與駙馬府合二為一，規制比同類府第略高。除卻一般的議事廳、暖廳、客廳、花廳、側廳等廳堂以外，還在內外院之間，建了一座臨於湖上，精巧別致的水軒，命名為「霖鈴閣」。由於今年人數適中，故而蒞陽長公主特意將蕭景睿生日晚宴的舉辦地指定在此處。

等最後一位客人夏冬到達之後，謝玉便遣人通報內宅，引領客人們進入霖鈴閣。由於大家都是平素常有交往的熟人，只有卓夫人認識的人稍稍少了一些，故而廝見介紹的時間很短，不多時便各自歸座了。

因是居家私宴，座次的排定並不很嚴謹，謝玉夫婦是主座，卓鼎風夫婦側陪，夏冬與蒙摯相互推辭了半天，最後還是年紀較長的蒙摯坐了客位居右的首座，夏冬的位置在他對面，蒙摯的右手邊是梅長蘇，夏冬的右手邊坐了言豫津。為了防止夏冬姐姐習慣性地順手擰自己的臉，言豫津很謹慎地把自己的座位向後挪了有一尺來遠。其餘的年輕人都是序齒順位，只有宮羽堅持要坐在末席，大家拗她不過，也只能依了。卓青怡因為非常喜歡這個姐姐，便跟她擠在同一個几案前。蕭景睿還想把飛流找到照顧一下，可惜到處都尋不到少年的蹤影，梅長蘇笑著叫他不用管。

壽星今天穿的是卓夫人親手縫製的一襲新袍。雖然江湖女俠的手藝比不上瑞蚨齋的大師傅，但心思還是花足了的，領口袖口都繡了入時的回雲紋，壓腳用的是金線，腰帶上更是珠玉瑪瑙鑲了一圈兒，一派富麗堂皇。好在蕭景睿腹有詩書氣自華，穿上才不至於變了富家浪蕩子的模樣。不過言豫津在第一次見他試穿此衣時，還是很委婉地評論道：「景睿，看你肯穿這件衣服，我才知道你是真正的孝順。」

宴會開始時各方的禮都已經送上了。長輩們無外乎送的衣衫鞋襪，卓青遙夫婦送了一支玉笛，謝弼送的是一方端硯，卓青怡則親手做了個新的劍穗。言豫津送了一整套精緻的馬具。夏冬與蒙摯都送的是普通的擺件玩器，宮羽則帶來一幅桌上擺的精巧繡屏。

夾在這些禮物中，梅長蘇送的護心丹一開始並不顯眼，如果不是言豫津好奇地湊過來問，問了之後還大驚小怪的驚嘆了幾聲，旁人也沒注意到他送的是如此珍貴之物。

「不行不行，蘇兄真是太偏心了，送這麼好的東西給景睿實在糟蹋，連我你都沒送過，你明明更喜歡我的！」

言豫津正在笑鬧，旁邊突然出現了一隻修長有力的玉手，準確無誤地擰住了他側頰上肉最厚的地方，微一用力，半邊臉就紅了。

「你鬧什麼鬧？七月半不是還沒到嗎？說不定蘇先生到時候送更好的東西給你呢。」夏冬咯咯笑著，朝言豫津的臉上吐了一口氣。

國舅公子捂著臉掙扎到一邊，恨恨地道：「我的生日不是七月半啦，是七七，夏冬姐姐不要再記錯了！」

「喔，七夕啊……」夏冬斜瞟他一眼，「跟七月半又差不太多，你急什麼？」

言豫津淚汪汪地瞪著她。拜託，七夕跟七月半不光是日子，連感覺都差很多好不好……

「行啦行啦，」謝弼笑著來打圓場，「你真是什麼都爭，護心丹雖貴不可求，但也不是平常吃的東西。等哪天你吐血斷氣了，我想大哥一定會餵你吃一粒的……」

言豫津立即將憤怒的視線轉到了謝二身上。

「你才吐血，你才斷氣！」

年輕人這一鬧，宴會最初的拘謹氣氛這才放鬆了下來，連蒞陽長公主都忍不住笑著道：「豫津有時會來向我哭訴你們欺負他，我原來還不信，今天看來，你們真的是在欺負他……」

「好了，」謝玉微笑道，「哪有這樣待客的，睿兒，快給大家斟酒。」

蕭景睿邊應諾邊起身，捧著一個烏銀暖壺，依次給諸人將案上酒杯斟滿。謝玉舉杯左右敬了敬，道：「小兒賤辰，勞各位親臨，謝玉愧不敢當。水酒一杯，聊表敬意，在下先乾為敬了。」說著舉杯一飲而盡。席上眾人也紛紛乾了杯中酒，只有梅長蘇略沾了沾唇，便放下了杯子，蕭景睿知他身子不好，故而並不相勸，悄悄命人送了熱茶上來。

「來來來，既是私宴，大家都不要客氣，謝某一向不太會招待客人，各位可要自便啊，就當是自己家好了。」謝玉呵呵笑著，一面命侍女們快傳果菜，一面親自下座來敬勸。

酒過三巡，夏冬撥了撥耳邊垂髮，單手支頤，一雙鳳眼迷迷濛濛地對主人道：「謝侯爺說讓我們把這裡當自己家一樣，這句話可是真的？」

「此言自然無虛。夏大人何有此問？」

「我不過確認一下罷了。」夏冬面上流動著邪魅嬌媚的笑容，輕聲道，「我在自己家，一向任性妄為，但凡有什麼無禮的舉動，想必侯爺不怪？」

謝玉哈哈大笑道：「夏大人本就率性如男兒，謝某有什麼好怪的？」

「那好。」夏冬抿著嘴角慢慢點了點頭，妖柔的目光突然變得如冰劍般冷厲，越過謝玉的肩頭，直射到主座旁卓鼎風的身上，揚聲道：「夏冬久仰卓莊主武功高絕，今日幸會，特請賜教。」

與此冷冽語聲出唇的同時，夏冬高挑的身形飛躍而起，以手中烏木長筷為劍，直擊卓鼎風咽喉而去。

這一下變生急猝，大家都有些發呆。還未及反應之下，那兩人已來來往往交手了好幾招。雖然只是以筷為劍，但其招式凌厲，勁風四捲，已讓人呼吸微滯。

片刻之間，數十招已過，夏冬縱身後撤，如同她攻擊時一般毫無徵兆地撤出了戰團，抬手撫了撫鬢邊髮絲，直到凝定了身形，飛揚的裙角才緩緩平垂。

在一般人的眼中，此時的夏冬神色如常，只有極少數的人才能敏感地察覺到她眼底快速掠過的一抹困惑之色。

寧國侯謝玉的唇邊，淡淡地浮起了一個冷笑。

夏冬果然是執著之人。內監被殺案其實現在已經冷了，但她卻仍然沒有放棄追查，只不過今天敢請她來，必要的準備總是做好的，這位女懸鏡使想要從卓鼎風出招的角度刃鋒來比對死者身上的傷口，只怕不是那麼容易。

「精彩精彩！」瞬間的沉寂後，蒙摯率先擊掌讚嘆，「兩位雖只拆了數十招，卻是各有精妙，幻彩紛呈，內力和劍法都令人嘆為觀止，在下今天可真是有眼福。」

夏冬嬌笑道：「在蒙大統領面前動手，實在是班門弄斧，讓您見笑了。」

卓鼎風也謙遜道：「是夏冬大人手下留情，再多走幾招，在下就要認輸求饒了。」

「高手相逢，豈能少酒？來，大家再痛飲幾杯。」謝玉執壺過來親自斟了滿滿一杯，遞到夏冬的面前，顯然是想要就這樣平息這場猝然發動的波瀾。夏冬一動也不動地看了他片刻，方才緩緩抬手接了酒杯，仰首而盡。

卓青遙此時也攜著妻子走過來，拱手道：「夏大人真是海量。青遙也借此機會敬大人一杯，日後江湖相遇，還望大人隨時指正。」

夏冬淺淺一笑，也沒說什麼就接杯飲了。接著謝綺、謝弼和卓青怡都在長輩的暗示下紛紛過來敬酒，連卓夫人都起身陪同丈夫一起敬了第二杯。本來在一旁悄悄跟蕭景睿說著什麼的言豫津覺得有些奇怪，小小聲地問道：「他們在做什麼？灌酒嗎？」

蕭景睿也低聲回應道：「我很少見夏冬姐姐喝酒，她酒量如何？要不我過去擋一擋？」

「我也很少見她喝酒……你看那臉紅的，你還是去擋一擋吧，我怕她喝醉了來折磨我……」

剛好從他兩人身邊走過的蒙摯忍不住笑出聲來，轉頭安慰道：「沒關係，夏冬喝一杯就臉紅，喝一千杯也只是臉紅而已……你們剛才在商量什麼？」

「不是商量，我是在提醒景睿，現在氣氛正好，該請宮羽姑娘為這廳堂添輝了。」言豫津一面說著，一面將目光轉到靜坐一旁的宮羽身上，見她抬頭回視，立即拋過去一個大大的笑容。

蕭景睿笑著用腳尖踢了踢他：「好啦，口水吞回去，我這就去跟母親提一提。」說罷正要挪步，就看見長公主身邊的貼身嬤嬤快速走到謝玉身邊，低頭稟了幾句什麼，謝玉隨即點頭，轉身回到主位，清了清嗓子揚聲道：「各位，雅宴不可無樂，既然有妙音坊的宮羽姑娘在此，何不請她演奏一曲，以洗我輩俗塵？」

此建議一出，大家當然紛紛贊同。宮羽盈盈而起，向四周斂衣行禮，柔聲道：「侯爺抬愛了。宮羽雖不才，願為各位助興。」

此時早就有侍女過來抱琴設座，蕭景睿一眼認出那是母親極為珍愛的一把古琴，平時連孩子們都不許輕碰，今天居然會拿出來給一位陌生女子演奏，可見她確實非常愛重宮羽的樂藝。

而身為樂者，宮羽雖然不清楚蒞陽公主素日是何等愛護此琴，但卻比蕭景睿更能品鑑出此琴之珍貴，以至於她坐下細看了兩眼後，竟然又重新站起來，向長公主屈膝行禮。

蒞陽長公主面上表情仍然清冷，不過只看她微微欠身回應，就已表明這位尊貴的皇妹對待宮羽實在是禮遇至極，令一向知道她性情的謝玉都不禁略顯訝然。

重新落坐後，宮羽緩緩抬手，試了幾個音，果然是金聲玉振，非同凡響。緊接著玉指輕撚，流出婉妙華音，識律之人一聽，便知是名曲《鳳求凰》。一般樂者演曲，多要配合場合，不過對於宮羽這般大家，自然無人計較這個。因此儘管她是在壽宴之上演此綺情麗曲，並無突兀之感，曲中鳳兮鳳兮，四海求凰，願從我棲，比翼遨翔之意，竟如同瀟湘膩水，觸人情腸，一曲未罷，已有數人神思恍惚。

謝玉的書雖然讀不少，但對於音律卻只是粗識，儘管覺得琴音悅耳華豔，終不能解其真妙。只是轉頭見妻子眉宇幽幽，眸中似有淚光閃動，心中有些不快。待曲停後，便咳嗽了一聲道：「宮羽姑娘果然才藝非凡。不過今日是喜日，請再奏個歡快點的曲子吧。」

宮羽低低應了個「是」，再理絲弦，一串音符歡快跳出，是一曲《漁歌》，音韻蕭疏清越、聲聲逸揚，令人宛如置身夕陽煙霞之中，看漁舟唱晚，樂而忘返。縱然是再不解音律之人聽她此曲，也有意興悠悠，怡然自得之感。但謝玉心不在此，一面靜靜聽著，一面不著痕跡地察看著蒞陽公主的神情。眼見她眉宇散開，唇邊有了淡淡的笑容，這才放下心來，暗暗鬆了口氣。

兩曲撫罷，讚聲四起。言豫津一面喝采，一面厚顏要求再來一曲。宮羽微笑著還未答言，謝府一名男僕突然從廳外快步奔進，趨至謝玉面前跪下，神情有些倉皇，喘著氣道：「稟……稟侯爺……外面有、有客、客……」

謝玉皺眉道：「客什麼？不是早吩咐你們閉門謝客的嗎？」

「小的攔不住，他們已、已經進來了……」

謝玉眉睫方動，廳口已傳來冷冽的語聲：「早有舊約，卓兄為何拒客？莫非留在寧國侯府，是為了躲避在下的挑戰不成？」

第三十三章

天翻地覆

隨著這內容挑釁、溫度冰冷，但語調卻並不激烈的一句話，霖鈴閣的格花大門外，出現了幾條身影。當先一人，穿著淺灰衫子，梳著楚人典型的那種高高的髮髻，面容清瘦，兩頰下陷，一雙眸子精光四射直視著廳上主座，整個人如同一把走了偏鋒的劍，凌厲中帶著些陰鷙。

這便是瑯琊高手榜上排名第五，目前任職大楚殿前指揮使，以一手遏雲劍法享譽天下的岳秀澤。

謝玉振衣而起，面上帶了怒色，厲聲道：「岳大人，此處是我的私宅，你擅入擅進，這般無禮狂妄，視我謝玉為何等樣人？難道在大楚朝廷上，就學不到一點禮數嗎？」

「冤枉冤枉，」謝玉話音未落，岳秀澤的身後突然閃出了一個宇文暄，拱著手笑嘻嘻道，「岳秀澤早已在半月前辭去朝職，現在是一介白衣江湖草莽，謝侯爺對他有何不滿，只管清算，可不要隨便扯到我們大楚的朝廷上來。」

謝玉氣息微滯，忍了忍，將寒冰般的目光轉到宇文暄身上，冷冷道：「那陵王殿下總算是大楚朝廷的人吧，你這樣衝進來是否也有違常理？」

「我沒有衝進來啊，」宇文暄驚訝地睜大了眼睛，表情甚是誇張，「先聲明清楚，我們跟岳秀澤不是一路的，我來是因為聽說今天是蕭公子的壽辰，想著怎麼也是相識的人，所以備了薄禮來祝壽，順便也討好一下謝侯爺。這一路走進來的時候只看見貴府的家僕不停地在攔岳秀澤，又沒有人來攔我們，我怎麼知道不能進來？侯爺如果不相信的話，可以親自問問貴僕啊。」

他這一番胡言亂語，詭詞巧辯，竟將謝玉堵得一時說不出話。欲要認真分證，對方又只是進來，並沒做什麼，何況還打著給自己兒子祝壽的旗號，如果就這樣粗暴地將聯姻使團的正使、一個大楚皇族趕出去，未免顯得自己太失風度，只得咽了這口氣，將精力轉回到岳秀澤身上，道：「本侯府中不歡迎岳兄這般來客，若岳兄盡速離去，擅闖之事可以揭過不提，否則……就不要怪本侯不給面子了。」

此時廳堂之上甚是安靜，他的語調也不低，岳秀澤對他的話應該聽得非常清楚，可看他平板的神色，分明如同沒有聽見一樣，絲毫不理會，仍然將湛亮的眸子鎖在卓鼎風臉上，用著與剛才同樣淡漠的聲音道：「當面挑戰，是江湖規矩，為此我還特意辭了朝職，卓兄若要推脫，好歹也自己回個話。如此這般由著他人翼護，實在不是我所認識的卓兄，難不成卓兄跟謝侯爺成了親戚之後，就已經不算是江湖人了嗎？」

卓鼎風眉間一跳，頷下長鬚無風自飄，右手在桌面上一按，剛剛直身而起，就被謝玉按住了肩膀。

其實江湖挑戰，一向是武學比試和交流的普遍方式，與仇鬥、怨鬥之類的打鬥根本是兩回事，雙方一般都很謹慎，如果在一場挑戰比鬥中給予對方除必要以外的重大傷害，這種行為一向是為人所不恥和抵制的，尤其是對岳秀澤和卓鼎風這樣的高手而言，更是不須傷人就能分出勝負。所以除了場合有些不對外，卓鼎風接受此項挑戰並不是很兇險的事，至多就是打輸了，導致名聲和排位受損，但要是他身為江湖人，拒不接受對手登門發出的挑戰，那名聲只怕會受損更多。

所以此時在場的大部分人，都不太明白謝玉為什麼要強行阻攔，難道就因為岳秀澤進來的方式不太禮貌？

感覺到凝聚在自己身上的數道困惑目光，這位寧國侯現在也是有口難言。說實話，岳秀澤嗜武，喜歡找人挑戰的習性天下皆知，對於他闖入的行為，其實一笑置之是最顯世家貴侯氣度的處理方式，可惜他現在卻沒有顯擺這種氣度的本錢。

因為夏冬和蒙摯在這裡。因為岳秀澤是高手。

方才夏冬猝然發難，向卓鼎風出手，目的就是要觀察他的劍鋒與劍氣是否與除夕晚被殺的內監身上的傷口相符。對此謝玉已提前料到，所以讓卓鼎風做了充足的準備，再加上他們拿準了夏冬只是試探，出手總要留上幾分，故而接招時心態輕鬆，刻意改變後的劍勢沒有被女懸鏡使發現異樣。

可是岳秀澤就沒那麼好打發了。一來他與卓鼎風以前交過手，熟知他的劍路，二來他畢竟是來挑戰的，就算再不傷人，也必然會進攻得很猛。有道是高手相爭，毫釐之差，這一場比鬥可跟應付夏冬的試探不同，想要刻意藏力或者改變劍勢的微妙之處，那就不僅是會不會輸得很難看的問題，而是也許根本做不到……

但如果任憑卓鼎風以真實的武功與岳秀澤比鬥，那麼就算僥倖沒讓夏冬看出來，也瞞不住蒙摯這位大梁第一高手的如電神目。而內監被殺案的欽定追查者，至少在表面上恰恰就是這位禁軍大統領。

謝玉的額上薄薄地滲出了一層冷汗，開始後悔怎麼沒早些將卓家父子都遣離京師。不過話又說回來，誰能料到會從大楚跑過來一個岳秀澤，巧之又巧地找了個夏冬、蒙摯都在場的時候挑戰卓鼎風？

「岳兄，今晚是我小兒生日，可否易時再約？」卓鼎風溫言問道。

「不可。」

「這是為何？」

「我辭朝只有半年的時間，可以自由四處尋覓對手。」

「那約在明日如何？你不至於這麼趕時間吧？」

「明日……」岳秀澤眸中閃現出一抹讓人看不懂的悲哀之色，「夜長夢多，誰知道今夜還會發生什麼？誰知道還有沒有明日？既已見面，何不了斷？對試又不是凶事，難不成還沖了你兒子的壽宴不成？」

「岳兄的意思，是非要在此時此地了斷了？」

「不錯。」

「放肆！」謝玉一咬牙，揚聲怒道，「今夜是小兒生日宴會，貴客如雲，豈容你在此鬧場！來人，給我轟了出去！」

岳秀澤神色如常，仍是淡淡道：「卓兄，我是來挑戰，還是來鬧場，你最清楚。給我一個答覆。」

此時已有數十名披甲武士湧入，呈半扇形將岳秀澤圍住，槍尖如雪，眼看著就要發動攻勢，卓鼎風突然大喝一聲：「住手！」

謝玉眉睫一震，按在卓鼎風肩上的手猛地加力，正要說話，這位天泉山莊的莊主已將懇切的目光投注在他的臉上，低聲道：「謝兄見諒，我……畢竟是個江湖人……但請放心，此事我會圓滿處理的……」

謝玉唇角一抖，隱隱猜到了什麼，欲待出言阻止，想了想，又硬起了心腸，緩緩收回了自己壓在卓鼎風肩上的手，語調溫和地道：「卓兄有何決策，我一向是不干擾的。」

卓鼎風淡淡一笑，面色寧靜地站起身來，與岳秀澤正面而立，道聲：「請。」

此時宮羽已抱琴退回到角落，廳堂正中一大片空地，竟彷若天然的演武場。凝目對視的兩大高手，劍雖未出鞘，但那種淵渟嶽峙的氣勢，那種傲然自信的眼神，當遠非前日他們兩人的弟子對戰時可比。為表對此戰的尊敬，除了長公主仍然端坐外，其他所有人都站了起來，連謝綺都在夫君的扶持下捧著隆起的腹部起身。

由於宇文暄等人站在廳口，故而廳門是開著的。一縷夜風晚來清涼，捲了紅燭焰舞，室內光影搖動。與燒焦的燭芯劈啪裂響的同時，兩柄劍似閃電橫空，交擊在了一起。

聽名思義，天泉與遏雲劍都是以劍法飄逸靈動著稱，兩門傳承都近百年，彼此之間歷代互有勝負，縱橫江湖時，除了北燕拓跋氏的瀚海劍或許偶能壓它們一頭外，其他劍門基本上都望其項背而莫及。卓鼎風二十七歲那年與岳秀澤初戰獲勝，三十五歲那年再戰又獲勝，看戰績似乎占了上風，但從他面對遏雲劍時異常凝重的表情來看，無論贏了多少次，這仍然是一個讓他無法等閒視之的對手。

廳堂之上兩人這第三戰，劍影縱橫，衣袂翻飛，來回近百招，仍未入高潮，單從場面上來看，竟好像還不如那日蕭景睿與念念打得好看。

但實際上，這一戰的分量當然遠非那一戰可比，從兩戰皆在場的夏冬眼睛裡，便可以清楚明白這個事實。

她的目光晶瑩透亮，似乎已完全被這場劍試吸住了心神，而忘記了其他應該注意的一切。那每一劍的角度、力道、速度，無不精妙到毫巔，劍訣心法，更是如同附著在劍鋒之上的靈魂，與揮出的一招一式水乳交融，絲毫不見年輕人出招時的刻意與生澀。

這一點卓青遙與蕭景睿當然體會得更深，兩人都站在燭光最明亮之處，目不轉睛地凝視著場內每一道光影。高手與高手的碰撞，才能迸出最亮麗的火花，觀摩這一戰，當比他們受教一年都有進益。

可是與大多數全副心神觀戰的人不同，廳上還有三個人似乎對此比試毫無興趣。蒞陽長公主閉著眼睛，靠著短榻的扶手小憩，神情與旁邊緊張凝重的謝玉和卓夫人形成了鮮明的對比；梅長蘇倒是看著場內，但從那沒有焦距的目光和有些發呆的表情來看，他顯然只是應景地瞧著，腦子裡不知在想些什麼別的；角落的宮羽安然寧和，懷裡抱著琴，細細看著木質的紋理，流水般的長髮垂在她粉頰兩邊，眼睫根本抬也沒有朝場中抬上一眼。

他們三個人都在等待，等待這場比鬥結束的那一刻，蒞陽公主是因為本就漠不關心，而另兩個，則是因為他們知道真正的高潮還在後面……

旁邊蒙摯放在書案上的手指突然一緊，握成了一個拳頭。被他的動作驚動的梅長蘇略略收斂心神，看向場中。纏鬥的雙方仍然氣息均勻，看來與剛開始時並無二樣，可是真正的高手都已看出，決勝的一刻已經到來。

不知是巧，還是不巧，他們二人決勝的最後一招，竟與前日蕭、念二人所比試的最後一招相同。天泉劍翻動雨雲，漫天水霧散開，光影細如牛毛，似無孔不入。岳秀澤雙手握劍，掄起飄乎劍風，然而幻出的卻不是他女徒的那一片光網，而是一堵光牆。

細針入牆，可沒不可透，仿若茸茸春雨入土，只潤了表層。岳秀澤的眸中不由閃過一絲笑意。然而笑意剛起，瞬間又突轉凌烈。對手劍尖餘勢未歇，強力停住，一片水霧剎那間凝為一支水箭，在光牆似隱非隱時突破。岳秀澤側身轉腰，避開光箭來勢，然而胸前的衣衫已被劍鋒割裂了一條長口。在空中換氣，絲毫不亂，手指翻彈間劍柄已轉為反握格擊，擋住了對手橫削過來的後招。

然而他心中已明白，自己雖然及時化解了卓鼎風的後手，但那毫釐之敗，終究是已經敗了。接下來的這一回合，不過是為了將那敗局定格為毫釐這一程度，不再擴大罷了。

卓鼎風的臉上，此時也現出了微笑。不過他的笑容之中，多了些愴然，多了些決絕。

橫削過去的一劍，被岳秀澤格穩，只需在對手滑劍上挑時順勢躍開，這一戰就結束了。

所有認真觀戰的人此刻都已預見到了這個結果，全體放鬆了身體。只有謝玉的眼睛仍然緊盯著場內，如同一潭寒水般冷徹人的肺腑。

梅長蘇輕輕地長嘆了一聲。在他嘆息的尾音中，岳秀澤滑劍上挑，劍鋒切入卓鼎風本應早已回撤開的手腕中，鮮血四濺，天泉劍脫手落地，發出尖銳的鏗然之聲。

「爹！」

「老爺！」

妻子與兒女們的驚呼聲四起，蕭景睿與卓青遙雙雙搶上前去，扶住了卓鼎風的身體，同時將怒意如火的視線投向了岳秀澤：「這只是比試，你怎麼……」

岳秀澤的震驚似乎也不少於他們二人，瞪著卓鼎風道：「卓兄，你、你……」

「不關岳兄的事……」卓鼎風努力控制住自己的聲音，「剛才最後一下，我有些走神……」

蕭景睿和卓青遙都不是外行，剛才只是情急，其實心裡明白這不是岳秀澤的責任。只不過蕭景睿驚駭之中甚是迷惑，而卓青遙心裡略略有些明白罷了。

「快，快請大夫來！」謝玉一面急著吩咐，一面快步下來親自握著卓鼎風的手腕檢視，見腕筋已然重創，恢復的可能渺茫，臉上不由浮起複雜的表情。

「這只是外傷，不用叫大夫來了，讓青遙拿金創藥來包紮一下就好。」卓鼎風刻意沒有去看謝玉的臉，低聲道。

夏冬與蒙摯一直凝目看著這一片混亂，直到此時，方才相互對視了一眼。

雖然該看的東西都看到了，但卓鼎風這一傷，一切又重新煙消雲散，謝玉與內監被殺案之間那唯一一點切實的聯繫，至此算是完全終結。

可是卓鼎風一不願避戰損了江湖風骨，二不願被抓到把柄連累謝玉，故且不論他是否做得對，單就這份壯士斷腕的氣概，也委實令人驚佩。只可惜卓青遙功力尚淺，瑯琊高手榜上大概又有很多年，看不見天泉劍之名了。

「此戰是我敗了。」岳秀澤看著卓鼎風蒼白的面色，坦然道，「我遏雲一派，日後將靜候天泉傳人的挑戰。」說罷撫胸一禮。

「多謝岳兄。」卓鼎風因手腕正在包紮，不能抱拳，只得躬身回禮，之後又轉身對謝玉道：「我確對岳兄說過無論何時何地隨時候教的話，所以今夜他入府對謝兄的冒犯，還請勿怪。」

謝玉笑了笑道：「你說哪裡話來，江湖有江湖的規矩，這個我還懂，我不會為難岳兄的，你放心，到後面休息一下如何？」

卓鼎風傷雖不重，但心實慘傷，亦想回房靜一靜，當下點頭，在兩個兒子的攙扶下，正轉身移步，突然有一個聲音高聲道：「請等一等！」

這一聲來得突兀，大家都不由一驚。聲音的主人學著梁禮向四周拱著手，滿面堆笑地道歉：「對不起，驚擾各位了……」

「陵王殿下，你又想做什麼？」謝玉只覺一口氣弊著吐不出來，直想發作。

宇文暄深深地看了他一眼，並不答話，反而把視線移到了岳秀澤臉上，靜靜道：「岳叔，我已經按承諾讓你先完成心願挑戰了，現在該輪到我出場了吧？」

「喂，」卓青遙怒道，「我爹剛剛受傷，你想趁人之危嗎？要出場找我！」

「哎呀誤會誤會，」宇文暄雙手連搖道，「我說的出場可不是比武，在場各位我打得過誰啊？我只是覺得接下來的一幕，卓莊主最好還是留下來看一看比較好。」

謝玉冷哼了一聲，拂袖道：「真是荒誕可笑，卓兄不用理他，養傷要緊。」

梅長蘇卻在此時沒頭沒腦地插了一句話，道：「景睿，我送你的護心丹給你爹服一粒吧。」

「啊？」蕭景睿不由一愣。傷在手腕上的外傷，吃護心丹有用嗎？

梅長蘇直視著卓鼎風的眼睛，嘆道：「一身修為，斷去之痛，在心不在手。卓莊主終有不捨之情，難平氣血，只怕對身體不利。今夜還未結束，莊主還要多珍重才是。」

他剛說了前半句，蕭景睿便飛奔向擺放禮品的桌案前取藥，所以對那後半句竟沒聽見，只忙著餵藥遞水，服侍父親將護心丹服下。

宇文暄在一旁也不著急，靜靜地看他們忙完，方才回身拉了拉旁邊一人，輕輕撫著她的背心推到身前，柔聲道：「念念，你不就是為了他才來的嗎？去吧，沒關係，我在這裡。」

從一開始，念念就緊依在宇文暄的身邊，穿著楚地的曲裾長裙，帶了一頂垂紗女帽，從頭到尾未發一言。此時被推到蕭景睿面前後，少女仍然默默無聲，只是從她頭部抬起的角度可以看出，這位念念姑娘正在凝望著蕭景睿的臉。

氣氛突然變得有些微妙和尷尬，連最愛開玩笑的言豫津不知怎麼都心裡跳跳的，沒敢出言調侃。

蕭景睿被看得極不自在，腦中想了很久，也想不出除了前日一戰外，跟這位念念姑娘還有什麼別的聯繫，等了半日不見她開口說話，只好自己清了清嗓子問道：「念……念姑娘，你……有什麼話要說嗎？」

念念保持著原來的姿勢，沒有回答，只是抬起了手，慢慢地解著垂紗女帽繫在下巴處的絲帶，因為手指在發抖，解了好久也沒有完全解開。

梅長蘇閉了閉眼睛，有些不忍地將頭側向了一邊。

紗帽最終還是被解下，被主人緩緩丟落在地上。富麗畫堂內，明晃晃的燭光照亮了少女微微揚起的臉，一時間倒吸冷氣的聲音四起，卻沒有一個人開口說話。

一眼，只看了一眼，蕭景睿的心口處就如同被打進了粗粗的楔子，阻住了所有的血液回流，整張臉蒼白如紙，如同冰人般呆呆僵立。

兩人就這樣面對面站著，互相凝視。在旁觀者的眼中，就彷彿是同樣的一個模子，印出了兩張臉，一張添了英氣、棱角，給了男人，另一張加上些嬌媚與柔和的線條，給了女孩。

可是那眉，那眼，那鼻梁，那如出一轍的唇形……當然，這世上也有毫無關係的兩個人長得非常相像的情況發生，但宇文暄打破沉默的一句話，卻斷絕了人們最後一絲妄想。

「這是在下的堂妹，嫻玳郡主宇文念，是我叔父晟王宇文霖之女……」

主座上突然傳來異響，大家回頭看時，卻是蒞陽長公主雙目緊閉，面色慘白地昏暈了過去，她的貼身侍女們慌慌張張地扶著，一面呼喊，一面灌水撫胸。

宇文暄的聲音，彷彿並沒有被這一幕所干擾，依然殘忍地在廳上迴盪著：「叔父二十多年前在貴國為質子時，多蒙長公主照看，所以舍妹這次來，也有代父向公主拜謝之意。念念，去跟長公主叩頭。」

宇文念目中含淚，緩緩前行兩步，朝向蒞陽長公主雙膝跪下，叩了三下方立起身形，再次轉過頭來，凝望著蕭景睿，眸中期盼之意甚濃。

然而蕭景睿此時的眼前，卻是一片模糊。根本看不見她，看不見廳上二十多年的父母家人，看不到任何東西，就好似孤身飄在幽冥虛空，一切的感覺都停止了，只剩了茫然，剩了撕裂般的痛，剩了讓人崩潰的迷失。

小時候，他曾經有一段時間非常想知道自己究竟是卓家的孩子，還是謝家的孩子。後來長大了，他漸漸開始接受自己既是卓家的孩子，又是謝家的孩子。那兩對父母，那一群兄弟姊妹，那是他最最重要的家人，他愛著他們，也被他們所愛，他做夢也沒有想到，有一天上蒼會冷酷地告訴他，他二十多年來所擁有的一切，都只是幻影和泡沫……

蒞陽長公主悠悠醒來，散亂的鬢髮被冷汗黏在頰邊，眼下一片青白之色，整個人彷彿蒼老了十歲。侍女將熱茶遞到她嘴邊，她推開不喝，撐起了發軟的身子，向階下伸出顫顫的手，聲音嘶啞地叫道：「睿兒，睿兒，到娘這裡來，快過來……」

蕭景睿呆呆地將視線轉過去，呆呆地看著她憔悴的臉，足下卻如同澆鑄了一般，挪不動一絲一毫。

「睿兒！睿兒！」蒞陽公主愈發著急，掙扎著想要起來，雙膝卻抖動地支撐不住身體，只能在嬤嬤和侍女的攙扶下跌跌撞撞地向階下爬去，口中喃喃地說著，「你別怕，還有娘，娘在這裡……」

這個時候首先恢復鎮定的人竟是卓鼎風。二十多年來，他早就有景睿可能不是自己親子的準備，而當下這個結果，最震撼和最讓人難以接受的部分又都在蕭景睿和謝玉身上，他反而可以很快調整好自己的感覺。

所以最先拍著蕭景睿的肩膀將他向蒞陽公主那邊推行的人就是他。

梅長蘇就在這時看了角落中的宮羽一眼。這一眼，是信號，也是命令。當然，沉浸在震驚氣氛中的廳堂上，沒有任何一個人注意到這寒氣如冰、決絕如鐵的眼神。

除了宮羽。

宮羽將手裡抱著的琴小心地放在了地上，前行幾步來到燭光下，突然仰首，發出一串清脆的笑聲。

此時發笑，無異於在緊繃的弓弦上割了一刀，每個人都嚇了一跳，把驚詫至極的目光轉了過來。

「宮姑娘，你……」言豫津回頭剛看了她一眼，身體隨即僵住。

因為此刻站在他面前的宮羽，似乎已經不是他平時所認識的那個溫婉女子。雖然她仍是柳腰娉婷，仍是雪膚花容，可同樣的身體內，卻散發出了完全不同的厲烈灼焰，如羅剎之怨，如天女之怒，殺意煞氣，令人不寒而慄。

「謝侯爺，」宮羽冰鋒般的目光直直地割向這個府第的男主人，字字清晰地道，「我現在才明白你為什麼一定要殺我父親了，原來是因為先父辦事不力，受命去殺害令夫人的私生子，卻只殺了卓家的孩子，沒有完成你的委託……」

這句話就如同一個炸雷般，一下子震懵了廳上所有人。謝玉臉上一陣青一陣白，怒吼一聲，抓起跌落在地上的天泉劍，一劍便向宮羽劈去。

謝玉本也是武道高手，這一劍由怒而發，氣勢如雷，可是弱不勝衣的宮羽卻纖腰微擺，如同鬼魅一般身形搖盪，輕飄得就像一縷煙一般，閃避無痕。

夏冬不由失聲道：「夜半來襲，遊絲無力……殺手相思是你何人？」

「正是先父。」宮羽應答之間，已連避數招，謝玉急怒之下，大喝一聲：「來人！」

隨著他這一聲召喚，一道身影倏忽而至，直撲宮羽而去，與兩支判官筆的攻勢同時，還發出了三柄飛刀、一枚透骨釘，出手狠辣毫無餘地，眼力好的人還能察覺出暗器上幽幽的煨毒藍光。

宮羽甩袖如雲，仍是應對自如，捲走三柄飛刀之後，撥下銀釵，正準備格擋那枚透骨釘，一柄峨眉刺橫空斜來，將毒釘震飛，一個身影隨即擋在了她身前，大家一看，出手的竟是卓夫人。

「你繼續說，誰殺了我的孩子？」卓夫人眸中一片血紅，語聲之淩厲，絲毫不見平時的溫柔嫻雅。

「夫人，你先冷靜一下，」卓鼎風喝止住妻子，全身輕顫地轉向謝玉，「謝兄請讓宮姑娘說完，她若是胡言亂語，我先不會放過她！」

「我是不是胡言亂語，看看蕭公子的臉就知道了，」宮羽說出的話，直扎人的心肺，「大家誰都不能否認，他有殺嬰的動機吧？當年死去的嬰兒全身遍無傷痕，只有眉心一點紅，我說得可對？謝侯爺那時候還年輕，做事不像現在這樣滴水不漏，殺手組織的首領也還活著，卓莊主若要見他，只怕還可以知道更多的細節呢。又或者……現在直接問一下長公主殿下吧，當初殿下明知丈夫試圖殺害自己的兒子，卻又不能當面質問他，個中苦楚自是煎熬。不過還好，雖然那時候聽你傾訴的姊妹已不在，但幸而還有知情的嬤嬤一直陪伴在你身邊……」

蒞陽公主心如刀割，呻吟一聲捂住了臉，似乎已被這突然襲來的風雨擊垮，毫無抵禦之力。她的隨身嬤嬤扶著她的身子，也早已淚流滿面。

「真是一派胡言！」謝玉眉間湧出煞氣，手一揮，「來人！將此妖女，就地格殺！」

他一聲令下，謝府的武士們立即蜂湧而上，直奔宮羽而去，卓鼎風呆立當場，反而是卓夫人執刃咬牙，叫了一聲：「遙兒！怡兒！」

卓青怡聞喚立即衝向母親，卓青遙猶豫了一下，慢慢將驚呆的妻子抱到廳角的柱子後放下，一晃身也來到父母身邊。言豫津看了看宮羽，一把拉住蕭景睿的胳膊，先把依然僵立的好友推到梅長蘇身邊，自己隨即縱身護在宮羽之前。

謝玉此時已面沉如水，眼中殺意大盛。

對他來說，宮羽自然是非殺不可，但卓、謝兩家今夜失和只怕也在所難免，就算卓鼎風不會立即翻臉不認人，但殺子的嫌隙非同小可，一樁兒女姻親，是否保得準卓鼎風一定不會背叛，謝玉實在覺得毫無把握。想到卓鼎風多年來替自己網羅江湖高手，行朝中不能行之事，知道的實在太多，若是現在讓他就這樣離去，無異於是送到譽王手上的一樁大禮，只怕以後再也掌控不住他的動向，徒留後患，讓人旦夕難安。而且屆時譽王也一定會盡力護他，若有異動，再想除掉就難了。可如果趁他此刻還在自己府中，狠下心破釜沉舟，絕了後患，攪混一池春水，大家到御前空口執辯，再扯上黨爭的背景，只怕還有一線生機。

念及此處，他心中已是鐵板一塊。

「飛英隊圍住！速調強弩手來援！」

一聽要出動弩手，謝綺立即嘶聲大叫了一聲「父親」，便要向場中撲來，被謝玉示意手下拉住，謝弼此時已經完全昏了頭，張著嘴連話都說不出來。

「謝兄，」卓鼎風心寒入骨，顫聲道，「你想幹什麼？」

「妖女惑眾，按律當立即處死，你若要護她，我不得不公事公辦！」

卓鼎風本意只是想聽宮羽把話說完，查明當年之事後再做決定，哪裡是想要護她，聽謝玉這樣一說，便知他起了狠毒之心，一時氣得渾身發抖。旁觀的夏冬看到此刻，終於忍不住開口道：「謝侯爺，你當我和蒙大統領不在嗎？夙夜殺人，也太沒有王法了吧？」

謝玉牙根緊咬，面色鐵青。他知道在夏、蒙二人面前殺卓鼎風並不明智，但若是此刻不殺，可以想像卓鼎風出門後就會被譽王嚴密保護起來，再無動手的機會。正所謂箭在弦上，不得不發，儘管怎麼做都不是萬全之策，但終究要做個抉擇。

「本朝祖制有令，凡涉巫妖者，立殺。這個妖女在我侯府以樂惑人，已引人迷亂，夏大人，請你不必多管閒事。」謝玉一面將夏冬冷冷地封回去，一面指揮手下圍成個半扇形，將聽堂出口盡數封住。

不過，他心裡很清楚廳上這群人個個都不是省油的燈。尤其是夏冬和蒙摯最為棘手。一來這二人本就不一定殺得了，二來以他們的身分在自己府中殺死也是樁麻煩事，所以謝玉已做好了被他們脫身而去的準備。反正現在事已至此，倉促之間想不到更好的處理方法，只能先把一切能滅的口全都滅了，再跟夏蒙二人到皇帝面前各執一詞，賭在沒有人證的情況下，皇帝會信誰。若是那人回來也偏幫自己的話，說不定還可以死裡逃生。

「謝侯爺，有話好說，何必定要見血呢？」蒙摯見謝玉大有下狠手之意，也不禁皺眉道，「今日之事，我與夏大人都不可能袖手旁觀，請你三思。」

謝玉冷笑一聲，道：「這是我的府第，兩位卻待如何？御前辯理，我隨你們去，可是妖女和被她魅惑的黨羽，只怕你們救不了。」

蒙摯眉尖一跳，心知他也不全是虛張聲勢，一品軍侯鎮府有常兵八百，其中槍手五百，已難對付，更何況等強弩手趕到，四周一圍放箭，個人的武技再高，也最多自保而已，想要護住卓家滿門，只怕有心無力。想到此處，他不由回頭看了梅長蘇一眼。

可此時的梅長蘇，卻正在看著蒞陽公主。

第三十四章

情絕意斷

面對這一片混囂，蒞陽公主神態狂亂，努力踩著虛軟的步伐挪動，似乎只是一心想趕到蕭景睿的身邊去。

「蒞陽，」謝玉也凝視著她，柔聲哄道，「你不要管，我不會傷害景睿，這些年要殺他我早就殺了，所以你放心。我做的任何事都是為了你，這一點你千萬不要忘記……」

蒞陽公主看著結縭二十多年的丈夫，只覺心痛如裂，柔腸寸斷，一時間跪倒在地泣不成聲。

謝玉的目光又轉向了宇文暄，後者聳了聳肩，道：「你不傷念念看重的人，我就不蹚這攤渾水多事多嘴，說到底，關我什麼事呢。」

謝玉陰冷地笑了笑，道：「好，陵王殿下的這個人情我一定會領的。」說著他的目光又在廳中掃視了一圈，在梅長蘇身上刻意停留得久了些，似乎正在打算把這位最讓人頭疼的敵方謀士趁亂一鍋給煮了。

蒙摯不由有些著急，挺身擋在梅長蘇前面，偏了偏頭問他：「飛流哪裡去了？」

梅長蘇眼珠轉動了一下，哈哈一笑，道：「總算有人問飛流到哪裡去了，其實我一直等著謝侯爺問呢，可惜您好像是忘了我還帶了個小朋友過來。」

謝玉心頭剛剛一沉，已有個參將打扮的人奔了過來，稟道：「侯爺，不好了，強弩隊的所有弓弦都被人給割了，無法……」

「混帳！」謝玉一腳將他踹倒，「備用弓呢？」

「也……也……」

謝玉正滿頭火星之時，梅長蘇卻柔聲道：「飛流，你回來了，好不好玩？」

「好玩！」不知何時何地從何處進入霖鈴閣的少年已依在了蘇哥哥的旁邊，睜大眼睛看著四周的劍拔弩張。

謝玉怒極反而平靜下來，仰天大笑道：「蘇哲，你以為沒有弩手我就留不住自己想要留的人嗎？對於寧國府的實力，您這位麒麟大才子只怕還是低估了。」

「也許吧，」梅長蘇靜靜道，「今夜侯爺想要流血，我又怎麼攔得住。萬事有因必有果，今天這一切都是侯爺你種下的因所帶來的，這個果你再怎麼掙扎，最終也只能吞下去。」

謝玉負手在後，傲然道：「你不必虛言恫嚇，本侯是不信天道的人，更大的風浪也見過，今日這場面，你以為擊得倒本侯嗎？」

「我知道。」梅長蘇點頭道，「侯爺是個不敬天道、不知仁義的人，當然是什麼事都敢做，但蘇某比不得侯爺，一向膽小怕事，所以今天敢上侯爺的門，事先總還是做了一點準備。譽王殿下已整了府兵在門外靜候，要是一直等不到我出來，只怕他會忍不住衝進來相救……」

謝玉狐疑道：「你以為本侯會信？為了你這個小小謀士，譽王肯兵攻一品侯府？」

梅長蘇笑得月白風清，語調輕鬆至極：「單為我當然沒這個面子，但要是順便可以把侯爺您從朝堂上踩下去，您看譽王肯不肯呢？」

梅長蘇說得毫不在乎，謝玉頰邊的肌肉卻緊緊一跳，隨手召來個部下，低聲吩咐了一句，那人立即領命而去，大約是去探看府外是不是真的有伏兵。

梅長蘇笑道：「看來暫時不會打起來了，大家閒著也閒著，宮姑娘，沒說完的話接著說吧，萬一卓莊主一聽是個誤會，大家化干戈為玉帛，豈不是一件好事？」

「好。」宮羽面對如此局面，仍是神色沉靜，運了氣息說話，字字清晰，「正如大家所知，先父是個殺手，因殺人手法素來輕飄無痕，故有『相思』之名。他名氣雖重，但世上知他真面目的人，也只有他所隸屬的組織首領而已。有道是殺手無情，有情便是負累，故而父親在遇到先母之後，便決定洗手不幹。那時母親剛懷了身孕，組織首領要求父親完成最後一項任務後方可歸隱，而那最後一項任務，便是受一名朝中要人委託，殺一個未出世的嬰兒。」

她娓娓道來，語調平實，卻讓人陡生毛骨悚然之感，連一直發呆的蕭景睿，想到自己就是那個預謀被殺的嬰兒，心中更是慘傷至極。

「任務的說明很詳細，孕婦的身分、容貌、行蹤，還有身邊嬤嬤的模樣都說得很清楚。父親跟蹤了長公主一個月，終於等到她臨產。沒想到那一夜雷擊大火，場面一片混亂，產婦和嬰兒身邊都圍滿了人，父親無處下手，只能回山間樹林躲了一日，第二天夜裡再去。由於他早就認熟了長公主家的嬤嬤，所以便將她所抱的那名嬰兒，無聲無息地殺死了……」

卓夫人嗚咽一聲，幾乎站立不穩，被女兒緊緊扶住。

「先父以為任務完成，就離開了睿山，根本不知道雷擊那天夜裡，在他走後大家發現嬰兒混亂的事。後來謝玉歸來，知道活下來的這個嬰兒還有可能是他要殺的那個之後，十分惱怒，說寧可殺錯，不可放過，逼我父親再去下手。這時我母親懷胎日久，腹中已有胎動，父親每天感受著自己骨肉的小小動作，早已不是一顆殺手之心，所以他帶著我母親逃了。殺手組織的首領截住過我們一次，可是他跟父親自幼交好，不忍殺他，就放我們走了。沒想到殺手肯放過我們，謝玉卻不肯，他另外派人來追殺，我們逃了兩年，最後父親將母親和我安頓在一個小縣城的青樓之內，自己孤身引開追殺者，之後就再也沒有回來。我長大後查證過，他是在離開我們七個月之後，被謝玉的人殺掉的。」

「可是既然岳父……呃……謝侯爺連你們都不肯放過，他怎麼放過了景睿，讓他活了下來？」卓青遙比較冷靜，立即問道。

「這就要問長公主了。」宮羽的目光幽幽地看向那個令人憐惜的女人，「那名嬰兒之死，別人不知道，你卻知道是為什麼。所以最初的幾年，你幾乎是瘋狂保護活下來的那一個，日夜須臾不離，對不對？」

卓夫人心頭一顫，想起景睿幼時的情形。他住在金陵時，莅陽公主捧著他不放，他住在天泉山莊時，莅陽公主還是會緊緊跟隨，當時只以為那是她第一個孩子，又受了驚嚇才會如此，竟沒有想到此中淵源如此之深。

「蕭公子慢慢長大，謝玉殺他之心漸漸沒有最初那麼強烈，他也知道長公主察覺到了一些，不願與她翻臉。更重要的是，他發現以蕭公子為紐帶，可以與武林實力不低的天泉山莊，建立起一種親密無間的聯繫，從而利用卓家的力量，完成一些他想要做的事。」宮羽看向卓鼎風，「這個卓莊主應該很清楚吧？有個共同的兒子，有了頻繁的交往，你們之間開始建立友情，建立親情，慢慢變成你對他無條件的信任，甘心為他做一些隱密的事，而且還以為自己所做的是對的，並符合家國大義，可以在不久的將來，為天泉山莊和卓氏一族帶來無上榮耀……」

卓鼎風嘴唇一片烏紫，一口鮮血噴了出來，卓家人登時慌作一團，梅長蘇在旁輕聲安慰道：「他服了護心丹，無妨。」

言豫津聽了這話，像是突然被提醒了一樣，立即奔到桌邊拿了藥瓶，倒出一顆遞給蕭景睿，見他茫然不理，便強行塞在他嘴裡拿茶水沖了下去。

梅長蘇溫和地看著他的舉動，輕輕喟嘆。

「岳兄，」蒙摯感慨地看向大楚的高手，「若你肯改日再約戰卓莊主的話，他就不至於為了謝玉傷了手腕，捨了這多年的修為。」

岳秀澤臉色一僵，冷冷道：「我時間不多，只知他會在今夜知道那個兒子不是他的，擔心這會影響他與我對決時的心境，所以才要搶先挑戰，誰料到他這麼傻要自己受傷，後面還有這麼一大堆牽扯……」

「這個不怪岳兄，是我自己有眼無珠，看錯了人，」卓鼎風目光灼灼地看向謝玉，額頭滲著黃豆般大小的冷汗，「現在想起你對我說的那些慷慨激昂之語，實在是令人齒寒。」

「我所說的話，也未必全是騙你，」難得到現在謝玉還能保持冷靜，「扶保太子本就是大義，其他野心之輩皆是亂臣賊子。我許諾你日後會給卓氏殊榮，至少現在還沒有打算在事成之後賴掉啊！」

「可是只要他對你有一點點疑慮不滿，你便會下狠心殺他全家滅口？」夏冬咯咯冷笑了數聲，「說到底，你又何嘗不是無肝無腸的野心之輩？」

「成大事者不拘小節，」謝玉唇角挑起一抹笑容，「陛下會了解我對朝廷的忠心。」

梅長蘇突然插言道：「謝侯爺，你去府外探看的人還沒回來嗎？」

謝玉定定地看了他片刻，仰天大笑道：「果然是蘇先生最先反應過來。本侯之所以聽你們在這兒閒聊耗時間，當然有本侯的用意。」

梅長蘇細細一想，眉尖不由跳了跳：「你調了巡防營的官兵來？」

「沒錯，」謝玉面色如冰，「譽王的府兵有什麼戰力？巡防營絕對能擋著不讓他們進來。」

蒙摯厲聲道：「謝玉，巡防營不是你的府兵，調為私用罪莫大焉，你真的膽大如此？」

「大統領不要冤枉人，我豈敢調巡防營入我府當私兵來用？可無論譽王殿下來與不來，我都可以讓他們在府門外大街上維持一下治安吧？」

梅長蘇本就沒指望今晚會和平過去，謝玉調動巡防營只會把事情鬧得更大，倒也不是純粹的壞事。不過當務之急，還是要保護卓家老小，不要被人滅口了才行，當下向蒙摯遞了個眼色，提醒他作好準備。

謝玉臉掛寒霜，手一舉，眼看就要下令，一個人猛地撲到他的面前跪下，抱住了他的腿，低頭一看，竟是謝弼。

「請父親三思！」謝弼面色蠟黃，眼裡含著淚，哀求道，「卓、謝兩家相交多年，不是親人也像親人一樣，不管有什麼誤會，父親也不能下殺手啊！」

「沒出息！」謝玉一腳踹開他，「我怎麼就調教出你這麼個婦人之仁的東西！」

「父親！」謝弼不顧身上疼痛，又爬回來攀住他的手，「世上誰人不知我們兩家的關係，父親不怕天下人的議論？」

「天下人知道什麼？你給我記住，只有活下來的人才有權利說話。為父這是大義滅親，你快給我閃開！」

謝弼心頭絕望，抓著謝玉衣襟的手劇烈顫抖著，突然向前一撲，撥出了父親腰間的小短刀，橫在自己頸前，淚水奪眶而出：「父親，請恕孩兒不能眼見您下此狠手，父親要殺他們，就先殺了孩兒吧！」

謝玉冷冷盯著他，哼了一聲道：「你要自盡？好啊，儘管動手吧。」

「父親……」

「從小養你長大，你是什麼樣的人我不知道嗎？若你真有這個烈性割斷自己的脖子，就算為父小看了你。」謝玉說著大踏步向前，一掌就打飛了謝弼手中的短刀，再一反手給了他一記耳光，擰住他的胳膊向旁邊一甩，命令道：「把世子帶下去，好生看管！此地混亂，也扶長公主和小姐回後院去。」

「是！」

「廳中妖女及卓氏同黨，給我格殺勿論！」謝玉一聲令下後，身形隨即向外退了數步。潮水般的官兵一湧而上，一片血腥殺氣蕩過。

謝玉軍旅出身，他的府兵一向訓練有素，使用的都是鑄造精良的長矛，不打近身戰，而是結組圍刺。蒙摯、夏冬雖是高手，卻又不能真的對這群聽命於人的官兵們下死手，速度和殺傷力未免受限。更何況蒙摯還擔心飛流一人在亂軍叢中護不周全梅長蘇，難免分神。這樣此消彼長，不到兩刻鐘，卓家上下已險象環生。

卓青遙隨身並未帶劍，只有卓夫人分給他的一柄峨眉軟刺，拼殺之間又要勉力護著新傷的父親，不多時就臂上見血。卓鼎風的天泉劍已被謝玉拾走，卓青怡也只有護身的短劍，卓夫人握著另一柄峨眉刺，擋在丈夫和女兒一側，左支右絀，漸漸難以為繼。她剛奮力削斷了幾隻槍頭，左側又有寒光突襲，腰間一大片衣衫盡裂，回身防護時，前面又露破綻，一柄角度刁鑽的長槍從斜下方刺出，待發現時已躲閃不及，卓青怡嚇得失聲驚呼：「娘！」

眼看著那槍頭就要刺進卓夫人下腹，一柄青鋒劍閃電般削來，切斷了槍頭，劍花閃處，一個修長的身影擋在了卓夫人身前，面對他的近十名長矛手盡被逼退，有幾人還帶了傷口。

「睿兒……」卓夫人眼眶一熱，顫聲叫道。

蕭景睿並未回頭，只說了一句話，從後面看不到他臉上的表情，那低低的嗓音也顫抖著，幾乎讓人聽不清他在說什麼。

可是卓夫人卻柔聲回應了一句，「娘沒事……你別擔心……」見蕭景睿取了牆上掛著的寶劍加入戰團，一直旁觀的宇文念也躍身而起，自官兵群中殺出一條路來，向他靠攏。岳秀澤凝目看到此時，突地長嘆一聲，遏雲劍再次出鞘，也縱身到了卓鼎風的身邊。

謝玉在後面高聲怒道：「宇文暄，你不是說不摻進來嗎？」

「我沒有啊，」宇文暄攤開手道，「我說了不關我的事，所以一步都沒有動，你別冤枉人好不好？」

謝玉此時不便理會他，只能冷冷地「哼」了一聲，指揮著手下加猛攻勢。他這兩百長槍兵皆是好手，被圍的一方縱然添了幾個戰力，仍未能將下風扭轉過來，而閣外一片寧靜，似乎尚沒有援軍到來的跡象。

「夏大人，我聽說懸鏡使之間有一種聯絡用的煙花，是不是？」在這緊迫時刻，梅長蘇竟然找夏冬聊起天來。

「是。」夏冬剛答出口，就已明白他的意思，從懷裡摸出煙花彈，正要縱身向外衝殺，梅長蘇一句話又留住了她的腳步。

「讓飛流去放吧，他喜歡這個。」

飛流果然喜歡，飄身出外的速度也要快得多，那些長槍手連他的衣角都碰不到，更不用提攔截了。煙花升上天空，燦爛耀目，飛流回來時還一路仰著頭看，順便折斷了兩個截殺他的官兵的胳膊。梅長蘇讚許地向他點頭，又對蒙摯道：「大統領，看樣子譽王的府兵暫時是進不來了，夏春大人也要過一陣才能到，只好麻煩你，擒賊先擒王，抓個人質讓大家休息一下吧，你看，好幾個人已經傷得不輕了。」

蒙摯立即領會，大喝一聲，震得較近的官兵一愣神，他已如大翅灰鵬般踏著人頭頂奔出了霖鈴閣，直撲謝玉而去。

謝玉看清他的來勢，心中一凜，登時明白蒙摯是想擒住自己要脅謝府士兵停手，忙喝令身邊的護衛們攔著，自己抽身後退。蒙摯是萬軍中取敵將頭顱的超一流高手，謝玉的護衛也只擋得了他一時，但也正是這片刻的時間，這位寧國侯竟已躲得不見蹤影。

眼看見蒙摯出師無功，身旁妻子兒女們都是傷痕累累，卓鼎風心中慘然。最開始他只是想聽宮羽說說真相，沒想到謝玉竟會如此絕情翻臉，令他始料未及。此時前方仍是黑壓壓殺之不絕的武士，己方戰力卻愈來愈弱，最多只怕再支撐一刻鐘就會被擊散，卓鼎風絕望之餘，只覺家族此難皆由自己識人不明引起，一時愧疚難當，竟放棄了抵抗，閉目迎向槍尖。

蕭景睿縱身撲過來，將卓鼎風撞開，揮劍擋槍，化解了兇險，但肋下也因此多了一條傷口。岳秀澤瞪眼怒道：「你才擊敗我，若是死於這些豎子之手，岳某的顏面何存？」

卓鼎風被他這一罵，突然驚醒，左手劈手奪下一柄長槍，側身執著橫掃了一槍，高聲道：「不錯，死也要死得體面，且再多殺幾個！」

聽到岳秀澤責罵卓鼎風時，言豫津也很想學著罵罵自己的那位好朋友。蕭景睿雖加入了戰團，卻只見他救護卓家人，於自身防衛則非常漫不經心，彷彿仍有些心緒如灰的樣子。言豫津眼見著宮羽身法如魅，出手厲辣，根本不需旁人操心，便把全部的注意力都集中到了蕭景睿身上，與念念一左一右替他補漏，從開始打到現在，別的暫且不說，這兩個人倒培養起不錯的默契來了。

在整場血戰中，唯一安安穩穩沒有動過一個手指頭的人就是梅長蘇。除了蒙摯和宮羽時刻注意著他以外，飛流除非受命，基本上更是寸步不離。膽敢向梅長蘇發起攻擊的士兵，全被少年給極狠厲的手法啪啪折碎腕骨臂骨，痛得直滾，偏生梅長蘇還陰惻惻地在旁邊說著：「飛流啊，要記住只能折斷胳膊，不要一不小心又折到脖子了。」聽那話的意思好像這位冷魅少年經常會一不小心就折斷人家脖子似的，嚇得比較靠前的人紛紛後退，再加上謝玉格殺令的主要目標是卓家人，所以到後來，攻擊梅長蘇的人大部分都轉移到了卓家那邊，不想在此處費力不討好地被斷手斷腳。

此時蒙摯追擊謝玉到了外面，閣內少了一位超一流高手，情勢頓覺惡化。內力不足的卓夫人與卓青怡漸漸有些體力不支，本已受傷的卓鼎風看起來更是不妙，只有不在謝玉格殺令範圍內的夏冬、言豫津和大楚人沒那麼狼狽，但場面絕對是慘澹支撐，如果援兵再不進來，謝玉想要的結果已近在眼前。

就在這時，夏冬嗅到一絲燈油的焦臭氣，不由眉宇一沉。

「難道謝玉還打算放火燒霖鈴閣……」

「什麼？」言豫津吃了一驚。

「此閣後面臨湖，他封了前門放火，我們只有跳水，如果湖岸上布了長矛手，從水裡上岸就會很難，雖然你我沒什麼問題，可有些人就難說了。」

言豫津手上未停，心中已是巨震。大家跳水後，若聚在一起上岸，剛好可以讓人家集中兵力對付，若各自分散，實力弱一些的又怎麼可能逃得出這深海侯門？想到此節，額前已滲冷汗，大聲道：「夏冬姐姐，你別光預測他會怎麼樣，也說說看我們該怎麼辦啊！」

「先別急，謝玉也沒預想過今天會燒自己家，所以府內引火之物未必充足，最多搬些燈油過來，隔得又遠，想潑到房脊上是不可能了，最多從連廊處開始引燃，先燒外閣側樓。幸好昨天春雨，屋樑都是濕的，一時半會兒要把我們都給燒到水裡去，也沒那麼快啦。」

「可是就算再慢，遲早也要燒過來啊！再說，我們也撐不了多久了。」

夏冬百忙中扭頭看了梅長蘇一眼，見自己說了這麼多他卻毫無反應，忍不住嗔道：「蘇先生，大家都這麼忙就你一個人閒著你還不動動腦筋，你在入定嗎？」

「沒有。」梅長蘇閉著眼睛道，「我在聽你們冤枉人家謝侯爺。」

「啊？什麼意思？」

「我們現在可是在水閣裡，一時半會又燒不乾淨，所以謝玉是不會放火的。他以滅巫為由在府內殺人，是捂著蓋著幹的，外頭的巡防營雖聽從他的命令在維護治安，不放人進來，但其實並不知道這裡面發生了什麼。可一旦大火燒了起來，就很明顯這裡頭出事了，屆時不僅譽王有藉口進來察看，夏春大人，還有言老侯爺，只怕都會心中焦急牽掛，誰也攔他們不住。謝玉怎麼會出此昏招，自己放火把他們引進來？」

言豫津神情一呆，但手上卻沒閒著，兩掌劈中攻至面前的一名士兵，「你說誰？我……我爹？」

「你到謝府來赴宴，結果這裡面燒起來了，令尊能不著急嗎？言府跟這裡只隔了一條街，他很快就會得到消息的。」

言豫津心裡暖融融的，又忍不住擔心：「這裡亂成這樣，巡防營還守在外面，我爹還是不要來得好……」

梅長蘇唇邊露出一絲微笑，安慰道：「你放心，巡防營今夜當值的應該是歐陽將軍吧，他是絕不會傷害言老侯爺一絲一毫……」

雖是父子，但言豫津對父親的過去基本上是一無所知，聞言忙追問道：「為什麼啊？」因為分心，一柄長槍幾乎刺中他肋下，被宇文念一劍挑偏，國舅公子定了定神，連聲道謝。

「你小心些，」夏冬拉長了聲音嬌笑道，「等今晚過了你再來問我好了，歐陽將軍與令尊當年的舊交，夏冬姐姐也知道的。」

言豫津不由自主打了個寒顫，趕緊裝沒聽見。

「啊，燒起來了……」一旁的宇文念突然細聲細氣地說了一句，與此同時每個人都已經看見漸起的火勢映亮窗櫺，聞到風中的煙塵味道。

「謝玉不會放火，那這火是誰放的？」言豫津喃喃地道，「難道是……可蒙大統領從哪裡找到的燈油啊？」

飛流無聲無息地一咧嘴，露出兩排雪白整齊的牙齒。

此時因為火起，閣內猛攻的士兵們都亂了手腳，有些人進，有些人退，漸無章法，夏冬等人趁機反擊，一時壓力大輕。

「嗯……雖然有點晚了，但我想最好還是問一聲，」梅長蘇突然道，「我們中間有不會游泳的嗎？」

良久沒有回答，梅長蘇甚是滿意：「看來都會了……卓莊主，你的傷還支持得住嗎？」

卓鼎風咬牙道：「沒問題！」

此時蒙摯已從外面衝了回來，所到之處，士兵紛紛避讓，可謂勢如破竹。宇文暄這時說道：「念念，你要小心喔！」

「我沒事！」宇文念揚聲應道，「暄哥，你快躲開吧！」

「好，那我先走了，在外面等你。」

這句話之後，宇文暄便轉身離開。過了良久，言豫津才輕聲評論了一句：「你們大楚人，做事還真乾脆……」

外面火勢愈來愈大，室內漸有灼熱之感。圍攻的武士們已盡數撤去，大概是謝玉知道在此剿殺掉他們已無可能，開始重新在湖岸處佈置人手。大家得了口喘息的時間，退到離火源最遠的角落處，互相檢視傷口，沒想到竟是不聲不響的卓青遙傷勢最重，左胸和背部都浸染著鮮血。梅長蘇遞了瓶藥膏過去，說是止血收口功效極好，卓夫人忙含淚接了道謝，輕柔地為兒子處理傷口，一面包紮一面落淚，口中還不停問著他感覺如何，不過卓青遙卻只是紅著雙眼慘然搖頭，一個字也不想多說，目光時時看向外面那一片火紅，顯然心中正在牽掛即將臨產的妻子。

宮羽此時走到了卓家人的面前，挽髮收袖，斂衣下拜，用平靜的語調道：「令郎死於家父之手，此罪難消。我既然找了謝玉報仇，你們自然也可以找我報仇。宮羽這條命在這裡，聽憑各位的處置。」

「宮……」言豫津一急，剛想衝過去，卻被夏冬一把拉住。

卓鼎風夫婦凝目看了她片刻，雖然面色寒冽如霜，卻也沒有立即發作，而是緩緩地對視一眼，似乎在無聲地交流看法。

片刻後，卓夫人轉過頭來，看著宮羽冷冷道：「若是你父親還活著，我必定天涯海角，殺之而後快，可惜他死了……至於你，那個時候還沒出生，我縱然心頭再恨，拿你的命又能解幾分？卓家以後不會再找你一個孤女報仇，但是你……今夜之後也不要再出現在我面前……」

宮羽垂著頭，兩滴珠淚濺落在衣衫上。她飛快地抬袖拭目，模模糊糊地回答了一句什麼，站起身，果然避到了較遠的地方去。

梅長蘇默默在旁邊觀望一陣，走到了卓鼎風身邊，輕聲道：「卓莊主，我知道你也累了，但是有些話，我還是想現在問問你。」

卓鼎風深吸一口氣，用手掌抹了一把臉，「你問吧。」

「雖然你與謝玉之間有殺子之仇，但如果今夜他不下殺手，你是否還會吐露他的祕密？」

卓鼎風仰面向天，臉上的皺紋彷彿在這須臾之間，變深了一倍。仔細想了片刻，他仍是目光茫然：「說實話，我也不知道。殺子之仇如斯慘重，叫人怎麼能輕易放開？但若要真的置謝玉於死地，遙兒……遙兒怎麼辦……還有他的孩子……」

「可是謝玉好像根本沒有給你任何考慮的機會，非要滅你的口才行，」梅長蘇硬起心腸忽視掉他的悲傷難過，又逼緊了一步，「你知道這是為什麼嗎？」

卓鼎風怔怔地將視線轉到這位江左梅郎的臉上，顫聲道：「請先生指教。」

「因為他賭不起。他不能把自己最致命的機密，放在一個與他有殺子之仇的人手裡。以前你以為你們是在合作，但現在你已經明白他只是在利用。甚至包括聯姻，都不過是他利用的一種手段而已。你們之間，彼此都已再無任何信任可言。」

說這些話的時候，梅長蘇的目光掠過了卓青遙慘白如雪的臉，惋嘆一聲，「可悲的是，這樁婚姻雖然對謝玉而言是手段，可對卓公子與謝小姐而言，卻是真正的神仙美眷……不過，謝小姐總歸是卓公子的妻子，懷的也總歸是他的孩子。只要大家都能劫後餘生，也未必就走到了絕路。」

卓青遙用手捂住嘴劇烈地咳嗽了一陣，擦去唇角的血絲，重重閉上了眼睛。

「梅宗主，」卓鼎風臉色灰敗，頹然地扶著兒子的肩膀，低低道，「我知道你今日援手為的是什麼……可是……為著所謂扶保太子的大義，我已走錯一步，以致有今日之難，實在不想再捲得更深……」

梅長蘇慢慢點著頭，神色冷峻，「原來卓莊主以為自己還可以抽身，真是可喜可賀。」

卓鼎風一呆，視線在妻子兒女身上逡巡了許久，頹然地低下頭去：「我是一家之主，是我帶他們走錯了路……」

「莊主是明白人，」梅長蘇淡淡道，「現在你已知道謝玉當年殺你小兒之事，那麼除非你死，否則就算你向他保證不記此仇，以謝玉的心田也未必會信。如今卓謝兩家已勢同水火，謝玉絕不會就此放過你們。要保你家人，就只能扳倒謝玉。只不過這樣一來，莊主你……」

梅長蘇吞住了後半句話，沒再說下去，但卓鼎風卻明白他的意思。要扳倒謝玉，就必須揭露一些隱密，而自己也是這些隱密的參與者之一，縱然首告有功，也終不能完全免罪。

「梅宗主，若你能保全我卓氏一門，能讓我們得回遙兒尚未出世的那名孩子，我自有回報……」卓鼎風慢慢說著，語調十分悲愴無奈，「縱有天大的罪孽，讓我一人承受就好……」

「爹……」卓青遙似有所觸動，猛地睜開眼睛，痛苦地叫了一聲。

「你什麼都不要說了……」卓鼎風抬起了手，在空中遲疑了半刻，終於還是落在了卓青遙的頭，輕輕揉了揉，「你是長子，你還有娘和妹妹要照顧，明白嗎？」

卓青遙用力抿緊嘴角，卻仍然止不住雙唇的顫抖，控制了好久，方道：「可是爹……綺兒也是無辜的，她什麼都不知道……」

「若她能不計兩家的新仇舊怨，還願意做你的妻子，我與你母親都會好生待她。但若是她不願……遙兒，你又能怎樣呢……」

聽到此處，卓青遙尚能咬牙忍住，卓青怡卻突然「哇」得一聲，大哭起來。

「是我一開始錯了，拖累了家人……」卓鼎風看著小女兒，輕輕將她拉進懷裡，兩行清淚落下。遠遠坐著的蕭景睿明明應該聽不清他們的對話，此時眸中竟也有微微水光漾動。

梅長蘇遠遠看了他一眼，站起身來道：「這些以後再說。火勢快過來了，大家先到後面的棧橋上避一避吧。」

大家依言起身，先後繞出後門，蕭景睿一直垂頭不語，等宇文念和言豫津過來拉他，他才默默地跟著行動，好像腦袋裡是空的一樣。

霖鈴閣的後廊處，連著一道九曲木製棧橋，一直向湖面延伸了十多丈遠，末端豎了座小小亭子。梅長蘇請蒙摯和夏冬聯手，將棧橋拆斷一截，絕了火源，大家擠在亭子間裡，竟是暫時安全了。

「我都忘了這後面有湖心亭啊！」言豫津拍著自己腦袋道，「這樣一來根本燒不到我們啊，那蘇兄為什麼要問我們會不會游水？」

夏冬一把又擰住了他的臉，嗔道：「橋都斷了，你回去的時候要不要游水？這湖這麼淺，難不成還為你大少爺再挖深點好拖條船來接？」

梅長蘇沒有理會這二人，只凝目看著對面的湖岸。沉沉夜色中並無異樣，那一片墨染中不知藏著些什麼樣的魑魅魍魎。謝玉今夜之敗，此時已成定局，昨日之非，方有今日之報，只是可憐無辜的年輕一輩，各有重創。

謝弼和卓青怡，良緣已是難成，家業終歸敗落；卓青遙與謝綺，夫妻勞燕分飛，幼子生而無依；還有景睿……

景睿……

梅長蘇忍住喉間的嘆息，不願意再多想下去。

四周波聲微蕩，那邊的烈火飛焰被這一彎淺水隔著，竟好像異常遙遠。剛從血腥鏖戰中脫身的人突然安靜下來，神思都不免恍惚起來，只覺得這一切沉寂得可怕，彷彿一隻無形的手，翻起了心底最深的寒意，也喚醒了由於激戰而被忽略掉的疼痛。

漫長的靜默後，言豫津突然站起身道：「你們看，岸上的情況好像變了……」

霖鈴閣所臨的這個人工湖湖岸彎曲，跟眾人目前所處的這座小亭距離也不一致。有些地方植著楊柳，有些地方則只有低矮花草，在這深夜之中望過去，只覺得是或黑或灰的塊塊色斑，中間有些形影亂動，目力稍次一點的人，根本看不清到底是什麼。

「是援兵到了吧，他們跑來跑去的……」言豫津努力瞇著眼，想要看得更清楚些。

亭子間裡一片沉默。良久之後，蒙摯咳嗽了一聲，道：「照我看來，那更像是……謝玉從巡防營調來了些弓箭裝備……」

夏冬擰著言豫津的臉，後者想躲，卻因為亭子間太窄小，根本無處可去。

「小津，我居然還不知道你有夜盲症？白天眼力不是挺好嗎？」夏冬高挑著眉毛嘲笑道。

「你才有……」言豫津剛想反擊，臉上突然加深的痛感提醒了他這位是夏冬姐姐，反抗不得，只好委屈地道，「我只是到了晚上視力稍稍差那麼一點而已，離夜盲還遠著呢！」

「謝玉已經快黔驢技窮了，看來侯府門外他壓力很重。不過困獸猶鬥，雖然此地離岸上有些距離，但在某些地方架弓的話，射程還是夠的，各位不要大意了。」梅長蘇勸道。

「蘇先生放心，」蒙摯長聲笑道，「這大概也就是謝玉的最後一擊了。這種距離放箭，到這裡已經軟了不少，傷病者和女眷都靠後，有我們幾個，撐上一時半刻的沒問題……呃，夏大人，你去哪裡？」

「你不是讓女眷靠後嗎？」夏冬斜斜地飛過來一個眼波，「難道我不算女眷？」

不過她雖然話是這麼說，但也只是玩笑了一下，便又重新站了出來，護在亭子的東南側。言津豫小小聲地咕噥了一句「本來就不像女人嘛」，也站到了前方。很快亭子間裡就圍成了兩層半扇形，內側是無武功護身的梅長蘇、俱都帶傷的卓氏全家，外側則是蒙摯、夏冬、岳秀澤、言豫津、蕭景睿和飛流，宇文念和宮羽本來也想擠到外側來，因為實在站不下了，又被男人們推了回去。夏冬不由咯咯笑道：「你們還真是憐香惜玉……」

話音未落，第一波利箭已經襲到，來勢比估計的更猛更密，格檔的眾人凝神以待，不敢大意，出手時俱運真氣。岸上的弩手們也皆訓練有素，換隊交接幾無縫隙，那漫天箭雨一輪接著一輪，竟似沒有中途停頓過。到後來內息較弱的言豫津已是汗透錦衣，一個岔氣，漏擋了兩箭，幸有蕭景睿在旁閃過劍光捲住，順手把他推到後面，宮羽隨即從他手裡奪了兵器補位。

梅長蘇扶了言豫津在自己身邊坐下，叮囑道，「你快調一下氣息，運過兩個小周天，再沉於丹田凝住，切不可馬上散開，你的體質先天並不強，這一岔氣不好好調順，在五腑內會凝結成傷的。」

言豫津依言閉了眼睛，摒棄雜念靜靜調平氣息，一開始還有些神思渙散，後來漸漸集中精神，外界的嘈雜被擋於耳外，專心運轉一股暖息，浸潤發僵的身體筋脈，最後沉於丹田，一絲絲消去內腑間的疼痛之感。

等他調息已畢，再次睜開眼睛時，不禁嚇了一跳。只見四周箭雨攻擊已停，大家都神情凝重地看著岸上某一個方向，可他跟著看去時，又根本什麼都看不清，於是習慣性地拉住了蕭景睿的袖子問道：「景睿，岸上怎麼了？」

話剛出口，突然想起蕭景睿目前的情緒並不正常，忙轉頭看他，果然面白如紙，正想要找句話來安慰，蕭景睿突然甩開他的手，縱身一躍入湖，快速地向岸邊游去。

「喂……」言豫津一把沒拉住，著急地跺跺腳。夏冬在旁嘆著氣道：「我們也過去吧。」

她這句話剛說到一半時，宇文念已經下了水，追著蕭景睿鳧游的水痕而去，餘下的人相互扶持照應著，也結隊游到彼岸。四月天的湖水雖已無寒氣，但終究不溫暖，濕漉漉地上來被風一吹，皆是周身肅寒。蒙摯頻頻回頭看向梅長蘇，後者知道他關切之意，輕聲說了句：「不妨，我服了藥。」

其實此時聚於湖岸邊的人並不算太多。寧國侯與譽王的府兵們相互僵持著，都遠遠退於花徑的另一側。夏春和言闕果然都已趕來，眾人自小亭子間下水時他們倆就已迎到岸邊。只不過兩人俱都性情內斂，夏春打量了師妹一眼，什麼話也沒說，言闕也僅僅問了一句：「沒事吧？」

「沒事、沒事。」言豫津並不在意父親問得簡單，何況此時他已看清了岸上情形，整個注意力都已被那邊吸了過去。

湖畔假山邊，立著面色鐵青、唇色慘白的謝玉，平日裡黑深的眼珠此刻竟有些發灰的感覺，譽王負手站在離他七、八步遠的地方，雖然表情煞是嚴肅，面無笑紋，但不知怎麼的，骨子裡卻掩不住透了股幸災樂禍的得意之情。

這兩人目前視線的焦點，都在同一個地方。

第三十五章

覆巢之下

在沾滿夜露的草地正中，蒞陽長公主坐在那裡，高挽的鬟髮散落兩肩，衣衫有些折皺和零亂。一柄寒若秋水的長劍握在她白如蠟雕的手中，斜斜拖在身側。那張淚痕縱橫的臉上仍殘留著一些激動的痕跡，兩頰潮紅，氣息微喘，脖頸中時時青筋隱現。蕭景睿就坐在她身邊，扶著母親的身體，讓她的頭靠在自己肩上，一隻手慢慢拍撫著她的背心，另一隻手捏著袖子，輕柔地為她擦拭被淚水浸潤得殘亂的妝容，口中喃喃安慰著：「好了……我在這裡……好了……會好的……」

「他……他們呢……」蒞陽公主閉著眼睛，輕聲問道。

「有些傷……但都還活著……」

長公主緊緊咬著乾裂的下唇，深而急促地呼吸著，卻仍然沒有睜開雙眼。

夏冬壓低了嗓音問自己的師兄：「怎麼回事？」

夏春以同樣的音調回答道：「我接了你的訊號趕來時，看到譽王殿下已在門外，後來言侯也到了。謝侯爺說只是小小失火，一直擋著不讓我們進去，本來都快要打起來了，長公主突然執劍而出，壓住雙方沒有起衝突，把我們帶到這裡……今晚到底出了什麼事？怎麼鬧成這樣？」

「唉……此地不便，回去再跟春兄說吧。」夏冬想到今夜瞬息之間命運迴異的這些人，不由得不心生感慨，搖頭嘆息。

這時梅長蘇發現蒞陽公主握著長劍的手突然收緊用力，抬了起來，忙提醒了一聲：「景睿！」

蕭景睿微驚之下，立即按住了母親的手，輕聲道：「娘……這個劍，我來替您拿……」

蒞陽長公主搖了搖頭，彷彿終於恢復了些許力氣，將身子撐直了些，緩緩抬起眼簾：「你別擔心，千古艱難唯一死，娘還有很多事情要做……不會自盡的……」她一面說著，一面扶著蕭景睿站了起來，深吸一口氣，微微昂起了頭，執劍在手，語聲寒冽地問道，「那個大楚的小姑娘呢？」

宇文念沒想到她會叫到自己，愣了片刻才反應過來，「我、我在這裡……」

蒞陽公主將視線投到她臉上，定定地看了許久：「聽嬤嬤說，你給我磕了三個頭？」

「是……」

「他讓你給我叩頭的意思，是想要從我這裡帶走景睿嗎？」

「我……」宇文念畢竟年輕，囁嚅著道，「晚輩本來也應該……」

「你聽著，」蒞陽公主冷冷打斷了她的話，「當年他逃走後，我就曾經說過，我們之間情生自願，事過無悔，既然抗不過天命，又何必怨天尤人。你叩的頭，我受得起，可是景睿早已成年，何去何從，他自己決定，我不允許任何人強求於他。」

宇文念一時被她氣勢所攝，只能低低應了一句：「是……」這次她離開楚都前，父親曾徹夜不眠向她講述記憶中的蒞陽公主，桃花馬，石榴裙，飛揚颯爽，性如烈火。但見了真人後她一直覺得跟父親所敘述的大不一樣，直到此刻，才依稀感受到了她當年的風采。

這一番話後，蒞陽公主顯然已經完全穩住了自己的情緒，神色也愈發堅定，慢慢推開了兒子的攙扶，向前走了一步，靜靜道：「景桓，你過來。」

譽王怔了怔，見大家都看著他，也只好依言過去，剛施了個禮，叫了聲「姑姑」，面前便寒光一閃，雪亮劍尖直指胸前。

「長公主……」夏春一驚，正想上前阻隔，蒞陽公主已開口道：「景桓，你今天來，是準備帶走卓家人，對不對？」

譽王面對眼前的劍鋒，倒還算是鎮定，點了點頭道：「謝玉雖是皇親，但國法在上，不容他如此為惡，卓家……」

「這種虛言就不必說了，你為的是什麼我自然清楚。」莅陽公主冷冷道，「我現在想讓你答應我兩件事，如果你應了，皇上那裡、太皇太后那裡、皇后那裡，我都可以不去說話，免你以後許多麻煩。」

譽王權衡了一下，躬身道：「姑姑請吩咐。」

「第一，絕不株連。」

譽王想了想，謝家除了謝玉外，都有皇家血脈，也都不是朝中有實職的人，本就不好株連，何況謝玉才是太子最有力的臂膀，折了他已達目的，其他的都無所謂，當下立即點頭，很乾脆道：「好。」

「第二，善待卓家。」

她這一條提得奇怪，除了某幾個人面無表情外，大部分人都有些困惑。

譽王用眼尾瞟見了卓鼎風的神色，怕他疑心，趕緊表白道：「卓氏一門是人證，首告有功，我一定會禮遇有加。喔，有些恩赦嘛，由我負責去向陛下求取。」

「我不是指現在。我是指永遠。你可願以皇族之名為誓，無論以後卓家是否還對你有用，你都不得對他們採取任何不利的行動？」

譽王現在正是要拉攏卓鼎風以圖扳倒謝玉的時候，忙趁勢道：「本王敬卓莊主大義，又不是只為利用他，姑姑若信不過我，發個誓又何妨？本王以皇族之血為誓，日後若有為難卓家之處，人神共棄。」

莅陽公主手中的劍慢慢垂落，這才徐徐轉身，強迫自己抬眼面對卓氏夫婦，眸中淚水盈盈，勉力忍住，低聲道：「我是個自私的人，為了自己的孩子，瞞你們這些年，並無一言可以為自己申辯。但小女綺兒卻是無辜，她已歸卓門，縱然兩位對我夫婦沒什麼舊情可念，但請看在孩子分上，善待於她。」

卓氏夫婦默然片刻，最後還是由卓夫人出面答道：「卓家是江湖人，只知恩怨分明，不牽連後輩。綺兒是我卓家的媳婦，若她攜子來歸，自有她應得的待遇，不須勞公主說情。」

蒞陽公主低頭福了一禮，淚水跌落草間，抬袖拭了，又環視四周一圈，道：「我有話想跟謝玉說，各位可願稍待？」

四周一片靜寂，似乎都已默許。蒞陽公主拍拍蕭景睿的手，將他留在原地，自己緩步走到謝玉身邊，示意他跟隨自己。兩人一起轉到假山另一側，避開眾人的眼光後，蒞陽公主方直視著丈夫的眼睛，低聲問道：「謝玉，你恨我嗎？」

謝玉回視著妻子，似乎認真地想了想，道：「你今夜不來，他們遲早也能衝進來。何況我的確起了把所有人都殺掉的心思，也難怪你信不過我。」

「我不是指這個……」

「如果是指當年，我覺得……」

「我更不是指當年。就算景睿的事我對不起你，但在那之前，你對得起我嗎？」

謝玉眼中閃動了一下微小的亮光，沒有說話。

「你果然從來都不知道，我心裡想的是什麼……」蒞陽公主輕嘆搖頭，苦笑了一下，「我問的意思是……一日夫妻百日恩，夫妻之間本該相互扶持，可是今夜我護了自己三個孩子，護了卓家，間接也護了你意圖滅口的人，卻唯獨沒有護你。而你……卻明明是我最應該回護的那個人……你不恨嗎？」

謝玉立即搖了搖頭，「如果你指這個的話，倒沒恨過。」

「為什麼？」

「因為你護也護不住。」

蒞陽長公主點著頭，慢慢道：「果然是這樣。我看到你居然如此大動周章，敢冒奇險也要滅口殺人，就猜到你犯下的事，已絕非我這個長公主所能挽回的了。我能不能問一句，一旦你罪名坐實，會怎樣？」

「人死名滅。謝氏的世襲封爵只怕也沒了。」

蒞陽長公主凝望著他，輕嘆一聲：「如果事情到了這一步，公公婆婆靈下有知，謝氏列祖列宗有知，他們會怎麼想……」

謝玉冷笑一聲：「成王敗寇，自古通理，先人們豈能不知？」

「難道你就沒有想過，要拼力保住謝氏門楣不致蒙塵嗎？」

這一次謝玉快速領會到了她的意思，心頭一絞，暗暗咬緊了牙根。

「謝氏世家功勳，歷代清名，豈可毀於一旦？」蒞陽長公主目色凜然，將手中長劍遞向丈夫，「我能為你，能為謝家做的事只剩這一件了。既然你今夜事敗，已無生路，那不如就死個乾脆，方不失謝氏男兒豪氣。」

謝玉神色木然，喃喃問道：「只要我死，一切就可以風平浪靜嗎？」

「至少，我不會讓它翻到湖面上來。譽王只是政敵，不是仇敵，他只想要你倒，並不是非要拔掉謝氏全門。我會求見皇兄，請他准我出家，帶著孩子們離開京城回采邑隱居。這樣譽王就不會再浪費心思在我們身上了。」蒞陽公主神情黯淡，眸中一片淒涼迷離，「我護不住你的命，但起碼可以護住你的名聲。你若嫌泉下孤獨，那麼等我安頓好孩子們，我就過來陪你，好不好？」

她的臉微微仰著，朦朦月色下可以看見她眼角的淚水，順著已帶星斑的鬢角滲下來，一直滴到耳邊。謝玉突然伸出手臂將她拉進懷裡緊緊抱住，吻著她的耳側，低聲道：「蒞陽，不管你怎麼想，我是真心喜歡你的……」

蒞陽公主緊緊閉著眼睛，卻止不住奔流的淚水。二十多年來，她未曾有一次回應過丈夫的溫存，然而此刻，她卻將雙手環上了他的腰身。

可惜短暫的擁抱後，謝玉慢慢推開了她，也推開了她手中的長劍。

「謝玉……」

「對不起，蒞陽，」謝玉的臉隱在暗影處，模模糊糊看不清楚，「我現在還不想死，我還沒有到山窮水盡走投無路的時候……就讓該翻上湖面的風浪都翻上來吧，不鬥到最後一刻，誰知道勝負是怎麼樣的？大不了輸個乾淨，輸掉謝氏門楣又當如何？人死了，才真是什麼都沒有了……就算我要死，最起碼，我也要讓自己死得甘心！」

對於謝玉的回答，蒞陽公主的表情有些複雜，像是有些失望，又像是鬆了一口氣。或者說連她自己，都迷迷朦朦地不知道應該怎麼做才是對的。

謝玉溫柔地撫了撫她的頭髮，先行轉身走出假山，步伐還算平穩地邁向了譽王，視線中途掠過卓氏一家，不過沒有做任何停留：「殿下想請人去做客，儘管帶走好了。此時夜黑風高，殿下也是不請自來，所以謝玉有招待不周的地方，想來殿下一定不會見怪。」

他的態度恢復了鎮定，倒讓譽王心中咯噔一下。梅長蘇低低在旁提醒了一句：「卓家所住的客院也燒了，殿下動作要快。」

譽王眸色一凜，立即叫了一名部將過來，悄聲吩咐他持王符連夜趕至汾佐封閉天泉山莊，不得讓任何人接近。之後只向謝玉哼了一聲，道了聲「告辭」，便示意手下護住卓家人向外走。卓夫人心中畢竟牽掛蕭景睿，轉頭看他，似乎想再說上兩句話。恰在這時長公主也走過來，滿面疲色地靠在兒子手臂上，柔聲叫他陪自己到公主府住幾天。蕭景睿垂著頭應了一聲，在原地跪下，朝著卓氏夫婦深深叩了三個頭，什麼話也不說，反倒惹得卓夫人淚如雨下，哭得幾乎噎住。

卓鼎風挽住妻子的肩，攙她轉身走了幾步，心頭愈來愈疼痛，終於忍不住停了下來，轉過頭，語調愴然地道：「景睿，你過來，我再跟你說一句話……」

蕭景睿僵立了片刻，方慢慢走過去。明明眼前是疼愛他二十多年的父親，此刻卻難以直視他的眼睛，只得將目光飄飄地，落在他的肩後。

「景睿，」卓鼎風將一隻手，重重地壓在蕭景睿的肩上，「我知道你的性子能忍，但是該發洩出來的不能忍著，你娘和我……都不是不明事理的人，當年的事，怎麼怪也怪不到你的頭上，你不要太苦了自……」

「己」字還未出口，蕭景睿的瞳仁突然一收，反手一把抄住卓鼎風按在自己肩上的手，順勢向旁邊一推。在眾人的驚呼聲中，圍在卓氏一家四周的譽王部屬中暴起一人，雪亮刀尖直襲卓鼎風背心，儘管蕭景睿推得及時，刀鋒依然割裂了他背部的衣衫，可見刺客出手之快。但蕭景睿發力推開卓鼎風後，自己已再無反應和閃避的時間，寒刃快速沒入了他的腹中，抽出時畫出一道弧形，血光四濺。

這一切都發生在電光石火的剎那，幾大高手皆援救不及，若非蕭景睿當時因為心中難受，刻意要避開卓鼎風慈藹的眼神而把視線無意中轉開了一下，只怕也不能那麼快速地將養父推離險境。刺客一擊錯手，心知再無機會，回手向頸間一勒，人未倒地，已喉斷氣絕。離得最近的夏冬撲過來一探，也只能皺眉搖頭。

「景睿！景睿！」卓鼎風緊緊抱住懷中癱軟的身體，運指如風，連封他身上幾處大穴，緩住傷口泉湧般的血流。此時長公主、卓夫人等俱已哭喊著撲過來看視，言豫津手忙腳亂地在懷中亂摸，想要把剛才在大廳裡順手揣在懷中的那瓶護心丹找出來，情急之下反而摸了半天沒摸到。梅長蘇也快速過來，俯身細看了蕭景睿的傷勢，見雖傷得深重，卻僥倖避開了要害，景睿今夜已服下的那粒護心丹保住心脈，應是性命無憂，這才稍稍平定被揪起來的心，拿了金創藥讓卓夫人替他裹傷。

這時言豫津總算找到了藥瓶，匆匆倒了一粒出來要給好友服用，被梅長蘇搖頭止住：「留著吧，這種保命的聖藥，不是你這樣的用法。今天一粒就夠了。」

旁邊被這近距離血光拼殺驚住的譽王這才回過神來，轉頭惡狠狠地瞪向謝玉，後者卻冷淡地聳了聳肩，道：「大家可都看得清楚，這刺客是你的人，你看我做什麼？」

譽王被他梗住，氣湧於胸，怒聲叫了身側心腹，吼道：「把這屍體帶回去，給本王查是怎麼混進來的，一定要查個清楚！」

梅長蘇看他一眼，並沒有說話。百般周全的計畫也終有難以完全控制的死角，方才這意外一幕確實連他都嚇了一跳，不過好在有驚無險，也算萬幸。至於譽王怎麼去管理他的府兵，梅長蘇可是半點建議也沒有，他不從中添亂就算好了。

蕭景睿的傷口初步處理後，血總算是完全止住了，但人已昏昏沉沉，臉上一片灰白之色。寧國府顯然是不能再停留了，長公主已吩咐備車，準備帶他回公主府繼續診治。宇文念細聲細氣地在旁邊抖著聲音要求由她帶蕭景睿到驛宮去休養，可想而知根本沒人理會她這離奇的想法，只有岳秀澤見女徒一副快要哭出來的樣子，過來把她拉到一邊，沉聲道：「這裡是金陵，你要有耐心才是。」

「暄哥怎麼不在？」宇文念四顧無依，帶著哭腔問道。

「他大概沒能進來，在外面等著。我們畢竟是異族人……」

「師父，我們怎麼辦？」宇文念絞著雙手，「長公主這麼厲害，哥哥也沒有要理我的意思……辰法師不是占卜過，四月是大吉圓日，我們這時過來，就一定能帶回哥哥的……」

楚人極信卜噬星測之術，某位楚帝還曾經因為紫微侵帝星之象，就退位讓太子提早登基，所以岳秀澤立即安慰道：「辰法師都卜過，你還擔心什麼？雖然他年輕，法位也不高，不過近來給陵王殿下卜的那幾卦次次都是準的，你要心誠才行。」

這師徒二人在一旁低語，旁人並不注意，只有梅長蘇偶爾瞟一兩眼過來。譽王已重新指派了最心腹的數人保護卓家，搬送傷者的藤床也已抬來。蒞陽長公主吩咐幾名侍從前去接謝弼、謝綺，最後再回頭看了獨自留下的丈夫一眼，忍著眼淚跟眾人一起出府。

宇文暄果然等在府門外，與今夜最不明狀況的巡衛營官兵待在一起，一直被懷疑的目光注視著，但樣子看來卻甚是安穩自得。對於府內發生的事情，他並不感興趣，見堂妹平安出來，臉上才露出笑容，迎過來柔聲道：「念念，怎麼樣？」

「他還沒有跟我說過話……」宇文念撲進他懷中，甚是委屈地傾訴道。

「沒關係，他今晚太震驚了，所以顧不上你。你與他並肩而戰，他會記住你這個妹子的。」宇文暄摟著妹妹的肩，柔聲安慰，「你想啊，我們挑這樣一個公開的場合把事情揭出來，根本已經斷了他所有退路。這個跟私下相認的效果是不能比的。他的身分和境遇一下子變了這麼多，就算現在不覺得，但過不了多久他就會發現，雖然有長公主護他，但這大梁金陵，已經不是適合他停留的地方了。到時候我們再勸勸，他一定會跟我們走的。人嘛，總是想要見見自己的生父……」

宇文念點點頭，視線一直追著蕭景睿被抬上馬車，轆轆而去，忍不住又掉了一陣眼淚。正準備跟父親回家的言豫津無意中看見，憐香惜玉的毛病未免發作，遲疑了一下，還是走過來對她道：「宇文姑娘，景睿的傷無礙性命，你別擔心。長公主是個爽利大度的人，你多上門去求求，她會讓你見見景睿的。」

宇文念知他好心，忙拭了淚，蹲了蹲身回禮，細聲道：「是，謝謝言公子。」

言豫津點頭回禮，又看了看宇文暄，因為不喜歡這個總是滿臉假笑的大楚陵王，便沒再說話，轉身走了。

夏冬臨離去前，特意繞到梅長蘇身邊，湊進他耳旁輕聲道：「大才子，果然好手筆，有人竟說你棋下得不好，真是笑話。」

梅長蘇笑道：「我確實下得不好，夏大人試試就知道了。不過夏大人只對自己手上接的案子有興趣，多半也不在意人家的棋局如何吧？」

「說得對，」夏冬嬌媚地一笑，輕輕吐氣，「我只管自己的案子能破，在多餘的閒事面前一向裝瞎子聾子，你跟譽王殿下說，別找我，免得浪費他的精力。」

「我從不傳話的，」梅長蘇耳側被她吹得發癢，笑著躲開，「再說譽王殿下是聰明人，什麼時候麻煩過夏大人？」

夏冬仰天一笑，轉身拉了夏春，竟就這樣揚長而去。

這片刻時間譽王已經安排好護送卓家人的諸項事宜。他一向是個善以和順攬人的主兒，卓鼎風又是爽直的江湖人，雖然戒心未除，但看樣子對譽王的觀感也有些改善。梅長蘇知道自己現在應該重新隱回，由譽王收幕，便一直遠遠站著。反正卓家現在暫時脫離了生死險境，總算可以略略鬆上一口氣。卓鼎風畢竟與謝玉同謀了這些年，許多事情的細節他都清楚，單單口供的殺傷力就很大，只要在天泉山莊裡還保存著一點點的物證資料，謝玉翻身的可能性就沒了。而這一切，譽王一定會做得非常好。

「本王派些人，送蘇先生回府吧？」譽王得空過來，看著梅長蘇的樣子愈發跟看著一件寶貝一樣，「先生落水，身上都濕了，受了寒還得了，本王回去就派御醫來看看可好？」

「多謝殿下。」梅長蘇一笑，「接下來的事情緊要，殿下還宜連夜處理，且別為我費心。蒙大統領無端被捲進這件事情，看他的樣子也反應過來自己受了我們的利用，有些不高興呢。他現在還深受皇寵，職高位重，不可得罪。殿下先回府，我要過去想辦法解釋幾句才行。」

譽王一愣，轉頭看看蒙摯有些微微黑沉的臉色，忙道：「如此有勞先生了。蒙大統領為人忠直，你解釋時要小心些，此刻我們絕不能再樹他為敵。」

梅長蘇點頭應了。譽王轉身，刻意來到蒙摯面前客氣了兩句後，方帶著卓家人一起乘馬車離開。梅長蘇後腳便跟著走了過來，笑著招呼道：「蒙大統領辛苦了。」

蒙摯看看左右該走得都走得差不多了，這才放鬆臉上的表情，道：「你還閒逛，不冷嗎？」

「現在有些冷了……這麼晚都宵禁了，我一個平民百姓夜行只怕要被抓，大統領可願送我一程？」

蒙摯一時沒明白他是說真的還是在玩笑，直到一輛馬車趕到近前，方才回過神來，陪著梅長蘇一起坐了進去。

「飛流呢？」

「反正在附近吧。」車簾放下後，梅長蘇放鬆了些，脫去濕重的外衣，抓了馬車內的毯子裹著。蒙摯忙抵住他背心，替他發功運氣活血。

「說實話，今晚真是……」運功已畢，見梅長蘇臉色正常，蒙摯這才放心，想起剛剛過去的林林總總，不由感慨，「雖然你事先說了些，我還是覺得驚心動魄。」

梅長蘇嘆一口氣：「你旁觀者尚且如此，他們身在其中的人，無異於一場煎熬……」

「對了，長公主當年的隱事畢竟機密，譽王有沒有問你是怎麼查到的？」

「這不是我查到的。」梅長蘇裹緊了身上毛毯，淡淡道，「是譽王自己查到告訴我的。」

「啊！」蒙摯冷不防聽到這樣一句話，頓時滿頭霧水，「你說什……什麼？」

梅長蘇在毛茸茸的毯子裡偏了偏頭，慢慢道：「整件事情，早在年前就開始了。先找個販運皮貨的商人在紅袖招裡說大楚某老王爺跟蕭大公子容貌相仿，再安排個老宮人無意中提醒皇后想起當年蒞陽長公主的舊事……這兩條湊在一起，已足以讓某些人把它們聯繫起來。譽王滿身的心眼太多了，秦般若也是個有祕密就想追查的人，根本不用太推波助瀾他們自己就動了。有件事你大概不知道，宮羽上個月刺殺過一次謝玉……」

「啊？」

「當然刺殺不成功，受了點傷被追捕，來不及逃到妙音坊，恰好就逃進紅袖招被秦般若救下……」梅長蘇的目光冷冷地流動著，「譽王就是這樣知道謝玉當年殺嬰的祕密。」

「我明白了！」蒙摯一拍大腿，「譽王發現了這麼多事，一定會過來跟你商量怎麼利用，所以你為他謀劃在生日宴上揭穿一切。真是太妙了！不過宇文暄他們……」

「宇文暄來金陵，就是譽王奉旨負責接待，自然有機會見宇文念。這位宇文姑娘的容顏只要一見，還有什麼不明白的？小姑娘的心思一探便知，憑著譽王的舌頭，根本不難說動他們今夜過來。」

「沒錯沒錯。狠是狠了些，但確是難得的機會。」蒙摯大發感慨，「不過他們也實在來得正是時候。」

「最初譽王來找我商量時，我只給他策劃了讓宮羽到生日宴上演藝，當著卓家人的面尋機向謝玉發難的部分。不過那只是空口揭穿，效果難料。所以大楚聯姻使團來京，譽王發現了宇文念之後，真是狂喜不已，跑到我這裡來，不停地說『天助我也』，」梅長蘇冷冷一笑，「就讓他以為這是自己運氣好，確是上天在助他吧。沒有譽王，我也實在難動謝玉。」

「好在一切都如你所料，有些小意外，終究沒影響大局。」蒙摯抹了抹唇上的鬍鬚，嘆道，「可憐的是卓家人，受蒙蔽這些年，還有景睿這個年輕人，不知日後會怎樣……他大概也猜到你在整件事情中的作用了吧？你們到底也算朋友，他會不會怪你狠了些？」

「怪就怪吧。」梅長蘇的口氣似乎並不在意，但低垂的眸色卻難免有些黯淡，口中喃喃道，「不狠一些，如何摘得淨他與謝玉之間的聯繫？這孩子……終究要面對這些的……」

說完這句話，梅長蘇便閉上雙眼靠在馬車的板壁上，靜靜小憩。蒙摯素知他的性情，走這一步雖然必須，雖然不悔，但心中總難免苦澀。當下不敢多言，只默默陪他，一路無語進了蘇宅。

「你讓晏大夫診一診，如果沒什麼事，早些休息吧。」臨告辭前，蒙摯低聲叮囑了一句。

梅長蘇卻似沒在聽他說話，目光閃動著，不知在想些什麼。蒙摯怕打斷他的思路，自己慢慢轉身，準備就這樣悄然而去。誰知剛走了幾步，就被梅長蘇叫住。

「蒙大哥，後日在槿榭圍場，安排了會獵吧？」

「對。是今年最後一次春獵。」

梅長蘇瞇了瞇眼，語聲冷冽地道：「這次會獵，陛下一定會邀請大楚使團一起參加，你跟靖王安排一下，找機會鎮一鎮宇文暄，免得他以為我大梁朝堂上的武將盡是謝玉這等弄權之人，無端生出狼子野心。」

蒙摯心中微震，低低答了個「好」，但默然半晌後，還是忍不住勸道：「小殊，你就是燈油，也不是這般熬法。連宇文暄你都管，管得過來嗎？」

梅長蘇輕輕搖頭，「若不是因為我，宇文暄也沒機會見到我朝中內鬥，不處理好他，我心中不安。」

「話也不能這麼說，」蒙摯不甚贊同，「太子和譽王早就鬥得像烏眼雞似的了，天下誰不知道？大楚那邊難道就沒這一類的事情？」

「至少他們這幾年沒有。」梅長蘇眸中微露憂慮之色，「楚帝正當壯年，登基五年來政績不俗，已漸入政通人和的佳境，除了緬夷之亂外，沒什麼大的繁難。可我朝中要是再像這樣內耗下去，一旦對強鄰威懾減弱，只怕難免有招人覬覦的一天。」

「你啊……」蒙摯雖無可奈何地向他嘆氣，但心中畢竟感動，用力拍拍梅長蘇的肩膀，豪氣十足地保證道，「你放心，獵場上有我和靖王在，一定顯出軍威讓宇文暄開開眼界，回去南邊老老實實地待幾年。再說，南境還有霓凰郡主鎮著呢！」

「未雨綢繆不留隱刺總是好的，讓大楚多一分忌憚，霓凰便可減輕一分壓力。後日就拜託你們了。」梅長蘇笑了笑，神情放輕鬆了些，「你快走吧，我真是覺得冷了。」

蒙摯就著月光看了看梅長蘇的臉色，不敢再多停留，拱了拱手便快速消失於夜色之中。黎綱早就準備好熱水等候一旁，此時立即過來，親自服侍梅長蘇泡藥澡，又請來晏大夫細細診治，確認寒氣只滯於外肌，並未侵入內腑，大家這才放心下來。

當晚梅長蘇睡得並不安穩，有些難以入眠，因怕飛流擔心，未敢在床上輾轉，次日起身，便有些頭痛，晏大夫來給他紮了針，沉著臉不說話。黎綱被老大夫鍋底般的臉色嚇到，便把前來稟報事情的童路擋在外面兩個時辰，不讓他進來打擾宗主的休息。結果梅長蘇下午知道後，難得發了一次怒，把飛流都嚇得躲在房梁上不敢下來。

黎綱心知自己越權，一直在院中跪著待罪。梅長蘇沒有理會他，坐在屋內聽童路把今天譽王府、公主府等要緊處的動向彙報了一遍後，方臉色稍霽。

將近黃昏時，黎綱已跪了三個時辰，梅長蘇這才走到院中，淡淡地問他：「我為什麼讓你跪這麼久，想清楚沒有？」

黎綱伏身道：「屬下擅專，請宗主責罰。」

「你是為我好，我何嘗不知？」梅長蘇看著他，目光雖仍嚴厲，但語調已變得安寧，「你若是勸我、攔我，我都不惱，但我不能容忍你瞞我！我將這蘇宅託付給你，你就是我的眼睛、我的耳朵，要是連你都在中間擋著、捂著，我豈不成了瞎子聾子，能做成什麼事？從一開始我就叮囑過你，除非我確實病得神智不清，否則有幾個人，無論什麼時候來你都必須稟我知道，童路就是其中一個。難道這個吩咐，你是左耳進右耳出，完全沒記在心上嗎？」

黎綱滿面愧色，眼中含著淚水，頓首道：「屬下有負宗主所託，甘願受重罰。還請宗主保重身子，不要動氣。」

梅長蘇定定地看了他半晌，搖了搖頭，道：「有些錯，一次也不能犯。你回廊州吧，叫甄平來。」

黎綱大驚失色，向前一撲，抓住梅長蘇的衣袖，哀求道：「宗主，宗主，屬下真的已經知錯了，宗主要把屬下逐回廊州，還不如先殺了屬下……」

梅長蘇微露倦意地看著他，聲音反而愈加柔和：「我到這京城來，要面對太多的敵手，太多的詭局，所以我身邊的人必須能夠完全聽從、領會我所有的意思，協助我，支持我，不須我多費一絲精力來照管自己的內部，你明白嗎？」

黎綱嗚咽難言，偌大一條漢子，此刻竟羞愧得話都說不出來。

「去，傳信叫甄平來。」

「宗主……」黎綱心中極度絕望，卻不敢再多求情，兩隻手緊緊攥著，指甲都陷進了肉裡，滲出血珠。

「你……也留下吧。我近來犯病是勤了些，也難怪你壓力大。想想你一個人照管整個蘇宅，背負的責任太重，弦也一直繃得太緊，絲毫沒有放鬆的時間，難免會出差池。我早該意識到這一點，卻因為心思都在外頭，所以疏忽了。你和甄平兩人素來配合默契，等他來了，你們可以彼此分擔，遇事有個商量的人，我也就更加放心了。」

黎綱抬著頭，嘴巴半張著，一開始竟沒有反應過來，愣了好半天才漸漸領會到了梅長蘇的意思，心中頓時一陣狂喜，大聲道：「是！」

梅長蘇不再多說，轉身回房。晏大夫後腳跟進來，端了碗藥汁逼他喝，說是清肝火的，硬給灌了下去。飛流這時才不知從哪裡飄了出來，伏在梅長蘇的膝上，扁著嘴道：「生氣！」

「好啦，蘇哥哥已經不生氣了。」梅長蘇揉揉他的頭髮，「飛流嚇到了？」

「嚇到……」

梅長蘇微微一笑，緩慢地拍撫飛流的肩膀，拍著拍著，雙眼漸漸朦朧，仰靠到枕上，身體漸漸鬆弛下來。晏大夫抽了靠墊讓他睡下，拿了床毛毯給他細細蓋上，飛流堅持要繼續趴在蘇哥哥腿上，將臉埋進柔軟密集的短毛中，輕輕蹭著。

「不要吵喔。」晏大夫壓低了聲音叮囑少年一句，悄步退出，剛走到廊下，迎面見黎綱匆匆又進來，不由眉頭一皺。

「宗主怎麼樣？」

「剛睡著……」

黎綱腳步微滯，但還是很快就越過晏大夫，進了室內。梅長蘇躺在長長的軟榻上，露出來的半張臉並沒有比他身上所蓋的雪白毛毯更有顏色，腦袋垂側在枕邊，鼻息微微，顯然已經入睡。黎綱在他榻旁猶豫了一下，最終還是蹲低身子，輕輕叫了兩聲：「宗主，宗主……」

梅長蘇動了動，閉著眼睛語調模糊地問道：「什麼事？」

「童路又來了。」黎綱伸手將聞言起身的梅長蘇扶坐在床頭，「他說……剛從長公主府得來的消息，謝家大小姐謝綺今天臨產，情形好像不太好……」

梅長蘇目光一跳：「是難產嗎？」

「是，聽說胎位不正，孩子先露出腳來……已經召了五位御醫進去了……」

「要不要緊？」

黎綱不知該怎麼回答他，呆了呆。跟他一起返身進來的晏大夫道：「先露腳的孩子，若不是有手法極精湛的產婆相助，十例中有八例是生不下來的。何況產婦又是官宦家的小姐，體力不足，只怕難免一屍兩命。」

梅長蘇臉色一白：「一個都保不住嗎？」

「具體情形如何不清楚，很難斷言。」晏大夫搖頭嘆道，「不過女子難產，差不多就跟進了鬼門關一樣了。」

「長公主召了御醫，總應該有些辦法吧？」

晏大夫挑了挑花白的眉毛，「能成為御醫，醫術當然不會差，可助產大多是要靠經驗的，這些御醫接生過幾個孩子？還不如一個好產婆有用呢！」

梅長蘇不禁站了起來，在室內踱了兩步：「我想長公主請的產婆，應該也是京城最好的了……希望謝綺能夠有驚無險，度過這個難關……」

晏大夫比他更清楚難產的可怕，拈著鬍鬚沒有說話。黎綱想到了什麼，突然眼睛一亮，道：「宗主，你還記得小吊兒嗎？他娘生他的時候也是腳先出，都說沒救了，後來吉嬸用了什麼揉搓手法，隔腹將胎位調正，這才平安落地的……」

梅長蘇立即道：「快叫吉嬸來！」

黎綱轉身向院外奔去，未幾便帶著吉嬸匆匆趕來，梅長蘇快速詢問了一下，聽說是鄉間世代傳下來的正胎手法，甚有效驗，便命立刻備車，領了吉嬸急急趕往長公主府。

到了府門前，大概裡面確實已混亂成了一團，原本守備嚴謹的門房剛聽梅長蘇說了「來幫著接生」幾個字，便連聲說「先生請」，慌慌張張直接朝府裡引，可見御醫們已經束手無策，內院開始到處去請民間大夫，而梅長蘇顯然是被誤以為是受邀而來的大夫之一。

過了三重院門，到得一所花木蔭盛的庭院。入正廳一看，蒞陽長公主鬢髮散亂地坐在靠左的一張扶椅上，目光呆滯，滿面淚痕。梅長蘇忙快步上前，俯低了身子道：「長公主，聽說小姐不順，蘇某帶來一位穩婆，手法極好，可否讓她一試？」

蒞陽公主驚悚了一下，抬起頭看向梅長蘇，眼珠極緩慢地轉動了一下，彷彿沒有聽懂他說的話似的。

「長公主……」梅長蘇正要再說，院外突然傳來一聲悲嚎：「綺兒！綺兒！」隨聲跌跌撞撞奔進來一位面容憔悴的青年男子，竟是卓青遙，身後跟了兩個護衛，大概是譽王為顯寬厚，派人送他來的。

「岳母，綺兒怎麼樣？」卓青遙一眼看到蒞陽長公主，撲跪在她面前，臉上灰白一片，「她怎麼樣？孩子怎麼樣？」

蒞陽長公主雙唇劇烈地顫抖著，原本已紅腫不堪的眼睛裡又湧出大顆大顆的淚珠，語調更是碎不成聲：「青遙……你……你來……來晚了……」

這句話如同當空一個炸雷，震得卓青遙頭暈目眩，一時間呆呆跪著，恍然不知身在何處。梅長蘇也覺心頭慘然，轉過頭去嘆息一聲。吉嬸靠了過來，壓低了聲音道：「宗主，我進去裡面看看可好？」

梅長蘇不知人都死了還能看什麼，一時沒有反應，吉嬸當他默許，快步轉過垂幃，進到內室去了。

幾乎是下一瞬間，裡面一連響起了幾聲驚呼。

「你是誰？」

「你幹什麼？」

「來人啊……」

呼喝聲驚醒了卓青遙，他立即躍了起來，悲憤滿面地向裡衝去。與此同時，吉嬸的大嗓門響了起來：

「宗主，孩子還能救！」

對於部屬的信任使得梅長蘇根本沒有任何猶豫地擋在卓青遙前方，試圖將他攔阻下來，可是已經被混亂的情緒弄昏了頭的年輕人根本想也不想，一掌便劈了過來。

「飛流，不要傷他！」一片亂局中，梅長蘇只來得及喊出這句話。數招之後，卓青遙的身子便向後飛去，一直撞在柱子上才停下，不過從他立即又前衝過來的勢頭來看，飛流的確很聽話地沒有傷他。

梅長蘇正準備高聲解釋兩句，衝到半途的卓青遙卻自己停了下來。

微弱的嬰兒哭聲透出垂幃，從內室裡傳出，一開始並不響亮，也不連續，哭了兩聲，便要歇一歇，可是哭著哭著，聲音便變得愈來愈大。

卓青遙全身的力氣彷彿都被這嬰兒啼聲抽走了一樣，猛地跌跪於地，一隻手撐在水磨石面上，另一隻手掩著眼睛，雙肩不停地抽動。他的牙縫中洩出極力隱忍的嗚咽之聲，斷斷續續，音調壓得極低，雖非痛哭嚎啕，卻更令聞者為之心酸。

蒞陽長公主此時已奔入內室，大概半刻鐘之後，她抱著一個襁褓慢慢走出來。吉嬸跟在她後面，快速閃回到梅長蘇身邊，稟道：「宗主，我進去時產婦是假厥斷氣，不過現在……是真的沒救了，生了個男孩。」

梅長蘇點點頭，心下茫然，不知是喜是悲。他與謝綺沒什麼交往，但眼見昨天的紅顏少婦，今日已是冷冷幽魂，終究不免有幾分感傷。

「來……這是你的兒子，抱一下吧。」蒞陽長公主忍著哽咽，將懷中弱嬰放在了卓青遙的臂彎中。年輕的父親只低頭看了一眼，便又急急忙忙抬頭，目中滿是期盼：「綺兒呢？孩子生下來，她應該沒事了吧？」

蒞陽公主眸色悲淒，眼淚彷彿已是乾涸，只餘一片血紅之色，「青遙，把孩子帶走吧，好好養大……

綺兒若是活著，也必定希望孩子能跟在父親的身邊……」

卓青遙的目光定定地，彷彿穿過了面前的蒞陽公主，落在了遙遠的某處。室外的風吹進，垂幃飄蕩著，漫來血腥的氣息。他收緊手臂，將孩子貼在胸前，搖搖晃晃地站起來。

「綺兒是我的妻子，我本不該離開她……」卓青遙向前走了兩步，霍然回頭，目光已變得異常清晰，「我要帶綺兒一起走，無論是生是死，我們都應該在一起。」

蒞陽公主的身體晃了一下，面色灰敗，容顏枯槁。她這個年紀還應殘留的雍容和豔色此時已蕩然無存，只餘下一名蒼老的母親，無力承受卻又不得不承受著已降臨到眼前的悲傷。

梅長蘇沒有再繼續看下去，而是靜悄悄地轉身走向院外。整個長公主府此刻如同一片死寂的墳場，只聞悲泣，並無人語。

如同來時一樣，路途中並沒有人上前來盤問，梅長蘇就這樣沿著青磚鋪就的主道，穿過重重垂花院門，走到府外，中間不僅沒有停歇，反而愈走愈快，愈走愈快，一直走到氣息已吸不進肺部，方才被迫停下腳步，眼間湧起一片黑霧。

閉上眼睛，平了喘息。感覺到有人緊緊扶著自己搖晃的身體，少年的聲音在耳邊驚慌地叫著：「蘇哥哥！」

梅長蘇仰起頭，暮風和暖，吹起髮絲不定向地飄動著。重新睜開的眼睛裡，已是一片寒潭靜水，漠然、清冷、平穩而又幽深，彷彿已掩住了所有情緒，又彷彿根本就沒有絲毫情緒。

「飛流，」他抓緊了少年的手，喃喃道：「一個人的心是可以變硬的，你知道嗎？」

第三十六章

天牢末路

接下來的幾天，梅長蘇似乎已調整好情緒上的微瀾，可以一邊逗弄飛流，一邊聽童路詳報京城各方的動向。他不再去想那個消失在家族命運漩渦中的女子，儘管那個女子幼時也曾經搖搖擺擺在他腿邊抓過他的衣角，但那些記憶都太久遠了，久遠到不像是自己的，而對於成年後的謝綺，他的印象更是淺淡，僅僅是他某些計畫的背景而已。

所以能不想，就盡量不再去想。

譽王動作確是不慢，第三天謝玉下獄，滿朝震動，太子方的人飛快動用所有的力量，一面打聽內情，一面輪番求情相保。

一品軍侯轉瞬之間倒下，無論如何也算近年來的一樁大案。但令某些不知內情的人驚訝的是，無論是發起此案的譽王一方，還是拼命力保的太子一方，全都沒有要求會審，這一程序，原本應該是必要的。

所以謝玉的案子，確確實實留由梁帝一人擔綱獨斷，並沒有讓任何一名外臣公開插手。

在這樣的局勢下，謝綺的葬禮相應的遲延了。做過幾場小而低調的法事後，她的靈柩停在京西上古寺一間清幽的淨房中，點著長明燈，等待她的夫婿來接她遷入卓家祖墳。蕭景睿的傷勢尚未痊癒，便掙扎著來給妹妹扶棺。蒞陽長公主已請旨出家，隱居於上古寺為女兒守香。連日來的輪番打擊，縱然是久經人生風雨的蒞陽也有些承受不住，病勢漸生。而由於不得靜養，蕭景睿的傷情也未見好轉。因此反而是謝弼不得不咬牙打起精神來，重新開始處理一些事務，照顧病中的母親和養傷的哥哥。

在松山書院攻讀的謝緒此時已驚聞家中巨變，但因蒞陽長公主親筆寫信令他不得歸京，他的老師墨山先生也受梅長蘇之托將他留住，所以沒有能夠回來。

被這諸多煩怒攪得心神不寧的梁帝，還是照原來的安排去了槿榭圍場春獵，盤桓了兩日方回宮，一回來就重賞了靖王良馬二十四、金珠十顆、玉如意一柄，蒙摯也得了珠貝賞賜若干。空手而歸的太子和譽王心裡不免有些酸溜溜的，但一個自恃儲君身分，另一個想到素日自己得的恩賞遠勝於此，要顯示友愛大度，所以面上都沒表露什麼，反而備下禮物，去祝賀靖王大顯勇威，給大梁掙了面子。有些官員跟風，自然也隨著紛紛登門送禮。靖王只收了幾位皇子的禮單，說是「兄弟之饋，卻之不友」，並且依制回禮，而其他朝臣所送之禮則一一婉拒，只清茶一杯，稍見便辭，不願多談。消息傳到梁帝耳中，令他甚是滿意。

春獵之後的第五天，仍未有處置謝玉的消息傳出。梅長蘇也不著急，拿著鐵剪悠閒地在院中修整花木。到了下午時分，黎綱來報譽王來訪，他尚未及回房換下翻弄花木時弄髒的外衣，譽王就已怒氣沖沖大步而來。兩人一起走進房間，還未等下人們完全退出，譽王就忍不住冒出一句「陛下真是瘋了！」

「殿下請用茶，」梅長蘇將一個青瓷小蓋碗遞到譽王面前，靜靜問道，「殿下剛才說什麼？」

「呃……」譽王自知失言，忙改口道，「我是說，不知陛下在想什麼，謝玉的案子板上釘釘，再議親議貴，寧多不株連，死罪終究難免，有什麼好猶豫的？」

「陛下猶豫了？」梅長蘇仍是波瀾不驚，「前幾日不是還好嗎？」

「你不知道，夏江回來了。這老東西，我素日竟沒看出來他跟謝玉有這般交情，懸鏡司明明應該置身事外，他竟為謝玉破了大例，主動求見聖駕，不知嘰嘰咕咕翻動了些什麼舌頭，陛下今天口風就變了，召我去細細詢問當天的情形，好像有些懷疑謝玉是被人陷害的。」

「鐵證如山，天泉山莊不是還有些謝玉親筆的信函嗎？卓青遙那裡也還留著謝玉所畫的戶部沈追府第的平面圖，他以不法手段，謀刺朝廷大員之罪，只怕不是誰動動舌頭就能翻過來的吧？」

「話是這麼說，我終究心裡梗著不舒服。夏江這人是有手段的，陛下又信任他，聽說他回來之後，因為夏冬那夜幫了我們，對她大加斥罵，現在還軟禁著不許走動。看他這陣勢，竟是不計後果，鐵了心要保謝玉。他們素日也並無親密來往，怎麼關係鐵成這樣？」

梅長蘇目光閃動了一下，淡淡問道：「他進天牢去見過謝玉沒有？」

「見過一次。把我的人都攆了出去，探聽不出他們談了些什麼。」

「謝玉的口供呢？」

「他認了一些，另一些不認。」

「也就是說，他承認為了太子做過一些不法情事，但像是殺害內監那樣涉及皇家天威的大案，他統統不認？」

「是，他一口咬定，確是利用過卓鼎風的力量，包括刺殺過沈追他也認了。其他要緊的，他卻哭訴冤枉，反控說卓鼎風為了報私仇，故意栽在他身上。」

「嗯，」梅長蘇點點頭，「看來謝玉只求保命了。這倒也對，只要保住性命，流刑什麼的他都能忍，只要將來太子可以順利登基，他還愁沒有東山再起的機會嗎？」

「他這是癡心妄想，」譽王被戳到痛處，冷哼一聲，「本王要是這次還治不死他，簡直就是枉費了先生你為我謀劃的一番苦心。」

「對了，」梅長蘇沒有接話，轉而問了其他的，「前日我請殿下讓卓鼎風列出歷年諸事的清單，不知列好沒有？」

「我今天帶來了，」譽王從靴內摸出一張紙來遞給梅長蘇，「這個謝玉真是膽大妄為，本王這些年沒被他害死，還真是運氣。」

梅長蘇接過紙單，似乎很隨便地流覽了一遍，順口問道：「有些人，只怕卓鼎風也不知道謝玉為什麼要殺吧？」

「沒錯。有些連本王都想不通他殺了要做什麼，比如那個……那什麼教書先生……真是奇怪。」

梅長蘇像是記不清楚似的，重新拿紙單找了找，「哦，殿下說的是這個李重心吧？貞平二十三年殺的，離現在差不多十二、三年了，還真是一樁舊案呢。也許是私人恩怨吧。」

「一個教書先生跟寧國侯有私人恩怨？先生在說笑話吧？」

「的確是笑話，」梅長蘇淡淡將話題揭過，「殿下也不用急，夏江雖受皇上信任，但殿下在皇上面前的聖寵難道會遜色於他不成？這次謝玉如果逃得殘生，且不說他是否有死灰復燃的機會，怕的只是殿下在百官眼中的威勢會有所減損，倒是不能讓步的事情。」

譽王臉色陰沉，顯然這句話正中他的心思。其實謝玉現在威權已無，死與不死區別不大，但既然如此聲勢赫赫地開了張，若是慘澹收場，只怕自己陣營中人心不穩，以為皇帝的恩寵有減。

不過……真的只是「以為」嗎？

近來幾次見駕，梁帝雖然態度依舊溫和，但言談之間冷漠了許多，以譽王的敏感，自然察覺出了其中的區別，只是暫時想不出根源為何罷了。

「殿下，」梅長蘇的語聲打斷了譽王的沉思，「您在天牢還是有些力量的吧？能否讓我進去見一見謝玉呢？」

「你要見謝玉？這人豺狼之心，如今保命要緊，只怕非是言辭可以說動的吧？」

「那要看怎麼說了。」梅長蘇將手中紙單慢慢折起，「殿下，你也說過謝玉與夏江私交並不深，所以依我看來，他這次拼力衛護謝玉，想來不是為情，而是為利。」

「夏江有何利可圖？莫非他也是為太子……」

「不，」梅長蘇斷然搖頭，「夏江對陛下的忠誠，絕對不容人有絲毫的懷疑。對於他來說，做任何事都是為了陛下著想，這一點恐怕連殿下也不會否認吧？」

「這倒是，夏江對父皇是忠到骨子裡去了，所以我才想不通他為什麼會這個時候跳出來。」

「說到這個，我前幾天倒還剛剛體會過，一個人對你忠心，並不代表他就不會欺瞞你，有時候他也會瞞著你做一些事情，自己心裡認定是為了你好的。」

「先生的意思，夏江對父皇也有所欺瞞？」

「只是推測罷了。」梅長蘇揚了揚手中長長的名單，「推測嘛，自然是什麼可能性都要想一想，比如我就在想……這份名單中，會不會有些人……是謝玉為了夏江而殺的呢？」

他一語方出，譽王已經跳了起來，右拳一下子砸在左掌中，辭氣狠冽：「沒錯！先生果然是神思敏捷，夏江和謝玉之間能有什麼情份？一定是夏江有把柄握在謝玉手中，他保他性命，他就緘口不言，這是交易！這絕對就是他們在天牢見面時達成的交易！」

梅長蘇慢慢伸出一隻手，做了個示意譽王靜一靜的手勢，唇邊勾起一絲微笑，「殿下先不必激動。我剛才說過，這一切都只是推測而已，若是以推測為事實制定對策，只怕會有所偏差。請殿下先安排我去見謝玉吧，縱然問不出什麼，探探口風總是可以的。」

「不錯，本王魯莽了。」譽王也覺失態，忙穩了穩表情，「去天牢容易安排，先生儘管放心。我也會讓他們將謝玉鎖好，以免他無禮傷了先生。」

「這倒不妨，飛流會跟著我……」梅長蘇頓了頓，問道，「可以一起去嗎？」

「可以可以，」譽王忙一迭聲地應著，「倒是我忘了，有飛流護衛在，還擔心什麼謝玉。」

梅長蘇欠身行了一禮，又道：「朝中其他人的情形，殿下也該繼續小心探聽。不知最近有沒有什麼新的動向？」

他提起這個，譽王的眉頭不自覺地皺了皺。秦般若最近不知怎麼搞的，諸事不順，原本安插在許多大臣府第為妾的眼線紛紛出事，要嘛是收集情報時失手被發現，要嘛出了私情案件被逐被抓，要嘛莫名失寵被遣到別院，甚至還有悄悄私奔遁逃了的，短短一段時間竟折了七、八條重要眼線，令這位大才女焦頭爛額，忙於處理後續的爛攤子，好久沒有提供什麼有用的情報了。

梅長蘇瞟他一眼，很識趣的沒有追問，只淡淡道，「這也不是什麼要緊的，朝臣們嘛，現在還不都是唯殿下你馬首是瞻？只是如今好不容易把太子的氣勢壓了一頭下去，殿下切不可後續乏力啊！」

譽王面上掠過一抹煞氣，手掌在袖子暗暗攥成拳頭，說話時齒縫間也似有陰風蕩過。

「先生不必操心，本王……明白……」

梅長蘇慢慢垂下眼簾，端起手邊的薄胎白瓷茶碗，遞到唇邊，安然地小啜了一口。

天牢這個地方，並不是世上最陰森、恐怖的地方，但絕對是世上讓人感覺落差最大的地方。

天牢所囚禁的每一個人，在邁過那道脫了漆的銅木大柵門之前，誰不是赫赫揚揚、體面尊貴，對於這些剛剛離開人間富貴場，陡然跌落雲端淪為階下囚的人而言，明明不比其他牢獄更陰酷的天牢，無異是世上最可怕的地方。

老黃頭是天牢的看守，他的兒子小黃也是天牢的看守，父子兩個輪番換班，守衛的是天牢中被稱為寒字號的一個獨立區域。雖然每天要照例巡視，日、晚兩班不能離人，但其實他們真正的工作也只是灑掃庭院而已。因為寒字號牢房裡根本沒有囚犯，一個也沒有。

這裡是天牢最為特殊的一個部分，向來只關押重罪的皇族。雖說王子犯法與庶民同罪，但實際上人人都知道皇族是多麼高高在上的存在，誰敢隨意定他們的罪？在老黃頭模糊的記憶中，只記得十幾年前，這裡曾經關押過一個世上最尊貴的皇子。在那之後，寒字號一直就這麼空著，每天灑掃一次，乾淨而又冷清。

寒字號院外的空地另一邊，是一條被稱為「幽冥道」的長廊，長廊的彼端通向岩磚砌就的大片內牢房，犯事的官員全部都被囚禁在那裡。

比起寒字號的冷清，幽冥道算得上熱鬧，時不時就會有哭泣的、呆滯的、狂喊亂叫的、木然的……總之，形形色色表情的人被鐵鍊鎖著拉過去。

老黃頭時常會伸長了脖子觀望，兒子來接班時他便發一句感慨：「都是些大老爺啊……」這句感慨好多年如一日，基本都沒有變過。

當然也有人從幽冥道的那一頭走出來。如果走出來的人依然披枷帶鎖，面容枯槁，老黃頭就會在心裡拜拜，念叨一聲「孽消孽消早日投胎」，如果走出來的人輕鬆自由，旁邊還有護送的差役，老黃頭就會打個揖彎個腰，什麼話也不說。

在枯燥無味的看守生活中，看一看幽冥道上的冷暖人生戲，也不失於一個打發時間的好方法。

這一天老黃頭照常掃淨了寒字號大小的院子，鎖好門，站在外面的空地上，袖手躬身朝幽冥道方向呆呆看著，時不時還從袖子裡的油袋中摸一顆花生米來嚼嚼。

剛嚼到第五顆的時候，幽冥道靠外一側的柵門嘩啦啦響起來，一聽就知道有人在開鎖。老黃頭知道這代表又有新的人犯被提到此處，忙朝旁邊的陰影處站了站。

門開了，先進來的是兩個熟臉孔，牢頭阿偉和阿牛，他們粗粗壯壯地朝兩邊一站，快速地躬下了腰。老黃頭哆嗦了一下，趕緊又朝牆邊貼了貼。

因為隨後進來的那個人實在不得了，居然是這整個天牢的一號老大，提刑司安銳安大人。這位大老爺今天沒穿官服，一身藏青袍子，笑嘻嘻地抬手做出引導的姿勢，道：「請，蘇先生這邊請。」

被安大老爺稱為蘇先生的是個儒衫青年，相貌瞧著還算清俊，就是瘦了些，看起來並不像是個大人物的樣子。但對於提刑大老爺的恭敬客氣，這青年好像安之若素，只淡淡笑了笑，步伐仍是邁得不緊不慢。

一行人順著幽冥道前行，顯然是要進牢房裡去探監。老黃頭正皺著花白的眉毛猜測來者的身分，那個青年突然停住，視線一下子掃了過來，嚇得老黃頭一個趔趄，以為對方發現了自己在這裡窺測。

「那邊……好像不太一樣……」青年指著老黃頭的方向問道。

「那是寒字號房，」安銳謹慎答著，「蘇先生應該知道，就是關押皇族的地方。」

「哦。」青年面無表情地點點頭，繼續向前走去。在他們後面，突然有一個人影飄過，如同鬼魅般，一會兒在前一會在後，青年喊了一聲什麼，那人影乖乖地停了下來，仔細一看，卻又是個正常俊秀的少年模樣。安大老爺和兩個牢頭都是一臉好奇又不方便問的樣子，一行人就這樣穿過了長廊，消失在另一端的柵門內。

老黃頭趕緊溜回自己守備範圍內的院門後，呼一口氣，坐下來，繼續擰眉猜測來者會是何人。這個是他的樂趣，被怎麼驚嚇都不會放棄，也從不在乎他所猜測的結果根本沒辦法去驗證對與不對。

這個令老黃頭在枯燥的這天有了事情做的青年，當然就是梅長蘇。

由於譽王親自出面安排，安銳哪裡敢怠慢。儘管對方只是個無官無職的白衣書生，他依然小心地親自出面陪同，並不敢自恃身分有所輕視。

天牢的獄房都是單間，灌漿而築，結實異常。與所有監牢一樣，這裡也只有小小的高窗，空氣流通不暢，飄著一股陰冷發霉的味道。梅長蘇進入內牢走廊時略停住腳步，抬手扶了扶額頭，好像有些不習慣裡面暗淡的光線。飛流走過來，挨在他身旁，很乖順的樣子。

「蘇先生請小心腳下，」走到轉彎處，安銳提醒了一句，「謝玉的監房，還在下面一層。」

梅長蘇扶著飛流的手臂，邁下十幾級粗石砌成的臺階，到了底層，朝裡走過兩三間，來到比較靠內的一間牢房外。

安銳一抬手，示意屬下打開牢門。整個牢室大約有六尺見方，幽暗昏黃。只有頂上斜斜小窗戶裡透進了一縷慘澹的陽光，光線中有無數飄浮的灰塵顆粒，令人看了之後，倍加感覺此處的塞悶與髒汙。

「蘇先生請自便，我在上面等您。」安銳低聲說畢，帶著兩個牢頭退了出去。梅長蘇在門外略站片刻，緩步走進牢門。

大概已經聽到外面的對話，謝玉從牆角堆積的稻草堆裡站了起來，拖著腳鐐挪動了一下，瞇著眼睛看向來訪者。

「謝侯爺，別來無恙？」梅長蘇冷冷地打了一個招呼。

謝玉看著這個閒淡的年輕人，心中五味雜陳。其實自從知道他就是有麒麟才子之名的江左梅郎之後，自己明明一直都在努力防他，各種各樣的手段都試過，一舉一動也倍加小心。可最終的結局，居然仍是被逼至絕境，落到了這間濕冷囚室之中。如果這一切都是因為自己時運不濟，才會湊巧被揭發出來的倒也罷了，如果竟是這位江左梅郎一手炮製出來的，那麼靜夜思之，未免有些毛骨悚然，心下驚慄，想不通他到底是如何做到的。

「怎麼？才半月未見，謝侯爺就不認得蘇某了？」梅長蘇又刺了他一句。

謝玉忍住胸口翻騰的怒氣，哼了一聲道：「當然認得。蘇先生剛到京城時，不就是以客人的身分，住在我家裡的嗎？」

「沒錯，」梅長蘇坦然道，「記得當時第一次見謝侯爺，您還是豐神如玉，姿容瀟灑，朝廷柱石的威儀，簡直令人不敢仰視。」

「原來蘇先生今天來，只是為了落井下石，諷刺我幾句。這個格調……可不夠高啊。」謝玉目光沉沉地看著他，「我今蒙冤落難，是命數不濟，先生追打至此，不覺得是副小人嘴臉嗎？」

梅長蘇冷嘲道：「原來謝侯爺竟還知道世上有『小人』二字。你落難不假，何曾蒙冤？你我心中都明白，卓鼎風所控樁樁件件，無一不實，你厚顏抵賴，不過是為了保命而已。可惜鐵證如山，黃泉路近，你這一番徒勞掙扎，何嘗能保住自己的命，最多不過保全了夏江而已。」

謝玉目光微動，唇邊浮起了一絲冷笑。

果然不出所料，這麼快就提到了夏江。如果不是因為夏江，這位江左梅郎大約也不會尊屈來到這骯髒之所吧。

在案情如此明瞭的情況下，被囚半個多月仍沒有處置的旨意下來，謝玉很清楚這都是因為夏江正在確實履行著他的承諾，為救他性命想方設法活動遊說。而這種行為必然會觸怒譽王，使這位皇子也展開相應的回擊。梅長蘇出現在這間囚室之中，想來就是為了釜底抽薪，從自己這裡找到對付夏江的突破點。

所以謝玉做了充分的準備，把自己縮入鐵殼之中，隨便怎麼觸動，都堅持咬緊牙根不作反應。

「謝侯爺，」梅長蘇走近一步，微微傾過身子，「我知道……你一見到我就忍不住會想，自己到底是怎麼敗在我手下的，對不對？而且你直到現在，恐怕還是沒有能夠想出合理的原因來，對不對？你根本想不明白自己哪一步做錯了，哪一步疏漏了，也不知道事情是怎麼一波接一波地這樣發展著，突然有一天就將你打入深淵，從貴極人臣，到囚牢待死，對不對？」

聽著這些冷酷刺心的話語，謝玉繃緊了臉，兩頰因牙根太用力而發痠發痛，不過仍然不發一語。

「其實你用不著這麼費力地想，今天我來，就是準備明明白白告訴你的。謝侯爺，你之所以會輸的原因……」梅長蘇的目光像冰稜一樣在囚者的臉上刮著，慢慢吐出幾個字，「就是因為你笨。」

謝玉的眉棱猛地一跳。

「我倒不是說你比一般人更笨，你只不過是比我笨罷了。」梅長蘇悠悠一笑，「就是因為我比你聰明，所以你會怎麼反應，怎麼動作，計畫什麼，謀策什麼，我都看得破。而反過來，我在想什麼，我會怎麼做，我到底如何籌謀，你卻是半點也看不透。這麼一來，你怎麼可能不輸，怎麼可能不敗？而且接連輸了敗了之後，都還琢磨不通自己到底是怎麼輸的，這不是笨……又是什麼呢？」

謝玉面色發白，抑住胸口的起伏，鼻息漸粗。

梅長蘇在室內踱了幾步，像是在觀賞這簡陋的房間，轉頭看了一圈兒，最後停在謝玉面前，慢慢蹲下來，直視著他，突地一笑：「你知不知道除了我以外，還有誰比你聰明？」

謝玉轉過頭去，堅持不理會。

「夏江。」梅長蘇不以為意，仍是淡淡吐出這個名字，「夏江比你聰明太多了，所以你仍然會在我手下重蹈覆轍，一直這麼輸下去。」

梅長蘇刻意停頓了一下，看著謝玉脖子上跳動著的青筋，用平板無波卻又極具蠱惑力的聲調繼續道：「我來告訴你聰明人會怎麼對付你吧。其實只要想通了，那真的很簡單。首先，他到這裡來看望你這位落難侯爺，告訴你他不會袖手旁觀，跟你做一個交易。你不吐露他的祕密，他為你保命。這個交易當然不是假的。他會非常認真地想方設法，讓你活著走出這個天牢。你出了天牢，不判死罪，他的承諾就完成了。他救了你的命，你自然不會再供出他的任何罪行。然後你會被判徙刑，流放到寒苦之地去。也許你覺得自己熬得過那場苦，但實際上你根本沒有機會去吃這份苦。因為這個時候你的案子已經結了，不會再有人來審問你，不會有人認真聽你說話，你嘴裡咬著夏江再多的祕密也沒有機會吐露。從京城到流放的這長長一段路，任何一個地方都可能是你的鬼門關。到了那個時候，你的死僅僅只是一個流放犯的死，沒有人關心也沒有人在意，就算事後有人關心有人在意又怎麼樣，你已經死了，在根本來不及用你所守的機密威脅任何人的情況下很容易就死掉，把所有的一切都乾乾淨淨帶到另一個世界。而夏江……他這個聰明人卻會好好地活著，從此之後再也不用擔心什麼了，這樣多好，是不是？」

黃豆般大小的汗珠從謝玉額上滾了下來，滴在他髒汙得看不出本色的囚衣上，暈成黑黑的一團。

「謝侯爺，」梅長蘇緊逼而來的聲音如同從地獄中傳來的一般幽冷殘酷，每一個字都刺在謝玉的心頭，「你現在最好抬起頭來，看著我，咱們兩個人也來好好地談一談，如何？」

謝玉並沒有如他所要求地那樣抬起頭來，但梅長蘇所說的每一句話都像毒刺一樣扎進了他的心中。就算他真的笨，他也知道這位江左梅郎所言不虛，更何況他其實一點都不笨。

可如果不依靠夏江，還有其他選擇嗎？根本沒有。最後一根救命稻草，再怎麼虛幻也只能牢牢抓住，早已沒有可以算計的空間。

謝玉自己非常清楚，即使將來出了天牢，他也絕不會反口再出賣夏江，因為那樣做沒有任何好處。夏江可以保他性命，可以為他打點，甚至可以在日後成為他東山再起的契機，他一定會為夏江保密到底，只要這位懸鏡掌司肯相信他……

「將來的事情誰說得準呢？」梅長蘇彷彿看透了他心中所思般，冷冷地道，「就好比半個多月前，你也想不到自己會落到如今這樣的處境吧？單從現在的情勢來看，只要夏江救你，你的確沒有任何出賣他的理由，但世上的一切總是千變萬化，他與其相信你，不如相信一個死人，那樣才更乾淨俐落，更像一個懸鏡掌司行事的風格吧？」

謝玉終於抬起了頭，迎住了梅長蘇的視線，面上仍保有著自己的堅持：「你說得不錯，夏江的確有可能在我出天牢後殺我滅口，但那也只是有可能而已。我現在只能賭這最後一局，不信他，難道信你不成？」

「為什麼不能信我？」梅長蘇微微一笑。

「信你？蘇先生開什麼玩笑？我有今日大半是拜你所賜，信你還不如自殺更快一點。」

「你錯了。」梅長蘇語意如冰，「你有今日全都是咎由自取，沒有半點委屈。不過我之所以叫你信我，自然不是說著玩的。」

謝玉的視線快速顫動了一下，卻沒有接話。

梅長蘇抿緊了唇部的線條，慢而清晰地道：「因為夏江有想讓你死的理由，而我卻沒有。」

「你不想我死？」謝玉仰天大笑，「你不想我死得太慢吧？」

「我剛剛已經說過，」梅長蘇毫不介意，仍是靜靜地道，「你就算出了天牢也只是個流放犯，是死是活對我來說有何區別？我對付你，不過是因為你手握的權勢對譽王殿下有所妨害，現在你根本已是一敗塗地，要不要你的命根本無關緊要。」

謝玉狐疑地看著他：「既然我現在只剩一條你不感興趣的命了，那你何不讓我自生自滅就好，還費這麼多精神到這暗牢之中來幹什麼？」

「問得好，」梅長蘇緩緩點著頭，「我對你的命確實一點兒都不感興趣，我感興趣的……只是夏江而已……」

謝玉霍然轉身：「蘇哲，你還真敢說。現在夏江是我最後一絲希望，你居然指望利用我來對付他，你沒瘋嗎？」

「利用你又怎麼了？」梅長蘇瞟了他一眼，「謝侯爺如此處境，還能有點可以被利用的地方，應該高興才對。要真是一無用處了，絕路也就到了。」

「那恐怕要讓蘇先生失望了。」謝玉咬緊牙關，「我還是要賭夏江，賭他相信我絕不會出賣他，這才是我唯一的生路。」

梅長蘇歪著頭看了看他，臉上突然浮起了一絲笑容，明明是清雅文弱的樣子，卻無端讓人心頭發寒：「真是抱歉，這條生路我已經給侯爺堵死了。」

謝玉明知不該被他引逗著詢問，但還是忍不住脫口問了一句：「你什麼意思？」

「十三年前，你派人殺了一位沒沒無名的教書先生李重心，這個人是替夏江殺的吧？」

謝玉心頭一震，強笑道：「你胡說什麼？」

「也許是我胡說，」梅長蘇語調輕鬆地道，「我也只是賭一賭，猜一猜罷了。不過譽王已經去問夏江了，問他為什麼要指使你殺一個無足輕重的書生，當然夏江一定會矢口否認，但他否認之後，難免心裡會想，譽王是怎麼知道李重心是他要殺的，想來想去，除非是謝侯爺你說的……」

「我沒說！」

「我知道你沒說，可是夏江不知道。」梅長蘇笑意微微，攤了攤手，「看侯爺你的反應，我居然猜對了。所以不好意思，你已經出賣過夏江一次了，縱然他還相信你不是有意洩露，但起碼也證明了你的嘴並不像死人那樣牢靠，有很多手段可以一點一點地挖。當然為了保住更深層的祕密，他仍然會救你，不過救了之後，為了能夠一勞永逸，不留後患，他就只好當一個我所說的聰明人……謝侯爺，你賭夏江是一定會輸的，因為你的籌碼就只剩下他對你的信任，而現在這點信任，早已蕩然無存……」

「你……你……」謝玉的牙關咬得格格作響，全身劇烈顫抖著，雙目噴火，欲待要撲向梅長蘇，旁邊又有一個正在翻看稻草玩的飛流，只能喘息著怒道，「蘇哲，我與你何怨何仇，你要逼我到如此地步？」

「何怨……何仇……」梅長蘇喃喃重覆一遍，放聲大笑，「謝侯爺，你我為名為利，各保其主。為了達到自己的目的，你又何嘗不是不擇手段，今日問我這樣的話，不覺得可笑嗎？」

謝玉跌坐在稻草叢中，面色慘白，心中一陣絕望。面前的梅長蘇，就如同一隻正在戲耍老鼠的貓一樣，不過輕輕一撥弄爪子，便讓人無絲毫招架之力。

這樣厲害的一個人，悔不該當初讓太子輕易放棄了他……

「謝侯爺，趁著還有機會，趕緊改賭我吧。我沒什麼把柄在你手中，我不在乎讓你活著，」梅長蘇在他前方蹲下，輕聲道，「好歹，這邊還有一線生機呢！」

謝玉垂下頭，全身的汗乾了又濕，好半天才低低道：「你想讓我怎麼做？」

「放心，我不會讓你出面去指證夏江什麼，我更無意再翻弄出一件夏江的案子來，」梅長蘇喉間發出輕柔的笑聲，「你我都很清楚，夏江做的任何事都是順承聖意，只不過……他用了些連皇上都不知道的手段來達到目的罷了。我猜得可對？」

謝玉神情木然地頓了頓，慢慢點頭。

「陛下聖心難測，猜忌多疑，當年瞞了他的那些手段，現在夏江還想繼續瞞著，不過如此而已。」梅長蘇淡淡道，「說到底，這些與我現在所謀之事並無多少關聯，我無意自找麻煩。但譽王殿下卻未免要擔心夏江保你會不會是為了太子，擔心他會不會破了懸鏡司歷年來的常例參與到黨爭中來，所以我也只好過來問問。謝侯爺，你把李重心的事情大略講給我聽好了，只要我能確認此事與當下的黨爭無關，我便不會拿它做文章。因為大家都心知肚明，懸鏡司可不是那麼好動的，畢竟常奉密旨，一不小心，萬一觸到了陛下痛處，那可怎麼好？」

謝玉深深看了他一眼：「講給你聽了，我有什麼好處？」

「多的我也給不了你，不過請譽王放手，讓夏江救你出牢，然後保你安穩到流放地，活著當你的流刑犯罷了。」

謝玉閉上眼睛，似在腦中激烈思考。他倒不擔心自己說出李重心的祕密後，譽王會拿它興什麼風波。因為這個祕密背後所牽扯的那件事，譽王自己也是利益領受者之一，只不過當年他還不夠成熟，沒有更深入參與罷了，論起推波助瀾、落井下石這類的事，皇后和他都沒少幹。只要梅長蘇回去跟他一說，他心裡便會立即明白過來，絕對不會自討苦吃地拿這個跟夏江為難。而夏江所防的，也只是不想讓整件事情被散佈出去，或者某些他隱瞞了的細節被皇帝知道而已。

可是，如果自己開口說了，這個江左梅郎會不會真的履行他的承諾呢？

「這是賭局，」梅長蘇彷彿又一次知道他在想什麼似的，輕飄飄地道，「你已經沒有別的可以押注了。我是江湖人，我知道怎麼讓你活下去，除了相信我，你別無選擇。」

謝玉似乎已經被徹底壓垮，整個身體無力地前傾，靠兩隻手撐在地上勉強坐著。在足足沉默了大約一炷香的時間，他終於張開了乾裂的嘴唇。

「李重心……的確只是個教書先生，但他卻有一項奇異的才能，就是可以模仿任何他看過的字，毫無破綻，無人可以辨出真偽。十三年前……他替夏江寫了一封信，冒仿的，就是聶鋒的筆跡……」

「聶鋒是誰？」梅長蘇有意問了一句。

「他是當時赤焰軍前鋒大將，也是夏冬的夫婿，所以夏江有很多機會可以拿到他所寫的書文草稿，從中剪了些需要的字拿給李重心看，讓他可以寫出一封天衣無縫，連夏冬也分不出的信來……」

「信中寫了什麼？」

「是一封求救信，寫著『主帥有謀逆之心，吾察，為滅口，驅吾入死地，望救。』」

「這件事我好像知道，原來這信是假的。」梅長蘇冷笑一聲，「所以……你千里奔襲去救聶鋒，最後因為去晚了，只能帶回他屍骨的事，也是假的了？」

謝玉閉口不語。

「據我聽到的傳奇故事，是謝大將軍你為救同僚，長途奔波，到了聶鋒所在的絕魂谷，卻有探報說谷內已無友軍生者，只有敵國蠻兵快要衝殺出來，所以你當機立斷，伐木放火封了谷口，這才阻住蠻兵之勢，保了我大梁的左翼防線。這故事實在是令聞者肅然起敬啊！」梅長蘇譏刺道，「今日想來，你封的其實是聶鋒的退路，讓這位本來不在死地的前鋒大將，因為你而落入了死地，造成最終的慘局。我推測得可對？」

謝玉的嘴唇抿成一條直線，依然不接他的話。

「算了，這些都是前塵往事，查之無益。」梅長蘇凝住目光，冷冷道，「接下來呢？」

「當時只有我和夏江知道那封信是假的，他有他的目的，我有我的，我們什麼也沒說，只是心照不宣。因為不想讓他的徒兒們察覺到異樣，他沒有動用懸鏡司的力量，只暗示了我一下，我就替他殺了李重心全家。」謝玉的話調平板無波，似乎對此事並無愧意，「整件事情就是這樣。與現在的黨爭毫無關係，你滿意了嗎？」

「原來朝廷柱石就是這樣打下了根基。」梅長蘇點點頭，隱在袖中的雙手緊緊捏住，面上仍是一派平靜。謝玉所講的，當然只是當年隱事中的冰山一角，但逼之過多，反無益處，這短短的一段對話，已然達到今日來此的目的，而之後的路，依然要慢慢小心，一步步穩穩地走下去。

至於謝玉的下場，自有旁人操心。其實有時候死，也未必就是最可怕的一種結局。

「你好生歇著吧。夏江不會知道我今天來見過你，譽王殿下對當年舊事也無興趣。我會履行承諾，不讓你死於非命，但要是你自己熬不住流放的苦役，我可不管。」梅長蘇淡淡說完這最後一句話，便不再多看謝玉一眼，轉身出了牢房。飛流急忙扔下手中正在編結玩耍的稻草，跟在了他的後面。

在返程走向通向地上一層的石梯時，梅長蘇有意無意地向謝玉隔壁的黑間裡瞟了一眼，但腳步卻沒有絲毫停滯，很快就消失在石梯出口。

他離去片刻後，黑間的門無聲地被推開，兩個人一前一後走了出來，走得非常之慢，而且腳步都有些微不穩。

前面那人身形修長，黑衣黑裙，烏髮間兩綹銀絲乍眼醒目，俊美的面容上一絲血色也無，慘白得如同一張紙一樣，僅僅是暗廊上的一粒小石頭，便將她硌得幾欲跌倒，幸好被後面那人一把扶住。

兩個人出了黑間並無一語交談，即使是剛才那個攙扶，也僅僅拉了一把後立即收回，無聲無息。他們也是沿著剛才梅長蘇所走的石梯，緩緩走到了一層，唯一不同的是，在門外等候著領他們出去的人並不是提刑司安銳，而是已正式升任刑部尚書的蔡荃。

「麻煩蔡大人了。」

「靖王殿下不必客氣。」

只這兩句對話，之後便再無客套。一行人從後門隱密處出了天牢，夏冬頭也不回快步奔離，自始至終未動一下嘴唇。在她身後，靖王默默凝望著她孤單遠去的背影，雙眸之中卻暗暗燃起了灼灼烈焰。

第三十七章

慈親永絕

回到蘇宅後的梅長蘇立即上床休息，因為他知道，今天晚上不可能會有完整的睡眠時間。果然，剛到三更時分，飛流就依到床邊來說「敲門」，梅長蘇便快速起身，大略打理了一下儀容，哄了飛流在外邊等候，便匆匆進了暗道。

靖王坐在密室中他常坐的那個位置，低著頭似在沉思。聽到梅長蘇的腳步聲後方才抬起頭來，神情還算平靜，只是眼眸中閃動著含義複雜的光芒。

「殿下。」梅長蘇微微躬身行禮，「您來了。」

「看來你好像早就料到我要來。」靖王抬手示意他坐，「蘇先生今天在天牢中的表現實在精彩，連謝玉這樣人都能被你玩弄於股掌之上。麒麟之才，名不虛傳。」

「殿下過獎了。」梅長蘇淡淡道，「不過能逼出謝玉的實話來，我也放心了不少。原本我一直擔心夏江有衛護太子之意，身為懸鏡司的掌司，他可不是好對付的人，現在既然已可以確認他並無意涉及黨爭，與夏冬之間也有要處理的內部嫌隙，我們總算能夠不再為他分神多慮。」

靖王不說話，一直深深地看著他，看得時間久到梅長蘇心裡都有些微的不自在。

「殿下怎麼了？」

「你居然只想到這些，」蕭景琰的眸色掠過一抹怒色，「聽到謝玉今天所吐露出來的真相，你不震驚嗎？」

梅長蘇思考了一下，慢慢道：「殿下是指當年聶鋒遇害的舊事嗎？時隔多年，局勢已經大變，追查這個早就毫無意義，何況夏江並不是我們的敵人，為了毫無意義的事去樹立一個強敵，智者不為。」

「好一個智者不為。」靖王冷笑一聲，「你可知道，聶鋒之事是當年赤焰軍叛案的起因，現在連這個源頭都是假的，說明這樁潑天巨案不知有多少黑幕重重，大皇兄和林家上下的罪名不知有多大的冤屈，而你……居然只認為那不過是一樁舊事？」

梅長蘇直視著靖王的眼睛，坦然道：「殿下難道是今天才知道祁王和林家是蒙冤的嗎？在蘇某的印象中，好像你一直都堅信他們並無叛逆吧？」

「我……」靖王被他問得語塞，「我以前只是自己堅信皇兄和林帥的為人罷了，可是今天……」

「今天殿下發現了這條詳實的線索，知道了一些當初百思不得其解的真相，是嗎？」梅長蘇的神情依然平靜，「那麼殿下想怎麼樣呢？」

「當然是追查，把他們當年是如何陷害大皇兄與林帥的一切全部查個水落石出！」

「然後呢？」

「然後……然後……」靖王突然發現自己說不下去，這才恍然明白梅長蘇的意思，不由臉色一白，呼吸凝滯。

「然後拿著你查出來的結果去向陛下喊冤，要求他為當年的逆案平反，重處所有涉案者嗎？」梅長蘇冰冷地進逼了一句，「殿下真的以為，就憑一個夏江一個謝玉，就算再加上皇后越妃母子們，就足以讒死一位德才兼備的皇長子，連根拔除掉一座赫赫威名的帥府嗎？」

靖王神情頹然地垮下雙肩，手指幾乎要在堅硬的花梨木炕桌上捏出印子，低聲道：「我明白你的意思……可是為什麼？為什麼？就算大皇兄當時的力量已足以動搖皇位，與父皇在革新朝務上也多有政見不和，但他畢竟生性賢仁，並無絲毫反意，父皇何至於猜忌他至此……大家都是親父子啊……」

「歷代帝皇，殺親子的不計其數吧？」梅長蘇深深吸一口氣，提醒自己控制情緒，「咱們這位皇上的刻薄心胸，又不是後來才有的。據我推測，他既有猜忌之心，又畏於祁王府當時的威勢，不敢輕易削權。這份心思被夏江看出，他這樣死忠，豈有不為君分憂之理？」

「你說，父皇當年是真的信了嗎？」靖王目光痛楚，「他相信大皇兄謀反，赤焰軍附逆嗎？」

「以皇上多疑的性格，他一開始多半是真的信了，所以才會如此狠辣，處置得毫不留情。」說到這裡，梅長蘇沉吟了一下，「看夏江現在如此急於封謝玉的口，至少最初聶鋒一案的真相，皇上是不知道的。」

靖王看著桌上的油燈，搖頭嘆道：「不管怎麼說，若不是父皇自己心中有疑，這樣的誣言，只須召回京中便可查明，又何至於……只恨當時我不在朝中……」

「幸好殿下你不在朝中，否則難免受池魚之災。」梅長蘇神色漠然，「此案雖由夏江引起，最終卻是皇上處置的，殿下想要平反只怕不易。不如聽蘇某一勸，就此放開手，不要再查了。」

靖王站起身來，在室內踱了幾圈，最終停下來時，臉上已恢復了寧靜，「先生所言，固然不錯，但我若真的就此放手，世上還有何情義可言？謝玉所說的，不過是一個開端，後面是怎麼一步一步到那般結局，我若不查個清楚明白，只怕從此寢食難安。我素知先生思慮縝密，透察人心，要洗雪這樁當年舊案，還請為我出力。」

梅長蘇抬起頭來，看著他的眼睛，輕聲道：「殿下可知，如果皇上發現殿下在查祁王舊案，定會惹來無窮禍事？」

「我知道。」

「殿下可知，就算查清了來龍來脈，對殿下目前所謀之事也並無絲毫助益？」

「我知道。」

「殿下可知，只要陛下在位一日，便不會自承錯失，為祁王和林家平反？」

「我知道。」

「既然殿下都知道，還一定要查？」

「要查。」靖王目光堅定，唇角抿出冷硬的線條，「我必須知道他們是如何含冤屈死的，這樣將來我得了皇位，才能一一為他們洗雪。只為自己私利，而對兄長好友的冤死視而不見，這不是我做得出的事，請蘇先生也不要勸我去做。」

梅長蘇咽下喉間湧起的熱塊，靜靜地在燈下坐了一會兒，方才慢慢起身，向靖王躬身施禮，沉聲道：「蘇某既奉殿下為主，殿下所命一定遵從。雖然事過多年，知情者所餘不多，但蘇某一定竭誠盡力，為殿下查明真相。」

「如此有勞先生了。」靖王抬手虛扶了一下，「先生如此大才，景琰有幸得之。扳倒謝玉之局，實在是環環相扣，令人嘆絕。我雖未親睹，亦可想見當日情勢是何等緊張。太子現在失了強助，正在惶惶之時，先生打算讓譽王乘勝追之嗎？」

梅長蘇搖了搖頭，「不，我會勸譽王稍稍放手。」

「哦？」靖王想了想，登時明白，「可惜譽王不會聽。」

「當然我也不會狠勸，略說一句，他不聽就算了。」梅長蘇狡然一笑，神情甚是慧黠。

「人在順境之中，總難免有些頭腦發熱。太子被逼到如此境地，父皇定會回護，譽王若是不能見好就收，只怕要碰個大釘子。」靖王仰首想了想，「父皇遲遲不處置謝玉，大概也不僅僅是因為夏江從中斡旋吧？」

梅長蘇笑讚道：「殿下自從開始用心旁觀後，進益不小。說不定再過個一兩年，就不再需要我這個謀士了呢！」

「先生說笑了。謀策非我所長，這點自知之明是有的。」靖王隨便一揮手，又問道，「先生真的要保謝玉活命嗎？」

梅長蘇淡淡道：「我只管幫他擋擋夏江的人，其他的我就不管了。」

「其他？」

「夏冬不是吃素的，這個殺夫之仇，她不能明報只怕也要暗報……」

「可是這個殺夫之仇，也不能都算在謝玉的身上。」靖王面露同情之色，「夏江畢竟是她師父，這場孽債，不知她會怎麼算……」

「多年懸鏡使生涯，夏冬自有城府，當不似她的外表那般張揚。她愈是信了謝玉的話，就愈不會去質問夏江。我最希望她能將此事放在心裡，日後於殿下定大有用處。」

靖王知他深意，點了點頭。日後若真有可以為祁王平反的那一日，由聶鋒遺孀出面鳴冤，當是一個最好的開端。

不過在那之前，積蓄力量確保能拿到至尊之位，那才是最重要的。

想到此節，靖王強自收斂心神，暫且拋開因聶鋒案的真相而帶來的悲怒情緒，開始與梅長蘇討論起朝堂上的政務。

由於多年耽於軍旅，對於民政的不熟悉是靖王的一大弱點，為此梅長蘇物色了許多理政好手，製造機會讓靖王與他們相識相熟，從而學習治理民政的知識和方法。每次密室見面，兩人也會針對具體事例進行詳盡的討論，常常會不知不覺談到天亮。

應該說，靖王與梅長蘇之間的關係經過一段時間的磨合，現在總算是漸入佳境。

昨天朝堂之上剛剛廷辯過在各地設鐵礦督辦，以及統一馬政兩項大事，靖王是領兵之人，對於武器鍛造和戰馬供應見解頗深，可因為朝堂上他必須謹守低調，發言不得不以精而少為原則，一肚子話沒有能夠全倒出來，此刻沒了顧忌，當然是想到什麼說什麼，更難得梅長蘇竟能跟得上他的思路，有些理念甚至不須溝通就很契合。靖王說到酣暢處時，本不覺得，直到談話接近尾聲了，他才心生訝異，問道：「先生雖有麒麟之才，但畢竟是江湖出身，怎麼對軍需之事如此熟悉，倒像是打過仗的……」

梅長蘇微微一怔，自悔方才有些忘情，但表面上並未露出，而是不在意地一笑：「說句俗語，沒吃過豬肉，還沒見過豬走路嗎？我們盟內也常收些除役的老兵，您別小看這些身經百戰的士卒，他們著眼點不一樣，很能開闊視野。到京城後托飛流的福認識了蒙大統領，竟是出奇談得來，好些事情都是向他請教的。不過說到底這方面我學得雜七雜八，不成個體統，只怕有些話讓殿下見笑了。」

靖王也只是隨口問問，並沒有深想，見他謙遜，忙道：「哪裡，先生的見解甚是精闢，讓人敬服。看來先生之才竟不可單一而論，讓景琰刮目相看。」

梅長蘇欠身回謝，心中已起謹慎之意，不願多說，便道：「沙漏將盡，殿上還要早朝，不如回去休息一下的好。雖然您是軍人筋骨，但也不能熬夜得過分了。」

靖王此時還不感疲累，但見梅長蘇眼下已有青影，知他的身體可不能跟自己一概而論，於是立即起身，說了兩句道別的話，便開了密室中通向靖王府方向的石門，乾乾脆脆地走了。

梅長蘇回到自己的寢室之中時，外面天色仍是黑的，飛流點了一盞燈，安靜地坐著，人剛一出來，他便撲了過去。

「又好久！」少年不悅地抱怨著。

「對不起對不起，」梅長蘇笑著拍他背心，「讓我們飛流久等了。趁著天還沒亮，我們睡個回籠覺吧。」

「醒了！」

「你醒了，可是蘇哥哥睏啊！」

飛流將他推到床邊，大聲道：「睡！」

「蘇哥哥睡了，飛流做什麼？」

「畫畫！」

梅長蘇忍不住一笑，揉揉他頭頂，不再管他，自己寬了外衣，倚枕安眠。飛流趴在床頭守了他一會兒，便跳到外間，扯紙磨墨，開始東一筆西一筆地抹畫起來。

春分之後，晝長夜短，梅長蘇回來時，本已是凌晨，所以飛流還沒畫兩張，紗窗上已隱隱透了微光。

梅長蘇翻了個身，面向裡面，飛流受過調教，很懂事地來到窗邊，打算把竹簾拉下來。剛握住支竿，外面不知何處隱隱傳來撞鐘之聲，他不由豎起耳朵去聽。

幾乎與此同時，梅長蘇自床上驚跳而起，不及披衣，便翻身下地，竟連鞋也不趿，直衝到室外院子中去了。

「蘇哥哥！」飛流嚇了一大跳，急急忙忙追了過去，只見他只著一雙白襪，站在中庭甬道冰涼的青石板上，仰首向天，細細聽著。

這時黎綱等人也聽到動靜，紛紛跑了過來，圍著自家宗主，但看他神情，竟又無一人敢出言叫他。

「飛流，響了幾聲？」鐘聲停歇之後，梅長蘇輕聲問道。

「二十七！」

黎綱濃眉一跳：「金鐘二十七，大喪音，宮中已無太后，那麼就是……」

話音未落，梅長蘇已面色煞白地閉上眼睛，似乎忍了忍，沒有忍住，猛地噴出一口鮮血，灑落衣襟。

「宗主！」

「蘇哥哥！」

周圍的人頓時慌作一團，有人飛奔了去找晏大夫，黎綱則快速將他抱起，送返室內，安放在床上。晏大夫來得極快，把了脈，正要行針，梅長蘇卻坐起了身子，搖搖手，垂首低聲道：「你們不用擔心，都出去吧，讓我靜一靜。」

「宗主……」黎綱正要相勸，晏大夫抬手止住了他，自己先站了起來，示意大家都跟著一起退出去，唯有飛流堅決不肯挪動，也只能由他。

等到室內終於重歸平靜後，梅長蘇方緩緩抬起頭，睜開眼睛，紅紅的眼眶處，溢著點點淚光。

「飛流，」他輕拍著少年的頭，喃喃道，「我的太奶奶，終究還是沒能等到我回去……」

太皇太后薨逝，並非一件令人意外的事。她年事已高，神智多年前便不太清醒，身體也時好時壞並不硬朗，禮部早就事先做過一些葬儀上的準備，一切又素有規程，所以喪禮事宜倒也安排得妥當，沒有因為年前才換過禮部尚書而顯得慌亂。

大喪音敲過之後，整個大梁立即進入了國喪期。皇帝依梁禮輟朝守孝三十日，宗室隨祭，諸臣三品以上入宮盡禮，全國禁樂宴三年。

同時，這一事件還帶來了幾個附加後果。

首先，謝玉之案定為斬刑，但因國喪，不予處決，改判流徙至黔州，兩個月後啟程，謝氏宗族有爵者皆剝為庶人。

其次，梁楚聯姻之事也隨之暫停，只交換婚約，三年後方能迎娶送嫁。大楚這次主動提出聯姻，原本就是為了結好大梁，騰出手去平定緬夷，現在對方國喪，依禮制除自衛外，原本就不可主動對外興兵，也算達到了目的，因此並無他言，準備弔唁後便回國。景寧公主一方面悲痛太祖母之喪，一方面婚期因此而推，又鬆了口氣，一時間心中悲喜交加，五味雜陳，反而哭得更死去活來。

在山寺中隱居的蒞陽長公主，聞報後也立即啟程回京守孝。蕭景睿與謝弼此時已皆無封爵，無伴靈的資格，但薨逝的那位老人多年來對每位晚輩都愛護有加，於情份上不來拜祭一下實在說不過去，所以儘管回來後身分尷尬，與以前相比境遇迥然，但兩人還是陪同母親一同返京，住在蒞陽公主府。

如火如荼進行著的黨爭在大喪音的鐘聲中暫時停止了。三十天的守靈期，所有皇子都必須留於宮掖之內，不許回府，不許洗浴，晒無床鋪，食無犖腥，每日叩靈跪經，晨昏哭祭。養尊處優的太子和譽王哪裡吃得了這份苦，開始還撐著，後來便漸漸撐不下去，只要梁帝一不在，臉上的悲容便多多少少減了些，手下人為了奉迎，也會做些違規的小動作來討好主子。因為這孝禮也實在嚴苛，若不想點辦法，只怕守靈期沒到，人先死半條，所以還是自己的身子要緊。反正兩個人是一起違規，誰也告不著誰的狀，陪祭的大臣們更是沒人敢說他倆的不是。

他倆一開頭，其他皇子們雖較為收斂些，但也不免隨之效仿，反而是靖王軍人體魄，純孝肝膽，守靈時盡哀盡禮，一絲不苟，迥異於諸皇子。因為靖王的封位僅是郡王，所以他平時在隆重場合很少跟太子和譽王站在一起，此時大家連著三十天待在同一個孝殿中，不同的表現看在陪祭的高階大臣們眼裡，那還真是良莠立見。

三十日的孝禮，梅長蘇是在自己房中盡的。晏大夫雖知這樣對他身體傷害極大，但若不讓他寄表哀思，只怕積鬱在心，更加不好，所以也只能細心在旁調理。因他只肯食白粥，黎綱和吉嬸更是費盡了心思瞞著他在粥中加些滋補藥材，還要小心不要被他察覺出來。好在梅長蘇悲傷恍惚，倒是根本沒有留意。

由於大人物們都被圈進了宮裡，整個皇城日罷市、夜宵禁，各處更是戒備禁嚴，生怕在服喪期出點兒什麼淫盜凶案，這三十日竟過得安靜無比，沒有發生任何意外事件，黎綱與近期趕到京城的甄平主內，十三先生主外，局面仍是控制得穩穩的，力圖不讓守孝的宗主操一點兒心。

守靈期滿，全儀出大殯，這位歷經四朝，已近百歲，深得臣民子孫愛戴的高齡太皇太后被送入衛陵，與先她而去四十多年的丈夫合葬。靈柩儀駕自宮城朱雀大道出，一路哀樂高奏，紙錢紛飛。與主道隔了一個街坊的蘇宅內也可清楚聽到那高昂哀婉的樂音，梅長蘇跪於廊下行禮，眼睛紅紅的，卻沒有落淚。

出殯日後，皇帝復朝。但因為大家都被折騰得力盡神危，所以只是走了走過場，便散了回家見親眷，好好洗個澡吃一頓睡一覺。

而梅長蘇經此一月熬煎，未免病發。好在晏大夫一直在旁護持著，不像前幾次那樣兇險，有些少量咯血、發燒咳嗽、盜汗和昏暈的症狀，發作時服一劑藥，也可勉強調壓下去。

昏睡了一下午後，梅長蘇入夜反而清醒，擁被坐在床頭，看飛流折紙人。視線轉處，瞥見案上一封白帖，是霓凰郡主自雲南由專使飛騎遙寄來的，昨日方到，上面只寫了「請兄保重」四個字，當時看了仍是傷心，便擱在一旁，想來黎綱等人不敢隨意處置，因此一直放在書案之上。

「飛流，把帖子拿過來。」

少年身形一飄，快速完成了這項任務。梅長蘇展開帖面，盯著那四個清秀中隱藏狂狷的字，出了半日神，又叫飛流移燈過來，取下紗罩，將帖子湊在燈焰上點燃，看著它慢慢化為灰燼。

「燒了？」飛流眨眨眼睛，有些驚奇。

「沒關係，」梅長蘇淡淡一笑，「有些字，可以刻在心裡的。」

少年偏著頭，似乎聽不明白，但他不是會為這個煩惱的人，很快又坐在他的小凳上繼續折起紙人來，大概因為紙人的頭一直折不好，他不耐煩地發起脾氣，丟在地上狠踩了兩腳，大聲道：「討厭！」

梅長蘇招手，示意他拿張新紙過來坐在床邊，然後慢慢地折折疊疊，折出一個漂亮的紙人來，有頭有四肢，拉這隻手，另一隻還會跟著一起動，飛流十分歡喜，臉上扯了一個笑容出來，突然道：「騙我！」

這兩個字實在沒頭沒腦，不過梅長蘇卻聽得懂，責怪地看了他一眼，道：「藺晨哥哥教你的折紙方法是對的，沒有騙你，是飛流自己沒有學會，不可以隨便冤枉人！」

飛流委屈地看著手中的紙人，小聲道：「不一樣！」

「折紙人的方法，本來就有很多種啊。我會的這種，是我太奶奶教我的……小時候，她常常給我折紙人、紙鶴什麼的，可我當時覺得不喜歡，總想要從她身邊溜走，跑出去騎馬……」

「小時候？」少年十分困惑，大概是想像不出蘇哥哥也有小時候，嘴巴微微張著。

「是比我們飛流現在，還要小很多的時候……」

「哇！」飛流驚嘆。

「再拿張紙來，蘇哥哥給你折個孔雀。」

飛流非常高興，專門挑了一張他最喜歡的米黃色的紙來，眼睛眨也不眨，十分認真地看著梅長蘇的每一個動作。

等孔雀尾巴漸漸成型的時候，飛流突然轉了轉頭，叫道：「大叔！」

梅長蘇一怔，手上動作停了下來，吩咐道：「飛流去接大叔進來。」

「孔雀！」

「等大叔走了，蘇哥哥再繼續給你折。」

由於心愛的折紙活動被打斷，飛流對罪魁禍首蒙摯十分不滿，帶他進來時那張俊秀的臉龐沉得像被墨染過一樣，全身的寒氣幾乎可以下好幾場冰雹，倒讓蒙摯摸不著頭腦，不知自己哪裡又惹到這個小傢伙了。

「蒙大哥坐。」梅長蘇將孔雀半成品交給飛流，讓他到一邊玩耍，自己欠身，又坐起來些，蒙摯趕緊過來扶他。

「蒙大哥勞累了一個月，好容易換班，宮城裡只怕還忙亂，若是有空，怎麼不回府休息？」

「我不放心你，」蒙摯在燈光下細細看他，只見愈發清瘦，不由心中酸楚，勸道，「你和太皇太后的感情雖然深厚，但她已享遐齡，怎麼都算是喜喪，你還是要保重自己身子要緊。」

梅長蘇垂著眼，慢慢道：「你不用勸，道理我都明白，只是忍不住……上次見太奶奶，她拉著我的手叫小殊，不管她是真的認出來了，還是糊塗著隨口叫的，總之她心裡一定是記掛著小殊，才會喊出那個名字……我一直盼她能夠等我，現在連這個念想也沒有了……」

「你的這份孺慕之情，太皇太后英靈有知，早就感受到了。從小她就最疼你，一定捨不得你為她這麼傷心。聽說晉陽長公主生你的時候，她老人家等不及你滿月進宮，就親自趕到林府去看你呢！我在宮裡當侍衛時，也常常見到太皇太后帶著一群孩子，可中間最得她偏愛的，一直都是你。雖然那個時候，你實在淘氣得可以……」

「是嗎？」梅長蘇眼角水光微閃，唇邊卻露出了溫暖的微笑，「我這幾天，也常常想起過去的那些事情……每次闖禍，都是太奶奶來救我，後來爹爹發現只要不打我，太奶奶就不會插手管得太過分，所以就想了雖然不打，卻比責打還要讓我受不了的懲罰方法……」

「我知道我知道，」蒙摯也露出懷念的笑容，「有一次，你惹了個什麼事……大概是弄壞先皇一件要緊的東西吧，林帥很生氣，明明是隨駕在獵場，結果他偏偏不讓你跟我去學騎射，反而把一堆孩子塞給你，罰你看管，還不許出紕漏，當時你自己還只是個大孩子呢！」

梅長蘇點著頭，顯然對這件事也印象深刻，「那個時候的我，寧願一個人跑去鬥熊，也不想帶一堆吵鬧不休的男孩子。景睿倒還安靜，可是那個豫津啊，跑來跑去沒有半刻消停……」

「所以你就拿繩子把他拴在樹上？」

蒙摯挑了挑眉，「害得好心來陪你的靖王勇背黑鍋，說那是他拴的……」

「但最終罰跪的人還是我，直到太奶奶把我救走……當時覺得十分委屈，心想明明景琰都說了是他幹的為什麼還是罰我……」梅長蘇笑著笑著，又咳嗽了起來，半日方才停歇，微微喘息著繼續道，「這些事回想起來，心裡就像揣了一個被火烤著的冰球，一時暖暖的，一時又是透心的涼寒……」

「小殊……」

蒙摯心頭一陣絞痛，欲待要勸，卻又找不出合適的話來，鐵鑄般的漢子，也不免紅了紅眼圈兒。

「你別難過，」

梅長蘇反過來安慰他道，「太奶奶現在入土已安，我也過了最傷心的那幾天，現在好多了。只不過能陪我聊聊過去那些舊事的人，如今唯有蒙大哥你一個，所以難免多說了幾句……」

蒙摯長嘆一聲，拍了拍他的肩膀，「其實我心裡也甚是矛盾，既想跟你多聊聊過去，讓你記住自己不僅僅是蘇哲，也依然還是林殊，但又怕說得太多，反而引起你傷心。」

「你的好意我明白，」梅長蘇抬起雙眼，眸色幽深，「可無論是林殊也好，蘇哲也罷，都不是紙折泥捏的，所以這點熬煎，我還受得住。以後尚有那麼多的事要做，豈可中途就倒了。蒙大哥，我相信自己一定能走到最後一步，你也要相信我才對。」

蒙摯聽到他說「最後一步」時，心頭不由自主地一顫，細想又不知為了什麼，忙強顏笑道：「我當然相信你，以你的才華和心性，何事不成？」

梅長蘇溫和地向他一笑，仰靠在背枕上，又咳了兩聲，催道：「你早些回去吧，要多陪陪嫂夫人才對。你看我現在還好，沒什麼值得擔心的，歇了這換班的一天，大統領又該忙了。」

蒙摯見時辰確已不早，也怕耽擱梅長蘇休息，便依言起身，站著又叮囑了最後一句：「事有緩急，現在你養病最重要，其他的事都要放在後面，反正也不急在這一時，徐緩圖之才更穩妥啊！」

梅長蘇點頭應承，不許他再多停留，召了飛流來送客，少年急著要折孔雀，對這一指令執行得極有效率，幾乎是連推帶打把蒙摯給趕了出去。

其時已是二更，梅長蘇聽著街上遙遙的梆子聲，撫著身上的孝衣，努力穩住了有些搖曳的心神。既然已邁出了第一步，那麼……就一定要堅持到最後……

少年飛撲回來，遞過半隻孔雀。其實只剩了最後的工序，一折一翻，再拉開扇狀的尾羽，形神便出。

在飛流歡喜的驚嘆聲中，梅長蘇緩慢地將掌中的孔雀托高，喃喃地道：「太奶奶，你看見了嗎？」

第三十八章

此消彼長

金陵帝都分內宮城、外皇城兩個部分，宮城治衛由皇帝直轄的禁軍負責，目前的最高指揮官是禁軍大統領蒙摯。比起宮城的單一，皇城治衛的分工相對而言要複雜得多。民間刑名案件、日常巡檢、緝捕盜匪、水火救助等是京兆衙門的職責，城門守衛、夜間宵禁、鎮壓械鬥之類的事項又歸巡防營管，京兆衙門算是地方官府，要向六部覆命，巡防營在編制上本應歸兵部節制，但長期以來，由於它的直接統領者寧國侯爵職皆高於兵部尚書，所以超然而獨立，兵部並不敢對它下任何指令。此外皇城有私兵之權的還有數家，東宮自惠帝朝自內宮城獨立出來後，也被統歸入皇城範圍，依制蓄兵三千，親王府兩千，郡王府一千，一品軍侯府八百。這些特權府第多多少少都會影響到皇城的動靜，可謂是各方力量交錯，攪得跟一團亂麻似的。如今兼有巡防營統領之職的謝玉轟然倒臺，就像是從這團亂麻中強行抽了一根出去似的，把剩下的弄得更亂。

太皇太后出殯之後約一月，諭旨批下，謝玉從天牢幽冥道中走出，準備前往流放地黔州。他生於世家，青年尚主，累封至一品軍侯，威權赫赫這些年，一旦冰消雪融，便恍如鏡花水月，黃粱夢醒，富貴煙消，只見一副枷鎖，與其他流刑犯一樣，由兩個粗野衙役押解著，連水火棍也不比別人多帶一根。

南越門出，是一條黃土大道，甚是平坦好走。謝玉習武之人腳力不弱，沒給那兩個押送者棍棒驅打的機會，走得並不慢。大約半個時辰後，天已大亮，一個衙役停下來擦汗，無意中向後瞥了一眼，只見塵土飛揚，一輛素蓋黑圍的馬車疾馳而來，單看那拉車的神駿馬匹，也知不是尋常人家。

三人一起閃到路邊，兩個衙役好奇的張望著，謝玉卻背過身，半隱於道旁茅草之中。

馬車在距離三人數丈遠的地方停下，車簾掀起，一個素衣青年跳了下來，給兩個衙役一人手中塞了一大錠銀子，低聲道：「來送行的，請行個方便。」

雖然不認識來者是誰，但來給謝玉送行的，那一定不是市井之徒，兩衙役極為識趣，陪笑了一下，便遠遠地站到了一邊。

「爹……」謝弼顫顫地叫了一聲，眼睛紅紅的，「您還好吧？」

謝玉無聲無息地站了半晌，最後還是淡淡地應了一聲：「嗯。」

謝弼又張了張嘴，似乎不知接下來該說什麼，呆了片刻，回頭去看那輛馬車。

謝玉頓時明白車上還有人，不由目光一跳。此情此景，他並不知道自己是否還想再見她一面。然而無論他是想見還是不想見，此刻都已沒有選擇。車簾再次被掀開，一身孝服的莅陽慢慢地走下馬車。令謝玉意外的是，陪同攙扶著有些虛弱的長公主的人，竟然是蕭景睿。

在離謝玉還有五、六步路的時候，蕭景睿放開了母親，停在原地不再前行。莅陽長公主則繼續走到謝玉面前，靜靜凝望著他。謝弼想讓父母單獨說兩句話，又體念景睿現在心中矛盾難過，便走過去將他拉到更遠的地方。

「結束了嗎？」沉默良久後，長公主問出第一句話。

「沒有。」

「我能幫什麼忙？」

「不用，」謝玉搖搖頭，「在京城你尚且護不住我，茫茫江湖你更是無能無力。」

莅陽長公主的目光沉靜而憂傷。雖然近來流淚甚多，眼眶周圍已是色澤枯黃，皺紋深刻，但眸中眼波仍然餘留秋水神采，偶爾微漾，依然醉人。

「那位蘇先生……昨天派人來見我，說叫你交一封信給我。」

「信？」謝玉愣了愣，但一想到是那位令人思而生寒的梅長蘇所說的話，又不敢當做等閒，忙絞盡腦汁思考起來。

「那人說，如果你還沒寫，叫你現在就寫，因為你說的那些東西後面，一定還有更深的，寫下來，交給我，你就可以活命。」蒞陽長公主並不知道這些話的意思，她只是木然地、一字一句地認真轉述。

儘管這個男人扼殺了她的青春戀曲，儘管這個男人曾試圖謀殺她的孩子，但畢竟有二十多年的夫妻情份，他是她三個孩子的父親，她並不想聽到他淒慘死去的消息，尤其是在這個男人自己並不想死的情況下。

謝玉的眼珠轉了轉，突然之間恍然大悟，明白了梅長蘇的意思。

自己所掌握的祕密，除了那日當面告訴梅長蘇的，還有很多是他暫時不想說，或者不能說的。這漫漫流刑路，夏江如果要殺他，根本防不勝防。唯一的保命方法，就是把心中的祕密都寫了下來，交托給蒞陽保管，如果自己沒事，蒞陽就不公開他的手稿，如果自己死了，那手稿就成為鐵證。夏江不是糊塗人，一算便知道還是讓自己活著的好，自己活著再不可靠，也不會隨隨便便就把關係到兩人共同生死的祕密說出來，反而是自己死了，一切才保不住。

這確實、確實是最後一根救命稻草了……

蒞陽長公主仍是靜靜地看著他，靜靜地等待他的決定，毫無催促勸說的意思。

謝玉心頭突然一熱，眼眶不由潮了潮。雖說是多年怨侶，但這世上自己唯一還敢相信，唯一還敢抱有一絲希望的人，就只有蒞陽了。

「有紙筆嗎？」穩了穩心神後，謝玉低聲問道。

蒞陽長公主從寬袍袖袋中摸出一個長盒，裡面裝著現成的筆墨，和一幅長長的素絹。

「寫在這上面吧。」

謝玉遲疑地看了看遠方正瞧著這邊的那兩個衙役，蒞陽立即道：「沒關係，那個蘇先生說，愈多人知道你寫過這個東西愈好。」

謝玉立即領會，急忙提起筆。因他帶著枷，蒞陽公主便把素絹鋪在木枷上，等他寫幾個字便幫他挪動一下絹面，不過自始至終，她目光的焦點未有一刻落在那些字跡上。等謝玉好不容易寫完，她立即將素絹折起，放進一個繡囊之中，拔下扎在上面的一根細針，密密將囊口封好。

「蒞陽……」

「你寫的這個我不會給任何人看，我自己也不會看。你曾經做過什麼事我一點兒也不想知道，因為對我來說，什麼都不知道才是最好的……」蒞陽長公主將繡囊放入懷中，目光淒迷，「我還準備了些衣物銀兩，你路上帶著用吧。」

謝玉柔和地看著她，想撫摸一下她的臉，手剛一動，立時驚覺自己是被枷住的，只能忍住，輕聲道：「蒞陽，你多保重，我一定會回來再見你的。」

蒞陽長公主眼圈兒微紅，轉過頭去沒有接這句話，抬手示意謝弼過來。謝玉忙定定神，趁著兒子還未走近的時候快速道：「蒞陽，這個繡囊，你千萬不能給那個梅長蘇。」

蒞陽公主看了他一眼，淡淡點頭：「你放心，只要你活著，這個繡囊我會一直隨身攜帶的。」

話剛說完，謝弼已走了過來。他為人周全，見母親示意便已明白，所以中途繞到馬車上將包袱拿了下來，給謝玉拴牢在背上。蕭景睿依然遠遠站著，偶爾會轉動視線看過來一眼。

謝玉對蕭景睿一向並無真正的父子情，蒞陽長公主體念兒子現在心中傷痛難過，謝弼也是一向妥貼細心，因此並無一人出言喚景睿過來。大家默然對視了一陣，還是謝玉先道：「今天我的路程不短，就此分手吧。弼兒，好好照顧你娘。」

謝弼應了一聲，扶著母親慢慢後退。兩個衙役一看送別結束，便也提著棍子走了過來。謝玉不想看著蒞陽的馬車遠去，所以自己先行轉身，深吸一口氣，正準備邁步，突然覺得一股寒意襲來，不由打了個寒顫，忙抬頭四顧，只見周邊荒草古道，並無人跡獸蹤，以為只是感覺有誤，用力甩了甩頭。

就在這時，他聽到了謝弼輕輕倒吸一口冷氣的聲音。

再次抬頭張望，只見方才還空無一人的前方，齊人高的高篙茅草似波浪般被人分開，夏冬一身純黑衣裙，緩步走了過來。

如果單單只是夏冬，遠不足以讓謝弼倒吸冷氣，真正令謝弼吃驚的是夏冬臉上的表情，那深如海、切入骨、冷如冰、寒如霜，浸滿了怨毒與仇恨的表情……

對於夏冬周身的寒氣與敵意，既然謝弼感覺到了，其他人當然也並不遲鈍。蒞陽長公主立即從馬車上下來，叫了一聲：「夏卿……」

夏冬沒有理會她，甚至連視線也未有一刻偏移，仍是以那種緩慢堅定，但充滿了威迫感的步伐一步一步走向謝玉，直到距離他只有三丈來遠的地方才停下來。

不過夏冬並不是自己想要停下來的，她停下來是因為蕭景睿擋在了她的前面。

由於重傷痊癒不過月餘，蕭景睿的臉色仍是蒼白，兩頰也削瘦了好些，但他的眼眸依然溫和，只是多了些沉鬱，多了些憂傷和茫然。面對如姐如師的夏冬，他拱手為禮，語調平穩地問道：「夏冬姐姐有何事，可須景睿代勞？」

「你覺得我像是有何事呢？」夏冬挑起一抹寒至極處的冷笑，面上殺氣震盪，「不須你代勞，你只要讓開就好。」

蕭景睿與她酷烈的視線相交片刻，仍無退縮之意：「家母在此，舍弟在此，請恕景睿不能退開。」

「我又不是要為難長公主和謝弼，關他們什麼事？」

「但姐姐要為難之人，卻與他們相關。」

夏冬狹長的麗目中眼波如刀，怒鋒一閃，在蕭景睿臉上平拖而過，「你以為……自己擋得住我嗎？」

「擋不擋，與擋不擋得住，這是兩回事。景睿只求盡力。」

「你盡力有什麼用？我完全可以踩著你的身體過去。」

蕭景睿淡然點頭：「那就請夏冬姐姐試著踩一踩吧。」

隨著他這句話，夏冬雙眼的瞳仁突然收縮，冰刺般的視線深深地盯在年輕人的臉上，半晌未有片刻移動。

在這肅殺的氣氛中，謝弼有些不安，搓了搓手，又看看面色凝重的母親。

可是蕭景睿仍是安然未動。他靜靜承受著夏冬的注視，看起來像是在對抗，但實際上，他只是不在意。

經過了那樣一個慘傷的夜晚之後，像夏冬會不會真的從自己身上踩過去這種事，蕭景睿怎麼還會在意。

對於這個安靜的阻擋者，夏冬保持著冷冽的視線。不過隨著時間的流逝，她唇角的線條卻在漸漸放鬆，慢慢轉為輕微上揚，上揚到一定程度後，又突然化為一陣仰首大笑，笑聲過後，她整個人的感覺驟然改變，又變回了大家所熟識的那個夏冬，那個有幾分邪魅，幾分狂傲，總是似笑非笑卻又讓人有所敬畏的夏冬。

「你們緊張什麼啊，」夏冬撥了撥垂在頰邊的頭髮，眼波斜飄，「我能來幹什麼，送個行罷了，也算還還當年謝侯爺送我夫屍骨回京的人情。」

女懸鏡使從殺氣寒霜轉為笑靨如花，大家全都鬆了一口氣，謝弼塌著眉毛道：「夏冬姐姐，你這個愛捉弄人的毛病還是不改，現在都什麼時候了，還跟我們開這個玩笑。」

「不好意思了。」夏冬隨隨便便道了個歉，沒再繼續前行，只站在原處，視線鎖在謝玉臉上，慢慢道，「夏冬特來送行，請侯爺一路保重。須知前途多艱，只怕片刻難得安寧，勸侯爺時時在意，切莫放鬆了心神。黔地苦寒，也請善加忍耐，這世上多的是比死還要苦的境遇，您將來可一定要熬過去啊！」

那日夏冬與靖王天牢一行，來去都很隱密，謝玉並不知道他們就在隔壁。但也許是因為夏冬方才出來時的那個表情實在太令人震憾，也許是因為心中有罪的人面對苦主時難以避免的心虛和敏感，謝玉並沒有像其他人那樣因夏冬態度的變化而放鬆，反而是在一瞬間就肯定了夏冬必定已知真相。

剛剛才感到絕處逢生的心情瞬間又被打入森森谷底，謝玉幾乎已被這乍起乍伏的情緒變化折磨得瀕臨崩潰。夏冬與夏江不同，她懷有的是單純的仇恨，根本無所顧忌。所以她會報仇，她隨時隨地都可能來報仇，她將會選擇極為酷烈的手段報仇，這些都無庸置疑，而自己，卻根本無處求救。

此時的夏冬微笑著，儘管她眸中毫無笑意。對她來說，第一步結束了，謝玉將在無限的惶恐中踏上流放之路，以後，她自有無數的方法可以達到自己的目的。

「侯爺該上路了，不要耽擱了您今天的行程。」夏冬側身讓開了路，蕭景睿也站到了她的身旁，但是謝玉卻邁不開腳步。鬚髮虬結間看不清他的面目，但那跌落於枷面上的汗珠、那緊緊繃著的肌肉、那僵直的雙腿、那微顫的身躬，無一不表明他在害怕，只是莅陽母子三人都不知道他到底在怕什麼。

兩個衙役這時看了看天色，互相對視了一眼，一人走上前提牢謝玉一隻胳膊，說聲「該走了！」便連拖帶扶地將他挾帶在中間，順著土道向西南方去了。

目送了丈夫片刻，蒞陽長公主緩緩轉身，看了夏冬一眼，低聲問道：「夏卿回城嗎？」

「是。」夏冬冷淡地點頭，「你們四位呢？」

「我們也是。」長公主沒有聽出異樣來，隨口答了。反而是蕭景睿眉尖一跳，目光開始四處搜尋。

夏冬又不是不識數，既然她說「你們四位」，那肯定就還有一位。

這一位並不難找，只須掃視四周一次，便發現了她的蹤跡。站得非常遠，在一處斜坡上，半隱身於老柳樹後，露出粉衫黃裙。

大楚使團早已離去，她一個小姑娘卻沒有走，明明看起來宇文暄和岳秀澤都挺疼愛她的啊，怎麼竟然放心讓她獨自留下來……

蕭景睿先是有傷，後來謝綺去世，太皇太后薨逝，事情一樁接著一樁，宇文念一直沒有機會提出她的要求。不過她不說大家心裡也明白，她想把蕭景睿帶回大楚去。

蒞陽長公主並沒有阻止宇文念來見景睿，不管是公主府也好，上古寺也罷，她一直由著這小姑娘在周圍晃來蕩去。但以一個母親的心態來說，她並不願意此時讓蕭景睿脫離自己的視線之外，不是因為怕失去他，而是因為她心中非常清楚，自己這個溫厚的兒子雖然表面看來不是特別激動，但實際上他還一直陷在身世真相的陰影中沒有走出來。

這種顛覆和坍塌般的痛苦，不是靠勸慰可以治癒的。他需要時間，需要自己慢慢去調整和適應。蒞陽長公主希望陪著兒子度過這段時間，而不是放他去一個陌生的國家，見一個陌生的父親，面臨一次新的感情震盪。

如果將來蕭景睿情緒恢復和穩定之後，他想要見見自己的生父是什麼樣子，他想要到他身邊去生活，那麼蒞陽長公主已經做好了同意的準備。但目前這個階段，她必須要看著蕭景睿留在身邊，所以儘管沒有驅逐，但對於總是逡巡在周圍的宇文念，長公主基本上是視而不見。

不過念念小姑娘的毅力也確實讓人佩服，跟了這麼久，她毫無氣餒之意，只要長公主一不在，她就會上前來找話與蕭景睿攀談。雖然看著她與自己酷似的臉難免想起那傷心難過的一夜，但這畢竟是妹妹，景睿待她甚是溫和，不僅回應了她的問話，時時也會分些心力去留意她是否安全，是否健康。

宇文念覺得，她愈來愈喜歡這個哥哥，帶他回楚的決心也愈來愈大。

此時夏冬早已自行離去，蒞陽長公主也默默無語攜子登車回城，宇文念騎著匹赤色馬遙遙跟著，既不靠近，但也保持著可以看見的距離。

不過對於走在前面的那些人而言，根本沒有一個人有心思去注意她的存在。

謝玉獲罪以後，他所直接管理的巡防營暫由營統歐陽激接管，但由於歐陽激只是個四品參將，管理日常事務還可以，整個軍營的最高指揮權都交給他是絕對不可能的。為此太子上本，提出巡防營本就該由兵部直接指揮，建議收回此權。對此提議譽王當然大力反對，認為兵部是個官衙機構，如何指揮？當然還是必須要指定具體人選。但兵部尚書事務繁多，顯然難兼此任，其他兵部官員資歷不足，也不比歐陽激好多少，故而建議斟選一名三品以上的駐外將領回京領受此職為好。

對於巡防營，梁帝當然遠不如對禁軍那麼重視，可這畢竟也不是一件小事，關係著皇城各中樞機關、各王府侯府、各大臣宫邸的平安和彼此間的平衡。太子和譽王爭執不下，他一時也甚難決斷，一拖便拖到了七月底。

七月天氣已非常炎熱，尤其午後蟬噪，更是令人心煩。梁帝為避暑，日常治事已由武英殿移至逸仙殿，那裡樹木蔥蘢，三面流水，是整個宮城最幽涼的所在，但正因為樹木密植，夏蟬也特別多，小太監們日日忙碌，也黏之不盡。

梁帝青年時睡眠極好，沾枕可著，步入老年後卻完全反了過來，只要有些微聲響，便能將他驚醒，惹出一陣暴怒。前幾天有個小太監因為失手摔了一個杯子攪了梁帝的午睡，就被當場拉出去杖殺。因此只要午膳過後，隨侍在聖駕周邊的所有人便會立時精神緊張起來。

這一日太子、譽王又在朝上發生爭執，梁帝回宮後本就心情不悅，用膳時外面蟬聲又起，頓時眉生怒意。小太監們嚇得魂不附體，手忙腳亂地拿著黏竿四處打蟬，打到午膳結束，仍然偶有弱弱的蟬鳴在響。

內監總管高湛看見梁帝臉色愈來愈陰沉，心中直發慌，正沒抓撓時，突然想起一事，趕緊道：「陛下，今日是靜貴妃娘娘生辰，您不去看看嗎？」

往年靜嬪的壽日都是悄無生息度過的，除了內廷司依制以皇賞為名送來些物品外，跟平常日子沒什麼兩樣，從沒人想過要提醒皇帝，當然就算提醒了皇帝也不會有任何表示。不過今年她新晉為妃，地位提高了一截，雖然仍舊默默無聞，到底身分不一樣，高湛此時多這句嘴也沒什麼突兀的。

「靜貴妃的生辰？」梁帝瞇了瞇眼睛，「例賞都送過去了嗎？」

「回陛下，都送過去了。」

梁帝想了想，站起身來，「她入宮這麼些年，朕也該去看看。你準備錦緞百匹、珍珠十斛、玉器十件，隨朕一起過去。」

「是。」高湛知道梁帝這一起駕，至少也不會在逸仙殿午歇了，暗暗鬆一口氣，退出去一面著人準備東西，一面嚴命小太監趁此機會將新蟬打盡，忙亂一陣後重新入殿，服侍梁帝更衣。

靜嬪晉妃位後，仍居住在芷蘿院，不過改院為宮，依制添了內監宮女、服飾器用的配置。她向來是個淡泊的人，清心知足，一應起居仍然如舊，未見大改，時常還是植弄藥花藥草，修理園林打發時光，把她的芷蘿宮整治得比別處更秀雅別致，清新洗俗。

梁帝出發時，特別命令不要事先去通報。到了芷蘿宮前，只見宮門主道上的一條長長的香蘿藤廊，綠葉紅實，煞是可愛，臉色立時轉好了許多，帶著高湛悄悄進去，漫步四顧，暑意大消。

「你看，還是靜貴妃會收拾屋子，這裡氣息溫和清爽，雖不及逸仙殿幽涼，卻令人備感舒適安閒……」梁帝剛誇了一句，突又覺得有些異樣，「可是今天會不會太清靜了些？不是靜貴妃生辰嗎？就算沒有賀客盈門，至少也該有點兒笑語喧譁吧？」

「大概是……」高湛努力斟酌著用詞，「靜貴妃娘娘好靜，未開宴飲，如果賀客們是早上過來的，到現在午後，人也來去得差不多了，故而安靜下來。」

「你倒會找原因。」梁帝瞟了他一眼，「當朕不知道嗎？靜貴妃不是宮中紅人，只怕記得今天是她生辰的也沒幾個。若換了是越妃，別說午後，入夜也是川流不息。」

「皇上聖明。」高湛擠出一個傻笑，「那是越娘娘本就喜歡熱鬧，大家才湊趣兒的。」

梁帝抬腳踢了他一下，「你倒是誰都不得罪。在這宮裡，喜歡熱鬧的好，靜貴妃這樣不喜歡熱鬧的，也好。」

「皇上說得是。」高湛的腰彎得更低，「都走到這兒了，該讓奴才進去通知靜娘娘來接駕了吧？」

「閉嘴。扶著朕走就是了。」梁帝伸出右臂，由高湛攙著過了藤廊，一路上侍立或來去的宮女太監們全都在高湛的示意下跪地伏拜，不敢發出一聲。

進了正殿的門，迎面圍了十折繡屏，薄紗美繡之後，隱隱有人影晃動，顯然靜貴妃就在屏後。

梁帝正想出聲嚇她一嚇，屏後突又傳出一個聲音，一聽，是蕭景琰。

梁帝開初有些意外，旋即一想，今天景琰若是不來只怕才該意外，自己之所以沒想到他會在這裡，實在是因為平素對這兩母子關照太少的緣故，心中不由略感愧疚。

「母親的手藝真是愈發好了，這道百合清釀，夏天吃來好不舒爽，兒臣在外領兵時，若遇糧草不濟，自然要與士兵同苦，那時腹中饑了，就想想母親做的藥膳解饞。」靖王語帶笑意，「若不是怕母親辛苦，真想日日都能吃到。」

靜貴妃的聲音溫婉慈愛，聽聲響似在給兒子挾菜，「我倒不怕辛苦，不過依制你不能隨意進來，這也是沒法子的事。來了就多吃些。我做了黃金餃和綠豆翠糕，你走時帶回去吃。」

「兒臣謝過了。」

「來，嘗嘗這個茯苓雞……」

「嗯。」

聽著裡面的家常閒語，梁帝突然覺得有些不舒服，有意咳了一聲。圍屏內的母子二人頓時驚起，靖王當先閃身出來察看，一眼看到梁帝，臉色一變，立即翻身拜倒，靜貴妃上前幾步，也提裙下拜，口稱：「臣妾不知陛下駕臨，有失遠迎，還請恕罪。」

「起來。」梁帝在她臂上輕輕扶了一下，又命靖王：「你也平身吧。」

梁帝不遣人先報，自己悄悄進來，原本是想看靜貴妃驚喜的，但現在人家驚是有了，可高湛安排把賜禮送進來時，卻沒看出她有多喜，仍是恬淡神情，柔聲謝恩。梁帝再轉頭看她兒子，表現也差不多，未見他對母親所受的榮寵有多喜出望外的樣子。

受慣了奉迎，看慣了大家為爭他一點恩寵爭鬥不休的梁帝，心裡不舒服的感覺又加重了幾分。

「景琰是什麼時候過來的？」斜靠在軟榻上，梁帝問道。

「回父皇，兒臣午後方到。」

「你母妃生辰，怎麼不一早便來請安？」

靜貴妃忙道：「是臣妾命他午後再來的。早上要朝見皇后陪坐，還要給太皇太后跪經，他來了我也不得空見他。」

「嗯……」梁帝點點頭，神色雖然淡淡，不過語氣還算平和，看著靖王說的也是讚譽之語，「近來交辦給景琰的幾件事辦得甚好，朕十分滿意，一直說要賞你，事情多又耽擱了。現在剛好在你母妃面前，說說看想要什麼？」

靖王有些意外，一時不知該說什麼好。但問在當面，又不能不答，快速考慮了一下，道：「回父皇，兒臣領旨辦差，份所應當，不敢望賞。但君恩不宜辭，既然父皇如此厚愛，那麼兒臣斗膽討個恩旨，請父皇赦免一名在嶺南服流役的罪人。」

「罪人？」梁帝也有些意外，不由自主心生疑雲，皺眉道，「什麼罪人？又是什麼名高望重，卻偏愛胡言亂語妄議朝政的狂士嗎？你素來忠耿，怎麼也學來這沽名釣譽、招攬人心的手段？誰教你的？」

突遭斥責，靖王卻未見慌亂，先跪下請了罪，接著道：「此罪人不過一介平民，無名無望，只因其子科考時文章中忘了避聖祖諱，犯大不敬罪，因此被株連流放……」

梁帝臉色稍霽，「無名無望的平民，怎麼會勞動你給他求情？」

「請陛下恕罪，」靜貴妃上前一步道，「此人乃是鄉間一郎中，臣妾微時曾從其學醫，蒙其照拂多年。一月前臣妾輾轉聽聞他流放嶺南，可憐老邁年暮，猶受苦役煙瘴之苦，卻又因是受大不敬株連，此次大赦不在其列，只怕將來要老死異鄉，孤魂難返，故而臣妾心中甚是不忍，方才跟景琰感慨了一下，沒想到他竟記在心裡……陛下若要見怪，實屬臣妾之罪。」

「原來是這樣，」梁帝這才露出笑容，「你到底心軟。其實這也不算什麼，景琰一個皇子，找府裡人出個主意，怎麼都有辦法救他回來，哪裡用得著向朕要恩赦！換個別的賞賜吧。」

靖王眉宇微蹙，心中隱隱有些不快，忍了忍，又叩首道：「兒臣以為，大不敬之罪，唯有聖上有權赦之。兒臣縱是皇子，也沒有其他辦法可想。為解母憂，唯有此請，望陛下恩准。」

梁帝深深看他，倒有幾分聽出他語中未明言之意，心中微動，嘆道：「你還是這個寧折不彎的拗脾氣。不過你能不濫用威權，潔身自好，朕心甚慰。你所請之事朕准了，即日便下恩旨。」

「兒臣謝恩。」

梁帝抬手叫他起來，侍立在旁。平時沒怎麼留心，今天認真看起來，突然發現這個兒子身形挺岸，容貌英武，竟是從未覺得他這麼順眼，腦中不由閃過一個念頭。

「景琰，你帶兵是個熟手，朕想把巡防營交於你節制，如何？」

此言一出，蕭景琰今天第二次感到極度意外，以至於梁帝開口之後很久，他都沒有任何回覆。

梁帝一開始很耐心地等待著。他以為靖王的沉默是在斟酌如何措辭謝恩，畢竟這孩子常年在外領兵，少有恩寵，自然不像譽王那般反應靈敏，甜言蜜語張嘴便是一套，多等他片刻卻也無妨。

不過等著等著，梁帝漸漸覺得有些不對。

靖王的表情愈來愈不像是在考慮如何謝恩，而是在考慮是否應該接受這一任命。

梁帝心中頓時不悅。

太子和譽王在朝堂上爭得臉紅脖子粗的樣子，靖王又不是沒看到，人家爭都沒有爭到手的這份恩寵現在給了他，不說感恩涕零，好歹應該激動一下，無論如何也不當是這般猶豫的表情啊！

「景琰，你怕辛苦嗎？」梁帝沉下臉，冷冷地問道。

「兒臣不敢，」靖王忙跪倒，「父皇的恩信，兒臣何敢？只是……」

「只是什麼？」

靖王遲疑了一下，定了定神，沉聲道：「沒什麼……兒臣願領此職，今後必當克盡職守，不負父皇所託。」

他雖然什麼都沒說，但這個遲疑的神色，梁帝便已明白了大半。雖然靖王對於聖恩皇寵的淡泊反應小小觸了一下他的逆鱗，但從另一方面來說，這個兒子明顯不願意捲進目前朝堂黨爭的態度，還是讓他很放心的。

「你不必顧慮太多，」梁帝伸出手拍拍靖王的肩膀，「你堂堂皇子，又是軍功累累，節制個小小的巡防營算什麼？有父皇為你撐腰，看誰敢有話說，日後若有委屈，也儘管告訴父皇知道，自然會給你做主的。」

其實方才靖王猶豫的原因，倒並不像梁帝所想的那樣淡泊。他既然已設皇位為目標，能多一分實權都是好的，之所以遲疑，不過是因為現在自身力量尚弱，不願突然顯得太受恩寵，以免過早被太子、譽王所忌。可是梁帝此刻是當面許恩，不容他有時間回去跟蘇哲商量，只能一咬牙，先領受下來再說。

整個過程中，靜貴妃侍立在旁一言不發，好像根本不關她的事。直到父子倆話說得差不多了，她才捧了一盅雪蛤羹過來，柔聲道：「陛下今日還沒歇午覺吧？略進兩口羹，就在臣妾這裡安眠片刻如何？」

梁帝接過瓷盅，用小勺舀了一口細品，比平時吃的雪蛤羹少了濃香，多了些清醇，甜味淡淡，在舌尖有薄薄一層回香，不覺吃了半盅，漱了口，由靜貴妃扶著躺下，頭一著枕，口鼻間便繞了清冽芬芳。

「這是什麼枕？」

「回陛下，這是臣妾曬金銀花為芯，再加入梅、桂花蕊、各色藥材，用乾荷葉包裹後自製的棉枕，陛下如果喜歡，臣妾再細細為陛下縫製一個新的。」

「好，好。」梁帝只覺全身舒爽，略閉閉眼，又睜了開來，「朕在這裡安歇，景琰就得退下，你們母子難得聚宴，豈不是讓朕給攪了？」

「侍奉陛下，是臣妾的第一本分，」靜貴妃恬然一笑，「陛下這樣說，倒讓景琰惶恐。」

梁帝呵呵笑了兩聲，向已退至門邊的靖王說：「景琰，朕今日攪了你們，自然要補償。自即日起，你可隨意入芷蘿宮向你母妃請安，不必再另行請旨了。」

他今天的恩寵一個接一個，從未有過的慷慨大方，但也只有這最後一個，得到了他所希望的反應。靜貴妃掩口微笑，眸中淚光輕閃，靖王更是滿面喜色，撩衣下拜，重重叩下頭去：「兒臣……謝父皇隆恩！」

第三十九章

舊日之痕

皇帝的喜好，一向是宮中最靈敏的風向標。雖然不過是來歇了個午覺，賞了些器物，但大家都已意識到芷蘿宮正開始受到聖上青睞。梁帝起駕離去後，遲來的賀客漸漸盈門，至晚不歇。黃昏前往中宮請安時，連皇后也特意問起她伴駕的細節，並借此順便刺了越貴妃幾句。不過越貴妃深諳宮中之道，分毫未露嫉色，反而嬌笑晏晏，對靜貴妃大加誇讚，不動聲色地將皇后頂了回去。兩個多年宿敵在朝陽殿唇舌如刀，利齒如劍，談笑間殺氣四蕩，反而是身為事情起源的靜貴妃本人安閒沉默，在一旁無言地甘當背景，一副寵辱不驚的樣子，讓人暗暗感嘆。

宮中這番潮生水起，暫時還沒有那麼快傳到那座赫赫有名的蘇宅中。故而蒙摯悄悄進來探望時，只看到梅長蘇在燈下閒閒看書的樣子。

「你近來身子和心情都還調整得不錯，讓我放心。」禁軍大統領放鬆地笑道，「在看什麼書呢？還加批註？」

「《翔地記》，這裡面人文地理記載得詳實有趣，非實地勘遊不可得，」梅長蘇一面笑答，一面將手中的細毫小筆放下，「有些地方我也去過，隨筆批註兩句感慨，不過無聊罷了。」

蒙摯湊過去細看了一回，見梅長蘇心情甚好，早就想問的一個問題今天終於問了出來，「你的筆跡與先前大不一樣了，刻意練成的嗎？」

「算是刻意，也算是無奈吧！」梅長蘇將書闔上，隨手放在案邊，「我現在腕力虛浮，筆鋒勁道本就改了，再改字體行文就要簡單許多。這會兒若是讓我再寫兩個和以前一樣的字，我反而寫不來了。」

蒙摯有些自悔怎麼問出這麼勾人傷感的問題來，忙岔開話題道：「聽說你不讓穆青上表請回雲南，是嗎？」

「沒錯，」梅長蘇為客人斟了杯茶，推過去，「穆青當初留京，是以太皇太后為由，現在她老人家薨逝未久，穆青就急著上表要走，一來顯涼薄，二來會更招陛下疑心。他現在又沒什麼危險，不如安心待上一年，多看一看，多歷練一下，也沒什麼壞處。」

「說得也是，」蒙摯點頭道，「穆青雖不是宗室中人，但太皇太后一向關愛晚輩，皇族就不必說了，即使是外嫁公主和外姓藩王的孩子們，哪個私下裡不是叫她奶奶、太奶奶？為她在京守一年孝，也是應該的。」

梅長蘇怔怔地看著燈花，低聲道：「她喜愛孩子們，孩子們心裡都明白，所以就算是穆青那個急脾氣，也立即聽了我建議停止上表，同意留京守孝。霓凰若是能來，只怕也早就來了……」

蒙摯只覺自己今天真是多說多錯，倒像是專門來破壞梅長蘇閒淡的心情似的，忙抓起茶杯來喝著，又轉換話題：「夏冬近來安靜，似乎沒有絲毫動作。可一想起她素日的脾氣，反而覺得更讓人心悸。你說夏江會不會已經有所察覺？」

「懸鏡司那邊我只想靜觀其變。就像我一直說的，夏冬又不是吃素的，她如今已知真相，無論以前再怎麼敬仰她的師父，現在畢竟已起了戒心，自保的能力還是有的，所以還輪不到我擔心。夏江察覺了也好，沒察覺也罷，讓他們先交交手吧，這個過程以及夏春、夏秋的態度，我都想再看看。」梅長蘇說這番話時的語氣，似乎比國喪之前更狠絕了幾分，目光中也透了刺骨寒意來，「聶大哥的未亡人，當不會使我失望吧……」

「小殊，」蒙摯凝目看他，正要說什麼，黎綱突然從外面直闖進來，急道：「宗主，譽王快進來了，他一落轎就急著朝裡衝，我們根本沒法兒攔……」

梅長蘇一皺眉，知道蒙摯現在出門難保不會被撞個正著，當下立即起身，打開密道之門，順手還把桌上的《翔地記》塞給蒙摯，一面推他進去，一面快速道：「委屈大統領在裡面看看書，譽王走了我們再聊。」

蒙摯依言閃身而進，密道門剛剛關好，譽王的腳步聲已響至門前，梅長蘇轉身相迎，同時示意黎綱與跟在譽王身後的甄平退下。

「蘇先生，你可知巡防營歸統之事已經定了？」譽王進來後毫無開場白，第一句話就直奔主題，說的時候咬著牙，面色陰沉。

「哦？」梅長蘇挑了挑眉，「看殿下的樣子，難不成我料錯了？」

「你沒料錯，父皇的確沒有讓兵部接管，」譽王煞是氣悶，「他把節制權給了靖王。」

這次梅長蘇是真的有些意外，「靖王？什麼時候的事？」

「就是今天下午。事先毫無徵兆，陛下也沒問過任何人的意思，突然就這麼決定了。」

「我不知殿下在惱怒些什麼？」梅長蘇淡淡道，「歸靖王節制不是很好嗎？至少他為人公允，殿下不用擔心他會偏袒太子。」

「如果靖王只是靖王，我當然樂見其成，可是……」譽王對於敵人，有一種特殊的敏感，此刻他這種感覺尤為強烈，「蘇先生不覺得靖王最近冒得太快了嗎？從接侵地案開始，父皇對他的恩寵日增，連重臣們對他的口碑也愈來愈好，名望一天一天水漲船高。新得用的幾個朝堂紅人，好似都對他印象甚佳，雖然暫沒有結黨的跡象，但如今的靖王已絕不是去年剛回來時的那個靖王了。」

梅長蘇似乎很認真地思考了一下，道：「這樣苗頭確是有些可疑。不過靖王若有野心，沒有人擁戴支持總是難成的，殿下你確認他未曾結黨？」

「據般若的情報是這樣。不過般若最近……有些讓人失望，好些事情後知後覺，更有些是錯的。她懷疑是有內奸，否則不至於那麼多眼線，齊刷刷地接連斷掉，連個錯漏的都沒有。」

梅長蘇屈動指節敲著桌面，緩緩道：「秦姑娘的事我一向沒有多問過。不過想來她的眼線名單應該是很隱密的事，安心要查內奸，怎麼會查不出？」

譽王目光一沉，沒有說話。他心裡很清楚，秦般若安插在各府的眼線名單，只有自己、她本人、王府首席師爺康先生和最受自己信賴的太學士朱華知道。這些人個個都該是沒有嫌疑的，自己和秦般若不用說了，康先生入府二十多年，朱華更是自己在朝堂上的得力幫手，又是王妃的親兄長……王妃的……

梅長蘇用眼尾瞟了瞟，就像是沒看見他那時陰時晴的表情似的，仍是安然道：「殿下氣沖沖進來，真的只為靖王節制了一個巡防營？」

「當然不只這個。父皇還下了恩旨，靖王以後可以隨意入宮省母，不必另行請旨。這可是親王才有的特權，只怕他這個郡王不日就能升一大級，跟我並肩了。再想想父皇多年來冷落靜嬪，無緣無故竟然想起來要封妃，這些事湊在一起，根本不可能是巧合，父皇分明是有意在扶植靖王，就像他當年……」譽王說到這裡，突然一定神，把後半話咽了回去。

就像當年他扶植你一樣嗎？梅長蘇垂下眼簾，掩住了眸中的冷笑，卻很識趣地當做沒有聽清楚一般，悠悠地拿剪子剪著燈芯，仍是一派雲淡風輕。

「蘇先生，」譽王被他這種不在意的態度弄得有些惱火，忍不住說話的語氣加重了幾分，「本王不是在玩笑，先生這般兒戲，倒像是沒把本王的處境放在心上似的！」

梅長蘇慢慢放下銀剪，轉身正視著譽王，目光清冷如水，足以把這位皇子周身冒出的火星全都澆滅，聲音更是平穩得如同無波古井。

「譽王殿下，既然您已經看出那是陛下有意為之的，還著什麼急呢？」

譽王心頭微震，將這句話細細思量了一遍，緩緩問道：「先生之意是……」

「當時謝玉案後，我便勸殿下對太子稍稍收手，窮寇莫追，看來殿下是當我心軟，說來閒聊的了？」

譽王一想似有這麼回事，不由吃吃道：「先生只提了那麼一句，本王以為不甚要緊……」

這句話說到這裡，他自己就停了下來。蘇哲是他的謀士不假，不過從主被動關係上來看這位麒麟才子一向並沒什麼積極的態度，肯提，就是表述了他的意見，至於自己聽不聽，他向來都未曾強求。沒有認真對待他的提議，當是自己的過錯。

「太子縱然有過，那也是陛下立的儲君，殿下近來威逼太過，已是觸了陛下的逆麟了。」梅長蘇嘆息搖頭，「難道殿下沒有感到近來恩寵漸弛嗎？」

「確是這樣不假。父皇近來甚是冷淡，本王也是百思不得其解。」

「這有什麼難解的，」梅長蘇毫不客氣地道，「一個東宮太子被殿下壓得抬不起頭來，朝堂上群臣俯首，無人敢攖殿下鋒芒，你以為陛下高興看見這個，還要加以恩寵鼓勵嗎？」

「可是……可是父皇他一向都……」

「沒錯，陛下一向支持你與太子之爭。但發展到如今這個局面卻是他始料未及。幾大尚書倒臺，嫡庶之論的朝堂辯論，私炮坊東窗事發，還有謝玉驚天一案，這些事都是在陛下意料之外發生的，而他把這些統統都算在了殿下你的身上。你想，你在沒有得到陛下有意幫助的情況下，竟然有能力將一個東宮儲君羽翼折盡，朝堂上屢處下風，陛下焉能不驚心、不起疑、不打壓一下你的氣勢？」

他一路說，譽王一路冷汗，待他告一段落，立即拱手道：「本王近來是有些冒進，唯今之計，可有挽回之法？」

「殿下也不必過於驚慌。陛下有意施恩靖王，為的就是提醒你冷靜一下，牢記至尊第一人是誰，這也未嘗不是一種保全你的態度。我看陛下對太子已生厭棄之心，易儲是遲早的事，只不過……太子只能由陛下在對他失望憎惡的情況下被廢，而不是由殿下你屢加攻擊，強行奪取威望而代之，這兩者的區別，相信殿下不會不明白吧？」

譽王是精於算計人心、審時度勢之人，無須點得更透，心中已是明亮，當下緩緩坐下，點頭道：「不錯，愈當此時，愈不能著急。父皇施恩靖王，無外乎要看我的反應，只要踏錯一步，後果難料，竟是以靜制動的好。」

梅長蘇眸露贊同之意，微笑道：「殿下如今最大的敵手依然是太子，不過靖王那邊也不可不防，請秦姑娘多留些心就是了。」

譽王頷首，臉上表情漸轉輕鬆，看著梅長蘇笑道：「先生若是肯住到我府裡去，早晚請教，也不至於這般沒進益。」

他想讓梅長蘇遷居的要求也提了十次八次了，屢屢被拒也不氣餒，倒是個求才的架式，可惜無論架式擺得如何足，不能答應的事依然不會答應。

「蘇某該說的話、該做的事並無藏私，」梅長蘇靠在椅背上，放鬆了四肢，神色坦然，「就是搬去王府打擾，我也不會多說一句，有何區別？」

譽王立即追勸道：「我知道蘇先生野鶴閒雲，不耐拘束，其實我府裡也沒什麼規矩，先生怎麼隨便都行。」

梅長蘇心中暗暗冷笑。既然都來當謀士了，還戴什麼野鶴的帽子？可面上依然要帶著笑容，婉言相拒：「殿下謀事，規矩還是不能散的，豈可為蘇某破例？對了，謝玉案了結，不知殿下準備如何安置卓家？」

「自然是多加關照，讓他們回天泉山莊安穩度日。卓家自有根基，倒也不須本王過多操心。」

「說得也是。卓鼎風雖傷，天泉山莊根基仍在，度過這一劫，將來仍有揚威之日。」梅長蘇想了想又道，「卓家雖然還握著江湖力量，但他們畢竟是謝玉用餘之人，殿下不可再用，不如讓他們安穩脫身，殿下得個賢寬的名頭就好。」

譽王心頭一動，他原本的意思當然是物盡其用，想著卓家也許什麼時候什麼地方還可為他效力，此時聽梅長蘇這樣說，忙道：「江湖勢力雖然上不了朝堂，但也有它獨到用處，卓家再怎麼受創，到底還有幾分實力，為何……」

「有蘇某在，殿下還擔心什麼江湖？」梅長蘇淡淡道。

譽王等的就是江左盟宗主的這句話，當下面露喜色，摸著唇髭笑道：「說得是，天泉山莊就算有如日中天的時候，也未必看在蘇先生眼中呢！」

「殿下過獎了，這樣狂妄的話，我卻不敢說。」梅長蘇雖在謙辭，神情卻冷峻，面上一片傲氣如霜，骨子裡透出一股讓人難以忽視的自信來。譽王一想到這位神思鬼算、江湖名重的麒麟才子如今在自己麾下，心裡真是說不出的歡喜和得意，方才進來時那一番悶急嫉怒，早就煙消雲散。

這時正話已經說得差不多了，譽王本想再多聊聊拉近一下感情，可是閒扯了幾個話題，梅長蘇卻只是隨之應答，並無想要攀談的興致，再加上飛流一直在旁邊目光灼灼地瞪著，譽王也只得起身，客套告辭，主人家果然沒有挽留。

待譽王離府後，梅長蘇哄了飛流幾句，將這個黑著臉不高興的少年留在外邊，自己啟了密道門，閃身進去。

順著機關地道，輕車熟路來到密室，剛邁進石門，這位極難動容的江左梅郎就被嚇了一跳。

蒙摯並不是密室內唯一的人，他負手站在牆邊，聽見石門移動聲響，立即回頭，而坐在桌旁椅上，就著燈光翻看《翔地記》的人，竟是靖王蕭景琰。

「蘇先生來了，」蒙摯上前招呼道，「適才靖王殿下看見我，也是同樣嚇了一跳。我已經向殿下解釋過自己怎麼會在這裡面了。」

靖王放下手中的書，安然問道：「譽王走了嗎？」

梅長蘇定定神，上前見禮：「見過殿下。譽王剛剛離去。」

「先生既已見過譽王，有些事情想必已經知道了……」

「是，」梅長蘇微微點頭，「聽說陛下命您節制巡防營，還有意晉封您為親王。」

「嗯？」靖王一愣，「我領旨節制巡防營不假，可是親王之說，卻並無此言。」

「陛下沒有特旨允許你隨時入宮嗎？」

「這個倒是有……以後我去向母親請安，便可不拘日子，毋須另行請旨。」

「譽王就是為了這個氣得跳腳呢。殿下未曾注意到這一向都是親王才有的特權嗎？」

靖王當時得此特許，不過只是欣喜於自己可以隨時面見母親，絲毫也沒有想到其他地方去，被梅長蘇這一提醒，心中略略一喜，但又旋即遲疑，「我的確沒想這麼多……今日是母妃壽辰，也許父皇只是一時降恩，並無晉封之意呢。」

梅長蘇略一沉吟，道：「我看倒是八九不離十。殿下晉封親王，早該是順理成章的事，就算陛下隨口許諾時沒有想到，內廷事後擬旨用印時也必然會提醒陛下這是親王特權。一旦准你行親王事，卻又無故拒不加親王銜，那算什麼恩寵？既然陛下有意施恩，不會做事只做一半，反而讓人心裡不舒服。故而早則本月，遲則仲秋牧祭前，一定會正式晉封的。」

「這樣才好，」蒙摯喜道，「也省得靖王殿下每每在譽王面前低上一頭。」

「可是……現在就如此出頭是否妥當呢？」靖王瞇了瞇眼睛，「先生不是一直叫我低調韜晦嗎？」

「此一時彼一時也。」梅長蘇神色安穩，「殿下現在實力尚弱，低調自然仍是上策。不過一味退縮隱身，半步不進，也不是最好的方法。巡防營我們不爭，但到了手也不必向外推。殿下近一年的經營，要是到現在連吃個巡防營我都無法善後，蘇某就有負謀士之責了。我還是那句話，殿下不可冒進，但也絕對不可不進。」

「好。」靖王乾脆地點頭，「陛下當面許我巡防營，無奈之下只得領受，還一直擔心壞了先生的節奏呢。既然無妨，那是最好的。不過太子和譽王那邊……」

「太子現在自身難保，眼睛裡只有譽王，殿下就是加九錫親王他也不會分心力來對付你。至於譽王，我方才已經勸撫住了。他如果聽從我的意思，不與殿下為難，那麼殿下便可趁此時間和機會再行壯大；如果他只是當面採納我的建議，實際上依然按捺不住嫉意，非要打壓一下殿下方才快意，那麼我們便借力打力，引些事情到陛下面前去，屆時自有施恩的那個人給殿下做主。」

「那譽王豈不是怎麼做都不對？」蒙摯不禁大笑，「明明是件意外之事，蘇先生竟能把對策籌畫得這般周全，實在是令人佩服啊佩服。」

「謀局自當如是。」梅長蘇面上毫無自得之色，「若是把成功的機會都押在對手的選擇上，那便是下下之法。只有到了無論對手怎麼選擇都有相應的解決之道時，才算稍稍能掌住大局。殿下離那一步雖還有些距離，但現在也算稍有根基了。」

聽他這樣一說，靖王心中安定許多。自從下決心為亡兄洗冤後，他對皇位的渴求和執念又增強了數倍。除了自己勤加修習，爭取一切機會多辦實差以增加歷練經驗外，他在許多方面都比以前更為倚重梅長蘇，並且有意識地調整自己對於謀士本能般的厭惡感，不讓偏見干擾判斷。

對於靖王的努力，梅長蘇雖然嘴上沒說，心裡還是頗為寬慰，有時跟蒙摯提起，表情甚是高興。不過梅長蘇並不知道，自己的這種高興看在蒙摯的眼裡，卻常常令他覺得莫名心酸。

「今天靜貴妃娘娘一定很歡喜吧，」此時蒙摯見兩人都不再說話，場面有些冷，忙插了一句道，「有了陛下的恩旨，殿下與娘娘日後相見就容易多了。」

這句話當然是句廢話，所以靖王也只是微笑了一下，點了個頭以作回應。其實以往靖王與梅長蘇在密室中見面時，場面倒沒有這麼冷，說完黨爭的事後兩人便會討論具體的朝政，常常一聊就是一兩個時辰。可是今天蒙摯在這裡，靖王反而不想多說，倒不是他信不過這位禁軍大統領，只是蒙摯雖然表態要助他奪嫡，但骨子裡依然是先忠君後忠他，當著蒙摯的面說說他已參與進來的黨爭沒什麼，但自己對於皇帝已處置的具體朝務所持有的不同政見，靖王並不願意讓蒙摯聽得太多。

蕭景琰的這份心思，梅長蘇已看出，所以他也並未挑起其他話題，只是見蒙摯很努力地想要暖場時忍不住笑了笑，道：「大統領明日要值早吧？殿下也該休息了。」

靖王早就有心結束掉這次無法暢談的會面，立即接過話，「又擾了先生半日，也該歇著了，改日有疑難之處，再來請教先生。」

梅長蘇並未與他多客套，只欠了欠身。蒙摯站在兩人之間，也忙轉身抱拳行辭別之禮。

靖王點頭回了禮，轉身走向通向自己府邸的石門，剛走到門邊，突又想起什麼，折返回來，伸手拿起一直放在桌上的那本《翔地記》，問道：「這本書著實有趣，我剛才還沒看完，先生不介意我拿過去借讀兩天吧？」

靖王提出借書要求時，蒙摯正站在距離梅長蘇半臂之遙的地方。雖然沒有直接轉頭去看，但這位禁軍大統領明顯感覺到梅長蘇的身體僵硬了一下，呼吸有瞬間凝滯。

「沒關係，殿下如果喜歡，儘管拿去看好了。」剎那異樣後，梅長蘇旋即浮起了微笑，語調也與平時毫無差別。

靖王略略頷首表示謝意，將書籠在袖中，轉身走了。梅長蘇候他那邊的石門關閉好，方緩慢移步退出密室，蒙摯默默跟他走了一陣，終於忍不住問道：「小殊，那本書有什麼問題嗎？」

「沒有。」

他答得這麼快，蒙摯倒有些意外，「可是你剛才……」

梅長蘇腳步微凝，眸光幽幽閃了一下，低聲道：「批註的內容和筆跡都沒什麼的，只是……」

蒙摯等了等，半天沒等到下文，又追問道：「只是什麼？」

「有兩個字，我有減筆避諱。」

「避……避什麼諱？哪兩個字？」蒙摯有些沒明白，困惑地眨眨眼睛。

梅長蘇微微沉吟，並沒有直接回答，「先母的閨中小名，寫批註時遇到……」

「那……要緊嗎？」

「應該沒什麼的。景琰並不知道我母親閨名是什麼，那兩個字也不常用，他以前從沒發覺我有避諱這兩字，再說都只減了最後一筆，他甚至有可能根本注意不到。」

「喔，」蒙摯鬆了口氣，「既然這樣，那你剛才緊張什麼？」

「我也不知道為什麼，」梅長蘇的目光有些悠遠，也有些哀傷，「大概是因為那裡面畢竟帶著過去的痕跡吧，莫名其妙緊張了一下，然後才意識到其實景琰根本看不出來……」

這時密室最外層的門已自內打開，飛流俊秀的臉閃現在門邊。他雖然等了很久，但好像只瞧了梅長蘇一眼，就已放下心來，隨即晃到裡間自己床上睡覺去了。

蒙摯躲進密道前，梅長蘇說的是「出來再聊」，但現在一來時間已不早，二來兩人都有些心事重重，所以一句道別後，蒙摯便直接離去。

飛流去睡覺時沒有點亮裡間的燈，室內唯一的光源便是外間書案上的一盞五枝銀座油燈。梅長蘇走到桌旁，伸手將燈檯端起，目光隨意一落，看到案上細毫小筆仍擱在原處，書卻已不在了，不由心中有些淡淡的惘然。

已經流逝的那段過去就像黏軟的藕絲，雖然被蕭景琰無意中牽在手裡，卻因為太細太透明，所以永遠不會被他看見。

梅長蘇深吸一口氣，似乎想要擺脫掉這種有些軟弱的情緒，順手拿了其他的書，捧起燈檯走向了裡間。

飛流已經睡熟，平穩綿長的鼻息在一片寂然中有規律地起伏著，讓人安心。梅長蘇遙遙看他一眼，輕手輕腳地將燈檯放在床前小几上，剛解開袍釦，門外突然傳來低低的聲音。

「宗主安歇了嗎？」

「進來吧。」梅長蘇一面回應了一聲，一面脫下外袍，上床斜靠在枕上。黎綱推門進來，直接進到裡間，將一個銅製小圓筒雙手遞上。

梅長蘇接過圓筒，熟練地左右各扭了幾下，扭開了筒蓋，朝手心裡倒出一個小小的紙卷，展開來看了一遍，沒什麼表情，直接湊到燈前燒了。

「宗主……」

梅長蘇沉吟了片刻，慢慢道：「要多留意蒞陽長公主府，有什麼新的動向，提早報我。」

「是。」

本來移燈攜書進裡間，打算再小讀片刻，但此刻的梅長蘇似乎已有些困倦，吩咐完那句話他便推枕倒下，示意自己準備安睡。

黎綱不敢再多驚擾，吹滅了燈燭，悄無聲息地退了出去，將門掩好。

夜濃起風，外面似乎下起了雨，淅淅瀝瀝的敲窗之聲愈發顯得室內空寂。

梅長蘇翻了一個身向內，在黑暗中睜開眼睛，但是沒過多久，便又重新閉上……

第四十章

此去經年

犀牛鎮是金陵周邊眾多小鎮中極為普通的一個，居民不過兩百來戶，主街只有一條，街上開著豆腐店、小吃店、雜貨店之類的鋪子，除了趕集的日子還算熱鬧外，平時可稱得上是非常冷清。

這一日的清晨，一頂雙人抬的青布小轎晃悠悠進了犀牛鎮。由於前夜下了微雨，轎夫的腳上都沾著黃泥，一看便是從官道那邊過來的，看行色，大概是想要在小鎮上找個地方歇歇腳，打個尖。

整個犀牛鎮除了一間兼賣乾雜點心的小茶鋪外，便僅有一個供應熱菜、麵食的小吃店，所以小轎在逛到主街的盡頭後，又折了回來，在別無選擇的情況落轎於小吃店前。

轎夫打起轎簾，出來的是位女客。雖是夏日，她仍然帶著面紗，進了小吃店後，她站在店堂中間轉頭四處看了看，大約是嫌髒，不肯落座。

老闆迎了過去，殷勤地將桌椅又細細擦了一遍，正陪笑著要說話，女客突然道：「四姐不在外面？」

笑容凝固在老闆面團團的臉上，不過只有一瞬間，他便又恢復了自然，將手巾朝肩上一搭，答道：「在後面歇著。姑娘要進去嗎？」

女客點點頭，跟著老闆進了後院。兩個轎夫便守在小吃店門前的一張桌旁，自己倒了茶來喝。

後院與前堂只隔了一道泥砌矮牆，感覺迥異，不僅沒有絲毫破爛髒汙，反而格外乾淨舒爽。兩株高大的紅榴栽在正中，綠葉間已掛著沉沉的果實。老闆請女客在榴樹下坐了，自己進入東廂房。大約片刻後，老闆沒出來，卻出來了另一個女子。

「四姐。」女客立即站起身，招呼道。

「你坐。」那四姐從外貌上看甚是年輕，生得皮膚細膩，眉目綽約，雖荊釵布裙，仍掩不住楚楚風致。如此一個絕色的美人，卻不知為何隱居在這幽靜小鎮之上。

「不過幾年不見，四姐竟豐腴了些。」女客取下面紗，露出雪膚花容，嬌笑道。

「是啊，」四姐淡淡一笑，「幾年不見，你風姿更盛。」

「如何敢與四姐相比？當年四姐豔幟最盛時，是進過瑯琊美人榜前三甲的。後來突然隱居，不知有多少人在你身後嘆息相思呢！」

四姐眼睫垂下，弧度小巧的下巴微微收著，雖無其他動作，卻浮現出一種直擊人心的哀愁情態，「般若，當年不辭而別我很抱歉。但我真是累了……師父的教養之恩我並沒有忘記，可她老人家畢竟已經不在，我們……也該過我們自己的日子了……」

秦般若秀美的雙眸中閃過一絲厲芒，但隨即微笑，語調仍控制得極穩，「四姐說哪裡話來，復國大業未成，亡國之辱未洗，怎可輕易懈怠？」

四姐苦笑了一下，「般若，師父傳衣缽於你，所以在京城時我一向聽從你的指令。但有些話，我現在不得不說了。我滑族滅國，已有三十多年，所謂亡國慘痛，我們都未曾親歷，不過是聽師父講述而已。何況當時群雄林立，各自兼併，數十年間被各大國吞滅的小國就有十多個，我滑族不過是其中之一罷了，何必耿耿於心？」

秦般若銀牙輕咬，冷冷道：「因為國小，就合當被滅嗎？」

「我不是這個意思，不過想讓你認清形勢罷了。往昔我滑族有國之時，暫且免不了掙扎求存，先歸附大梁，後又叛歸大渝，百般手段使盡，也保不住一脈宗室，最終還被大梁抓住個歸而復叛的口實，國滅君亡。現在我們無國無本，無根無基，滑族後人或流散，或已被梁人同化，情勢比當年還不如，要提復國二字，真是談何容易……」

「說到底，四姐還是信不過我。」秦般若凝住一雙秋水，面露淒冷之色，「如果師父還在世，憑她驚豔奇才，詭譎神算，四姐也不至於像現在這般心灰吧？」

四姐面色微白，彷彿是被一語說中了般，將目光閃躲開，好半晌方低聲道：「所謂過慧易折，師父就是因為靈氣太盛，才難有高壽。雖然般若你也是聰穎絕頂，但終究與師父不同。你想想看，自她老人家去世後，你這般苦心經營，可曾有她當年半分盛況？時勢如此，獨力難支，你又何必強行執拗呢？」

秦般若開始聽著，尚有幾分動容，但聽到最後，神色又恢復了凝肅，語氣如冰地道：「那照四姐的意思，我們當年宗廟被毀，主上被殺的血仇，就不報了嗎？」

「這個仇，不是已經報了嗎？」四姐嘆道，「師父以無雙之智，隱身為謀士，算計人心，攪弄風雲，最終使得大梁皇室操戈，父子相疑，赤焰軍建制被除，這難道不算是報仇嗎？」

秦般若搖了搖頭，「滅滑族者，雖是赤焰軍，但這亡國之恨，卻要算在大梁朝廷的身上。只可惜上天不肯給師父時間，否則以她的智計，縱然不能復國，也足可傾覆大梁天下。你我姊妹深蒙師恩，縱然再不才，也不能置她老人家的遺願於不顧啊！」

「可是師父當年是以陰詭之術取勝，靠得是她的頭腦。雖然現在她留給我們的那些人脈和情報網你維繫得很好，但若我們做不到像她那般算無遺策，又何談實現她的遺願呢？」四姐眼睫輕顫，眸色甚是黯淡，「你現在做譽王的謀士，不過是沿續當年師父挑弄兄弟鬩牆的舊策，但是成果卻不如她當年一二。首先看譽王你就看走了眼，他可不是任你揉搓的庸才，還不如當年選太子更易操控呢。退一萬步說，就算最終你助譽王滅了太子，接下來再毀譽王，終究不過是弱了大梁國力，讓他國漁翁得利罷了，距離我滑族復國，仍是茫茫無期……」

秦般若唇邊浮起一絲冷笑，「復國無望也罷，能讓大梁同樣嘗嘗亡國的滋味，也算可以告慰師父在天之靈了。四姐，你說了這麼多，無外乎是說我不會成功。可我既然承了師父衣缽，豈可因為難以成功就放棄？這些年你逍遙度日，我顧念姊妹之情，何曾前來相擾過？若不是遇到了難關，我也不會上門。可是四姐，你辭色滔滔，卻一句也不問我為了什麼來找你，實在讓人心寒。」

四姐垂下頭，眼中有些愧疚之色，語帶歉意地道：「般若，我閒散了這些年，哪裡還有幫得上你的地方，不問，只是不敢問罷了。」

秦般若凝望著她，嘴唇顫抖，美麗雙眸中慢慢浮起一層霧氣，「四姐，我的紅袖招已快支持不下去，你可知道？」

四姐秀眉一跳，失聲道：「怎麼會？」

「就在近幾個月內，我紅袖招的骨幹或死或叛，折損殆盡，新招的女孩子沒有調教好又不敢亂用，人手方面讓我捉襟見肘。這還罷了，連隱密安插在各府的眼線也一根根被拔除，殘存的幾個不敢再讓她們妄動。那譽王和他父親一般多疑寡恩，我多年培植的信任，近來竟有冰消雪散之勢。若非我使了些手段，讓他分心相疑譽王妃，只怕他已經為那些錯誤情報翻臉了……四姐，師父當年囑你關照我，難道此存亡之時，你也不幫忙嗎？」

她說得懇切，四姐也不由有些動容，輕嘆著勸道：「般若，既然撐不下去就別撐了，趁此機會退隱，安穩度日不好嗎？」

秦般若色若冰霜，斷然道：「四姐可以當我愚頑，但師命於我如天，雖然資質有限，難成大器，也終不會半途而廢，惜此性命。」

「你……」四姐長嘆一聲，「好吧，你想讓我做什麼？」

秦般若喜色上了眉梢，斂衽為禮道：「般若想借重四姐的美色與媚術，替我攻破一個男人。」

「一個男人？」四姐柳眉微挑，「要對付男人，你手下可有得是人選啊！」

秦般若搖了搖頭，「我的人不行，她們一向都在京城活躍，臉面太熟。四姐你歸隱多年，又巧於妝扮，所以更隱蔽也更容易得手。再說了，若論起惹人迷戀的手段，我手下誰能比得上四姐？」

四姐濃密捲長的睫毛垂下，遮住了閃閃秋波，低聲道：「般若，可我在京城也不是完全沒有熟人的……」

「我知道，」秦般若嫣然一笑，「我向四姐保證，你在對付這個男人的時候，絕對不會跟以前相熟的那些達官貴人們有任何交集。」

「哦？」四姐微覺詫異，「與貴官們無關？那你要我對付的，到底是什麼人？」

「明日一早，請四姐到京城華容繡坊來，我指給你看。」

四姐輕輕抿了抿朱唇，徐徐轉身，在院中閒踱了幾步，似乎在沉思，半天沒有回答。

「若四姐此次援手，日後任憑你天高海闊，小妹再不相擾。」秦般若適時地補上了一句。

「如果……我不能成功呢？」

「那又不是什麼難對付的人，我相信四姐絕對沒有問題。」

「我現在也不比當年了……」四姐幽幽一聲長嘆，「若是辜負你所托，還請勿怪。咱們同出一門，雖然已各自殊途，但終究難以絕情。既然你說是最後一次，我也沒有不信之理。好，就依你的安排，明日華容繡坊再見吧。」

秦般若大喜，一直有些黯淡的粉面頓時神采奕奕，握了四姐的手又殷殷說了好些親密的體己話，這才重披面紗，告辭而出。

當晚秦般若多日來難得睡了安穩一夜，次日一大早就起身，梳洗打扮，換了件樸素的衣裳，戴上淡青色垂紗的帽子，不帶侍女，不動家中的轎子，自己悄悄出門在街上隨意攔了頂涼轎，很快就到了華容繡坊外。這間繡坊是京城規模最大的幾間繡坊之一，門外沿著院牆，有好些賣染料、針線、絲綢、花樣子等等的小攤，搭著繡坊的名聲和人氣開了一溜兒，半城的姑娘媳婦們都愛到這裡來選買女紅用品。秦般若裝著挑選彩線的樣子，挑挑看看等了約莫一刻鐘，四姐婀娜苗條的身影便出現在了不遠處。

兩人碰面，只相互招呼了一下。秦般若也不多說，領著四姐沿各個小攤慢慢逛，買了幾色針線，幾幅花樣子，然後才順勢進了旁邊唯一一個售賣茶水的涼棚，挑了張靠外的方桌坐下。

「你看那邊，」秦般若春蔥般的玉指自袖中伸出，慢慢指向了某個方向，「知道那是什麼地方嗎？」

四姐順著她的指引看過去，隔著一條街，與繡坊呈夾角之勢的另一邊，是某處宅院挑簷的高牆，靠西邊開了扇黑漆的角門，院內樹木蔥籠，濃蔭蔽日，綠雲已延伸出牆，罩了小半個街面。

「看樣子是某個富貴人家的後門，你要我對付的人就住在這裡嗎？」

秦般若唇邊浮起一絲清淡的笑容，慢慢搖頭，「四姐隱於京郊，雖然地方不遠，消息卻閉塞了不少。若說這地方的主人，倒不是高官貴顯，反而是無爵無職的一介白衣，買下這宅子也不過半年多的時光。可是現如今在京城裡，提起『蘇宅』二字來，大家第一個想起的，只怕就是這個地方了……」

「你這樣一說，倒讓我好奇，是個什麼了不得的人物，能在這貴胄雲集的帝京爭得一席之地？」

秦般若握著一方血色羅帕，慢慢掩在唇前，湊近四姐耳邊，仿若閨閣女兒密談般竊竊私語了一番，四姐聽了微微動容，低聲問道：「既然這位蘇先生也是譽王謀士，與你現在有何不利衝突？你讓我攻破他，是想知道些什麼？」

「不是，」秦般若按住四姐的手背，眼波飄似遊雲，「這位蘇先生高深難測，非聲色所能動也。若是對其他人，色誘是上計，對他……就是下策了。我倒不敢輕忽，四姐也不要誤會。」

「那你叫我來這裡……」

「四姐稍安，再看看就知道了。」

秦般若捧著茶碗遞至唇邊，大約是嫌粗劣，並不飲，只是微微晃著，看那淡紅的茶色。四姐也非性急之人，見她停住語頭，也隨之靜靜看著蘇宅的後門，並不追問。

半個時辰慢慢流逝，陸陸續續有幾撥人出入那扇黑漆木門，有送水的、送每日供擺鮮花的、送果品的，林林總總，都是些日常消耗物品。秦般若一直冷眼看著，直到最後，才突然直了直身子。

四姐立即察覺，忙凝目看去，只見一輛載滿新鮮蔬菜的小驢車轆轆駛至門前，趕車的是個二十多歲的精壯年輕人，穿著粗製布衣，袖子挽得高高的，露出健壯的雙臂。看樣子他也是常來送菜的，跟守門的人打了個招呼，驢車便直接駛入了院中。

「就是這個。」秦般若回過頭，看了四姐一眼。

「那個送菜的漢子？」四姐有些疑惑，「他有什麼不對嗎？如果說是因為他經常出入蘇宅讓你起疑，我想那些送果子送花的人也是一樣常來常往吧？」

「四姐說得沒錯，我原本也不覺得他跟其他送貨人有什麼不一樣，」秦般若面色陰沉了幾分，「如果不是謙叔查到了一些有趣的東西，我恐怕到現在也不會注意到這個人。」

「你居然連謙叔都請動了?是不是也答應他這是最後一次了?」

「這次若是輸了，那就是一敗塗地，想不是最後一次都不行。」秦般若銀牙微咬，「所以，我只能傾盡全力，備此一戰。」

「謙叔查到了什麼?」

「我安置在各府的眼線，突然之間有好幾個人因各種原因而失蹤，我當時已經感覺到那並非巧合，所以力請謙叔為我清查她們的去向，同時停了其他眼線的行動，以此保存些力量，沒料到即使這樣也阻止不了情況惡化，到後來我幾乎是完全無法控制。幸好謙叔那邊有些進展，追查到了兩個人的行蹤，我自然想把她們捉捕回來細細審問原由，誰知功虧一簣，竟被她們逃了，而其中一個人，就是那送菜的漢子親自出手救的。」

「也許他只是英雄救美呢?」

「要是這樣倒好，可惜謙叔專門對他進行追查後發現，此人名叫童路，他不僅僅是救了我要追捕的一個人，還跟我其他兩三個眼線斷掉的事多少有聯繫。四姐請想，他英雄救美，是單救我手下的美人嗎?」

四姐略略沉吟，慢慢點頭。

「而且一個賣菜的，自己住在一個破落院子裡，明明是個微不足道的小人物，卻連謙叔也查不出他更多的來歷。後來我又發現他日常去的幾個地方中，竟然還有蘇宅，再關聯想想以前的種種，怎會不讓我心驚?只不過，我現在也只知道童路常來蘇宅送菜，至於他是否真的只是來送菜的，卻難以確定。」

「連謙叔……都查不確實嗎?」

秦般若無奈地嘆了口氣，「謙叔說，蘇宅就像是一個表面平常，內裡無底的沼澤，他根本無法接近。

如果他查得出更多的東西，我又何必麻煩四姐。」

「你是懷疑……童路是那個蘇哲的人，而你紅袖招目前的危機，都是由蘇哲一手造成的？」

「不錯。」

「可是……蘇哲也是譽王的謀士，他為什麼要對付你呢？莫非他知道你心懷二心？」

「不可能。」秦般若斷然道，「我的二心，只是在心裡而已。至少目前我還沒做過什麼對譽王不利的事。就算這蘇先生會讀心術，他連我的面都沒見過，又怎麼讀得出我的二心？」

「照你這麼說，蘇哲只知道你是譽王的心腹，並不知道你的真實意圖，那這樣一來，他對付你豈不就跟對付譽王一樣了？」

秦般若目光深沉如水，慢慢道：「想通了這一節，就會察覺出許多異樣來。這位麒麟才子歸入譽王麾下之後，的確有不少奇謀妙想，譽王近一年來的勝果，多半是他立的功。可為什麼在他屢屢立功的情況之下，譽王的恩寵反不如以前，實力也不如以前了呢？他來之前，譽王手裡牢牢掌著刑部、吏部這兩大中樞部門，軍方也有慶國公，可現在他有什麼？兩手空空，一個虛架子罷了。所謂的朝堂威風，不過是因為太子勢微反襯出來的，細細察究，沒有半點扎實的根基。得麒麟才子者，可得天下，難道是這個得法嗎？」

四姐深深看了她一眼，「這些，你可以直接跟譽王說啊！」

「譽王……」秦般若冷笑一聲，「自從我屢次出錯之後，他對我的信任已經大減，而這位蘇先生實在太厲害，我剛才所說的那些事，樁樁件件他都置身事外，根本無法把責任推到他身上去。我憑空這麼一說，譽王會信嗎？如果譽王忍不住去詢問他，憑蘇哲的深謀巧辯，只怕還沒有奈何得了他，我反倒惹火燒身。再說了，有一個問題我沒有查清楚之前，我自己也還拿不準……」

「什麼問題？」

「動機。假設是這位蘇先生對我下手，想要斬斷譽王的所有情報線，那他的動機是什麼？他為什麼要這麼做？」

「莫非……他是太子的人？」

「我第一個想的就是這一條。可轉念一想，他入京以來，太子什麼處境？那是屢出大案，羽翼折盡，連宮中的越貴妃都不再似往日那般榮寵，現在這一陣子更是風雨飄搖，廢與不廢只差一紙詔書。四姐要是看了這位蘇先生扳倒謝玉的手段，就不會認為他還與太子有任何聯繫了。」

「那他為什麼又要削弱譽王呢？莫非他無心爭嫡，只是想攪亂一池春水？」

秦般若擰緊了手中的絲帕，深吸了一口氣，「我猜不出，這也不是可以憑空亂猜的事。四姐，童路現在是我所知道的唯一一個有望突破的地方，還請你……」

四姐遲疑了一下。恰在這時，童路已經卸好菜蔬，趕著驢車從院中出來，甩著響鞭悠悠去了。

雖然只是遠遠地看了幾眼，但四姐心裡明白，那樣的一個年輕人，哪怕是有如鐵的心志，也終將會被自己煉為繞指柔。

她並不認為一旦自己出手會失敗，她所擔心的是……

「般若，就算你查出了梅長蘇真正的心思又怎樣呢？從你告訴我的那些事情來看，你根本不是他的對手啊！」

「是不是對手，要較量了才知道。」秦般若微微揚了揚下巴，語氣堅定，「梅長蘇確是奇才，但他現在的優勢，至少也是占了他身在暗處的這個便宜。我倒要看看，如果突然被拉到了正面比拼的戰場，他還能有什麼了不得的手段！」

四姐櫻唇微張，似乎想說什麼，最終卻又什麼也沒有說出口。

此時秦般若的狠絕神態，讓她恍然想起了師父當年。只可惜，滑族末代公主的驚人智計，只怕是百年也難再出第二個的……

「般若，我答應你一定盡我全力。你……也好自為之吧！」

淡淡一句話後，四姐喝下了手中已發涼的茶水，隨同未曾出唇的嘆息，一起咽了下去。

師姊妹二人商議停當後，不再多坐，會了帳起身，正準備各自分手。恰在此時，蘇宅角門突然又再次打開，晃悠悠抬出了一頂青布鑲邊的小轎。秦般若認出那是梅長蘇時常用來外出代步的轎子，心中一動，立即尾隨在後跟了過去。四姐生性閒淡，多餘的事根本沒興趣，秦般若沒有叫她，她也不出聲，自己一個人悄悄走了。

本來秦般若一直以為，梅長蘇之所以從後院角門出來，當然是想掩蓋行蹤，可是跟了足足兩條街後，她才不得不確認，人家走後門只是因為那裡距離南越門比較近，不會繞路。

出了南越門，行人不似城中那般穿流如織，秦般若一來疲累，二來並非武技高手，周圍的人一稀疏，她便不敢再繼續跟蹤下去，只得停了腳步，眼看著那小轎悠悠去了。

當然，秦般若並不知道梅長蘇出城後也沒有走太遠，一行人只沿著南下的大道走了約兩里路，便在一處小坡上的歇馬涼亭旁停下，下轎進入亭中。隨從們在亭子裡安置了酒茶，梅長蘇便很清閒地在石凳上坐下，拿了卷書斜依亭欄慢慢翻看起來。

大約半個時辰後，城門方向騰起一股煙塵，隨侍在旁的黎綱首先張望到，叫了一聲「宗主」。梅長蘇掩卷起身，遙遙看了一下，因為距離還遠，模模糊糊只見兩人兩騎，一前一後隔著半個馬身，正向這邊奔來。

黎綱的目力更好，當梅長蘇還在定睛辨認來者是不是自己要等的人時，他已確認清楚了，低聲道：「宗主，是他們兩個。」

梅長蘇「嗯」了一聲，沒說什麼，但黎綱已經會意，立即離開涼亭，來到大道旁。兩騎愈奔愈近，眉目已漸清晰，只是看樣子似乎暫時還沒有注意到黎綱。他正想舉臂招手吸引來者的視線，奔在前面的那人不知為何突然勒韁停了下來，撥轉馬頭回去張望。

不過他的這個行動很快就有了解釋。只見飛塵之後，第三騎快速追來，馬上的人邊追還邊喊著：「景睿！景睿你等一等！」

這時蕭景睿身旁隨行的另一個人似乎著急了，連聲叫著：「大哥，大哥我們快走吧！」

蕭景睿抬起左手，做了個安撫的手勢，不僅沒有再走，反而翻身下馬。

「大哥！」宇文念心裡發虛，又顫聲叫了一遍。

「念念，」蕭景睿向她淡淡地笑了笑，「那是我的朋友，他叫我，我也聽見了，怎麼能甩開不理？」

「可是……你答應……」

「你放心，我答應隨你回去探望他，就一定會去的。這又不是逃亡，我的朋友來送送行，你怕什麼？」

就在這兩三句話間，言豫津已奔到近前，看起來風塵僕僕，服飾不似往日光鮮。他甩鞍下馬後，直衝至蕭景睿面前，一把握住他的手臂問道：「景睿，你去哪裡？」

蕭景睿毫不隱瞞地答了四個字：「大楚郢都。」

「景睿！」

「念念收到來信，她父親病重，想要……想要見我一面……家母也准許，所以於情於理，我都該去探望一下。」

言豫津原本是趕來挽留他的，聽到這個緣由，反倒沒有話講，抓著蕭景睿胳膊的手也不由自主地鬆了鬆。不過待了片刻後，他到底不放心，又追問了一句：「那你還會回來吧？」

蕭景睿垂下眼簾，「母親還在，哪有永遠不回來的道理。」

他這句話語氣淡淡，可言豫津聽在耳中，卻覺得心中酸楚。只是人家蕭景睿尚且可以保持平靜，沒道理自己反而激動起來，所以忙抿著嘴角穩了穩情緒，好半天才道：「景睿，那天之後，我一直想找你好好聊聊，可時機總是不對。既然現在你要走，該說的話必須要說了。景睿，有些事情你真的不要太在意，那畢竟已經過去了，是上一輩子的恩怨，跟你一點關係都沒有……」

「好了豫津，」蕭景睿低聲打斷他，「不用說了，我知道你的意思。只是……怎麼都不能說跟我沒關係。我的父親、我的母親、我的兄弟姊妹，這是斬也斬不斷的關係，何況還有多年親情、多年恩義，這一切……不是說揭開了什麼真相就能撕開的……」

「景睿……」

「我明白你是想勸我想開一點，你希望我還是以前的蕭景睿。但是豫津，這一點我真的做不到。對我來說，僅僅一夕之間，周圍已人事全非，既然一切都變了，我又怎麼可能不變？所以無論我願不願意，蕭景睿早已不是以前的蕭景睿，只能讓你失望了。」

言豫津深深吸了一口氣，踏前一步，雙手用力握住了蕭景睿的肩頭，使勁搖了搖，一字一句道：「沒錯，我的確希望你還是以前的你。不過你既然做不到，那也沒關係。我們從小一起長大，反正你一直在變，從以前胖嘟嘟的小矮子，變成現在又高又俊；從安安靜靜不愛說話，變成會跟著謝弼一起揭我的短。我不介意你繼續變下去，反正不管你怎麼變，你還是我那個獨一無二的朋友，咱們兩人的交情是不會變的！所以你給我聽著，不管你走到哪裡，一定要記住我這個朋友，要是你敢忘，我可絕對饒不了你，聽明白了嗎？」

他說到最後一句的時候，聲音已有些喑啞，眼圈兒也已經發紅，按在蕭景睿肩頭的手，力道更是大到手指都捏得發疼。他這一番話並不長，但話中所蘊含的真摯、坦然和溫暖，誰也不會懷疑。蕭景睿低下頭，眼眶有些發潮，連旁觀的宇文念都忍不住轉過臉，悄悄用指尖拭了拭眼角。

「好啦，現在你想去哪裡就去吧，反正以前你也到處跑的，只是大楚遠了些，你要保重。」言豫津吸了吸鼻子，退後一步，「有事沒事的，記得寫信給我。」

蕭景睿「嗯」了一聲，抬起頭。兩人相互凝望著，都不約而同地努力露出了微笑，只不過在彼此含笑的表情下，他們看到的卻都是無法掩蓋、無法稀釋的憂傷。

因為兩個年輕人心裡都明白，這一分別，不知何日才會再見。

太皇太后守喪期一過，連蒞陽長公主也會離京前往自己的封地，到時就算蕭景睿回梁，也很難再踏上帝都的土地。

他們二人出身相仿，年齡相近，性情相投，本以為可以一直這樣莫逆相交，本以為一定會有差不多的人生軌跡，誰知旦夕驚變，到如今眼睜睜天涯路遠。

即使是樂觀如言豫津，此時也不禁心中茫然。

「大哥，我們走吧？」宇文念揉著紅紅的眼睛走了過來，牽了牽兄長的袖子。

蕭景睿和言豫津同時抬起雙臂，緊緊擁抱了一下。

「你上馬吧，我看著你走。路上要小……」言豫津正強笑著說最後一句道別的話，語聲卻突然梗住，視線落在蕭景睿身後某個地方，表情有些古怪。

蕭景睿立刻察覺到，轉身順著他的視線看過去，只見十丈開外的地方，黎綱正腰身筆挺地站在路邊，見他回頭，立即舉手指向旁邊的小山坡。

其實在隨著黎綱的指引抬頭之前，蕭景睿就已經明白自己會看到誰，所以最初的一瞬間，他有些猶豫，不過片刻之後，他還是坦然地抬起了雙眼。

半坡涼亭之上，梅長蘇憑欄而立，山風滿袖，雖然因為稍遠而看不清他面上的細微表情，但那個姿勢卻清楚表明，他是專門在此等候蕭景睿的。

「景睿……」言豫津有些擔心地叫了一聲。

蕭景睿定了定神，回頭淡淡地道：「他大概也是來送行的，我過去說兩句話。」

「我陪你一起……」這句衝口而出的話只說了半句便停住了。聰明如言豫津，自然明白有些心結必須當事人自己去解，絕非旁人可以插手，所以最終，他也只是退後了幾步，不再多言。

宇文念原本不太清楚蕭景睿與梅長蘇之間曾經的朋友關係，所以有些摸不清狀況，正上前想問上兩句，卻被言豫津一把抓住，拉了回來。

蕭景睿這時已大踏步邁向涼亭，雖然臉色略白，但神態和步伐都很平穩。

「請坐。」梅長蘇微微笑著，提起石桌上的銀壺，斟好滿滿一杯清酒，遞了過去，「此去路途遙遠，杯酒餞行，願你一路平安。」

蕭景睿接過酒杯，仰首一飲而盡，擦了擦唇角的酒漬，還杯於桌，拱了拱手道：「多謝蘇先生來送行，在下告辭了。」

梅長蘇凝目看著這年輕人掉頭轉身，一直等他走到了亭邊方輕輕問了一聲：「景睿，你為什麼不恨我？」

蕭景睿身形一頓，默然了片刻，徐徐回身直視著他，答道：「我能恨你什麼呢？我母親的過往，不是你造成的；我的出生，不是你安排的，謝……謝侯的那些不義之舉，都是他自己所為，並非由你慫恿謀劃……你我都明白，其實讓我覺得無比痛苦的，說到底還是那個真相本身，而不是揭開真相的那雙手。當年的事根本與你無關，我也不至於可笑到遷怒於你，讓你來為其他人做的錯事負責。」

「可是，我本來有能力讓真相繼續被掩蓋的，但我讓它爆發了，而且爆發得那麼激烈，絲毫沒有考慮過你的感受，也沒有顧及過你我之間的交情，你對此，多多少少也應該有一些怨言吧？」

蕭景睿搖著頭，慘然一笑：「說實話，你這麼做，我曾經很難過。但我畢竟不是自以為是的小孩子，我知道人總有取捨。你取了自己認為重要的東西，捨棄了我，這只是你的選擇而已。我不可能因為你沒有選擇我而恨你，畢竟……你並沒有責任和義務一定要以我為重，就算我曾經那樣希望過，也終不能強求。」

「我確實不一定要以你為重，但自從你我相交以來，你對我卻一直是赤誠相待的，在這一點上，是我愧欠你。」

「我之所以誠心待你，是因為我想要這麼做。如果能夠爭取到同樣的誠心，我當然高興，如果不能，也沒什麼好後悔的。」

梅長蘇眼神愴然，面上卻仍帶著微笑：「你雖然不悔，但你我之間，終究不可能再做朋友了。」

蕭景睿低下頭，默然不語。自兩人結識以來，他一直仰慕梅長蘇的才華氣度，將他視為良師益友，小心認真地維繫著那份友情。可是沒想到一步一步，竟會走到今日這般不能再續為友的地步。

其實認真算起因果來，兩人之間除了一些心結以外，也沒什麼抹不開的血海深仇。但是經過了這麼多事，蕭景睿已經深刻地感覺到言豫津以前說的話很對，他與梅長蘇根本不是同一個世界的人，他們之間有太多的不對等，缺乏成為朋友的基礎。

無恨，無怨，已經是他們最好的結局。

也許將來，成長可以帶來變化，也許將來，還會有意想不到的交集，可至少在目前這個階段，他們的確正如梅長蘇所說的，不可能再做朋友了……

「景睿，」梅長蘇踏前一步，柔和地看著年輕人的臉，「你是我認識最有包容心的孩子，上天給了你不記仇恨、溫厚大度的性情，也許就是為了抵銷你的痛苦。我真心希望以後，你可以保持這份赤誠之心，得到更多的平靜和幸福，因為那都是你值得擁有的……」

「多謝。」蕭景睿深深吸了一口氣，又緩緩地吐出。其實他心裡還有很多話，只是到了唇邊，又覺得已是說之無益，所以一定神，再次轉身，快步離開了涼亭。

宇文念和言豫津都在坡下大道上等著他，三人重新會合後，只說了簡單的幾句道別之語，蕭景睿兄妹便認鐙上馬，向南飛馳而去。言豫津目送他們身影消失，表情悵然，再抬頭看看仍在涼亭中的梅長蘇，猶豫了一下，還是過去打了個招呼。

不過這不是攀談的場合，兩人也沒有攀談的心情，所以客套數語後，言豫津便出言告辭，自己上馬回城去了。

「宗主，此處風大，我們也回去吧？」黎綱過來收了酒具，低聲問道。

梅長蘇無言默許，緩緩起身出亭。臨上轎前，他又回頭看看了蕭景睿遠去的方向，凝住身形，陷入了沉思之中。

「宗主？宗主？」

梅長蘇兩條長而黝黑的雙眉慢慢向額心攢攏，嘆息一聲，「大楚終究也非淨土……傳我的命令，派朱西過去，盡量照應一下吧。」

第四十一章

東宮驚變

八月，對於朝野來說，原本有兩個極為重要的日子。一是八月十五的中秋大節，二是八月三十的皇帝壽誕。不過因為太皇太后的國喪，一應慶典都停了，所以前者只是停朝放假，後者僅僅收了各地賀表，重臣、宗室、後宮舉行了幾場小型聚宴了事。

壽宴規模雖小，但眾皇族親貴依然要按慣例呈送壽禮。這一向是他們較勁的時候，大家都花了不少心思。太子送了一面九折飛針龍繡的大屏風，精工巧妙，華彩灼然，一抬出來便人人羨嘆；譽王則不知從哪裡搜羅來一塊兩人來高，天然侵蝕穿鑿成一個「壽」字的太湖石，奇絕瘦美，也是可遇不可求的珍品。其他皇子們或送孤本古書，或送碧玉觀音，件件價值萬金，不一而論。靖王送的是一隻神俊獵鷹，調教得十分妥貼，神氣十足地站在梁帝臂上，歪著頭與皇帝對視，惹來一陣歡聲大笑。

本來梁帝對所收到的壽禮在表面上都一樣喜愛誇讚，可就因為這幾聲大笑，不少人暗暗看出了幾分端倪。

因為國喪期不能見音樂，宴飲氣氛終究不濃，雖然賓客們盡力談笑，但梁帝的興致始終不高，依禮接了幾輪敬酒後，便起駕回後宮去了。

禁苑內，皇后也早已安排六宮人等備好了內宴等候。梁帝在外殿已飲了幾杯酒，歪歪地靠在軟枕上接受后妃命婦們的朝賀，因覺得腰部痠疼，禮畢後便命靜貴妃過來坐在身旁按摩，兩眼時睜時閉地看著堂下。

雖是皇帝壽日，但喪期服飾有制，大家既未敢著素，也未敢豔妝，一眼望去，不似往年那般花團錦簇，五彩華麗，反倒更覺雅致。

宗室外官的命婦行罷禮，全都退了出去，殿中只餘宮妃公主。皇后自然首先捧酒敬賀，之後便是越貴妃。因太子屢受斥責，越貴妃在宮中也低調了許多。今日她只描了描纖長入鬢的柳眉，未曾敷粉點朱，一張臉蒼白清淡，帶著薄薄的笑容，沒有了以前的豔麗驚人，反而令人更覺憐惜。

梁帝從她白如象牙般的手中接過金杯，啜飲了一口，凝望了一下她低眉順目的模樣，想起方才在外殿，太子也是神態畏縮，形容削瘦，心中登時一軟。

他雖然惱怒太子行為不端，但對這母子二人畢竟多年恩寵，情分猶存。何況現在歲齒日增，有時對鏡照見鬢邊星星華髮，常有垂暮之憂，心性上也終究不能再似當年那般狠絕。

「你近來瘦了些，可是身子不適？也該傳御醫來瞧瞧……」梁帝撫著越妃的肩頭，柔聲道，「夜秦又貢來了一些螺黛，朕晚間就命人送到你哪裡去。」

「謝陛下。」越貴妃眼圈兒微紅，但又不能在這樣的日子裡落淚，忙盡力忍了回去，眸中自然是水氣濛濛，波光輕漾。梁帝看了心中愈發憐愛，握住她手讓她坐在自己右邊，低聲陪她說話。

皇后有些氣悶，不由瞧了正在皇帝側後方為他捶肩的靜貴妃一眼，見她眼簾低垂，神情安靜，好像根本沒任何感覺似的，心知多半指望不上她來爭取梁帝的注意力。正轉念思忖間，看到旁邊幾個年紀尚幼的公主，忙抬手示意，讓這些女孩子們圍了過去敬酒。

跟外殿的壽宴一樣，這場內宴也沒有持續多久。酒過三巡，梁帝便覺得困倦，吩咐皇后停宴，發放例賞，之後便起駕回自己寢宮休息去了。

也許是勞累，也許是病酒，次日梁帝便感覺有些積食懶動，傳旨停朝一日。御醫隨即趕來宮中，細細診斷後又沒什麼大病，只能開些舒散的方子溫療。梁帝自己也覺得只是發懶，並無特別不舒服的地方，不想動靜太大，傳旨令皇族朝臣們不ㄑ入宮問疾，自己服了藥睡了幾個時辰，下午起身時果然神清氣爽了好些。

雖然身體狀況轉好，但梁帝依然不想處理政事，看了幾頁閒書，突然想起越妃母子昨日憔悴，心中一動，立即喚來高湛，叫他安排車駕，準備悄悄到東宮去探望一下太子，以示恩好。

皇帝說要「悄悄」去，那當然不能事先傳報，高湛便只通知了禁軍大統領蒙摯安排防衛，皇駕一行沒有興師動眾，連同蒙摯本人及隨從在內不過數十人，沿著禁苑與東宮間的高牆甬道，快速安靜地來到東宮門前。

聖駕突然降臨，東宮門前值守的眾人慌成一團，七七八八跪了一地。因為梁帝已到了眼前，大家忙著行禮，誰也不敢這時候起身朝裡面跑，一時間並無一個人進去稟知太子。

「太子在做什麼？」梁帝隨口問道。

一個身著六品內使服色的人戰戰兢兢地答道：「回……回、回稟陛下，太子殿下在、在……在裡面……」

「廢話！不在裡面會在哪裡？朕問他在裡面幹什麼？」

「回、回陛下……奴才不、不清楚……」

高湛見他應答得實在不成體統，忙岔開道：「陛下，讓他們去通知太子殿下來接駕吧？」

梁帝「嗯」了一聲。高湛隨手指了指剛才回話的那名內使，小聲道：「還不快去！」

那內使叩了頭，爬起來就朝裡面跑，因為慌亂，下臺階時不小心踩到自己的衣袍，砰地跌了個狗吃屎，又忙著要起來快跑，看那姿勢真可謂是連滾帶爬。

梁帝在後面瞧見他狼狽的樣子，忍不住大笑，但剛笑了兩聲，心中又陡然起疑。那內使他約莫認得，常在太子身邊侍奉，雖品級不高，可也不是未曾見過駕的新人，就算今天自己來得意外，也不至於就嚇得慌亂成這樣啊……

「叫那人回來！」

高湛趕緊命小太監將那內使追了回來，帶到梁帝面前跪著等待詢問。

「你剛才說……你不清楚太子在裡面做什麼？」

內使蜷成一團，伏在地上不敢抬頭，顫聲道：「奴才的確不……不清楚……」

梁帝目光陰沉地在他臉上停留了片刻，冷冷地道：「所有人都給朕跪在這裡，不得通報，不得擅動。蒙摯、高湛，你們隨朕進去！」

「是。」

躬身領命後，高湛心中有些惴惴不安。他雖不知宮中是個什麼情形，但總覺得不對，害怕鬧出什麼風波來，不由悄悄瞟了蒙摯一眼，想看看他的意思，沒想到這位大統領臉上根本沒什麼明顯的表情，只是垂首默然隨行。他也只好把自己的身子彎得更低，小步半跑著跟在愈走愈快的梁帝身邊。

東宮規制雖不比天子宮城，但畢竟是儲君居所。從正門到太子日常起居的長信殿，那還是有一段不短的路程。梁帝適才懷疑太子此刻在自己宮中行為不妥，心中不悅，所以才決定暗中進去親眼看看，可他畢竟年事已高，沒走多久，便有些氣喘。

高湛是最諳聖意的，早已提前做了準備，手一揮，一直跟在後面的六人步輦便抬了上前。梁帝扶著內侍的手上了步輦端坐，行動速度頓時比他自己走快了近一倍。這樣一路進去，沿途當然又遇到不少東宮人等，這些人雖不明情況，但是蒙摯令他們噤聲的手勢還是看得懂的，紛紛跪伏在路邊，無一人敢動。

過了明堂壁，轉永奉閣，接下來便是長信殿。梁帝下輦，剛踏上全木鋪製的殿廊，便聽到裡面傳來絲竹樂聲，登時大怒，步伐也加快了些。

國喪期全國禁音樂，這是禮制。只不過三年孝期長了些，到後來民間一般都會有不少人開始悄悄違制，只要不公開不過分，不經人舉報，朝廷也多是睜一隻眼閉一隻眼。可是太子畢竟身分不與常人相同，一來他是儲君，二來是太皇太后的嫡系子孫，國孝、家孝背著兩層，何況現在也不是喪制後期，連半年都沒過呢，東宮便開始演樂，實在是悖禮至極。

不過要說太子不知道此時演樂違禮那當然不是，只不過他一向享樂慣了，耐不得喪期清寂，近來又心情鬱悶壓抑，忍不住想要解解悶，加上以為關了長信殿的門窗悄悄在裡面玩樂，東宮輔佐御史言官都不可能會知道，未免行為放浪了些。而對於父皇的突然到來，由於以前根本沒有發生過，他更加是想也未曾想到。

梁帝在廊下緊閉的殿門前略站了一會兒，聽到裡面刻意壓低的樂聲，臉色十分難看。但此時他還殘餘了些理智在腦中，知道自己要是這樣闖了進去，太子喪期演樂大不孝的罪名就坐實了，對於歷來標榜以孝治國的大梁來說，這可不是一樁小罪，足以壓翻太子本已薄弱的所有德名，到時不僅一個廢字就在眼前，只怕東宮相關的人也會跟著掛落一大批。退一步來說，即使現在對太子已動廢念，不再有憐惜之意，梁帝還是想要徐緩地做這件事，並不想讓一個預料外的突發事件成為廢嫡緣起。

念及此處，梁帝忍了忍心中怒意，沒有出聲，黑著一張臉轉身，正打算悄悄離去，裡面突然傳來了說話的語聲。

「殿下……再喝一杯嘛……陛下有恙，今日又不會召殿下了，醉了也無妨啊……」

嬌柔的媚語後是太子的一聲冷哼，「即使父皇無恙，他也不會召我。現在除了譽王，父皇眼睛裡還有誰？」

「殿下怎麼這樣說呢，您是當朝太子，是將來的皇帝，陛下眼裡，當然應該只有您了……」

「算了吧，我早就看透了，父皇無情多疑，總是罵我不修德政……他也不想想，要不是他扶了個譽王起來跟我做對，我何至於幹那些事情……我的德行不好，父皇的德行難道就好了？」太子說了這一句，又大聲慘笑，接著便是吞酒擲杯之聲。

梁帝面色鐵青，全身篩糠般顫抖。高湛擔心地走近，伸手想要攙他，卻被猛力推開，幾乎跌坐於地。梁帝根本看也不看他，幾步衝下臺階，從蒙摯腰間拔出一把長刀，轉身又衝了回來。高湛嚇得臉發白，膝行幾步抱了梁帝的大腿，小小聲地哭喊著：「陛下三思！陛下三思！」

其實梁帝只是急怒，自己也不知道自己想幹什麼，剛執刀衝至緊閉的殿門前，人又覺得茫然，回手揮刃用力一劈，在殿門前朱紅圓柱中劈出一道深痕，隨後狠狠擲刀於地，大踏步地轉身走了。

這一番動靜不小，殿中的太子已驚覺，撲爬出來看時，只瞥見梁帝赭黃的衣袍一角消失在外殿門外，再回眸看看柱上刀痕，頓覺汗出如漿，頭上嗡嗡作響，全身的骨頭如同一下被抽走了般，整個人癱軟在地。

梁帝一怒之下離開東宮長信殿，不坐步輦，不要人扶，走得委實太急了些，剛到永奉閣，便突覺眼前一黑，向後栽倒，幸而蒙摯快速扶住，才沒有傷著。高湛忙從袖中取了安神香盒，吹了些藥粉入梁帝鼻中，他打了個噴嚏，發紅的雙眸才漸漸清明。

「陛下……」蒙摯為他捋背輸息，扶到路旁山石上坐了，徐徐勸道，「龍體最為緊要，請陛下保重。」

梁帝拿過高湛遞來的手巾擦了擦臉和眼睛，大半個身子的重量靠在蒙摯的臂上，重重地喘息。時間一久，方才充盈於胸間的怒氣漸漸消了，取而代之的是心底一片愴然與悲涼，目中不禁落下淚來，佝僂著腰背咳嗽，發黃的臉上皺紋似乎又深了好幾分。

「蒙卿……東宮如此怨懟，難道朕……真的做錯了什麼嗎？」

蒙摯被他問得發愣，一時不知該如何回答。他到梁帝身邊歷任至禁軍統領，時日不可謂不久，但多年以來，他只見過這位皇帝陛下駕馭制衡臣下皇子們，手段百變，從無自我懷疑和力不從心的時候，幾時見過他這般憔悴感慨，軟弱傷心得如同一位普通的父親？看著那花白的頭髮、顫抖的乾枯雙手、混濁蒼老的眼眸，回想起他當年殺伐決斷的厲辣氣質，令人不禁恍惚怔忡，感覺極是陌生。

也許，人老了之後，真的會改變許多……

「陛下，東宮這邊，您打算……」蒙摯問了半句，又覺不妥，忙咽了回去。

梁帝抬袖拭了拭淚，咬牙想了半日，面色猶疑不定，也無人敢催問他。足足半盞茶工夫過去，他方吩咐道：「今日之事，嚴令不得外傳，先隱下來。」

蒙摯和高湛聞言都有些意外，卻都沒有在臉上表現出來，只默默領命。不過梁帝到底不是恩寬之人，沉吟了一陣後，他又補充了一句：「從現在起，封禁東宮，一應人等，不得隨意出入。」

蒙摯遲疑地問道：「包括太子嗎？」

「包括太子！」梁帝語氣沉痛，卻也堅決，「太子三師，非領旨也不得入見。這個事，蒙摯你來辦。」

「請陛下恕罪，」蒙摯跪下道，「幽禁太子事體重大，僅奉口諭臣難以履行。請求陛下賜聖旨詔命。」

梁帝看了他一眼，正要說話，高湛突然道：「陛下，太子殿下追過來了，跪在仙液池邊，您見不見？」

「……叫他回去，朕現在……不想見他……」梁帝閉了閉眼睛，聲音甚是疲累，「……抬輦過來，回宮吧……」

「陛下，」蒙摯有些著急，「臣這邊……」

「傳輦！」高湛尖尖的聲音有些刺耳地響起，打斷了蒙摯的話。

梁帝這時已經起身，顫巍巍地踩上步輦的踏板，搖搖不穩。在高湛的指揮下，三、四個小太監圍過來扶著，總算安置他坐得平穩。

「陛下……」蒙摯候他坐好，正要再說，高湛又高聲一句「起駕——」把他的聲音蓋了下去。等蒙摯皺著眉頭再近前一步時，梁帝已伏靠在輦中軟枕上，閉著眼睛揮了揮手。

他此刻滿面戚容，手勢的意思明顯是不許人再打擾，蒙摯雖然為難，也只好不再多問，跪送他上輦去了。

聖駕離開，東宮沉寂如死。蒙摯按下心中感慨，立即開始處理後續事宜。隱住今日長信殿之事不外傳並不難，一來在場的人並不多，嚴令禁軍噤口蒙摯自然做得到，內廷的人高湛會處理，東宮的人更是不敢多說一個字，所以簡簡單單就把消息封鎖得甚是嚴密。

不過禁止所有人出入東宮就難了些，太子本人還好說，他自己對幽禁的原因心知肚明，絕望之下不敢廝鬧，他一安靜，東宮其他人更不敢出聲，因此最難的部分主要在外面。別人倒也罷了，太子少師、少保、太傅等人每天都要來見太子，這些人雖不是黨爭中人，卻一門心思履行職責，太子有過，立即上本罵得最凶的是他們，但太子被左遷至圭甲宮時，保得最厲害的也是他們，只是這樣的古雅之臣，如今在朝中已無實權，不似前朝那般舉足輕重，因此太子禮敬他們，卻不倚靠他們，譽王重視他們，卻也不忌憚他們，很多時候他們都是象徵性的，在真正劍拔弩張、爾虞我詐的黨爭中達到的作用並不大。可不管是否有實權，這些老先生都是太子三師，蒙摯只憑「聖上口諭」四字，又不能詳說理由，要攔住他們實在為難。再說了，幽閉東宮儲君這樣震動天下的大事，連道明發諭旨都沒有，也難免招人質疑。

在被三師折騰了足足一個時辰之後，口乾舌燥的蒙摯突然意識到自己的做法太傻了，講什麼道理啊，現在哪裡是辯論的時候，這件事也根本由不得他來辯論，所以從一開始就錯了。

想通了這一點，蒙摯立即明白該怎麼辦。託辭躲開後，他專門指派了幾個愣頭愣腦的小兵去守宮門，無論人家說什麼，硬梆梆頂一句「奉聖上口諭」回來，誰要想跟這些兵講道理，那場面絕對是一邊講不清，一邊聽不懂。三師們被氣得跳腳，嚷嚷著讓這些兵去找蒙摯來，結果他們直愣愣答一句「沒資格跟大統領說話」，半步不挪，差點把老年人氣得犯病。

躲開了東宮官員和那些老臣，蒙摯輕鬆了些，回來調班，把最得心應手的人重編輪值，安排去了東宮。幸好梁帝這邊是回了宮後就犯病，一直躺在芷蘿宮沒有挪動過，省了蒙摯不少事。到次日上午，太子被禁的消息漸漸傳開，各方前來打探的人一波波的。東宮進不去，內監高湛管得嚴，禁軍方面也撬不開嘴，愈是沒有真實的資訊來源，愈是猜得邪乎，連譽王都顧不得表現出避嫌的樣子，親自來拜訪蒙摯，想探點口風。不過他撲了個空，蒙府和統領府都沒找著人，本以為他在內苑當值，結果查找後居然也不在，可謂是消失得無蹤無影。

不知真正的原因，就不好制定相應的對策，再加上梁帝臥病不朝，在後宮只讓靜貴妃服侍，連皇后和越貴妃都不見，探聽不到他真實的態度，無論是打算力保的，還是準備火上澆油的，全都不敢妄動，各種各樣奇怪的論調私下流轉著，朝野亂成一片。

當然，身為事件重要人物之一的蒙摯雖然不知隱身何處，但他肯定不是真的消失了。誰也找不到的這位大梁第一高手此時正站在靖王的寢室之中，面對吃驚的房間主人比劃著一個安撫的手勢。

「殿下放心，沒有任何人發現我過來，」蒙摯低聲道，「東宮之事，我覺得還是盡早來稟知殿下比較好。」

靖王原本就是心性沉穩之人，近來又更歷練，所以一驚之後，很快就鎮定了下來。吩咐門外的心腹不放任何人進來後，他拉著蒙摯進了裡間，一面開啟密道門，一面道：「見了蘇先生再說吧，免得你說第二遍。」

蒙摯應諾一聲，跟在靖王身後進了密道，輾轉來到那間已去過幾次的密室。靖王拉動安置在牆面裡的鈴繩，通知梅長蘇自己的到來，可等了比平時長一倍的時間後，依然沒有謀士的身影出現，讓密室中的兩人都有些不安，但又不能直接穿過去察看究竟。

又等了一炷香的功夫，蘇宅那邊的密道裡終於有了動靜，不過就算是武功遜於蒙摯的靖王也能確定，那門響之後便飄乎無聲的來人一定不是梅長蘇。

果然，頃刻之後，飛流年輕俊秀的面龐出現在密室入口，冷冰冰的語氣生硬地道：「等著！」

蒙摯看了靖王一眼，見他沒有生氣的樣子，便踏前一步，問道：「飛流，是蘇哥哥叫你來的？」

「嗯！」

「蘇哥哥呢？」

「外面！」

「外面臥房裡？」

「更外面！」

「在客廳嗎？」

「嗯！」

蒙摯大概有些明白了，「是不是有人來找蘇哥哥說話啊？」

「嗯！」

「是誰啊？」

「毒蛇！」

蒙摯嚇了一跳，「你說是誰？」

「毒蛇！」飛流最不喜歡重覆回答同一個問題，不耐煩地瞪了他一眼。

蒙摯想了想，確認道：「是譽王嗎？」

「嗯！」

聽到此處，靖王和蒙摯都清楚了情況，略略放下心來，安穩坐下。飛流仍站在門外，認真瞧著兩人，沒有要走的意思。靖王心中突然一動，向他招了招手，問道：「飛流，你為什麼把譽王叫做毒蛇？」

「蘇哥哥！」

靖王見過多次梅長蘇與飛流的相處模式後，大略也摸清了一點少年的思維方法，猜道：「是蘇哥哥告訴你他叫毒蛇的？」

「嗯！」

「你知不知道蘇哥哥為什麼要把他叫毒蛇呢？」

「知道！」

「你知道？」靖王有些意外，「為什麼呢？」

「噁心！」

「誰……誰噁心？譽王嗎？」

「蘇哥哥！」

靖王與蒙摯對視了一眼，兩人都有些不太明白，想了好半天，才想到一個大概合理的解釋，「飛流，你的意思應該不是指蘇哥哥是個很噁心的人，而是說他見了譽王之後就會覺得噁心，對不對？」

「嗯！」

靖王眼珠轉了轉，突然動了好奇之心，又問道：「譽王是毒蛇，那我是什麼？」

飛流偏著頭定定看了他一陣，慢慢道：「水牛。」

蒙摯幾乎被嗆住，「水牛？你為什麼覺得靖王殿下是水牛啊？」

「不知道！」

「不知道？」蒙摯這次真的糊塗，「你是隨便選了水牛這個詞來指稱殿下嗎？」

「我想，」靖王的臉上沒有一絲笑意，不過還算平靜，「飛流的意思是說，他不知道他的蘇哥哥為什麼要把我叫成水牛。」

蒙摯心頭一跳，忙替梅長蘇辯護道：「不會吧，蘇先生為人持重，怎麼會給殿下取綽號？那可不是他一向行事的風格啊！」

靖王淡淡道：「也許這位蘇先生，有我們不知道的另一面呢？再說，他也不是第一個叫我水牛的人了，以前大皇兄……還有小殊，都這麼叫過我，他們常說我不愛喝茶愛喝水，脾氣又像牛一樣的倔，怎麼看都是一頭水牛……」

蒙摯這一下是真的被嚇得連呼吸都屏住了，臉上的肌肉僵著，好像是不知道該做出什麼樣的表情才好。不過他就算再多失態一會也無妨，因為梅長蘇恰在這時走了進來，靖王的視線被引了過去，定定凝望著他的謀士。

「抱歉來遲了。譽王剛才來商議一些事情，才送走他。」梅長蘇正解釋著，看到靖王與蒙摯迥異的神情，立即覺察出室內氣氛不對，「怎麼了？你們剛剛……在說什麼嗎？」

「也沒什麼，」靖王緊緊盯著他的眼睛，語氣卻放得很淡，「我們正在說……水牛的事情……」

靖王說出這句話的時候，整間密室裡最緊張的是蒙摯，最輕鬆的是飛流，介於他們兩人之間的梅長蘇反倒沒什麼驚慌的表現，不過也絕不是故作輕鬆，他只是微微瞇起了眼睛，似乎正在反應靖王到底說的是什麼意思，接著他好像明白了過來，這才略微表露出來一些意外、歉疚和惶恐的情緒，慢慢側轉身子，用含著責備意味的語氣叫了一聲：「飛流……是你亂說話嗎？」

「沒有！」少年不明白自己為什麼被責備，睜圓了眼睛，微張著嘴，非常委屈的樣子。

「飛流，我不是跟你說過，霓凰姐姐那是在玩笑，不可以學嗎？」

「你自己！」

梅長蘇好像被少年的反駁梗了一下，頓了頓方道：「是，蘇哥哥自己也學了兩次，也不對，我們以後一起改，聽到了嗎？」

「喔。」飛流偏著頭又看了靖王一眼，「改！」

「對不起，殿下。」梅長蘇這才向靖王躬身施禮，「年後霓凰郡主曾來作客，我們閒聊時她談起些當年舊事，我聽了覺得有趣，所以明知如此稱呼殿下十分失禮，私下裡還是忍不住用了兩次，誰知被飛流這孩子學去了。這是我唐突冒昧，請殿下恕罪。」

「原來是聽霓凰說的，」靖王臉部表情沒有大改，但低垂的眼眸中卻有一絲失望，「我還以為……」

他說到一半故意停住，可梅長蘇靜靜站著，並不接話茬兒，倒是蒙摯忍不住追問了一句：「您以為什麼？」

「我還以為蘇先生以前……認識別的什麼人……」靖王的目光迷濛了一下，之後突一凝神，復轉清明，微微笑著道，「想不到霓凰郡主真是看重蘇先生，連過去的舊事都願意講給你聽。」

「難道殿下不覺得我是個好聽眾嗎？」梅長蘇坦然一笑，「對於霓凰郡主我也十分敬重，所以很多看法並沒有瞞她。雖然她現在尚不知我已投入殿下幕中，但知道我以前甚是景慕祁王，曾有心為他效力，如今應付譽王不過是為時事所迫，虛與委蛇罷了。有了這個共識，她對我也少了些戒備，說些不要緊不機密的舊事，無外乎抒發情懷罷了。再說郡主身邊也實在沒有知心朋友，她與殿下你同掌兵權，淵源又深，為避嫌不能交往過密；與夏冬之間存有舊日心結，好些話都只能避而不談；穆青年紀又小，沒有經過那段時日，也不了解那些事件……我雖然不能算她的好友，到底有這個年紀、這個閱歷，多多少少能與她有些共鳴。我想，這大概就是郡主青眼於我的主要原因吧？」

靖王看他一眼，表情甚是認真地點了點頭道：「霓凰郡主女中豪傑，識人之慧眼遠甚於我。我也只是近來與先生交往多了，才了解到先生的高才雅量，遠不是我以前想像中的那種謀士。」

他這句讚譽是出自真心，並無虛飾，梅長蘇自然分辨得出，所以也不俗套謙遜，只微微欠身為禮，以示回應。見他二人關係融洽，最高興的反而是旁觀的蒙摯，他搓著手，呵呵笑道：「君臣風雲際會，不外如是。靖王殿下寬仁中正，蘇先生才調奇絕，你們二位聯手，何事不成？」

「蒙大統領的信心，倒是比我們還足，」梅長蘇扶著桌沿慢慢坐下，也笑了笑，「不過再有雄心壯志，事情還是要一步一步踏踏實實做的。現在咱們有的沒的已經閒聊了這麼久，大統領有什麼正事，也該說說了吧？」

被他這一提醒，蒙摯立即神色一端，道：「陛下幽禁太子於東宮，你們都知道了吧？」

「並不知細節。」梅長蘇凝目道，「事情究竟如何發生、陛下當時的言行如何，都要請大統領從頭細講。」

「好。」蒙摯定心回憶了一下，將當日怎麼奉命隨侍梁帝去東宮的一應細節，慢慢複述出來。他雖不是擅長華辭之人，但記憶力上佳，用詞簡單準確，當日情形倒也描述得清楚明白。

梅長蘇等他說完，沉吟了片刻，問道：「太子現在身邊還是東宮舊人服侍嗎？」

「是。不過我擔心他絕望之下，有什麼不當舉動，所以還是派了一個機靈靠得住的人隨時監看。」蒙摯說著嘆了口氣，「這位太子爺算是毀了，只是不知道陛下究竟是怎麼打算的？」

「據我判斷暫不會廢，即使廢了也不會馬上立新太子。」梅長蘇轉向靖王，「殿下明白我的意思嗎？」

靖王點點頭，「明白。」

他明白，可蒙摯不明白。不過這位大統領並非好奇心深重的人，想了想沒想通，也沒有追問。

「東宮處於皇城，宮內防衛由禁軍接管，宮外四周卻是巡防營的職責，殿下也要命人加重巡視，無論朝局再亂，東宮附近不能亂。一亂就會引發意外，屆時責任都在你們二人身上，譽王倒樂得佔便宜呢！」

蒙摯立即贊同：「這個責任的確是重，我剛才不是跟你們說過嗎？我現在連道明發諭旨也沒有，當時向陛下求取，可總是說不完話就被打斷，現在只好靠一句口諭硬撐著。」

「說起這個，」梅長蘇轉頭看他，「你該備一份重禮去給那位高公公。」

「啊？為什麼？」

「他打斷你的話是好意，是人情，你還了，就代表你知道他的好意，領了他的人情，」梅長蘇朝他笑了笑，「就是這樣。」

蒙摯瞪他一眼，「蘇先生，你明知我腦子裡沒這些彎彎繞繞的，別戲耍我，到底怎麼回事，跟我說清楚啊！」

「那我問你，你一開始向陛下請求明發諭旨的時候，陛下有沒有理你？」

「沒……」

「他為什麼不理會你？是因為他沒聽清楚呢，還是因為他糊塗了？」

蒙摯怔了怔，無言可答。

「若說這世上誰最了解陛下的心意，那絕不是皇后貴妃，不是太子譽王，不是這些一直揣測他聖意的朝臣，而是高湛。他朝夕在陛下身邊服侍，這些年恩信不衰，沒有機敏的反應、準確的判斷是做不到的。」梅長蘇深深看了蒙摯一眼，「就拿當日長信殿的事來說，你請求手諭，陛下沒有理會，這就代表陛下當時根本是猶豫不定，一來不想即時處置，二來不想處置得太死，日後不好回寰。如果經由中書朝閣明發諭旨幽閉太子，總要說理由，無論寫什麼理由，一旦嚴重到要幽閉儲君的地步，怎麼都不是一個小罪名。太子如今的處境，承受不起這一道明諭，一旦發出去，那不廢也等於廢了。所以對於陛下來說，你當時請求他下發的，幾乎可以算是一道廢太子的詔書了……」

蒙摯背上冷汗直冒，急道：「可我不是那個意思！我只是……」

「你只是為了更方便接管東宮，這個我明白，高湛明白，連陛下也明白。所以你一開始請求時，陛下並沒有發怒，而只是不理會。但如果你一而再、再而三地要求他明發詔旨，以陛下當時的心情狀態，以他素日的多疑多慮，只怕就不會僅僅是不理你而已了。再說你可別忘了，經內監被殺一案譽王來為你求情後，在陛下心目中，多多少少是有些懷疑你偏向譽王的，這個時候你極力請求明發御詔，置太子於死地……嘿嘿……」梅長蘇冷笑了兩聲，「我們陛下很寬仁嗎？很體貼嗎？他會疑心到什麼地方去呢？」

蒙摯後退兩步，一下子坐在了椅上，連接吐了兩口氣，也回不過神來。

「陛下急事緩辦的這個心思，那位高公公清楚著呢，所以他攔你的話頭，那可真是一份好心，難道你不該回禮謝謝人家？」

「聽你這麼說，真是該謝他了。」蒙摯擦擦額上的汗，「不過高湛為什麼會偏幫我呢？素日我們雖無摩擦，但也不是特別交好啊！」

「天子身側，侍君如虎，又處於後宮那種陰詭之地，高湛絕對是個明智聰穎之人。一心忠君，不捲入內宮寵爭，不涉足朝政是非，不動壞心思不害人，有機會就不著痕跡地送些人情賣些好意出去，這樣的做法，無論將來是何人得寵，何人得位，他一個善終是跑不了的。反而愈是那些動作甚多，站位排班投靠這個，支持那個的人，一批接一批地倒下。朝堂如此，後宮……又何嘗不是如此。」

「蘇先生，既然高湛在陛下身邊如此重要，人又聰慧，先生為什麼不替靖王殿下想辦法收伏了他呢？」

「不行，」梅長蘇搖了搖頭，「一來高湛多年明哲保身的做法不會因為我們的拉攏而動搖，二來他離陛下太近了，要想收服他，難免會漏些機密弱點在他手上，一個掌控不好，反而弄巧成拙。靖王殿下爭位，要走正道，要加強實力，爭取愈來愈多光明正大的支持。高湛雖然重要，卻也不是非他不可，何必如此貪心呢。再說以這位高公公的為人，縱然不收伏也不會礙著我們什麼事。等將來殿下足夠強的時候，他不是我們的人也是我們的人了。」

蒙摯有些羞慚地擺著手，道：「算了，我實在太笨，不插嘴了，免得誤你們商量正事。這些話你不說我不覺得，一說還真是那麼回事啊！」

一直安靜聽著的靖王此時也不禁一笑道：「你多問問也好，蘇先生有時不耐煩解釋，你這一問，我也清楚了好些。」

「我哪裡是不耐煩解釋，實在是殿下近來進益良多，我略略一提，你就明白了。既然已經明白，我還囉嗦那麼多幹什麼？」

靖王緩緩收淡面上的笑意，正色道：「不過你不勸我收伏高湛的第三個原因，我倒真是明白。多謝先生了。」

他說出這句話，梅長蘇甚是意外，怔了怔，胸中一陣發暖，笑了笑轉過頭去，也沒說什麼。

收伏高湛固然有難度有弊端，但收伏之後能帶來的利益也是極為巨大的。讓梅長蘇最終決定不強求靖王到高湛身上打主意的最主要原因，確實是他沒有說出口的第三個。

那就是不想讓靜貴妃捲進去。

靖王畢竟不能太過頻繁入後宮去，因此無論是收伏高湛的過程中，還是收伏以後，都難免要通過靜貴妃實施某些行動。靜貴妃敏慧冷靜，並非沒有這個能力，但她素性恬淡，利用她進行陰詭之事，絕非靖王所願。

梅長蘇就是體貼到這一點，所以從來沒有要求靖王配合他在後宮翻弄任何風波。不過讓他意外的是，一直對此不發一語的靖王，心裡居然是明白他的好意。

「那接下來我們該怎麼辦？」蒙摯聽不懂這兩人隱晦不明的話，也不想去問，他現在最關心的就是，自己千萬不要再做錯事了。

「四個字，靜觀其變。」梅長蘇決斷地道，「所謂異常為妖，假定你們沒有捲入黨爭，面對現在這個局面時會怎麼做，你們就怎麼做。大統領嚴謹東宮防衛，履行聖意就行了，靖王殿下就認真辦自己的差事，仍像以前一樣對太子、譽王不聞不問。這種時候，誰添亂誰就倒楣。剛才我告訴譽王的是『暗中謹慎行事』，但其實最正確的作法是什麼事也別行。陛下此時需要靜，誰靜得下來，他就會偏向誰，宮裡的情形，不也是這樣嗎？」

第四十二章

已露鋒芒

事情大概商議停當後，靖王首先起身結束會談。梅長蘇趁著他道別後轉身的機會，快速向蒙摯使了個眼色。禁軍大統領現在滿腦子還在回想剛才梅長蘇的種種分析，一時沒有領會到他的意思，直到他暗暗做了一個口型，才突然想起前幾天他叮囑過的一件事，恍然明白了過來。

「對了殿下，」眼看著靖王已走到門口，蒙摯立即道，「上次殿下在這裡拿去的那本《翔地記》不知看完沒有？我也略略翻過那本書，覺得非常有趣，想細讀增長些見識，不知殿下可否轉借給我看兩天？」

「怎麼找我？書的主人可是蘇先生呢，要借也該是找他借吧？」靖王挑了挑眉，「只要蘇先生同意借，我就拿給你。」

梅長蘇一哂道：「不過一本書罷了，誰喜歡看就拿去看好了。蒙統領不提，我都快忘了。」

「不過蒙卿要等兩天了，」靖王笑道，「這本書現在我母妃那裡，過兩天我進宮請安時再拿過來吧。」

梅長蘇目光一跳，有些意外地問道：「怎麼……會在靜貴妃娘娘那裡？」

「我母妃雖生性安靜，入宮前也曾遊歷過好些地方，現在困於宮中，日日百無聊賴，所以一向最愛讀遊記。蘇先生此書是難得的精品，我隨口提了提，母妃便十分有興趣想要看看。算起來這本書她讀了也有半個月了，想必已經看完，既然蒙統領要看，我下次記得拿回來就行了。」

蒙摯要回這本書是梅長蘇授意，並非他自己要看，聽靖王這樣說，再看看梅長蘇神色淡淡，仿若掛著一張安靜面具的臉，心裡不由有些擔心，卻又不能說什麼，只得「哦」一聲，道一句「多謝」，便陪著靖王從他那邊出去了。

最開始蒙摯悄悄進入靖王府時，天色就已黑了，現在差不多算是深夜，所以道了晚安之後，蒙摯便準備如同來時般悄然離去，誰知身形剛剛移動，就聽靖王叫了聲「稍等」，忙收住腳步，轉過身來。

可是靖王叫住他，卻躊躇了半天不說話，良久後方慢慢道：「蒙統領要那本《翔地記》，是真的自己要看，還是誰叫你幫他索取的？」

他此刻問出這樣一句話來，蒙摯毫無準備，忍不住大吃一驚，幸好他接下來說的話跟這滿面的驚訝之色還算比較符合：「殿下怎麼會這樣問？當然是我自己要看啊！殿下覺得誰會叫我幫他要？除了我們幾個，難道還有其他人知道殿下借了蘇先生那本書嗎？」

雖然驚訝的內容與他說的不一樣，但他這滿臉的驚奇表情可是實打實的，靖王看了半天也不似作偽，不禁略覺尷尬，笑了笑解釋道：「我只是沒想到蒙統領居然也這麼愛看書，隨口問問，還請不要多心。」

蒙摯哈哈一笑：「我這個武人本就與書本無緣，若不是那遊記翻了幾頁確實有趣，我也不會想討來看看，難怪殿下覺得意外……」

「是本王失禮了。」靖王微微點頭以示歉意，「確實不該這樣問，蒙統領別放在心上，也不必……將此事講給蘇先生聽……」

「呃……」蒙摯簡直弄不明白他什麼意思，又怕多問多錯，日後被小殊埋怨，便呵呵笑著抹了過去，快速道別，飛一般地走了。

待他離去後，靖王在燈下出了一會神，不知為什麼總是靜不下心來，便到外間書房處理了一些軍中和巡防營的公務，再出院中舞了半個時辰的劍，直到身體感到倦意，方才回房洗漱休息。

次日一早起身，先入朝中，不久內苑傳旨出來今日仍是停朝，靖王便自朱雀門進入後宮，去向母妃請安。算起來他已有近七天沒有見過靜貴妃了，前幾次剛到宮門外，就聽說梁帝在裡面，不敢打擾，只得宮外行禮後離開。今日梁帝仍然不朝，靖王已做好了再次不能見面的準備，誰知到了芷蘿宮外，剛一通報就有女官出來迎他進去。

靜貴妃在日常起居的西暖閣接待兒子，仍是素服淡妝，滿面柔和的笑意，殷殷問過寒暖後，便命人端上親手製的茶點，在一旁笑微微地看著兒子吃。

「今日父皇怎麼不在？」靖王吃了一塊芝麻糕，隨意問道。

「聽說……是夏江進宮來了，陛下與他商議事情。」靜貴妃簡單答了一句，又捧過一碗板栗羹遞到兒子手中，「嘗嘗這個，這是新做的。」

「我每次來，母妃都當我在外面沒飯吃似的，」靖王玩笑道，「自從可以隨時晉見母妃，不覺就胖了一圈兒。」

「哪裡有胖？」靜貴妃柔聲道，「做母親的，只嫌兒子吃得少。」

那碗板栗羹其實只是很小一碗，靖王兩口就喝畢，用手巾擦擦嘴，道：「母妃，上次我送來的那本《翔地記》，母妃可曾看完？」

「已經看完了。你要拿回去嗎？」

「有位朋友也想看看。」

靜貴妃起身，親自到隔間將書拿過來，凝目又看了封面片刻，這才慢慢交到兒子手中。

「母妃……很喜歡這本書嗎？」

「是啊……」靜貴妃淺淺一笑，神情有些落寞，「讓我想起一些過往歲月，舊日情懷……對了，這書上的批註，就是你常說的那位蘇先生寫的嗎？」

「是。」

「讀那批註文辭，應是霽月清風，疏闊男兒，怎麼聽你說起來，好像這位蘇先生卻是位心思深沉，精於謀算之人？」

「蘇先生是個多面人，有時老謀深算到讓我心寒，有時卻又覺得他也不失感性。」靖王濃眉微挑，「怎麼？母妃對他很感興趣？」

「你胸懷大志，要為兄長、忠臣申冤雪恥，要匡扶天下整頓朝綱，母妃以你為傲。只可惜我力弱，對你沒有太多助益，當然唯願你身邊能有誠信得力之人，可以輔你功成。」靜貴妃秋水般澄澈的眸子微微蕩了蕩，語氣溫潤，「這位蘇先生我看就很好，他捨了太子、譽王那邊的捷徑，一心相助於你，可謂至誠。你一向待人公正，我很放心，本沒什麼好叮囑的，只是覺得像蘇先生這樣的人才難得，你對他應該要比旁人更加厚待幾分才行。總之無論將來如何，切莫忘了他從一開始就扶助你的情份。」

靖王靜靜聽著，沉吟了片刻，深深地看了母親一眼，慢慢說：「您說過了……」

「啊？」靜貴妃微微一怔，「什麼？」

「母妃看過這書不久，就專門問過我批註人的事，之後也曾叮囑過兒臣要善待蘇先生，對他多加倚重信賴……怎麼今天又重覆說起？莫非怕兒臣忘了？」

「這樣啊……」靜貴妃自嘲地笑了笑，用羅帕輕輕拭了拭嘴角，「人一上了年紀，就容易忘事，說過的話，要顛三倒四說上幾遍，看來我真是老了……」

靖王忙起身行禮道：「母妃春秋正盛，何出此言？都是兒臣說錯了話，請母妃恕罪。」

「好了，」靜貴妃微帶嗔意地笑道，「自己親娘，做出這麼惶恐的樣子幹什麼？你已經長大，有了擔當抱負，我心甚慰。外面的事我一概不管，只要你保重自己一切平安就行了。」

「是。」靖王正要再寬慰她兩句，一個宮女出現在殿門外，高聲道：「稟娘娘——」

「進來說吧。」

宮女低頭斂眉進來跪下，稟道：「武英殿中傳信過來，陛下已經起駕朝這邊來，請娘娘準備接駕。」

「知道了。你退下吧。」靜貴妃不緊不慢地站起身，拿過兩個食盒遞給靖王，又道，「這是我備的藥膳點心，一盒給你，另一盒，你帶給那位蘇先生，算我謝他竭誠相助我兒的辛勞。」

靖王抿了抿嘴角，將兩個食盒疊在一起，托在手中，又在桌上拿了那本《翔地記》揣入懷裡，向靜貴妃再行拜禮，緩緩退出。為防衝撞聖駕，他刻意走了偏門，繞過懷素樓，從反方向出朱雀門，登上自己府中已候了許久的馬車。

剛進入車廂坐定，靖王便將兩個食盒放在一邊，從懷中重新取出那本《翔地記》，翻來翻去又瀏覽了一遍，尤其是梅長蘇的批註和被他批註的內容，他更是字字句句，讀得異常精細。可無論他怎麼讀，也沒有讀出什麼更深的含義來，最終也只能無奈地將書丟開。

這本《翔地記》，到底有什麼古怪呢？最初無意中向梅長蘇借書時，他那一瞬間的表情動搖，就如千年冰層中出現的裂縫，讓人仿若窺見了幽黑深邃的祕密之門。雖然只是一剎那的閃過，下一刻就消失得無影無蹤，但蕭景琰還是立即意識到，這本書裡一定有些什麼……

可是有什麼呢？有什麼能讓泰山崩於前而色不變的梅長蘇出現瞬間的失態？有什麼能讓身為武職不好讀書的蒙摯特意來討要？最關健的是，有什麼能使得自己那位幽居宮中三十多年古井無波的母親，一而再再而三地詢問關照起一位她根本沒見過面的謀士？

靖王知道，連最親的母妃都有意迴避，那麼自己的這些疑團就根本不可能再問任何人了，即使問了，也未必能得到真實的答案，要想解惑，還得自己思考。

蕭景琰揀起被丟在一邊的《翔地記》，再次翻開細看，最後甚至把梅長蘇批註的字顛倒分拆重新組合來讀，也沒讀出什麼名堂來。

當馬車駛入靖王府的大門後，蕭景琰放棄地吐了一口氣，將書闔上，跳下車來。

隨身侍從過來幫他解下披風，他順手把《翔地記》遞過去，吩咐道：「派個人，送到蒙大統領府中，請他親收。」

「是。」

靖王朝書房走了幾步，突然想起，又駐足道：「車上有兩個食盒，都搬到我的臥房裡去。」

「是。」

「召列將軍、季將軍、劉參史和魏巡檢到書房來。」

「是！」

靖王仰首向天，深深吸了一口氣，拋去滿腦疑思，振作了一下精神，大踏步走向自己的書房。

正在這時，門外突然有喧譁之聲傳來，一個親兵飛奔了進來，氣喘吁吁地稟道：「陛下聖旨到！請殿下接旨……」說到此處，這親兵又咽了口唾沫潤了潤嗓子，以極為興奮的語氣補充道：「來傳旨的，是司禮監的監正大人。」

靖王立即明白過來，心中也不禁一喜，只是面上依然沉靜，只淺淺微笑了一下。他此刻還沒換下朝服，所以不必耽擱，很快就迎了出去。

門外攜旨前來的果然是司禮監的監正，一身嚴謹官服，滿面笑意。靖王與他略略見禮後，便一起並肩進來。府內總管早已歡天喜地準備好了拜氈香案，監正轉入香案後，展開黃絹聖旨，高聲念道：「奉天承運，皇帝詔曰：皇七子蕭景琰，淳厚仁孝，德禮廉備，恪忠英果，屢有宿功，特加封為靖親王，著五珠冠。領旨領恩！」

在蕭景琰加封親王銜之前，無論是後宮也好，朝廷也罷，甚至包括梁帝本人，都是在做一道二選一的狹窄選擇題。好像不選太子，就應該選譽王，不選譽王，就應該選太子，縱然現階段不明確表態支持誰，將來遲早也要讓那二人之一登上皇位的。

在這樣的思維定式下，當大家看到原本位列宗室二品階上的靖王身穿五團龍服，頭戴五珠王冠，英姿勃勃，顧盼神飛地站到了譽王身邊時，那整個畫面的視覺衝擊力甚至比最初聽到他晉封消息時還要強烈。即便是對政治最為遲鈍的人也在那一剎那間意識到，新的朝政格局開始了。

其實此時的靖王還不算是完全與譽王比肩，他的王冠尚比譽王少了兩顆皇珠，但不管怎麼說，他們現在畢竟都是同樣的一品親王了，兩珠的差距比起以前親王、郡王的差距來說，似乎可以很輕易的跨過。

人總是容易陷入盲點，長期不被關注的東西就算是放在眼前也經常看不到，可是一旦那層薄薄的窗戶紙被捅破了之後，好像所有人都突然間發現，其實靖王真的不比譽王差什麼。他以前之所以默默無聞，只是因為少恩寵罷了。但是也正因為少恩寵，他時常被踢出京去辦差啦出征啦，反而因禍得福，建立的政績與軍功一筆一筆，把他的兄弟們全都壓得扁扁的。

至於出身，拜譽王年前那次廷堂辯論所賜，大家把話已經說得夠透夠亮了，誰也不是嫡子，誰也不比誰高貴些，何況靜貴妃現在愈來愈得寵，而譽王雖是皇后養子，但他自己的親娘在死之前，也不過是個「嬪」而已。

再論到序齒，蕭景琰的確要靠後些，可這畢竟不是什麼重要因素，若是大家僅僅只靠年齡分果實的話，那太子、譽王這十幾年可算是白折騰了。

如果在兩、三個月前有人說會有另一個皇子異軍突起，足以媲敵如日中天的譽王的話，這個人多半會被當成癡人說夢，可僅僅只過去了這短短一段時間，大家就已經可以清楚地看到，譽王不僅有了太子以外的另一個敵手，而且在這個敵手面前他還不占什麼大的優勢。

當然，對於整個情勢的變化，感覺最為明顯的人還是靖王自己。最初他決定在極為勢微的情況之下參與奪嫡時，信心其實十分薄弱。還曾經向梅長蘇請教過，該如何委婉地向自己在軍方的心腹將領及屬下們透露爭位的意願，才不至於嚇到這些人。當時梅長蘇的回答是：「不必透露，當你慢慢有了奪嫡的資格時，你身邊的人會比你更早有感覺。」

晉封親王後，靖王才慢慢領會到梅長蘇這句話的真正含義。以前他與手下眾人議事，大家連發牢騷時也最多抱怨軍餉不足啦，棉衣太薄啦，朝廷能不能再多關注一點啦之類的事，可是現在，靖王府虎影堂上議論的都是如何建立更有效的兵馬集結制度，如何推進新馬政在地方上的實施等朝廷大事。幾個頗有見識的好友心腹，甚至已經開始有意無意地慫恿、激勵他要多在朝堂上顯露能力，要多收攬人才以備大用，如果靖王略略抒發出一點對江山或皇位的感慨，這群心腹便會立即雙目炯炯、滿臉發亮，興奮之情溢於言表，反而得讓靖王暗示他們還是稍微克制一點的好。

水已經漲到這一步，那真的是什麼都不必再說，大家心知肚明。

雖然靖王相信，即使自己永遠不得勢，這批跟著自己廝殺往來的舊部也會不離不棄，但要是從男兒建功立業的角度來說，跟著一個有望開創新朝的親王，總比跟著總是被壓制的皇子要讓人舒服得多。

對靖王的上位感到最惱火的人當然是譽王蕭景桓。現在回想起來，他認為自己幾乎是眼睜睜看著靖王一步一步，不顯山不露水地在朝堂之上站穩了腳跟，而在這個過程中，明明有那麼多的機會可以把他打壓到再不能出頭，自己竟然鬼使神差般憑空放過了，更有甚者，有時還曾對他施以援手。

譽王感覺自己就像是那個煨暖了凍蛇的農夫，悔恨得直想罵人。由於多年來的主要精力只集中在太子身上，譽王府對新冒出來的這個對手了解不足，只流於一些表面的印象，甚至連宮中皇后，也說不清靜貴妃到底是個什麼樣的人物。

蕭景琰晉封親王後，譽王一個月內就在自己府裡連續召集心腹專門討論過好幾次對策，可都沒有得到什麼有益的結果。去找梅長蘇商量，那人卻不急不躁，反而笑著說「恭喜」。

譽王忍不住大發脾氣拍著桌子道：「景琰封了親王，你還恭喜我？」

「靖王封了親王，就代表著太子很快就要被廢了，殿下你多年宿願達成，難道不該恭喜？」

譽王擰著眉心，暫時沒有說話。梅長蘇的意思他明白，梁帝受當年祁王獨大到無法掌控這一事件的影響，熱衷於搞平衡之術，所以這些年來才有太子與自己兩相對立的局面。如今靖王上位，確實代表太子已經被放棄，梁帝打算創建新的平衡局面。可話雖然是這麼說，一想到自己辛苦這麼些年，最終似乎什麼也沒得到，心裡難免生氣。

「我花了十年時間鬥倒了太子，難道又要花下一個十年去鬥靖王嗎？」

梅長蘇冷笑道：「靖王和太子怎麼會一樣？太子是有名份的，殿下你比他先天就要弱些，可靖王不過是個五珠親王，只因新寵，才顯得炙手可熱。以後的事暫且不說，讓太子先把位置騰出來，就已經是殿下的一大勝果。若是不先邁出這一步，萬一拖到後來陛下有什麼不可言之事，您就是把太子打壓得再深，那皇位也該他坐。屆時要再搶，就是謀逆了。」

經他這麼一勸，譽王心中略略安定，可回到府中細細一想，依然是坐臥不寧。如果是去年這個時候，他手中實力正盛，梅長蘇這種說法會立即讓他感到欣喜，然而時至今日，認真盤算一下手裡實實在在的籌碼，突然發現自己已沒有什麼可以確實握在掌中的東西，心裡不禁一陣陣的發慌。

譽王心中疑惑不定，而梅長蘇也明白這次很難再把他哄得服貼，所以靖王晉封之後，蘇宅的防衛也隨之加強，外鬆內緊，被黎綱和甄平整治得如鐵桶一般。

童路依然隔天來一次，有緊急情報時甚至天天都來。不過他在蘇宅停留的時間不會太長，最多也就小半個時辰，如果梅長蘇對十三先生有什麼指示，他就會再以送菜為名到妙音坊去一趟，如果沒有，他便直接回到自己的住處。

因為隱蔽身分的緣故，童路住在一處貧民聚居的街坊內，除了左右隔壁是自己盟內的人以外，其他相近的鄰里全是普通的低層老百姓，有賣豆腐的、賣雜貨的、扛包跑腿的、替人漿衣縫補的等等，日子過得都極為辛勞勤苦，很少會有精神關注他人。

一般來說，童路回到自己的破落院子時都已近黃昏，有時剛把運菜的小驢車趕進院內，便會聽到身後傳來粗重的爬坡喘氣之聲，一聽就知道是住在西邊隔兩家的邱媽媽回來了。

邱媽媽自年輕時嫁過來，大半輩子都住在這裡，丈夫、兒子都早死，身邊只有一個七、八歲的小孫女，每日調製些糖水，用獨輪車推到各處去叫賣，勞碌一日歸家裡，已沒什麼力氣把車推上那一段小斜坡。

所以只要碰到了，童路總要出去幫她一把。

這個習慣從童路幾年前住進這裡時便養成了，只不過近一個多月來，略略發生了一點變化。

變化就是以前他僅僅在碰到時才幫忙，而現在，他會有意無意地想方設法趕在那個時間回家，就為了幫邱媽媽推一把她的獨輪車。

而且幫完忙之後，他還可以得到一碗沒有賣完的糖水，由邱媽媽那個從遠方投奔來的侄女兒親手舀來遞給他。

邱媽媽的侄女名喚雋娘，一個多月前才從原籍婺州千里來投靠的。她剛找到這個街坊時，顯然是一路上吃了許多風霜勞苦，不僅面黃肌瘦，而且神情恍惚，向人詢問時連話都說不太清，最後暈到在街上，還是童路把她救回去，問了半天才問出是找邱媽媽的。不過邱媽媽嫁離家鄉太久，雖然還記得有這樣一個侄女，卻已是相見難以相識，最後還是看了雋娘左肩兩顆挨在一起的紅痣才把她認出來，姑侄二人抱頭大哭了一場，鄰里鄉親們勸了好久才停。此後雋娘就在邱媽媽家住了下來。

既然住了下來，鄰里街坊裡便有了來往，偶爾雋娘也會吐露一些自己的情況，似乎是夫死無子，地方惡霸意圖欺侮，被她連夜逃了出來。大家見她雖然消瘦憔悴，卻真的是個美人胚子，難怪會被人覬覦，所以都甚是同情。尤其童路想起以前妹妹所受的屈辱，更是感同身受，有空便會前去相幫，而雋娘也因為當初被他所救，想著要報答，時常為他做些灑掃漿補的雜事。兩人免不了有所接觸往來。

既有新來者入住，十三先生照例也調查了一下，查實雋娘所言的初嫁新寡、族人不容、惡霸相欺、連夜逃脫等等都確有其事。而且雋娘來後，日日早起晚睡，幫著邱媽媽製糖水叫賣，能吃苦，會做很多事情，日常生活也十分簡樸，看得出是一個從小就習於勞作的莊稼女兒，也就沒有多放在心上。

經過一個月的養息，雖然日子清苦，但姑母慈愛，鄰里和睦，日子過得平安詳和，雋娘的心情愈來愈好，面上黃瘦漸退，整個人愈來愈有風姿，普通的荊釵布裙，也能襯出她的清雅嬌美。連童路這樣經常去妙音坊見過許多美女的人，時不時也會在她含羞帶怯的眼波前發呆，如果哪天有事情耽擱沒有見到她，心裡便會悵然若失，苦澀空虛。而雋娘對他，似乎也不是全無感覺，有時含情脈脈，有時若即若離，那種旖旎情態，萬千柔腸，不知不覺間已引得童路對她牽腸掛肚，神魂顛倒了……

第四十三章

山雨欲來

霜降之後，各地今年秋收的統計年表都已陸續送達朝廷。由於今年春夏偏旱，好幾個州府都早報災情，有些地方甚至在秋天時繼發了蝗災，乃至顆粒無收，饑民四方流散乞食，情況十分嚴重。譽王為掙名聲，在戶部賑災的糧銀外又以削減本府用度節省之名，另捐了白銀三萬兩安民，贏得一片讚譽。靖王原本家底就不厚，又養著一大幫軍中孤兒，宮中靜貴妃也無力幫襯，所以顯不得這個慷慨，一時相形見拙。

恰在這時，撫州境內發生一樁劫殺鏢隊的大案，驚動了刑部派員勘察，最終案子破了，被劫去的財物也追回，還抓住了幾名劫匪，順利結案。本來這事說小不小，可說大也不算大，最多就是刑部因破案快捷露個臉。沒想到最後竟然查明，這個鏢隊所保的是岳州知府送給譽王的例禮，總計不下五千金。

岳州是今年災情最重的幾個州之一，在等朝廷賑濟的過程中早已餓死過人，那些被捕的劫匪都說是不忿於此，故而冒奇險想要將財物劫去，散還給災民。消息傳開，岳州許多民眾聯命請求減免劫匪之罪，鬧得沸沸揚揚，讓譽王灰頭土臉，顏面掃地，多次出來聲明自己不知道岳州送禮之事，以前也沒收過州府地方上的禮。雖然他努力撇清，但朝廷諸臣中有幾個會相信岳州豐年不送禮災年反送，那就難說了。

就因為這樁醜事，梁帝雖未明確指責譽王，卻讓他避嫌，不得插手一應賑災事宜，而改派了靖王。靖王與戶部尚書沈追原本就交好，兩人配合默契，彼此間毫無制肘之感，加上都是自律甚嚴，極有原則之人，殺了、撤了幾個不明風向仍按慣例行事的州府大員後，很快就控制住了局面。雖不敢說把差事從上到下都辦得至清如水，但比起往年十分災銀只有三分進了災民手中的情形，實在是一個天上一個地下。沈追是個實幹家，京城裡坐不住，請旨親到災區巡查，務求做到少死人、不起暴亂、平安過冬、來年春耕不荒。靖王與他天天書信往來，絞盡腦汁琢磨其他能讓民生盡快起復的方法。在這方面靖王雖稍弱，但梅長蘇十多年身處江湖，了解民情，手下也有許多在底層摸爬多年的人，提了些建議給靖王，讓他跟沈追討論。那位尚書大人在實地考察了些時日，與靖王所提的意見十分相同，他自己又補充了幾條，最終成章上報梁帝。

往年大災，容易產生暴亂，都是因為災民一來無食無衣，二來無事，經過災年後沒有辦法安排來年春耕事項，所以心中絕望，一些小小由頭，都能引發大亂，一向是最讓朝廷頭痛的事。靖王與沈追的奏議主要針對這個，雖然條陳甚多，總結起來主要就是先讓災民都得以果腹，再根據各州實際情況，安排民眾操持其他副業度荒。比如臨水的渭州盛產蒲草，可編織為圍兜、茶套、草席等織品，經官運入京，極受歡迎；其他各州也有類似的產業可以發掘，以做補益。

同時乘著天氣尚有一、兩月和暖，由朝廷工部召集進行修路建橋、疏浚河道、墾山開礦等工程，讓力壯無手藝的災民以勞作換工錢，有些不封凍的州甚至可以一直開工到來年春天。災地春耕時的種子糧，由官府專款撥發，無種的耕農可以來領，當年的賦稅全免，次年如為豐年，再把種糧費添在賦稅中不加利償還。這樣林林總總算下來，災民比往年得益，朝廷賑濟的銀子卻少花了好些，大部分人有了事情做，縱然不能完全自給自足，但也總比到處乞食挨餓或坐著乾等官府賞口活命粥的好。若遇到有些地方官頭腦靈活安排得宜，這災年的苦楚更是可以減輕許多。

這一奏議經梁帝核准實施以來，收效甚佳。不僅在局面上做到了大災無大亂，國庫也沒有因此受到大的虧損，同時整肅了地方官的行為，開了新例。靖王上馬能戰，下馬能治的形象進一步確立，沈追也官聲愈顯著，在朝中愈發有威望，譽王想辦法找了他幾次碴，最終也沒有得手。

到了年底，司天監報東南有赤光侵紫微，星相衰晦。梁帝便以此下旨，稱太子無德，天已示警，故廢太子為獻王，令遷出京，謫居獻州。同時再加靖王王珠兩顆，與譽王同為七珠親王。

當這道旨意經朝閣明發時，已先一步得到消息的譽王正在他的書房內大發脾氣，室內能砸的東西基本上全都砸完了，連他自己最心愛的一盆蕙蘭都不能倖免，整個暴風場周邊誰也不敢接近，唯有久不見她活動露面的秦般若還算有些膽氣，一直站在房間的角落裡看著譽王發飆。

等譽王把心頭的氣惱怒火都發洩得差不多了，這位紅袖才女方冷笑地道：「所謂『得麒麟才子者，可得天下』，瑯琊閣可真是半點也沒有說錯啊！」

這句話如同刀子深深刺進譽王心中，他霍然回身，雙眸赤紅地瞪著秦般若，怒道：「你這話什麼意思？」

秦般若星眸幽沉，陰冷似冰，揚了揚線條清俏的下巴，咬牙道：「去年秋天江左梅郎剛剛入京時，殿下你是什麼情形，靖王是什麼情形？現在一年多過去了，殿下如今是個什麼情形，靖王又是什麼情形？這兩相一對比，到底是誰得了麒麟才子，不是一目了然的事嗎？」

譽王猛然後退幾步，跌坐在椅子。他從九月間景琰晉封親王時便開始疑心，一直猶豫不定，此刻被秦般若明明白白揭破出來，只覺得氣血翻湧，恨不得把眼前的所有一切都擠為齏粉。

「殿下不要再存幻想了，靖王已得了梅長蘇，這件事我已確認，殿下希望我拿證據出來嗎？」秦般若有意刺了他一句，見他頹然垂下頭，不由笑得愈發清冷，「說起來這位宗主大人真是了不得，有決斷，敢選人，也會調教，若無他的匡助，靖王幾時才掙得到如今地位？現在連宮中局勢也變了，越貴妃失勢，靜貴妃上位。她悶聲不響這些年，皇后哪隻眼睛瞧得上她，不料想一朝得勢，竟是這般難對付。這些情形，想必王妃進宮回來後，都跟殿下說過了吧？」

譽王狠狠地咬了咬牙，沒有否認。

與當年鋒芒鑠鑠的越貴妃不同，靜貴妃就像是一汪柔水。軟的也好，硬的也罷，什麼手段在她身上都無效。她一不多心二不多疑，不爭寵，不斂財，不拉攏人心，禮節上又一絲不苟，每日裡只想著把梁帝伺候得舒舒服服，半句多餘的話也不講。梁帝如果封賞她，她便領受，不封賞，她也不委屈討要。皇后好言待她，她便恭恭謹謹，若存心為難，她也甘之如飴。總之就跟一大團棉花似的，壓不扁揉不爛，一拳打上去，什麼力道也沒有，皇后對付了越貴妃十幾年，都沒這一陣子對付她那麼累。

「是我小瞧了這對母子，」譽王長長吐出一口怨氣，「本以為是羊，結果是兩隻狼。但要讓本王認輸還早著呢，本王連太子都能扳倒，還愁撕不碎一個靖王？」

「殿下有此雄心，般若深感佩服。可是梅長蘇此人實在過於陰險，不先收拾了他和他的江左盟，只怕是撕不碎靖王的……」

譽王看了她一眼，道：「先收拾他，說得容易，你的紅袖招如今零落至此，是反被他收拾了吧？」

這句話正說到秦般若的痛處，使得那張嬌媚容顏上不自覺地掠過了一抹怨毒之色，「若論這一回合，是我輸了。但我輸不要緊，關鍵是殿下的大業不能毀在這個小人手上。殿下難道就不想討還被他欺瞞利用的這口惡氣嗎？」

她這一撩撥，譽王胸中再次怒意翻騰，狠狠一掌拍在桌上，拍得自己的手掌都痛得發麻。不過剛剛發洩了一通之後，他已冷靜了不少，雖然氣得發堵發悶，不停喘息，但他最終還是咬牙忍耐了下來：「你想要我把精力積中在梅長蘇身上，報了他毀你紅袖招之仇，這個我明白。若論憤恨，難道我不比你更恨他？但現在的情勢，不是一年多前，那時只要折了梅長蘇，靖王便再無出頭之路，可如今我這個七弟已非池中之物，並不是單靠梅長蘇，我不能再重蹈覆轍，放任他坐大。何況梅長蘇再厲害，終究只是個謀士，一個謀士的弱點總在他的主君身上，與其先攻梅長蘇，不如釜底抽薪對付靖王，沒了主子，任他什麼麒麟才子，還不跟一條無人收養的野狗一樣嗎？」

譽王說最後一句話時，惡毒之氣已溢於言表，連秦般若也不由暗暗心驚，定定神問道：「那殿下打算從何處下手？」

「何處？」譽王在滿是狼籍的書房內踱了幾圈，冷笑道，「梅長蘇的弱點我不知道，但靖王的痛處可是明明白白的。這十多年來他不受寵，根源在哪裡？是他笨嗎？不會辦差嗎？犯了什麼錯嗎？都不是。相反，他倒是屢立軍功，辛勞不斷，可父皇就是不賞。而不賞的原因……還不是那樁梗在父子們心頭誰也不肯讓步的舊案嗎……」

秦般若眼波微睨，慢慢點頭，「不錯，靖王的痛處，的確就是當年祁王和赤焰軍的那樁逆案。」

「為了這些逆賊，靖王違逆頂撞了父皇多少次，我數都數不清了，只不過十多年的放逐之後，父皇老了，不想計較了，靖王學乖了，不再硬頂了，大家把那一頁悄悄翻過，只藏在心裡，誰都不提。可不提並不代表遺忘或痊癒，只要找個好機會重新翻出來，那依然是他們兩人間最深的一道裂痕……」

「這果然是個很好的切入點。」秦般若甚是贊同，「不過殿下要重新揭開這道舊傷疤，不能隨意，要一下子全都扯開，愈是血淋淋愈好。」

「正是因為不能隨意，所以我還沒有想好具體怎麼做。如果現在能出現一個什麼契機就好了……」

秦般若黑水晶般的眼珠轉動了兩下，慢慢道：「契機嗎……般若暫未看到，不過有一個人，殿下卻應該想辦法與他聯手……」

「誰？」

「懸鏡使本代首尊，夏江。」

「夏江？」譽王眉尖一跳，「恐怕不行吧……懸鏡司歷來的傳統，都是不涉黨爭的。以前我與太子鬥得那般如火如荼，他也沒有……」

「以前是以前，」秦般若快速道，「您與太子之爭他不插手，沒什麼好奇怪。可現在您的對手是靖王。夏江不是糊塗人，他很清楚靖王與當年赤焰舊人的關係，當然也記得赤焰軍的案子是誰主查的。說輕了，這是心結，可往重了說，那就是仇怨。殿下以為夏江可以視若無睹地看著靖王一步步地接近儲位嗎？他就是再忠，也要考慮考慮自己將來的下場吧？」

秦般若正中譽王下懷，令他不自禁地連搓了幾下手，目光有些興奮。夏江對梁帝的影響力、懸鏡司在各地暗黑的力量，對於目前實力大損的譽王來說，這些就是雪中燃燒的火炭。

「殿下，」秦般若盈盈一笑，斂衽施禮，「如想要暗中試探夏江是否有聯手之意，般若倒可以效力。我有一個師姐，正是夏江的舊識……」

年前幾天，天氣特別寒冷，連續數天的大雪，將全京城罩得白茫茫一片。梅長蘇犯了舊疾，總是整夜咳嗽。自從他咳咳地到密室去見了靖王一次後，蕭景琰就不肯再主動來了，不知是因為他本身年關太忙，還是有意讓梅長蘇安靜養病。倒是譽王登門來探過幾次病，言談間依然關切備至，彷彿毫無心結似的，可惜他再怎麼裝都沒用，大家誰都不傻，事情發展到了這個分兒上，梅長蘇也不會再不切實際地幻想譽王仍是一無所察。

「宗主，童路來了。」黎綱今天受命外出，所以前來回報的人是甄平。

「讓他進來吧。」

童路大踏步進來，帶入一股雪氣。甄平是個最細心不過的人，所以立即一把拉住他，讓他在火爐邊先烤烤再過去。

「看起來，今天沒有什麼急報，」梅長蘇笑著指了指桌上，「喝杯茶吧。」

童路搓搓發熱的手，笑著趨前一步，兩大口就把一杯茶喝得乾乾淨淨。甄平笑罵他一聲「牛飲」，便出去忙自己的了。

「十三先生有兩件事命我回稟宗主。」童路知道正事要緊，把嘴邊的茶漬擦擦立即道，「謝玉在流放地近來數次遇襲，都被我們護了下來，現在嚇得不行。另外，夏冬這幾個月出京的行蹤已查明，她是去找謝玉當年的左副將，現任嘉興關守帥魏奇。可是昨天得到消息，在她還未趕到嘉興關時，魏奇就在半夜離奇死了。」

「死了？」梅長蘇面色冰寒，「是夏江幹的嗎？」

「大概是……不過還在查實。」

梅長蘇閉上眼睛，微微沉吟。其實謝玉的左右副將雖然算是當事人，但只是聽命而已，對當年的真相知道的還沒有自己多，所以死活都不必放在心上。只不過……當年奔襲絕魂谷，魏奇並沒有去，夏冬如果單單是為了調查聶鋒之事，怎麼會去找他呢？莫非……這位女懸鏡使打算為了屈死的夫君，要把他主帥的整個案子，從頭再調查一遍？而夏江急急滅口，想必還是很看重這位已然起疑的女徒，不願意和她走上最終決裂之路……

只可惜夏江並不知道，那日在天牢幽暗的監房內，夏冬已經從謝玉口中聽到了最致命的那段口供。所以無論他再怎麼遮掩，自從他當年狠下殺手時起，決裂就已是不可避免的結局。

「好，我知道了。你回去吧。」梅長蘇將放在腿上的暖爐向上挪了挪，指頭慢慢摩挲著爐套，「告訴十三先生，秦般若不是會輕易放棄的人，對她……依然不可大意。」

「是。」童路躬身行禮，慢慢退了出去。

他剛走，甄平就端了一碗藥進來，遞到梅長蘇手中，看他苦著臉喝了，又捧茶給他漱口。

「晏大夫的藥愈來愈苦了，我這幾天有得罪過他嗎？」

「宗主生病，就是得罪晏大夫了。」甄平笑答了一句，將空碗放回托盤上，想了想，有些遲疑地開口道，「宗主，你覺不覺得童路好像……有點變化……」

「嗯？」梅長蘇將含在嘴裡的茶水吐入漱盂中，回過頭來，「我沒注意。怎麼了？」

甄平抓了抓頭，「我也說不上具體的……反正就是比以前匆忙，好像趕時間似的。剛才他出去跟我打招呼時，腳步都不帶停的，跟以前的習慣不一樣，整個人也好像精神了許多……」

梅長蘇想了想，「在我的印象中，童路好像一直很有精神呢。」

甄平爽快地哈哈笑起來：「這倒是。我跟其他人說的時候，他們也不覺得童路有什麼變化，看來是我的老毛病犯了，總看到人家看不到的地方。記得剛進金陵見到吉嬸，我就說她胖了，氣得她拿鍋鏟追打我……」

「吉嬸胖了嗎？」

「當然胖了，腰圍起碼又粗了兩分！」

「吉嬸快三尺的腰，粗兩分你就看出來了？」梅長蘇忍不住也笑，「難怪她打你，你明知吉嬸最怕胖的。」

「所以這幾個月我都在討好她。」甄平眨眨眼睛站起來，收拾好藥碗茶杯，「宗主休息吧，我先出去了。」

梅長蘇點點頭，看著他轉身走到門外，突然又叫住了他：「甄平，還是讓十三先生多留意一下吧。你素來細心，有那種感覺應該也不是無緣無故的。」

「是。」甄平躬身領命，想了想又補充道，「宗主放心，不會讓童路察覺的。」

梅長蘇知道甄平是自己身邊最聰明的人之一，有些話不說他也明白，所以只是微笑頷首，讓他退下了。

室內恢復平寂，只有爐火烈烈燃燒的劈啪之聲，和飛流正在咬一塊脆餅的咀嚼聲。梅長蘇閉目養了一會神，最終還是忍不住睜眼笑道：「飛流，你再這樣吃，會吃成一隻小豬的。」

坐在他榻旁小凳上的飛流叼著一塊餅抬起頭，含含糊糊地道：「好吃！」

「當然好吃了，」梅長蘇眸中露出一絲懷念，「她做的點心，我們全都很喜歡吃……」

飛流歪著頭想了想，奔過去將整個食盒都抱了過來，遞到梅長蘇面前：「吃！」

「不會吧？你都已經吃了這麼多了？晚飯還吃得下嗎？」

「嗯！」

梅長蘇笑著揀了塊棗泥軟糕放進嘴裡，一抿，還是熟悉的清甜味道。靖王第一次送食盒過來時，原本是婉拒了一下的，可景琰不聽，說是母命不可違，放下就走了。後來差不多每個月都會拿一盒過來，漸漸竟成了例。

有一次盒內的品種特別的多，大約有十多種不同的點心，所以梅長蘇笑著說：「殿下是不是拿錯了，把自己那份給了我？」

靖王當時想也不想就回答：「兩份都一模一樣，有什麼錯不錯的。」

對於他這個回答，梅長蘇雖然表面上十分平靜，但心裡卻忍不住有些發慌。

蕭景琰從來都是一個對吃食不太上心的人，所以他還沒有注意到自從靜貴妃開始準備雙份點心後，食盒內容發生了什麼變化。但梅長蘇卻不敢說他會不會永遠都注意不到。因為這份擔心，飛流正在吃的這個食盒帶過來的時候，梅長蘇特意鄭重請靖王轉告靜貴妃，以後不要再帶點心給他了，他經受不起。

可是蕭景琰顯然把他的話當成是真正的謙辭，所以還開了句玩笑道：「母妃是珍惜你這個難得的人才，她知道我不會拉攏人，所以替我攏絡你的。」

梅長蘇深怕平白引起他對食盒的過多注意，也沒敢多說，只笑了笑而已。

好在自晉封以來，靖王的事務一下子加重了很多，他日日從早忙到晚，似乎也沒什麼餘暇去考慮這些小事。

「梅花餅！」靠在他腿邊的飛流，低頭翻著食盒，突然冒出一句話。

「哦，我們飛流認得這個梅花餅啊？誰教你的？」

飛流閉著嘴，顯然不願意回答，當飛流不願意回答時，那答案就昭然若揭了。

「好了，你也別再吃了，」梅長蘇忍著笑拍拍他的頭，「去看看黎綱大叔回來了沒？」

「回來了。」

梅長蘇不由一怔，黎綱走時他曾吩咐一回來就直接見他，怎麼會回來了不見動靜？

「他什麼時候回來的？」

「剛剛！」飛流又側耳聽了聽，「進門了！」

梅長蘇這才了然，正失笑間，黎綱的聲音已在門外響起：「宗主！」

「進來吧。」

門被推開，黎綱穿了一身藏青色棉衣走進來，肩頭還有未拍淨的雪粒，可見外面風雪尚猛。

「看你的表情，此行很順利吧？」梅長蘇指了指榻旁的坐椅，「言侯怎麼說？」

「言侯一開始聽說宗主是在為靖王效命，非常吃驚，不過很快就鎮定下來，說了幾聲『難怪』。我直接向他轉告了宗主的意思，他猶豫了很久，最終提了個要求，希望靖王將來功成時，不要薄待皇后。」

「他提這個條件，倒也沒有為難我。皇后畢竟是母后，雖有當年舊案的心結，到底不該讓她負主責。一旦靖王繼位，就算只為了孝禮，也不會刻意薄待她。言侯……果然還是偏向靖王的。」

「是。言侯只提了這一個條件，就答應了宗主所托，同意趁著年關各府之間走動拜年不顯眼的機會，探聽一些朝臣對靖王的看法。」

「答應了就好。」梅長蘇舒展了一下身子，「言侯本是長袖善舞，極會說話的人，何況閒散在家，不涉朝政，只有請他出面，才顯得自然不留痕跡。再說若論起敏察秋毫，善於判斷人的態度，誰也比不過言侯當年。」

「其實據屬下觀察，言侯只是對皇上、廢太子和譽王寒心，所以才求仙訪道，但對大梁朝局的關切，倒也並未全冷。」

梅長蘇微微頷首，「這是自然的。言侯出身簪纓世家，自己又曾有那樣一段烈烈風雲的歲月，一腔熱血如何能夠全冷？我不能讓人發現與言侯有過多來往，所以以後還是多辛苦你走動了。」

黎綱忙道：「宗主有所差遣，屬下萬死莫辭！怎麼今天宗主說出如此見外客氣的話來，倒讓屬下不安。」

梅長蘇把一隻手放在他肩上，微微用力按了按，不再說話，臉上顯出一絲疲態，向後仰靠在方枕上，閉上了眼睛。黎綱想到他病中也要勞心，不由覺得一陣酸楚，忙將臉側向一邊，視線轉動時掃到飛流，見少年已吃得飽飽的趴在蘇哥哥腿上睡著，俊秀的臉上是一派平靜單純，感覺更是禁不住的複雜。

「你昨晚後半夜才睡，也下去休息一下的好。」梅長蘇感覺到黎綱並沒有走，又睜開了眼睛，道，「雖然現在暗裡殺機重重，但你也用不著晚上親自守夜。辛苦調教這些子弟是做什麼的？夜裡就交給阿慶他們吧。」

黎綱挑了挑眉，「蘇宅的防衛如何安排，是我跟甄平商議過的，宗主不要連這個也操心。」

「好好好，是我不對，我不管了，就隨便你們吧。」

黎綱黝黑的臉上露出一抹暖暖的笑意，「屬下知道宗主的好意，卻不想讓宗主多費一絲心力。宗主既知屬下後半夜才睡，想必昨晚也安眠得不好吧？」

「已經好多了，不過多醒了幾次而已。」梅長蘇語調輕鬆地道，「這是時氣，等立了春就好了。你寄給廊州的信裡，不要亂說話。」

黎綱不忍與他辯言，忙低頭應了，看他再次閉目安歇，這才輕手輕腳地退出門外。

院外仍是風雪狂飄，甄平背對著主屋正站在廊下，聽到開門聲，便轉過頭來。

「怎麼了？臉色這麼黑？」黎綱走過去在他背心上重重一拍，「你這皮實的身板，難道也會凍著了不成？」

甄平垂下眼簾，低聲道：「方才晏大夫跟我說，晚上安排一個人守在宗主的房裡……」

「不是有飛流嗎？」

「晏大夫的意思，是除了飛流之外再安排一個，機靈一點的……」

黎綱心頭一陣狂跳，一把抓住他的胳膊，「什麼意思？」

「今冬的天候比去年更烈，尤其這場雪，已下了五天未停。晏大夫今早診脈，發現宗主似有寒毒復發跡象，不得已他下了猛藥，所以接下來的幾天很危險……不過只要熬過了，就不妨事了。」

黎綱呆呆站了半天，最終搖了搖頭，深吸一口氣，不知是在跟甄平還是在跟自己說道：「沒事，一定熬得過。我看宗主的精神，還是很好的。」

甄平也定了定神，道：「今晚服藥前，得請晏大夫跟宗主說好，這算是閉關養病，這期間他什麼事都不能管，靖王也好，童路也罷，誰都不許見。你我……也要心裡穩得住才行。」

黎綱用力按著額頭，好半天才道：「甄平，幸好你來了……若只有我一個人，只怕會更慌……」

「你以為我不慌？」甄平用力拉了他一把，「走，我們到西院好好商量一下，在這裡讓飛流聽見了，反而不好。」

身後的主屋內仍是寧寂一片，大約梅長蘇與飛流都睡得安穩。黎綱和甄平沒有繞走回廊，而是不約而同地直接穿過朔風呼嘯的院子，彷彿是想讓那冰寒沁骨的風雪冷靜一下混亂的頭腦。幸好此時此刻，他們還不可能預見到，那一條驚人的消息，會恰恰在梅長蘇病情最危急的這幾天，傳抵了帝都京城……

第四十四章

城門劫囚

連綿不斷的風雪，在臘八這天突然停了，天空放晴，陽光金脆，看起來似乎很溫暖。可是積雪深深的京城經過一夜晴空，反而更加乾冷，吸一口冷氣，吐一口白霧，那種冰寒的感覺似乎要把五臟六腑都凍住般，順著鼻腔向內流動。

天氣如此寒冷，又只有兩天便是新年，所以能不出門的人自然全都窩在了家裡，享受暖暖的爐火與熱騰騰的酒菜。而這個時候還不得不在外奔波的人，也因此顯得更加辛苦和孤寂。

一大早，巡防營的官兵便在規定的時間準時打開了四方城門。每座城門處首班輪崗的四人分別站在兩邊門樓下的位置上，監看出入城門的人流。巡防營在謝玉治下時，軍容原本就不錯，靖王治軍更嚴，無人敢怠慢，所以愈發整肅，雖然站了片刻雙腳就有些凍得發疼，可當班的四人並沒有到處走動跺腳，以此取暖。

冬天的早上人不多，尤其是通向煙瘴之地的西城門，除了幾個出去的，就沒人進來過。到了日上三竿時，漸漸有了些人氣，城門旁擺攤糊口的小販們也陸續出來，懶懶地朝著稀稀落落經過攤前的客人們叫賣。又過了小半個時辰，城外天際線處隱隱出現了一隊黑影，向著城門這邊的方向進發。

「那是商隊嗎？」一個守兵伸著脖子看了半晌，「那麼長的隊伍，少見啊。」

「你新來的不知道，」他旁邊的是個本地老兵，立即接話道，「那是運藥材的商隊。咱們大梁西邊除了兩、三個州以外，大部分都是高寒地、煙瘴地，可愈是這樣的地方愈產珍貴藥材。我舅舅就是開藥店的，他說最好的藥都是從西邊運來的，所以常有商隊過咱們西城門。不過後天就三十了，這商隊才剛剛趕到，真是辛苦……」

兩人說話間，遠處的隊伍已愈走愈近，漸漸看得清車馬和人的服飾了。

「我怎麼覺得……那不像是商隊呢……」新兵盯著瞧了很久，最後還是忍不住委婉地表述了意見，「商隊不會有官兵護送吧？」

這時老兵也察覺出不同，嘴裡嘖嘖了兩聲，有些意外地道：「真的不是商隊呢……中間只有一輛車，好像不是裝運藥材的，那個看起來是……是……啊，是囚車！」

當他以很肯定的語氣做出結論的時候，其他守兵也都已看清楚了。正向城門迤邐而來的，是一支押運囚犯的隊伍。不過與平常不同的地方是，押送的官兵前後起碼有三百多人，而被押運的囚車竟然只有一輛。

到底是什麼重要的囚犯，竟然要這麼勞師動眾，戒備森嚴地押運進京？難道還有人敢攔截官府的囚車不成？

在西城門守兵好奇的目光中，那長長的隊伍終於走到了城樓下。與佇列中披甲執堅的押送官兵不同，走在最前面似乎是長官的男子，竟然只穿了一身普通的軟衣便服。這人騎著一匹灰騮馬，身姿修長柔韌，十分勻稱挺拔，頭上雖挽著髻，肩邊卻是散髮，兩鬢各有一綹銀絲束入頂髻，扣著一圈玉環。再看他臉上容貌，甚是俊美，雖有些皺紋，但卻難以判斷年紀，氣質上也有一種雌雄莫辨的味道，眼尾高挑的雙眸中，時時露出些邪冷的氣息來。

「啊……」老兵們都已判斷出了來者是誰，全部低下頭，彎腰行禮。新兵不明狀況，但想來能率領這麼大一支押送隊伍，那男子定是位職位不低的大官，也急忙跟著行禮。

隊伍的正中間，便是那輛囚車，雖然大小樣式與普通的囚車基本一致，但仔細一瞧，此車的囚籠竟是熟鐵鑄就，根根鐵條都有半掌來寬，介面都焊鍛得極死。車中犯人蜷在角落裡，重枷重鏈鎖著，滿頭烏黑的亂髮遮了臉，根本瞧不清容貌，從他坐的姿勢和包紮布上的浸血可以看出，他左大腿還受了不輕的外傷，不知是不是被捕時與官兵交過手。

金陵的城牆非常厚實，門樓自然也很長，可領頭的那名男子緩緩縱馬走進門樓的陰影中後，卻勒住了馬韁，停了下來。守城的巡防營兵士不敢去問怎麼了，只能呆呆地看著他。片刻之後，男子冷冷地笑了兩聲，突然揚聲道：「我們可快進城了，進了京都就更沒機會了，要不要再試一次？」

這句話如空中飛來，聽得人滿頭霧水。不過留給守兵們迷惑的時間並不多，只有少頃凝寂，殺氣瞬間大盛，城門西側的樹林中衝出大約五十來名精壯漢子，俱是勁裝長刀，直撲車隊而來。與此同時，城內大門主道的小攤販們也動作俐落地從暗處抽出刀劍兵器，快速組成隊形，其中三、四人主攻，其餘的人迂迴，切到領頭男子與後邊囚隊之間，似乎打算先把他拖住。駕馬男子瞳孔微縮，抬手間兵刃出鞘，使得竟是一柄彎度極大的胡刀，簡簡單單地隨手一揮，光亮與勁氣已直撲來者眉睫，衝向他的人無論是何角度，都覺得鋒刃迎面襲來，不得已停步自保，唯有其中一名身著赤衫之人似毫無所覺般，身形去勢不變，臨到近前卻突然一晃，眨眼便出現在另一個方位。

領頭男子「咦」了一聲，好像極是意外，臉色一凝，不敢大意，刀勢一收一改，應變甚快，與來者倏忽間已交手數招。

跟赤衫人同時襲向那領頭男子的其他幾人中似有一位是襲擊行動的指揮者，他見赤衫人已成功拖住那領頭男子而且還不落下風，口中立即呼嘯幾聲，帶領城內殺出的人全體衝向囚車，與城外的同伴一起夾擊守衛的官兵。

押運囚車的三百官兵數量雖多，但只是普通兵士，與這些明顯身懷武功的江湖客們戰力不平衡，一亂就更沒章法，除了囚車四周的數十名精銳仍堅持對戰外，其他人早被幾番衝殺分開，完全顯不得人多的優勢來，不多時劫囚者已有兩人衝到車旁，可惜囚籠太結實，他們用力劈砍，但劈傷了刀口也劈不開囚籠，只能試圖駕著整車逃離。

不知是因為有人來相救還是因為別的什麼，囚車中的人犯非常激動，努力拖動著身上的重枷狂搖囚籠鐵條，口中嗚嗚作響，卻說不出清晰的話來，看樣子像是被人塞住了嘴。由於他激動的樣子甚是異常，劫囚指揮者心中一動，突然意識到了什麼，立即大叫一聲：「撤！全體撤離！」

他話音未落，領頭男子臉上已現冷笑。與他笑容裡的冰寒之氣同時彌漫開來的，是城牆頂上突然現身的近百名硬弓手所帶來的死亡氣息。囚車就停在城門之外數丈之地，圍在四周的劫囚者除了幾個隱在門樓底下的以外，幾乎全都在城牆上弓手森森利箭的射程之中。雖然在接到撤離指令的那一瞬間大家已立即結束攻擊全速逃離，可人的腳程又如何快得過迅如流星的飛羽？剎那之間，破空之聲、慘叫之聲交相響成一片，帝都城外已成屠戮獄場。縱然是身懷武技的江湖人，但除非是絕世高手，否則亂箭之下也只能當活靶，區別只在於能抵擋多久，能逃開多遠。

數輪箭雨後，劫囚的眾人中只有大約一半的人在同伴的拼死掩護下逃入了城外密林，雪地上橫七豎八躺著屍體，有的竟被射成刺蝟，殷殷血流將積雪都浸成了黑色。面對如此慘況，指揮者兩眼都紅了。不過他顯然是個心志堅韌之人，轉念之間已控制住了自己幾欲發狂的心緒，喝令從城內衝殺出去，受挫後僥倖退回城門內側的十幾人快逃。可是敵手並非尋常之人，城樓上有伏兵，城內又豈會沒有？從幾處巷口湧出的上百名官兵眨眼便形成了一個厚實的包圍圈。從他們統一的兵刃樣式和灰質皮甲的服裝上來看，分明是懸鏡司麾下的精銳府兵，一個個如狼似虎，氣勢洶洶等待著上峰下令。

可是在這關鍵時刻，官府這邊的那位領頭男子卻遲遲沒有聲音，倒讓人有些意外。

從一開始到現在，無論戰局如何偏轉，有一個人絲毫沒有受到周邊情勢急劇變化的影響，那便是在與領頭男子交手的那位赤衫人。他只是專注地、認真地打著，領頭男子的高絕武功似乎令他十分滿意，呆板面容上那雙黑冷的眸子閃爍著爭勝的光芒，出手也毫不留情，此刻正戰至酣處，逼得領頭男子不得不全力抵擋，為保氣息不亂，根本不能開口說一個字。

如果能讓赤衫人擒住領頭男子為質，情勢當然又會轉折，不過劫囚指揮者眼力很準，一下子就看出想要達到這個目的，只怕還很要打上一陣子才行，而懸鏡司的府兵又不傻，領頭男子雖開不了口，他們也不會一直這麼呆呆站著，沒過多久就會反應過來，主動發起攻擊。所以快速閃念考慮之後，他立即大聲道：「好孩子，我們要回去了，過來撕條口子！」

聽說要回去了，赤衫人眸中神情有些不高興，不過他最終還是聽了話，返身縱躍，鬼魅般地變換了攻擊對象。其實在聽到指揮者的話時，那領頭男子已做了準備，十分功力使了十二成，沒想到還是被對手輕輕鬆鬆就脫離了戰局，幾乎是轉身就走，毫無凝滯狼狽之感。由於沒有料到會有如此高級別的人出手，又想多抓幾個活的，城內的伏兵中沒有設弓手，儘管他們比普通兵士戰力更強，但赤衫人的武功連領頭男子都奈何不得，衝殺過來時幾乎勢不可擋，而被圍著的十幾人個個也已殺紅了眼，絕處掙命自然更是拼盡全力，不多時他們竟真的將包圍圈撕開了一條裂口，逃了好些人出去。

不過雙方的力量實在對比懸殊，雖然逃了一些，但領頭男子也親手擒住了三、四個人，交於手下押走。他知道那赤衫人武功太高，追上去也沒有用，所以乾脆叫人不要理他，自己全力追蹤那名已逃入城中小巷的指揮者。

金陵城中的路巷並不算特別複雜，除了城中心臨河的那一片外，大多方方正正呈阡陌狀，領頭男子順著血跡一路追尋，有幾次幾乎可以看到逃亡者的身影，可是翻過一處斷頭牆後，血跡突然沒了，大概對方察覺到自己正在滴血，做了處理。此時面前有兩個差不多的路口，分別通過不同的兩個街坊，領頭男子靜靜地判斷了片刻，冷冷一笑，快速追向左方，從一條兩面都是院牆的小徑穿過，一下子就衝到了大路上。不料恰在這時，一輛馬車從右邊飛駛而來，雙方速度都不慢，差一點就撞在一起，領頭男子反應奇快，扭腰躍起，縱到了路沿另一邊，而馬車車夫也猛勒馬韁，硬生生地將車停了下來。

「怎麼回事啊？」車廂裡的人大概被這突然的一停弄得趺倒，氣呼呼地一面探出頭一面抱怨道，「大過年的，誰這麼橫衝直撞啊？」正說著，他的視線已落在領頭男子的身上，頓時一呆，失聲叫道：「夏冬姐姐，你什麼時候回來的？」

領頭男子聳了聳肩，瞟了他一眼。

「呃……」車中人抓了抓頭，擰緊了眉心，想想又試探著叫了一聲，「秋兄？」

瞟過來的那一眼變成了一瞪，而被瞪的人則長長舒了一口氣，埋怨道，「早說嘛！秋兄你這個毛病可真不好，幹嘛非得要扮成跟夏冬姐姐一模一樣？很嚇人你知不知道？」

「我說小津，我這可不是扮的，是長成這樣好不好？」夏秋走過來，在言豫津肩上捶了捶，「一年多不見，長結實了呢！」

「臉是天生長的沒錯，可你這頭髮呢？這兩綹白的不是你故意染的是什麼？」言豫津與夏秋的關係顯然更親密，沒有絲毫畏懼感，說話也大聲大氣，「你這個到底是怎麼弄白的？我試了好多種染料，全都不行啊！」

「先不說這個了，」夏秋邪邪地笑了一下，突然湊至言豫津面前，緊緊盯住了他的眼睛，「你先告訴我，剛才有沒有看到一個身上帶傷的人從附近過去？」

「身上帶傷的人？」言豫津伸著頭左右看了看，「什麼人啊？」

「你到底看沒看見？」

「我剛才在車廂裡啊，」言豫津拍了車夫一下，「你看到了沒？」

車夫搖搖頭。

夏秋微微蹙起眉峰。難道追錯了方向？否則言府的馬車絕對應該碰到那個逃亡者的啊，除非……

「小津，你這是去什麼地方？」

「我回家啊！我老爹喜歡吃滿庭居的醬肘子，當人家兒子只好一大早爬去買，去晚了就沒了。」言豫津嘀嘀咕咕地抱怨，「真是的，我爹既然那麼喜歡道士，幹嘛不學人家吃素？」

「買到了嗎？」

「買了三個呢！」言豫津探身從車廂裡拽出一個大食盒，「夏秋哥哥要不要分一個？」

夏秋也是很愛美食的，一嗅就知道的確是滿庭居每天早上限賣一百個的醬肘，淺淺一笑，搖頭道：「我還有事呢，你這個孝順兒子快回去吧。」

「等等等等，」言豫津向前一撲，一把揪住轉身準備離開的夏秋，眨著眼睛問道，「秋兄在追什麼人啊？欽犯嗎？犯了什麼事？」

「真是的，」夏秋屈起手指用力在他頭上敲了敲，「你怎麼這麼好奇啊？從小到大就沒你不感興趣的事！你再不回去肘子就涼了，當心你老爹打你屁股！」

「嘿嘿，」言豫津扯開嘴角笑，「我小時候我老爹都沒打過我，現在更不打了，要說我從小挨的打，那可都是夏冬姐姐打的。她還沒回來嗎？」

「沒有。不知道她在外面查什麼。」提起雙胞妹子，夏秋略略有些心煩意亂，再加上雖沒擒到指揮者，但還是有許多事情等著處理，所以不再多耽擱，順手拍了言豫津一下，轉身走了。

言豫津眼看著他走遠，這才吩咐了車夫一聲「快走」，自己重新縮回車廂，將厚厚的車簾放下。

這是一輛四輪馬車，廂體非常寬闊，靠裡堆著大把大把的蠟梅，一個人就蜷在這堆蠟梅之中，見言豫津進來，便移開花束，半立起身子，拱手道：「多謝言公子相救。」

「不客氣，我也沒冒什麼風險，剛才要是被秋兄發現了，我就說是被你脅持的，他不會對我怎麼樣的，」言豫津一派輕鬆地聳聳肩，「再說了，你家主人好歹也送過我爹一個好大的人情，算是還他一點吧。」

逃亡者微微有些吃驚，忙道：「言公子是不是有些誤會了？我不明白您指的是什麼……」

「黎大總管不必掩飾，」國舅公子淡淡一笑，「雖然你易了容，但你手腕上那個刺青我還記得……對了，你的傷不要緊吧？幸好我買了半車梅花，否則這滿身的血氣就瞞不過秋兄了。」

「不要緊，只是皮肉之傷。」黎綱定了定神，「言公子請在鄰近的街口找個僻靜處把我放下吧。」

「好。」言豫津深深看了他一眼，用隨意的語氣問道，「蘇兄不是病著嗎？怎麼還有心力策劃與懸鏡司的衝突？」

黎綱低下頭，默然半晌方道：「如果我說今天所發生的事宗主根本不知道，言公子信嗎？」

言豫津想了想，坦白地道：「不信。」

「但是他真的不知道。」黎綱抬起頭，目光炯炯，「今日公子相救之恩，在下日後一定會報，可此事與我家宗主無關，請公子見諒。」

言豫津凝目看了他半晌，突然放聲大笑，「你緊張什麼？我又不會拿今天救你的事去找你家宗主兌換人情，就是你，我也沒鬧著要你報答啊。其實不管你們與懸鏡司之間是因為江湖恩怨也好，朝局紛爭也罷，都與我無關，要是你覺得我問的太多，不回答也就是了，放心，我雖然好奇心重，但人家不願意說的話我是不會苦苦相逼的。」

黎綱知道這位國舅公子表面紈絝，實際爽闊，故而並不贅言，只拱手為謝。馬車繞行到距離蘇宅比較近的一處暗巷，言豫津先下車四處察看了沒有異狀，一擺手，黎綱快速躍出馬車，順著巷道去了。

這次以劫囚為目的的行動算是完全失敗，不僅想救的人沒有救出，而且死傷慘重，幸好懸鏡司府兵有限，沒有巡防營的准許和配合也不能擅自發動全城搜捕，逃離現場的人才僥倖贏得生機。黎綱雖然暫時還不能確認最終的損失，但回到蘇宅一看甄平的臉色，也知道情況不妙。

「飛流回來了嗎？」第一句話，先問這個。

「早回來了。」甄平扶住同伴進屋坐下，命人拿水拿藥。

「他沒跟宗主說什麼吧？」

「宗主還睡著呢。不過看飛流的臉色大不高興，我哄了半天，也不知有沒有效果。」

黎綱重重的閉上眼睛。這次帶飛流出去，是哄他說有個高手可以讓他挑戰，所以少年很開心，結果雖然夏秋算是高手，可打到一半就走了，難保飛流不跟梅長蘇抱怨黎大叔騙人。

「現在怎麼辦？」甄平也跌坐在一旁，似在問他又似在問自己，「沿途襲擊了三次，也沒把人救出來，如今押進了懸鏡司的大牢，救人更是難上加難……只怕宗主那邊，怎麼也得如實稟報了……」

「晏大夫怎麼說？」

「他讓我們再撐兩天……」甄平正說著，突聽院中有聲響，忙站起身，「好像是衛夫人來了。」

話間未落，屋門便被推開，一條纖美的身影隨即飄進，青衣長裙，容色清麗，竟是潯陽醫女，曾經的瑯琊美人雲飄蓼。她一進來便急匆匆地道：「聽說黎大哥回來了？」語音未畢，已看到黎綱傷痕累累，不由粉面一白，幾欲下淚，忙忍住了，柔聲詢問：「黎大哥，你受傷了？不要緊吧？」

見雲飄蓼明明心急如焚，卻仍能忍耐著先關心他的傷勢，黎綱也有些感動，忙道：「我不礙事，只是對不住衛夫人了，衛崢將軍……沒能救出來……」

其實一見黎綱的情形，雲飄蓼就已預料到這次只怕仍然無功，但聽他明明白白一說，仍不免心痛如絞，強自穩了好久的心神，方顫聲問道：「那你看見他了嗎？他……他可好？」

「衛夫人放心，一時性命無礙。」黎綱嘆了一口氣，「只不過，這一進城，衛崢會立即被關押進懸鏡司的大牢，以他赤焰逆賊的罪名，只需稟知皇帝一聲，根本不需再審判，隨時都可能被處死，我們沒有多少時間了。」

雲飄蓼只覺得雙腿一軟，一下跌坐在椅上，喃喃道：「除了硬劫以外，就真的沒有別的辦法了嗎？若論財力，西越藥王谷名列瑯琊富豪榜第七，衛崢畢竟當了素谷主八年的義子，這些年更是由他一人在管事，義父他老人家一定願意拼盡財力相救的，再加上我們潯陽雲氏，你們江左盟……難道我們聯手，就買不下衛崢一條命？」

「如果衛崢將軍是被其他人發現的，或許還有周轉。可是懸鏡司夏江……不是好對付的人啊。藥王谷和雲氏財力再厚，也只是地方富豪，所謂富可敵國，不過說說罷了，這世上，還有什麼敵得過朝廷的勢力，敵得過赫赫皇權？曾排瑯琊榜第三的黎南花家，不就是因為自恃財厚，和譽王爭一塊風水地產，生生拖進人命官司裡敗落的嗎？」甄平算是在場的人中比較冷靜的，沉聲分析道，「現在已不僅僅是衛崢一條命的事了。懸鏡司的胃口到底有多大我們還沒有弄清楚，夏江抓到了衛崢將軍，就可以順勢指控藥王谷和雲氏窩藏叛逆，只怕難免有一場大風波。而且這次押運衛將軍入京，一路上遠遠避開了江左十四州，讓我們的行動受到很多限制，看來夏江也有些懷疑江左盟與赤焰舊部之間的聯繫了。」

「這倒未必，」黎綱搖頭道，「衛崢將軍素來與江左盟沒有直接的關聯，夏江抓捕衛將軍，實際上是對付靖王的，現在宗主在為靖王效力已是很多人心知肚明的事了，夏江將江左盟當作敵方的來對付是理所當然的，倒不一定說明他察覺到衛將軍與宗主之間還有直接的關係。」

甄平沉思了一下，也同意道：「沒錯。我們江左盟隱藏了十幾年的真面目，不會那麼容易被人發現。幸好這次城門劫囚又事先考慮到可能會失敗，所以啟用了金陵周邊暗舵的兄弟，他們所知有限，即使被捕也牽連不深。只是……如今這個局面，已不是我們幾個人所能控制的，宗主病得這麼重，難道真的要去稟告他嗎？」

黎綱跺跺腳道：「要是這時候藺公子肯來金陵坐鎮幾日的話，就根本不需要在這節骨眼上讓宗主勞心了，可偏偏他在大楚玩得開心，遠水救不了近火。」

甄平也有些無奈地道：「這有什麼辦法，藺公子並非我們赤焰舊人，他加入江左盟只是為了好玩罷了，高興了做一點事，不高興了誰也管不著他，我想他的底細，估計也只有宗主才知道吧。」

黎綱正要接著說什麼，轉眼看見雲飄蓼此時已無語淚垂，體諒她心中憂急，俯下身安慰道：「衛夫人，你別傷心，現在還不到山窮水盡的時候，宗主一定會有辦法的。」

雲飄蓼立即搖頭道：「我去看過梅宗主的脈象，現在不能驚擾他。雖然我有很多事情還不知道，但我知道對衛崢來說梅宗主有多重要。再說除了是衛夫人以外，我還是個大夫，沒有一個大夫會在病人病勢如此沉重的情況下，還讓他加驚加憂、勞心勞力的……」

聽她這樣一說，黎、甄二人都有些黯然。從林殊十六歲可以擁有自己的「赤羽營」時，衛崢就一直是他的三名副將之一，也是唯一一個從火場中九死一生活下來的。他的被捕對梅長蘇的衝擊有多大，可能帶來的後果有多嚴重，大家心裡都清楚。可是這件事實在發生得太讓人猝不及防了，懸鏡司從拿人到押運入京不過半月的時間，江左盟接到藥王谷的消息後中途匆匆組織起來的兩次劫囚行動都因時間倉促、籌備粗疏而失敗，今天乘他們入城前豁出去最後一次，連飛流都帶去了，結果還是在人家早有防備之下無功而返。

正當三人一籌莫展之際，甄平在飛流一回來時就派出去的探子匆匆奔了進來，報說現在城中的情況。雲飄蓼知道他們有要事商議，自己主動回到後院。黎甄雖沒有要瞞她的意思，但也不想讓她過多憂思，故而也沒有挽留，兩人帶了探子進入內室，細細查問。

這名探子是甄平親自調教，十分機靈得用，探回來的消息也頗抓得住重點。據他回報，參與行動的近百人，除了當場戰死了三十多個以外，被捕了八名，其餘的或逃入城外山林，或被接應掩藏，暫時不致於有被捕之憂。夏秋大概也對這些非高層之人不太感興趣，並沒有大肆追拿，而是很快收拾場面，帶著衛崢等人回懸鏡司去了。

「兄弟們有人收屍嗎？」黎綱心痛如絞，忍淚問道。

「有，那畢竟是城門，京兆衙門很快就來人處理了，我們派人追蹤了一下，都送進義人莊了。黎總管放心，會讓他們入土為安的。」

甄平也拍著黎綱的肩膀道：「撫恤的事情你就不用操心了，我來辦吧。你振作一點，現在十三先生被迫隱身，妙音坊也關了，城裡的分堂暗口、消息管道，都要靠我們兩個重新去整合。就算沒有衛將軍的事，現在也是多事之秋啊！」

黎綱深吸一口氣，嘆道：「說起妙音坊，我到現在還不敢相信童路會背叛……」

甄平面色清冷地道：「他是真的叛了，還是僅僅被人脅騙，現在還無法定論。不過好在十三先生反應快，一發現童路失蹤，立即遣散手下分頭隱身，才讓官府在妙音坊撲了個空，只是好多兄弟姊妹因此暫時不能活動了……」

黎綱點著頭，在室內踱了幾步。他現在最憂慮的事情並不是童路的失蹤。這個傳遞消息的小夥子並不了解江左盟最核心、最致命的機密，就算背叛，也不過供出十三先生的所在，以及曾經向梅長蘇傳遞過哪些情報而已。現在十三先生已順利脫身，當初傳遞的好多情報也已過時，梅長蘇暗中相助靖王的祕密更是早就不是祕密，所以童路會帶來的損失畢竟是有限的，目前最棘手的問題，依然是如何搭救身分暴露，且落入懸鏡司之手的衛崢。

「黎兄，」甄平似乎知道他在想什麼，眸色也變得深沉了幾分，咬牙道，「雖然宗主同意閉關養病，一應事務可以由我們裁度處理，但現在情勢嚴重至此，我們真的能夠繼續這樣支撐，而不稟知宗主嗎？」

黎綱雙眉緊鎖，默然良久，剛抬起頭想要說話，內室的門突然從外面被人一下子推開，飛流挺秀的身影出現在門外，揚著下巴，聲音清亮地道：「叫你們！」

從偏院走到梅長蘇所住的主屋這一路上，黎綱數番試圖從飛流嘴裡打聽出宗主為什麼召喚他們，可飛流似乎還在生他的氣，有時不理，有時雖回答兩句，答案卻如天外飛仙，讓人不知所云。

到了主屋，推開房門看過去，梅長蘇並不是獨自一個人在室內，也沒有躺在床上。他半靠在南面藕色紗窗下的一張長榻上，裹得圓圓鼓鼓的，只有兩隻手臂露在外面，衣袖還都高高挽起，晏大夫正俯身凝神為他收針。

「多謝了。」等最後一根銀針從臂上拔下後，梅長蘇放下衣袖，笑著道謝。他白天精神一向還不錯，不似一個病勢凶危之人，只是一到了晚上，便會心口火燙，四肢冰冷，常常有接不上氣，暈厥咯血的險情。不過經過晏大夫的悉心調理，最嚇人的關口勉強算是已熬過去了。

「宗主，你召我們來嗎？」黎綱靜候晏大夫收好藥箱，方才邁步上前，輕聲問道。

「嗯。」梅長蘇指指身側的凳子，「你們坐吧。」

黎綱和甄平心裡都有些七上八下的，互相對視一眼，什麼話也不敢多問，默默坐下。

「你們跟我說實話，」梅長蘇的目光靜靜地平視著前方，聲音還有些虛弱，「衛崢是不是出事了？」

他一下子問到事情的重點上，兩名下屬都禁不住彈跳了起來。

「飛流說，宅裡住進來一位衛姐姐……」梅長蘇抬手示意兩人稍安，「我想了想，沒有其他姓衛的女子可以得到你們的准許住進來，唯一想起的就是衛崢的妻子了。」

「的確是衛夫人來了，」甄平低聲道，「因為宗主在養病，所以我們沒有……」

「就算雲飄蓼沒有與衛崢同行，獨自到京城來，她既然住進了蘇宅，就不應該不來見我……」梅長蘇的目光柔和地落在甄平的臉上，「她不來……是因為你們不想讓我知道她在這裡，對嗎？」

黎綱與甄平一齊低下了頭。

「你們放心，」梅長蘇的語調很輕，卻很平靜，「我知道自己現在身體狀況不好，不宜激動。但讓我這樣瞎猜也不是什麼好事吧？衛崢到底怎麼了，你們儘管告訴我，我也不至於一擊就碎。」

說到這裡，他微微喘息了起來，咳嗽幾聲，閉目又凝了凝神，才又重新睜開眼睛，看著兩名尚有些猶豫的下屬，緩緩問道：「飛流說衛姐姐沒有戴孝，至少說明衛崢還活著……他是不是……被緝捕了？」

黎綱的手放在膝蓋握緊又放開，如此反覆了幾次，方道：「是。他於半月前被捕。」

梅長蘇的嘴唇輕輕顫抖了一下，視線落在前方的書架上，沉默良久。

「宗主……」

「沒關係……你們從頭細說吧。」

「是。」既然開了頭，黎綱也不想讓梅長蘇勞神一句一句地問，當下詳詳細細的將懸鏡司夏秋如何猝然設伏捕人，江左盟如何得到消息，如何途中兩次搭救未果，雲飄蓼如何入京，他們又怎麼策劃城門劫囚最終失敗等等，前因後果一一敘述，說到最後，又安慰了一句，「衛將軍看起來傷勢不重，請宗主放心。」

梅長蘇原本就面色雪白，聽了這番話後神情倒無什麼大變，只是呼吸略為急促，有些咳喘。晏大夫過來為他推拿按撫了幾下胸口，又被他慢慢推開。

「還有呢？」

「宗主……」

「京裡還有什麼別的事件發生嗎？」

黎綱和甄平又對視了一眼，後者將身子稍稍前傾了一點，努力用平緩的口氣道：「倒沒什麼大事，只是上次跟宗主提過童路有些異狀，沒想到竟是真的……譽王那邊大概察覺出妙音坊是聽宗主號令的暗堂，派了官兵去查抄，幸而十三先生見機得早，大家都撤了出來，現在隱在安全之處，沒有傷損。」

「梅宗主該吃藥了。」晏大夫又挑在這時過來打斷，捧了粒顏色丹紅的丸藥給梅長蘇服用，之後又盯著他一口口啜飲完一杯滾燙的薑茶藥引，這一岔神，等梅長蘇重新開始考慮目前的危局時，情緒已平靜了些。

「聶鐸那邊可有異動？」喝完藥，梅長蘇第一句話就是問這個。

黎綱愣了愣，答道：「暫無消息。」

「立即傳暗語信過去，命他無論聽到什麼訊息，都必須留在雲南郡府，不得外出。」

「是！」

梅長蘇停頓了一下，神色略有感傷，「當年赤焰軍英才濟濟，良將如雲，可現在倖存下來的人中有些名氣，容易被舊識認出的也只有衛崢和聶鐸了……不過為防萬一，叫廊州那邊的舊部，無論當初階位如何，都暫時蟄伏，不得輕動。」

「是！」

「你們兩個……」梅長蘇的目光又轉向身側的黎綱和甄平，正要說什麼，兩人突然一起跪下，甄平哽咽著道：「我們兩人都是孤兒，自幼就長在赤焰軍中，當年也只是小小的十夫長，十多年過去，形容多多少少有些變化，不會有大人物認得我們的，請宗主不要在這個時候將我二人斥離！」

梅長蘇也知他二人並無家人故舊，又是無名之輩，被指認出來的可能性極小，所以當初才會帶著他們公開露面，至今也沒出現什麼狀況。再說如今多事之秋，也確實離不開他們的匡助，當下嘆息一聲，無奈地叮囑道：「你們兩個也要小心。」

「是。」黎甄二人鬆了一口氣，大聲應諾。

這時關著的房門突然「砰砰」響了兩聲，一進院子就不知所蹤的飛流在外面很有精神地道：「來了！」

「飛流什麼時候學會敲門了？」甄平怔了怔，上前一打開門，外面站的卻不是孩子般的少年，而是雲飄蓼。

「衛夫人請進。」梅長蘇溫言道，「黎大哥，搬個座。」

雲飄蓼迤邐而進，到梅長蘇面前福了一禮方坐下，柔聲道：「梅宗主命飛流相召，不知有何吩咐？」

梅長蘇看著這個堅強美麗的女子，就如同看著霓凰一般心中憐惜，「衛崢出事，真是難為你了。」

雲飄蓼眸中微微含淚，又被她強行忍下，搖頭道：「衛崢藏身藥王谷這麼多年都安然無恙……是我雲氏門中出了敗類，才連累了他……」

「雲氏家族藤蔓牽繞，出一二莠腐之輩也難盡防。比起你多年為他苦守之情，他為你冒冒風險出來相認又算得了什麼？」

「可是現在……」

「現在人還活著，就有辦法。」梅長蘇神態虛弱，但說出話來卻極有根骨，目光也異常堅定，「衛夫人，你可信得過我？」

雲飄蓼立即站了起來，正要說話，梅長蘇又微微一笑，打斷了她，「衛夫人若信得過我，就立刻回潯陽吧。」

黎綱衝口道：「宗主，潯陽雲氏現在已被暗中監圍，只等京城有令，便會動手的。衛夫人此時回去，不是正中懸鏡司的埋伏嗎？」

「沒錯，衛夫人一回潯陽，必然被捕無疑。」梅長蘇神情清冷，眸色深深，「但被捕，並不等於定罪，而潛逃，才是自承有罪。我知道被定罪後逃亡的滋味，不到絕境，不能選這條路。再者就算衛夫人能逃脫，雲老伯呢？偌大的雲氏家族呢？窩藏逆犯是可以株連的，你一逃，這潑天的罪名可就坐實了，如果懸鏡司拿了雲老伯為質，到時你是投案還是不投案？」

雲飄蓼花容如雪，喃喃道：「那梅宗主的意思是……先束手就擒，然後再鳴冤？」

「是。衛崢是十三年前的逆犯，可你們成親只有一年多，天下共知，說雲氏存心窩藏，情理不通。你大可以申辯說只知他是藥王谷當家，不知他是逆犯，除了雲家去告密的人有份告詞以外，懸鏡司也證明不了你們早是舊識。大戶人家內鬥是屢見不鮮的事，你是長房獨女，要說他們為了爭產，不知從哪裡發現衛崢真實身分後借此誣告，是很講得通的。潯陽雲氏並非普通人家，朝中顯貴有多少人受過令尊與你的惠澤，你比我清楚，只要有人首倡求情相保，便能趁機造出喊冤的聲勢來。雲氏行善多年，民間人望與口碑可以依持，皇帝陛下對你們也很有好感，如果懸鏡司沒有確鑿證據可以反駁你們的申辯，這藏逆的罪名不會那麼容易扣得下去。只不過……雲氏脫罪有望，可是你本人……」

雲飄蓼點點頭，心裡很明白他的意思。雲氏醫善世家，名望素著，罪名不坐實很難被株連，但是對自己本人而言，無論如何都已是衛崢的妻子，就算事先不知道他逆犯的身分，現在也已算是犯婦。

「我想現在衛崢最擔心的，就是怕連累了你，就算為了他，你也千萬不要口硬，一定要咬口說自己不知情，那麼縱然再被牽連，也會輕判。只要保了命，出了懸鏡司的牢獄，自然會有各方照應，不會讓你受太多苦楚。」

「梅宗主放心，」雲飄蓼淡淡一笑，「我不是嬌養女兒，不怕受苦。只要能有再與衛崢相會之日，什麼苦我都能受。不過……即使雲氏僥倖逃過此難，藥王谷那邊……」

「藥王谷我倒不是特別擔心，」梅長蘇笑了笑，「素谷主不是等閒之輩，自保之策他還是有的。西越煙瘴之地，崇山峻嶺無數，素谷主既可入朝堂鳴冤，也可藏身於雨林，看他自己怎麼選擇吧。總之懸鏡司想端掉藥王谷，恐怕沒這個力量，最多封了它貨運藥材的通路，將整個藥王谷困在山中罷了。」

「封困？」雲飄蓼還是有些心驚，「那豈不是……」

「沒關係，藥王谷是什麼家底，困個三、四年無妨。再說西越之地是懸鏡司熟還是人家素谷主熟？封幾條主路罷了，全封談何容易。」

雲飄蓼長舒一口氣，道：「這樣就好，義父不受大損，衛崢也不至過於愧疚了。」

「黎綱，你去做一下準備，派人在今天黃昏宵禁前將衛夫人護送出城。」

「是！」

「衛夫人路上千萬要小心，你在其他任何地方被捕，懸鏡司都可以說你是潛逃落網，只有回到了雲府，才沒有話說。」

「對啊，哪有潛逃的犯人，在風頭上潛回自己家裡的。」黎綱笑道，「一路定會安排妥當，衛夫人放心。」

「另外你要注意一點，衛崢是在貨運藥材的路上被捕的，之後便押運入京，並沒有公開宣佈他的罪名，你回雲府一旦被捉拿，一定要當作連自己為何被扣押也不知道的樣子，沒有人當面告知你衛崢的逆犯身分之前，你只知道他是素玄，其他的一概不知，明白嗎？」

「多謝梅宗主指點。」雲飄蓼起身行禮，又說了幾句保重身體之類的話，便跟著黎綱等人一起退出去了。

他們一出去，飛流就飄了進來，手中抱著一束灼灼紅梅，把兩天前供在那個最大花瓶裡的梅花扯出來，將新折的這束插了進去。

梅長蘇凝目在皎皎花色中看了半晌，突然想起來，「飛流，我們院中應該沒有紅梅花吧？你從哪裡採的？」

「別人家！」飛流理直氣壯地回答。

梅長蘇本是心中沉鬱，憂悶疼痛，竟也被他逗得哭笑不得，又咳了一陣，召手叫飛流過來：「飛流，你到密室裡去幫我敲敲門，然後稍微等一會兒，如果有人來，再來扶我進去，好不好？」

飛流歪著頭問道：「水牛嗎？」

「是靖王殿下！」梅長蘇板起臉，「說了多少遍了，怎麼不聽話？」

「順口！」飛流辯解道。

「好了，不管順不順口，反正以後不許這樣叫了。快去吧。」

少年輕快地轉過身子，一眨眼，便消失在了簾幃之後。

國家圖書館出版品預行編目資料 CIP
瑯琊榜 卷貳 / 海宴 著 .
-- 初版 .-- 新北市：繪虹企業 , 2014.08
面；21X14.8 公分 , --
ISBN 978-986-5834-43-2（平裝）

瑯琊榜 卷貳

作者 / 海　宴
主編 / 賴芯葳
校對 / 高珮芝、林巧玲
封面設計 / 伊洛娜
編輯企劃 / 月之海
發行人 / 張英利
出版者 / 繪虹企業股份有限公司
電話 / (02)2218-0701　傳真 / (02)2218-0704
E-mail / rphsale@gmail.com
Facebook / www.facebook.com/rainbowproductionhous
地址 / 台灣新北市 231 新店區寶元路一段 91-1 號 1F

台灣地區總經銷 / 高見文化行銷股份有限公司
電話 / (02)2172-6513
傳真 / (02)2172-4355
地址 / 新北市新北市樹林區佳園路二段 70-1 號

港澳地區總經銷 / 豐達出版發行有限公司
電話 / (852)2172-6513　傳真 / (852)2172-4355
E-mail / cary@subseasy.com.hk
地址 / 香港柴灣永泰道 70 號柴灣工業城第二期 1805 室

ISBN / 978-986-5834-43-2
二版一刷 / 2015.11
定價 / 新台幣 299 元